Gabriella Ullberg Westin

Der Schmetterling

Kriminalroman

Aus dem Schwedischen von
Stefanie Werner

Harper
Collins

HarperCollins®

1. Auflage: September 2018
Deutsche Erstausgabe

Originaltitel: »Ensamfjäril«
Erschienen bei HarperCollins, Nordic

Umschlaggestaltung: zero-media.net, München
Umschlagabbildung: Lightcapturing by Björn Abt / Getty Images
Lektorat: Sibylle Klöcker
Satz: GGP Media GmbH, Pößneck
Printed in Germany
Dieses Buch wurde auf FSC®-zertifiziertem Papier gedruckt.
ISBN 978-3-95967-205-4

www.harpercollins.de

Für Signe & Arvid
Während ihr schlieft

PROLOG

Alles begann auf diesem verdammten, lehmigen Stück Acker.

Ihre Absätze versanken in dem weichen Untergrund, und sie musste sich sehr konzentrieren, damit ihr Gang noch einigermaßen weiblich wirkte. Es war ihr egal, dass sie ihre Schuhe ruinierte, als sie sich Schritt für Schritt dem Fußballplatz näherte, der eher einem Acker glich.

Wenn sie heute daran dachte, hatte sie alles noch genau vor Augen: die grauweißen Nebelschwaden, die sich über die Landschaft legten, eingebettet zwischen den blauen Bergen im Süden und Norden. Die ganze Nacht hatte es geregnet, so ein nachhaltig plätschernder Sommerregen, der die Felder der Bauern durchtränkt hatte, bis das Wasser darauf stand.

In der zweiten Spielhälfte sollte er eingewechselt werden. Alle waren gekommen, da er sich schon auf dem heimischen Fußballfeld sehen ließ. Sie hatte beschlossen, die anderen Kandidaten einfach auszublenden, sie hatten nicht seine Klasse. Dass sie einen Freund hatte, ignorierte sie, irgendwann würde er es schon verstehen. Es galt jetzt oder nie. Das war ihre Chance.

Ihr Styling war nahezu perfekt, und als sie da stand und auf die Spieler wartete, hatte sie auch das passende Lächeln dazu aufgesetzt. Dann sah sie ihn, zum ersten Mal im wirklichen Leben. Er musste sich ducken, als er aus der Tür der Umkleidekabine trat, und er war muskulöser, als sie es sich vorgestellt hatte.

Sie war schon scharf auf ihn gewesen, als sie bei Länderspielen oder dem Champions-League-Finale wie angenagelt vor dem Fernseher gehockt und sich eine Begegnung mit ihm ausgemalt hatte. Doch das war nichts dagegen, was sie nun tatsächlich empfand, als er endlich vor ihr stand, als lebender

Mensch, zum Greifen nah. Ihr Blick ließ keine Sekunde von ihm ab, sie zwang ihn, in ihre grünen Augen zu schauen, als er beim Weg aufs Spielfeld an ihr vorbeilief. Und er sah sie an. Mit diesem ruhigen, klaren Blick.

Noch nie war sie sich einer Sache so sicher gewesen. Sie wusste, dass diese Begegnung auf dem Acker erst der Anfang war. Aber wie der Weg zu ihrem Ziel aussehen würde, das hätte sie sich damals nicht träumen lassen.

24. DEZEMBER

Henna Pedersen zuckte zusammen, als es in ihrer rechten Hand vibrierte. Noch immer hatte sie sich nicht an das Handy gewöhnt, obwohl sie sich wirklich bemüht hatte. Måns hatte es ihr geschenkt, weil er der Ansicht war, dass man ohne Handy nicht leben könne. Doch da sie die vergangenen fünfunddreißig Jahre auch sehr gut ohne so ein Gerät bewältigt hatte, war sie überzeugt, dass er falschlag. Sie strich mit dem Finger über das Display und überflog den Text, der angezeigt wurde.

Hocke in der Stadt auf einem Parkplatz. Manuel hat gerade angerufen. Es geht ihm dreckig, er braucht jemanden zum Reden. Ich kann ihn nicht hängen lassen. Sorry. Der Weihnachtsmann kommt ein bisschen später. Tut mir leid! Kuss!

Heiligabend würde also anders verlaufen, als sie es sich vorgestellt hatte, das war ihr schlagartig klar. In der letzten Zeit hat sich nur weniges so entwickelt, wie sie es gehofft hatte, doch sie hatte sich viel Mühe gegeben, damit wenigstens dieser Tag perfekt wurde.

Es war schon eine Weile her, dass Måns ins Auto gestiegen und nach Hudiksvall gefahren war, und mittlerweile war es draußen stockfinster. Sie schauderte. So sehr sie das norrländische Licht im Sommer liebte, so sehr hasste sie diese Dunkelheit, die sich jetzt wie ein Topfdeckel über sie gelegt hatte.

Sie verspürte einen Stich im Unterleib und krümmte sich. Der Schmerz und die Blutungen ließen sich langsam nicht mehr so einfach verbergen. Sie stützte sich an der Wand ab, als sie ins Badezimmer ging, und dort hielt sie sich mit beiden

Händen am Waschbecken fest. Sie sah in den Spiegel und bemerkte die geplatzten Äderchen im Augapfel.

Ich muss durchhalten, dachte sie. Wenigstens heute.

»Mama, Mama! Wir haben keine Lust mehr, Filme zu sehen. Wir wollen jetzt, dass der Weihnachtsmann kommt!«

Die Rufe der Kinder rüttelten sie auf. Sie befeuchtete ihr Gesicht mit Wasser, dann suchte sie ein Haargummi und fasste ihre Haare zu einem strengen Pferdeschwanz zusammen. So schnell sie konnte, ging sie hinüber ins Wohnzimmer. Auf dem Flachbildschirm, der gerade erst an eine der großen kahlen Wände montiert worden war, waren zwei Zeichentrickhunde zu sehen, die an einem Tisch saßen und sich gegenseitig Fleischbällchen mit der Schnauze zurollten. Neben dem Tisch stand ein korpulenter Mann und spielte Geige. Für einen Augenblick ließ sie sich von der Herzlichkeit einnehmen, die von dieser Szene ausging. Sie meinte sich zu erinnern, dass sie den Film schon einmal gesehen hatte, früher, als sie selbst klein gewesen war.

»Ich kann verstehen, dass ihr sehr gespannt seid, aber der Weihnachtsmann braucht noch einen Moment«, erklärte sie und versuchte, ihre Anspannung zu verbergen, während sie sich auf den Rand des Sofas sinken ließ.

»Aber er soll jetzt kommen!«, schrie die Tochter.

Als Henna ihre niedergeschlagenen Gesichter sah, warf sie einen Blick auf die Uhr. Noch eine halbe Stunde. Mindestens. Sie stand vom Sofa auf, und ihr wurde schwarz vor Augen, sie schwankte. Besorgt drehte sie sich zu den Kindern um, doch deren Blicke hingen wieder wie gebannt am Fernseher. Als sie wieder sicher stehen konnte, ging sie vorsichtig hinüber in die Küche.

Durch das große Fenster sah sie, dass es noch immer schneite. Der Himmel würde kein Erbarmen haben, bevor er die ganze Gegend unter den weißen Massen begraben hatte, dessen war sie sich sicher.

Sie hing ihren Gedanken nach, aber zuckte zusammen, als in der Ferne ein Motorengeräusch zu hören war. Sie hielt die Luft an, um besser lauschen zu können. Das Geräusch kam immer näher. Sie ging in den Flur. Die Fahrzeuge, die man hier noch hörte, waren entweder auf dem Weg zu ihnen oder zum Nachbarhaus, ein paar Hundert Meter weiter vorn in der Straße.

»Jetzt kommt er, jetzt kommt er!«, rief ihr Sohn.

Obwohl er direkt im Bereich der Dolby-Surround-Anlage saß, hatte auch er das Geräusch gehört. Er rannte hinaus in den Flur, dicht gefolgt von der kleinen Schwester. Sie hüpften aufgeregt hin und her, die Handflächen an der großen Glasscheibe zum Innenhof. Doch alles blieb dunkel, die Kinder waren enttäuscht.

»Mama, der Weihnachtsmann fährt doch mit dem Auto, oder?«

Sie strich ihrem Sohn über das kurz geschnittene Haar.

»Ja, wenn die Rentiere es durch den vielen Schnee nicht mehr schaffen vorwärtszukommen, dann steigt er bestimmt in so ein Auto mit großen Rädern um, so eins, wie Papa auch hat.«

»Mama, wo ist Papa eigentlich?«, fragte die Tochter. »Wird er zu Hause sein, bevor der Weihnachtsmann kommt?«

»Schatz, ich hoffe es. Er ist noch einmal einkaufen gefahren und wollte danach gleich zurückkommen.«

Sie standen noch eine Weile da und warteten, doch die Geduld der Kinder war bald erschöpft, und wieder lockte der Fernseher. Auf dem Bildschirm rannte gerade ein schwarzweißer Stier in eine große Arena hinein. Henna folgte den Kindern zum Sofa.

Ein plötzliches Knirschen ließ sie innehalten. Es klang wie Schritte auf der Treppe zur Eingangstür. Als das Geräusch noch einmal ertönte, war sie ganz sicher, dass da draußen jemand war.

Vielleicht hatte Måns es doch geschafft, früher zu kommen, dachte sie, und da hörte sie auch schon ein energisches Klopfen an der Haustür. Die Kinder kamen an ihre Seite gerannt. Ihre kleinen Hände suchten Halt in ihrer Hand. Sie holte tief Luft, dann gingen sie gemeinsam zur Tür.

Durch das Fenster im Flur war eine rot gekleidete Figur zu sehen, und da überkam sie ein wohliges Gefühl. Endlich war er zu Hause, Heiligabend konnte beginnen.

Sie umfasste die Türklinke und drückte sie nach unten. Mit einer energischen Bewegung öffnete sie, und dann standen sie schweigend da und warteten. Nichts. Kein Geräusch. Vor ihren Augen begann es zu flimmern, und der Schwindel packte sie wieder. Dass Måns das Ganze derart in die Länge zog und sich versteckte, anstatt einfach hereinzukommen, fand sie ärgerlich.

»Willkommen, lieber Weihnachtsmann«, sagte sie und zwang die Mundwinkel nach oben.

Da knarzten Schritte im Schnee vor der Tür, und die rot gekleidete Gestalt erschien im Türrahmen.

»Hallo, hallo. Gibt es hier denn brave Kinder?«

Die Stimme ließ ihre Muskeln im ganzen Körper erstarren, vom Kopf bis zu den Zehenspitzen. Sie sah auf das freundliche Lächeln unter dem weißen Kunsthaarschnurrbart und blickte in die Augenhöhlen der Gesichtsmaske, die einen netten Ausdruck hatte.

»Mama, der Weihnachtsmann hat aber eine tiefe Stimme …«

Das schüchterne Lachen ihrer Tochter drang nur wie von Weitem zu ihr durch. Henna stand regungslos da, wie gelähmt. Kein Zweifel, wem diese Stimme gehörte: Es war die

Stimme des Bösen. In Hennas Blickfeld vermengte sich alles zu einem unscharfen Durcheinander, und sie stolperte rückwärts, bis sie gegen die Wand stieß.

Mit einem dumpfen Knall fiel die Tür zu. Henna kämpfte darum, etwas sehen zu können, doch dieser verwaschene Vorhang wurde dichter und dichter. Der Weihnachtsmann machte einen Schritt auf sie zu, und sie presste sich gegen die Wand. Sie konnte nichts tun, ihre Beine gaben nach, und sie fiel zu Boden.

»Mama!«, schrie die Tochter. »Was machst du da, hör auf!«

Sie spürte die Angst in der Stimme ihrer Tochter und wollte aufstehen, aber ihre Beine trugen sie nicht, also begann sie zu kriechen. Der Boden vibrierte unter den schweren Schritten, die ihr folgten. Sie versuchte zu schreien, doch das Einzige, was aus ihrem Mund drang, war ein heiserer Krächzlaut.

Mit letzter Kraft schleppte sie sich ins Badezimmer. Das Ende war schneller gekommen, als sie erwartet hatte.

***

Nach dem Eingang des Notrufs dauerte es noch dreißig Minuten, bis sie vor Ort waren.

»Hier spricht die Polizei. Wir kommen jetzt rein!«

Pelle Alméns Stimme hallte in dem großen Flur wider. Einen Moment lang blieb er auf der Türschwelle stehen und ließ seinen Blick schweifen. Versuchte zu begreifen, was ihm bevorstand. Dass so etwas in Hudiksvall passierte, an Heiligabend. Dass so etwas überhaupt geschah.

Der Schnee wirbelte zur Tür herein, und er hörte Maria Nilssons kurze schnelle Atemzüge direkt hinter sich. Er ging voran, und Maria folgte ihm.

»Hallo! Hier spricht die Polizei. Ist jemand hier?«

Keine Antwort. Flimmerndes Licht schlug ihnen entgegen, und das Geräusch von einem laufenden Fernseher war irgendwo drinnen zu hören. Pelle Almén warf einen Blick über die Schulter. Maria Nilsson war ununterbrochen in Kontakt mit der Einsatzzentrale.

Seine Gedanken drehten sich im Kreis. Der Täter konnte noch vor Ort sein. Es konnte mehrere Tote geben.

Sein Puls raste, in seinen Schläfen pochte es. Als Erster vor Ort. Der einzig verfügbare Geländewagen im ganzen Kreis. Verdammtes Schneewetter. Verdammte Verkehrsunfälle, die die Kollegen abzogen.

Im Flur liefen sie an einer geschlossenen Tür vorbei, die vermutlich zum Badezimmer führte. Blutspuren auf dem Boden, am Türgriff ebenso.

Sie gingen weiter zum Wohnzimmer, ihr Blick fiel aufs Sofa. Alméns Herzschlag beruhigte sich, als er sah, dass Måns Sandin dort saß, beide Kinder fest an sich gedrückt. Der weltberühmte Fußballspieler war kaum wiederzuerkennen. Seine aufrechte Haltung hatte er verloren, die weit aufgerissenen Augen starrten ins Leere, und das dunkle Haar war zerzaust. Eins der Kinder, dem Pferdeschwanz nach zu urteilen seine Tochter, hatte das Gesicht in seinem Pullover vergraben. Ihr Bruder saß da mit den Armen um die angezogenen Beine und wich mit dem Blick nicht vom Fernsehapparat.

»Pelle Almén und Maria Nilsson von der Polizei Hudiksvall. Können Sie uns sagen, was passiert ist?« Nur dank seiner Professionalität gelang es Almén, seine Stimme zu kontrollieren, sodass sein Tonfall normal klang.

»Sie ist tot.«

Måns Sandins Stimme versagte. Er drehte den Kopf langsam zu Pelle um, und ihre Augen trafen sich. Die Leere in seinem Blick war unangenehm.

»Sie liegt im Badezimmer, oder?«, fragte Maria Nilsson und ging eilig hinüber zu der verschlossenen Tür.

»Ja ... sie ... sie liegt auf dem Boden«, stammelte Sandin und starrte hinab auf seine blutverschmierten Hände.

Ein paar Sekunden später hörten sie Maria Nilssons Schrei. Dann kam sie aus dem Badezimmer gestolpert, das Gesicht im Jackenärmel vergraben.

»Verdammt ... das kann ich nicht!«

»Ich muss Sie bitten, mich in unseren Wagen zu begleiten, jetzt gleich«, sagte Almén und drehte sich zu Måns Sandin um. »Es ist zu Ihrer eigenen Sicherheit.«

Måns nahm beide Kinder auf den Arm.

»Ich ... ich habe ihr nichts angetan«, sagte er und sah sich mit verunsichertem Blick noch einmal um. Almén ermahnte ihn erneut; jetzt war Eile geboten. Sie mussten das Gelände absperren. Das Haus durchsuchen. Den Krankenwagen rufen. Dafür sorgen, dass die Kinder irgendwo untergebracht wurden. Sandin auf die Polizeiwache mitnehmen. So viele Spuren wie möglich sichern, bevor die Techniker ihr Weihnachtsessen beendet hatten und übernehmen konnten. Wie sollten Maria und er das alles alleine schaffen?

Als sie an der Badezimmertür vorbeikamen, blieb Måns stehen. Das kleine Mädchen hob den Kopf und sah Almén traurig an. »Der Weihnachtsmann war gar nicht lieb«, sagte sie. »Er hat gemacht, dass Mama eingeschlafen ist.«

Almén schluckte und beobachtete Måns. Wartete auf eine Reaktion. Doch alles, was er sah, war ein völlig versteinertes Gesicht, abgesehen von einem minimalen Zucken im Mundwinkel.

Der Schnee reichte ihnen bis zu den Knien, als sie zum Streifenwagen stapften. Bevor Almén die Tür öffnete, sprach er Måns noch einmal an.

»Ich muss Ihnen noch ein paar Fragen stellen, aber das machen wir auf der Wache. Erst muss ich mich darum kümmern, dass Ihre Kinder an einen sicheren Ort gebracht werden. Ihre Eltern wohnen in Forsa?«

»Ja … sie wohnen im Skarmyraväg. Sie haben keine Ahnung, was geschehen ist«, antwortete er und warf noch einen Blick aufs Haus, bevor er die Kinder ins Auto schob.

»Wir nehmen Kontakt zu ihnen auf. Bis auf Weiteres wird sich jemand vom Jugendamt um die Kinder kümmern. Das klingt vielleicht etwas drastisch, aber so ist einfach die übliche Vorgehensweise.«

Das Mädchen hielt sich beide Hände vors Gesicht. Allein der Gedanke daran, was die Augen der Kleinen hatten sehen müssen, bereitete Almén eine Gänsehaut.

»Du musst das Gelände sofort absperren, so schnell es geht.« Er sah Maria eindringlich an. »Die Journalisten werden ganz schnell Wind davon bekommen.«

Maria nickte nur.

»Ich bleibe hier so lange stehen«, sagte Almén. »Dann kannst du dich zu ihnen setzen, bis jemand vom Jugendamt da ist. Ich muss das Haus sichern.«

Das Adrenalin ließ seinen Körper zittern, als er durch den Schnee zurückstapfte. Der Weg zu dem großen Hauseingang kam ihm wie ein enger Tunnel vor, und mit tiefen Atemzügen versuchte er, sich selbst zu beruhigen. Ein Gedanke saß ihm quälend im Nacken: Er musste seine Familie benachrichtigen, die zu Hause saß und auf ihn wartete. Einen gemütlichen Heiligabend würde es dieses Jahr nicht geben.

***

»Wie spät war es, als Sie nach Skålbo kamen?«

Pelle Almén hatte jede kleine Veränderung, jedes diskrete Mienenspiel, das sich auf Måns Sandins Gesicht abzeichnete, im Blick. Sie saßen sich an dem rechteckigen Tisch im Büro gegenüber.

»Es muss ... so um halb fünf gewesen sein«, antwortete Måns. »Ich war spät dran.«

Måns musste sich räuspern, um deutlich zu sprechen, mit der angenehmen und vertrauten Stimme, die Almén schon hundert Mal in verschiedenen Fernsehinterviews gehört hatte.

»Wann wollten Sie denn eigentlich zu Hause sein?«

»Wir hatten verabredet, dass ich gegen 16 Uhr zurück bin, als Weihnachtsmann verkleidet. Ich bin losgefahren, als im Fernsehen gerade die alljährliche Disney-Weihnachtssendung anfing. Den Kindern hab ich gesagt, ich fahre zum Einkaufen. Diese Idee, den Weihnachtsmann zu spielen, war mir nicht ganz geheuer, aber wir wollten für die Kinder das perfekte Weihnachtsfest im neuen Haus organisieren. Seit wir das Haus im Sommer gekauft haben, haben sie sich darauf gefreut. Haben ohne Ende Fragen gestellt, immer wieder wollten sie irgendwas über den Weihnachtsmann wissen. Und welche Weihnachtsgeschenke sie bekämen. Und jetzt ist alles anders ...« Måns' Wangen zuckten, und Almén senkte den Kopf und starrte auf seine Notizen. Die Situation war unangenehm, und er musste sich konzentrieren, damit sein Mitleid ihn nicht davon abhielt, seine Arbeit ordentlich zu erledigen.

»Gibt es jemanden, der bezeugen kann, dass Sie das Haus verlassen haben?«

Måns starrte durchs Fenster in die Finsternis und runzelte die Stirn.

»Peter Krantz, ein Freund von mir«, sagte er und seufzte.

»Wir haben uns bei ihm auf einen Kaffee getroffen, bevor ich weitergefahren bin.«

»Wohin sind Sie gefahren?«

»Ich habe die letzten Besorgungen für das Weihnachtsessen gemacht. Dann bin ich herumgefahren und habe mir die Zeit vertrieben.«

»Und warum sind Sie dann spät dran gewesen, als Sie nach Hause kamen?«

Måns rutschte mit seinem Stuhl zurück, sodass das Stuhlbein über den Boden kratzte.

»Ein Freund aus Italien rief an. Er hat jede Menge Probleme, bei ihm ist gerade richtig Land unter. Er musste mit jemandem reden und ich – ich konnte einfach nicht Nein sagen … Ich habe über eine Stunde auf einem Parkplatz gestanden und mit ihm gesprochen.«

Immer wieder ließ ihn seine Stimme im Stich, und Almén schob seinen Notizblock beiseite.

»Mir ist klar, dass das hier für Sie sehr belastend ist. Sehen Sie sich imstande weiterzumachen?«

»Ja … schon, ich kann nur einfach nicht begreifen, dass sie tot ist.« Måns schlug sich die Hände vors Gesicht.

»Wie heißt der Freund, mit dem Sie telefoniert haben?«

»Battista. Manuel Battista. Wir haben zusammen beim AC Florenz gespielt.«

»Und welche Art von Problemen hat er?«

Plötzlich reckte sich Måns, und Almén war von seiner charismatischen Ausstrahlung stark beeindruckt.

»Das hat doch nun wirklich nichts mit Henna zu tun?«

Sein Blick nagelte Almén nahezu fest. Es war offensichtlich, dass er sich dessen bewusst war, dass seine Prominenz ihm eine gewisse Macht verlieh, und einen Augenblick lang war Almén verunsichert, wie er fortfahren sollte.

»Ich kann Ihre Sichtweise verstehen, dennoch muss ich Sie bitten, meine Frage zu beantworten«, sagte er so entschieden wie möglich.

»Ach, der hat viele Probleme«, fing Måns an. »Letzten Sommer hat er sich einen Kreuzbandriss zugezogen. Die Verletzung heilt schlecht, und deshalb hat Manuel seitdem nicht mehr auf dem Platz gestanden. Er ist in eine Art Depression geschlittert. Es ist eine riesige Umstellung, wenn man plötzlich nicht mehr im Rampenlicht steht ...« Måns hob langsam den Kopf und sah Almén an.

»Ist Ihnen irgendetwas Besonderes vor dem Haus aufgefallen, als sie zurückkamen?«

»Nichts, nur der verfluchte Schnee. Keine Spuren, gar nichts.«

Almén machte sich Notizen.

»Was haben Sie gesehen, als Sie die Haustür öffneten?«

»Erst habe ich geklopft. Hab gewartet. Das Weihnachtsmann-Kostüm hatte ich gar nicht mehr anziehen können, aber das war mir dann egal. Ich fand es merkwürdig, dass keiner die Tür aufmachte, ich wusste doch, wie sehr die Kinder darauf gewartet hatten. Wie auch immer, ich bin dann reingegangen, dachte, vielleicht hätten sie mein Klopfen überhört. Oder auch die Hoffnung schon aufgegeben, dass der Weihnachtsmann überhaupt noch kommt. Es war total still. Als ich am Badezimmer vorbeilief, sah ich sie. Das ganze Blut. Mir war sofort klar, dass es vorbei war ... dass sie ... dass sie tot war.«

»Und was haben Sie dann gemacht?«

Måns schlug die Handflächen auf den Tisch, und einen Augenblick lang dachte Almén, er würde sich jetzt über den Tisch auf ihn stürzen.

»Na, was glauben Sie? Ich konnte gar nichts machen ...

nichts ... sie badete in ihrem eigenen Blut. Kapieren Sie das? Meine Kinder haben keine Mutter mehr. Ich habe keine Henna mehr! Und jetzt will ich einen Anwalt, wenn Sie die Befragung fortsetzen wollen!« Måns schrie seine Wut heraus, bevor ihn die Tränen übermannten und sein massiger Körper wie ein Häufchen Elend zusammensackte.

Almén stützte die Ellenbogen auf die Tischplatte und vergrub sein Gesicht in den Händen. Er war durcheinander. Als er den Kopf wieder hob und Maria ansah, entdeckte er Tränen in ihren Augen. Er nahm seinen Block in die Hand und ging seine Notizen durch. Måns Sandin. Der nächste Angehörige des Opfers. Der Statistik nach der Mörder, allerdings sprach Alméns Bauchgefühl dagegen. Oder? Er ließ ein paar Sekunden verstreichen, dann sah er Måns ins Gesicht.

»Ich werde jetzt vorlesen, was ich notiert habe«, erklärte er. »Dann können Sie mir mitteilen, ob ich Ihre Antworten korrekt wiedergebe. Danach müssen wir Sie leider vorerst hierbehalten. Morgen findet eine ordnungsgemäße Vernehmung statt, und selbstverständlich steht Ihnen ein Rechtsbeistand zu.«

»Warum müssen Sie mich hierbehalten?«, rief Måns aufgebracht. »Ich habe doch nichts getan!«

Almén holte einmal tief Luft und spürte, wie sich sein Magen zusammenschnürte.

»Es tut mir leid«, antwortete er. »Wir müssen Ihr Alibi überprüfen. Wir werden unsere besten Kriminaltechniker dafür einsetzen. Vertrauen Sie uns.«

Måns schüttelte langsam den Kopf und warf Almén einen enttäuschten Blick zu.

***

Die Uhr auf seinem Handy zeigte 19.04 Uhr an Heiligabend, als Johan Rokka sich auf dem Dielenboden im Wohnzimmer niederließ. Er fuhr sich mit den Händen über den kahl rasierten Kopf und starrte auf die Umzugskartons, die sich neben ihm stapelten. Hier würde er jetzt also wohnen, in einem kleinen Holzhäuschen in Hudiksvall. Gutes altes Hudik. Dreihundert Kilometer von Stockholm entfernt. Nah dran oder weit weg?

Im Moment hätte er genauso gut am Ende der Welt sein können. Aber da es gerade erst zwei Stunden her war, dass er seinen Fuß zum ersten Mal in dieses Haus gesetzt hatte, war es vielleicht nicht der richtige Zeitpunkt, die Entscheidung, in seinen Heimatort zurückzukehren, infrage zu stellen. Trotzdem konnte er es nicht lassen.

Wenn sich jemand einbildete, dass er wegen des Gehalts umgezogen sei, konnte er nur laut lachen. Geld war für keinen einzigen Studenten der Polizeihochschule der Grund für die Berufswahl. Und er konnte nicht einmal vorgeben, wieder in der Nähe seiner Eltern sein zu wollen. Die waren vor zwei Jahren nach Spanien ausgewandert, ohne dass er es wusste. Auf einer Weihnachtskarte hatten sie ihm kurz und knapp mitgeteilt, dass sie nicht die Absicht hätten, jemals zurückzukommen. Nein, die einzig glaubwürdige Erklärung für diesen Schritt war, dass die Stelle als leitender Kriminalinspektor im Dezernat für schwere Kriminalität seine Karriere voranbrachte. Und dass er mit einem sehr kompetenten Kriminalkommissar, Antonsson, zusammenarbeiten konnte. Zwar war er hier auf einer kleinen Polizeiwache, aber lernen würde er trotzdem einiges.

Er stand auf und öffnete einen seiner Umzugskartons. Die dicken Fotoalben lagen mit dem Buchrücken nach oben, und er fuhr mit dem Finger darüber, während er die ordentlichen Beschriftungen las. An dem Album, in dem die alten Oberstufenbilder eingeklebt waren, blieb er hängen. Eine Erinnerung, die nur für einen Moment auftauchte, genügte, um den wohlbekannten Kloß im Hals hervorzurufen, und er machte den Karton schnell wieder zu. Er schluckte und schüttelte über sich selbst den Kopf, weil er tatsächlich nicht in der Lage war zuzugeben, dass er mit diesem Umzug eine ganz eindeutige Absicht verfolgte.

Er schob die unangenehmen Gedanken beiseite und griff zu seinem Handy. Das Headset hing wie ein verheddertes Knäuel daran, und ihm war klar, dass seine Geduld niemals reichen würde, um diese Knoten aufzufummeln. Mit einem Ruck riss er es vom Gerät ab, ging hinüber ins Badezimmer und warf es in die Toilette. Er ließ die Hose herunter und versuchte, das Headset mit seinem Urinstrahl zu versenken. Dass es ihm nicht gelang, ärgerte ihn enorm. Dann drückte er die Spülung und sah zu, wie die Wasserkaskade das weiße Kabel mit sich riss und es im Ablaufsystem verschwand.

Während er in die Küche ging, klickte er auf die oberste seiner Favoritennummern. Kaum war der Klingelton hörbar, nahm Victor Bergman auch schon ab.

»Spreche ich etwa mit Kriminalkommissar Johan Rokka?«

Rokka musste lächeln, als er die vertraute Melodie des Dialekts aus Helsingland hörte.

»Du hast wirklich überhaupt keine Ahnung. Kriminalinspektor Rokka, wenn ich bitten darf«, antwortete er und lachte.

»Polizist ist Polizist. Wo ist da der Unterschied?«

»Na ja, du weißt doch, erst wenn man dem Staat ein paar Jahre mehr gedient hat als ich und seine Lorbeeren gesammelt hat, dann darf man sich auch Kommissar nennen.«

Ein langes und tiefes Seufzen erklang am anderen Ende der Leitung.

»Ja, ja. Du wirst jedenfalls die Ganoven in Hudik jagen. Darauf können wir uns doch vielleicht einigen?«

»Ja sicher. Pelle Almén und ich halten die Stellung.«

Rokka versuchte, enthusiastisch zu klingen, aber bezweifelte, dass es ihm gelang.

»Ein Wahnsinnsteam«, sagte Victor und lachte. »Und wo wirst du wohnen? Bei Mama und Papa?«

»Wohl kaum. Die sitzen jetzt als gebackene Rosinen an der Costa del Sol. Nein, ich bin hier in Åvik untergekommen, ein alter Klassenkamerad hatte noch ein kleines Häuschen zur Verfügung. Glücklicherweise konnte ich die Miete drücken, sodass sie selbst mit dem Lohn eines Bullen zu stemmen ist.«

»Hast du gut gemacht. Ein Haus ist schön.«

»Ja, und wer hat schon etwas gegen einen gut gebauten Polizisten in seinen besten Jahren als Mieter?«

Victors Lachsalve hallte noch in seinen Ohren, als zwei Tonsignale erklangen und Rokka auf sein Telefon sah. Pelle Almén rief an, und Rokka überlegte kurz, ob er abnehmen sollte oder nicht.

»Wenn man vom Teufel spricht«, verabschiedete er sich von Victor. »Ich muss auflegen, bis bald!«

»Eins noch ... morgen ziehen wir doch wohl um die Häuser, was?«, rief Victor noch. »Am ersten Weihnachtstag sind alle in Hudik.«

»Ja, klar«, sagte Rokka und drückte das Gespräch weg.

»Hi, Almén, lieber Freund und Kollege«, sagte Rokka, als er das nächste Gespräch angenommen hatte. Am anderen Ende der Leitung hörte er schnelle Schritte und hastige Atemzüge.

»Jemand hat Sandins Frau erschossen«, keuchte Pelle Almén.

»Verdammt, was sagst du da?«

»Die reinste Hinrichtung. In ihrem Haus in Skålbo.«

Das katapultierte Rokka fünfundzwanzig Jahre zurück. Als Victor und er mit ein paar anderen Freunden in derselben Fußballmannschaft wie Sandin gespielt hatten. Bevor die größeren schwedischen Vereine ein Auge auf ihn geworfen und seine Karriere so richtig in Gang gebracht hatten.

»Ich wollte dich nur vorwarnen«, sagte Pelle Almén. »Bengtsson wird dich bitten, deinen Dienst vorzeitig anzutreten und mit den Ermittlungen zu beginnen. Alle anderen Kollegen haben offenbar frei oder sind mit anderen Fällen beschäftigt. Herzlich willkommen bei uns.«

»Bengtsson?«

Einen Moment lang dachte Rokka, er hätte sich verhört. Der Chef der Kriminalabteilung hieß doch Antonsson?

»Ingrid Bengtsson ist unser ›großer Chef‹«, erklärte Almén. »Na ja, was heißt groß, sie geht dir höchstens bis zum Bauchnabel, würde ich sagen. Sie ist die Nachfolgerin von Antonsson, der dich eingestellt hat. Er weilt ja nicht mehr unter uns.«

»Was?«, rief Rokka aus und ließ sich auf einen der weißen Sprossenstühle fallen, die am Küchentisch standen. »Davon weiß ich nichts. Was ist passiert?«

»Herzinfarkt«, antwortete Almén. »Ein paar Tage vor Weihnachten.«

Rokka starrte auf die Tischplatte. Aus welchem Grund hatte man ihm diese Information vorenthalten?

»Der arme Kerl. Und wie ist die Stimmung auf der Wache?«

»Wenn ich ehrlich bin, es geht so«, sagte Almén. »Die Leute sind etwas nervös. Ingrid Bengtsson ist … na ja, am besten machst du dir selbst ein Bild.«

Sie beendeten das Gespräch, und Rokka lehnte sich zurück. Jetzt hatte er also einen neuen Chef. Aber das war im

Moment Nebensache: Jemand hatte Måns Sandins Frau umgebracht. Und das in Hudiksvall, seiner Heimatstadt. Rokka wurde klar, dass die neue Stelle ihm mehr abverlangen würde, als er sich je hätte träumen lassen.

Er öffnete den Browser im Handy und rief die letzten Nachrichten im schwedischen Fernsehen auf. Der Mord in Skålbo war der Aufmacher. Zugeknöpft sprach der diensthabende Polizeibeamte in Gävle ins Mikrofon des Journalisten. Er sagte genau das, was zu erwarten war: Noch kein Verdächtiger. Keine Informationen zur Mordwaffe. Und der Name des Opfers wurde auch noch zurückgehalten. Alles mit Verweis auf die laufenden Ermittlungen.

Rokka nahm an, dass die Gerüchteküche bereits brodelte. Bald würden sie bestätigen müssen, was dem im ganzen Land beliebten Prominenten geschehen war.

19. SEPTEMBER

Lieber Bruder,
ich sitze hier vor diesem leeren Blatt Papier mit dem Stift in der Hand und frage mich, wie ich es dir erklären kann. Ich möchte, dass du verstehst, wie alles kam, und ich habe nur diese einzige Chance.

Du fragst dich wahrscheinlich, warum ich mich gerade an dich wende. Aber die Sache ist ganz klar: Obwohl wir uns schon seit Ewigkeiten nicht mehr gesehen haben, bist du der einzige Mensch, dem ich voll vertraue.

Hier in Florenz hat der Herbst Einzug gehalten, und mein Leben steht vor einer großen Veränderung. Obwohl ich so oft entwurzelt worden bin, tue ich mich mit Veränderungen schwer.

Eigentlich paradox.

Oder doch eine ganz logische Erklärung?

Wie auch immer. Zurückzuschauen auf die Zeit, in der alles begann, oder vielmehr endete, tut weh. Aber wie soll man die Dinge als Kind beeinflussen? Kinder tragen nie die Schuld.

Dennoch macht uns das Leben zu den Menschen, die wir sind, und führt uns dorthin, wo wir jetzt stehen, in genau diese Situation.

Aber ich will nicht, dass du dir Sorgen machst, und ich würde mir auch wünschen, dass du keine Zeit damit verschwendest, traurig zu sein. Ich glaube daran, dass in allem, was geschieht, ein tieferer Sinn liegt.

Ein tröstender Gedanke?

Eine Wahrheit?

Diesen Brief schreibe ich dir nur zur Sicherheit. Falls etwas passiert, oder besser: Sobald etwas passiert, möchte ich, dass du weißt, was zu tun ist. Denn wenn du diese Zeilen liest, dann gibt es von uns beiden nur noch dich.

25. DEZEMBER

Janna Weissmann schloss die Eingangstür des grünen Holzhauses hinter sich und trat in den Innenhof hinaus. Der Neuschnee reichte ihr bis zu den Fesseln und durchnässte ihre Laufschuhe unmittelbar. Sie lief die ersten schnellen Schritte über den Hof und erreichte die Lotsgata, von wo aus sie auf die frisch vom Schnee geräumte Storgata abbog. Es war Viertel vor sechs, so wie jeden Tag. Endlich hatte es aufgehört zu schneien, und am noch dunklen Himmel waren die Sterne klar und deutlich zu sehen.

Ein paar Minuten später befand sie sich auf Höhe des Stadshotel. Sie konnte kaum noch reagieren, als eine Tür aufging und ein Mann auf den Gehweg torkelte, direkt vor ihre Füße. Mit voller Geschwindigkeit rammte sie seine Seite.

»Können Sie nicht aufpassen!«, schimpfte Janna und machte einen Schritt weg von ihm.

»Wenn du zu dieser Tageszeit und zu dieser Jahreszeit joggst, dann bist du selber schuld. Reg dich ab, Mädel«, lallte er.

Janna sah ihn scharf an, dann lief sie weiter. Gleichzeitig wurde sie das Gefühl nicht los, dass ihr der Mann bekannt vorkam. Doch sie verdrängte den Gedanken und versuchte, sich wieder auf Depeche Modes *Enjoy the Silence* zu konzentrieren, das aus ihren Ohrhörern dröhnte. Das Laufen brauchte sie als Ventil. Wenn ihre Schritte und ihr Herzschlag die richtige Frequenz gefunden hatten, waren alle überflüssigen Gedanken wie weggeblasen, und dieses Gefühl half ihr, sich auf das Wesentliche zu konzentrieren. Doch an diesem Morgen funktionierte es nicht. Erinnerungen an den gestrigen Abend kamen immer wieder hoch.

Es hatte damit angefangen, dass die Kollegen von der

Schutzpolizei gerufen hatten. An Heiligabend, doch das war ihr egal. Im Gegenteil, es war für sie fast ein Segen gewesen. Alles, was sich in dieser Jahreszeit ereignete, war etwas für die anderen, nichts für sie. In der Stadt, im Fernsehen, in den Zeitungen. Überall fröhliche Familien. Kinder. Weihnachten, wohin man auch sah. Ihre Arbeit vertrieb die Mischung aus Schwermut und Unruhe, die sich in ihr breitmachte.

Ihr und dem anderen Kriminaltechniker war sofort klar, dass es sich nicht um einen Routinefall handelte. Sie hatten es mit einem Mord zu tun, der ein ganzes Land und die Welt des Fußballs schockieren würde. Doch so etwas nahm Janna als Herausforderung an, und als sie im Auto auf dem Weg nach Skålbo saßen, bündelte sie ihre Konzentration ganz auf das, was sie gelernt hatte. Sie stellte sich den Tatort vor. Ging im Geiste jedes Muster durch, um Details und Abweichungen von dem, was normal oder zu erwarten war, sofort zu erfassen.

Doch nichts hätte sie auf das vorbereiten können, was sie zu sehen bekam, als sie das Haus betrat und die Tür zum Badezimmer öffnete. Diese helle, reine Haut neben diesem unwiederbringlich riesigen Dunkelroten. Eingeweide und zerfleischte Haut vermischt zu einem blutigen Brei.

All I ever wanted, all I ever needed …, diese weiche und ein bisschen wehmütige Stimme bohrte sich in Jannas Gehörgänge. Sie lief langsamer. Wechselte ins Gehen. Blieb ganz stehen. Sie beugte sich vor, ihre Hände umschlossen die Knie. Ihre Lungen rangen verzweifelt nach Sauerstoff.

Janna hatte Henna wieder vor Augen, und so sehr sie sich auch wünschte, dieses Bild loszuwerden, es gelang ihr nicht. Sie war aus diesem Leben herausgemetzelt worden, doch das war nicht einmal das Unheimlichste an diesem Fall. Solche Tatorte hatte Janna schon gesehen. Das Schlimmste war, dass

Henna gelächelt hatte. Dass sie aussah, als sei sie zufrieden damit, dass es nun niemandem mehr gelingen würde, sie ins Leben zurückzuholen.

Janna zwang ihre Beine, sich vorwärtszubewegen. Sie brachte ihre Füße dazu, einen immer schnelleren Takt auf den freigeräumten Fußweg zu schlagen, der um den See Lillfjärden führte. Die Wut in ihr wuchs und wuchs, und jeder Schritt peitschte sie vorwärts, trieb sie an, noch fokussierter, noch analytischer vorzugehen. Auf den letzten Kilometern ihrer Joggingrunde lief sie schneller als je zuvor.

Sie stolperte in ihr Haus hinein und brach im Flur zusammen. Etwas entfernt hörte sie ein Schnurren, und kurz darauf war Argento, ihr silberfarbener Cornish Rex, bei ihr. Er strich ihr um die Beine und sah sie mit seinen grünen Augen an. Die Nähe ihres Katers ließ Janna für einen Moment alles um sich herum vergessen. Sie streckte den Arm aus, um ihm über den Rücken zu streicheln. Der schöne Argento. Der frühere Glanz seines gekräuselten Fells war schon lange stumpf geworden, und unter ihrer Handfläche spürte sie seine Rippen. Jetzt waren sie noch spitzer geworden. Widerwillig musste sie sich eingestehen, dass es wirklich an der Zeit war, den Tierarzt wieder aufzusuchen. Nach den Feiertagen. Verfluchte Feiertage.

Sie zog die Sportklamotten aus und stellte sich unter die Dusche. Ihre Atmung hatte sich noch immer nicht beruhigt. Das war nicht normal. Janna drehte das Wasser auf und ließ ihr schwarzes Haar wie einen klitschnassen Vorhang übers Gesicht fallen, dann schloss sie die Augen. Wieder tauchten die Bilder von Henna auf. Das Lächeln erschien ihr jetzt noch viel deutlicher. Janna stieß den Hinterkopf an die Fliesen und ließ das Wasser auf ihre Brüste sprudeln. Ihre Verachtung für das Böse im Menschen fing an, die Kontrolle zu übernehmen.

Zu ihrem Glück wusste Janna, dass das Böse immer eine Schwäche besaß, wie klein und versteckt sie auch sein mochte. Und die würde sie finden.

Sie ließ die Arme an den Seiten herunterhängen. Ihre Augen brannten hinter den geschlossenen Lidern, und ihr Kummer wuchs. Als sie den Wasserstrahl auf ihr Gesicht lenkte, ließ sie den Tränen freien Lauf.

***

In Hudiksvall befand sich das Polizeirevier in einem länglichen Bauwerk aus gelbem Ziegelstein. Ein heruntergekommenes und hässliches Gebäude, wenn man die Leute fragte, und Johan Rokka war geneigt, diese Ansicht zu teilen. Wenn man das Haus von der Südseite her betrachtete, befand sich der Haupteingang ganz hinten, und dort war er mit Ingrid Bengtsson, der neuen Leiterin der Kriminalpolizei, verabredet. Schon als er die blauen Glastüren passierte, sah er sie.

»Johan Rokka«, stellte er sich vor und begrüßte sie mit einem festen Handschlag. »Etwas früher zur Stelle als geplant.«

»Ingrid Bengtsson, herzlich willkommen«, sagte sie, erwiderte seinen Händedruck und sah zu ihm auf. Ihr Gesicht schien erst angespannt, doch dann machte sich ein Lächeln breit. Sie hatte blondes Haar und einen fransigen Pony. Rokka kamen gleich die Trendfrisuren aus den Achtzigerjahren in den Sinn, und er konnte sich einen Kommentar, der ihm schon auf der Zunge lag, gerade noch verkneifen. Besser einen Gang runterschalten. Langsam vorfühlen. Nicht jeder teilte seinen Humor. Eigentlich eher wenige, und das war vielleicht gut so. Er lächelte sie so breit an, wie er konnte, während er die Daunenjacke auszog und über seinen Arm legte.

»Ich bin sehr froh, dass Sie den Dienst schon früher antreten konnten«, sagte sie. »Der Staatsanwalt ist anwesend, und wir gehen den Fall gerade im Konferenzraum durch.«

Ihre Stimme klang, als hätte sie jahrelang geraucht, und sie redete schnell, aber deutlich. Sie nahm ihn von oben bis unten ins Visier, dann blieb ihr Blick auf Brusthöhe hängen. Es dauerte eine Sekunde, bis er begriff, was sie sah. Sein T-Shirt. Er hatte völlig vergessen, es zu wechseln. Er sah hinab auf die Buchstaben.

I'm an asshole. So if you don't want your feelings hurt, don't talk to me.

»Na, Sie werden wir brauchen können … hoffe ich«, sagte Ingrid Bengtsson und räusperte sich.

Rokka blieb ein paar Meter hinter ihr, als sie zum Besprechungszimmer gingen. Ihre Beine bewegten sich unglaublich flink, und er musste große Schritte machen, um mitzuhalten. Auf dem Weg trafen sie ein paar Kollegen in Uniform, die rasch zur Seite traten und grüßten.

Als sie zum Sitzungsraum kamen, blieben sie an der Tür stehen. Rokka ließ den Blick über die vier Personen wandern, die an dem abgewetzten Tisch saßen. Seine Kollegen. Zwei von ihnen kannte er bereits. Pelle Almén selbstverständlich. Er saß da, die sehnigen Arme verschränkt, mit gewohnt ruhigem, vertrauenerweckendem Blick. Neben ihm hatte der Staatsanwalt, Per Vidar Sammeli, Platz genommen. Er trug ein weinrotes Hemd und eine schwarze Lederweste. Seine grauen Haare standen in alle Richtungen ab. Weil es sich bei dem Verbrechen um einen Mord handelte und ein großes Interesse der Medien zu erwarten war, hatten sie ihn zum Leiter des Ermittlungsverfahrens bestimmt. Rokka war zu Ohren gekommen, dass Per Vidar Sammeli kein Freund von hierarchisch angelegten Arbeitsgruppen war, sondern den Polizisten viel Verantwortung überließ.

»Ich freue mich, Ihnen Johan Rokka vorstellen zu können«, sagte Ingrid Bengtsson. »Er hätte seine Stelle eigentlich erst nach den Feiertagen angetreten, aber so, wie es jetzt aussieht, können wir jeden Mann gebrauchen, der zur Verfügung steht. Er wird diese Besprechung übernehmen und für die polizeilichen Ermittlungen verantwortlich sein. Bestimmte Maßnahmen wird er selbstständig durchführen.«

Sie lächelte und nickte Rokka aufmunternd zu.

»Hier oben im Norden ereignen sich Dinge, die wirklich weit über das Normale hinausgehen«, begann Rokka. »Wie Sie gehört haben, laufen bei mir die Fäden zusammen, aber ich bin genauso wie Sie Teil des Teams, das heißt, diesen Job machen wir alle gemeinsam. Meine Laufbahn ist ziemlich holprig, ich bin früher Streife gefahren, war dann in der Bezirkseinsatzzentrale und zuletzt bei der Polizeibehörde. Ich werde Ihnen später mehr von mir erzählen, jetzt möchte ich, dass wir erst einmal die Ermittlungen auf den Weg bringen.«

Rokka machte eine Pause und betrachtete die neuen Kollegen noch einmal eingehend. Alle Blicke waren auf ihn gerichtet. Sie erwarteten offenbar, dass er noch etwas sagte. Vier Personen, von zweien hatte er nicht die geringste Ahnung, wie sie tickten, und einen Fall, der Schwedens größten Sportler betraf.

»Bevor wir loslegen, möchte ich gern eine Sache klarstellen«, fuhr er fort. »Ich spreche Klartext. Wer irgendwas versaut, kommt zu mir und legt die Karten auf den Tisch, wir finden dann schon eine Lösung. Wenn ich etwas im Nachhinein erfahre, werde ich stinksauer.«

Sie starrten ihn an. Rokka bemerkte, dass Pelle Almén mit

aller Not ein Lachen unterdrücken musste. Auch wenn er von Rokka als Polizist noch nicht viel mitbekommen haben konnte, so erinnerte er sich bestimmt daran, wie es war, als sie jung waren. Die neuen Kollegen konnten gerne denken, was sie wollten. Indem er die Marschrichtung von Anfang an vorgab, wollte er Zeit sparen. Ingrid Bengtsson räusperte sich diskret, als er sich am Tisch niederließ.

»Jetzt würde ich gerne wissen, mit wem ich es zu tun habe«, sagte Rokka und rieb sich die Hände. Sein Blick fiel auf die zwei Personen, die neben Pelle Almén saßen. Eine Frau, schätzungsweise Anfang dreißig, stellte sich als Janna Weissmann, Kriminaltechnikerin und IT-Forensikerin vor. Ihr unförmiges Oberteil tat alles, um die Form ihres Körpers zu verhüllen, doch Rokka war sich ziemlich sicher, dass ihm die Physis darunter den Atem verschlagen würde. Neben Janna saß Hjalmar Albinsson, Kriminaltechniker und medizinischer Biologe. Seine Brille befand sich auf seiner Nasenspitze, die Augen hatte er halb geschlossen.

»Herr Albinsson, könnten Sie mit ein paar Worten umreißen, was die technischen Untersuchungen bislang ergeben haben«, sagte Ingrid Bengtsson und nickte ihm auffordernd zu.

Hjalmar Albinsson zuckte zusammen und schob die Brille zurück auf die Nasenwurzel. Er war in Rokkas Alter. Dunkles Haar, schon ein bisschen licht oben am Kopf. Er zog einen Laptop zu sich heran, der auf dem Tisch lag, und als es ihm unter großer Anstrengung gelungen war, das Kabel am Projektor anzuschließen, wurde ein Bild auf die heruntergelassene Leinwand projiziert.

Es zeigte Henna Pedersen. Sie lag auf der Seite, ihr Kopf ruhte auf dem rechten Arm. Der lange, gewellte Pferdeschwanz war von Blut getränkt, das in ungleichmäßigen Mustern um sie herumgeflossen war. Wenn man nur das Gesicht betrachtete, konnte man nicht eindeutig feststellen, ob sie tot war, eher sah es so aus, als läge sie da und habe kurz die Augenlider geschlossen, und dabei lächelte sie schüchtern.

Johan Rokka erkannte sie wieder. Die helle Haut, der hübsche Mund mit diesem charakteristischen Muttermal direkt im Mundwinkel. Er hatte Fotos von ihr gesehen, auf denen sie mit Måns Sandin für irgendeine Premiere posiert hatte. Ihre schlanke Silhouette und ihr nordisch schlichter Stil hatten sie zu einer Art Modeikone gemacht.

»Ich nehme an, Ihnen ist bekannt, dass es sich bei der Toten um die fünfunddreißigjährige Henna Pedersen handelt. Sie wurde am Nachmittag des 24. Dezember in ihrem Haus erschossen«, setzte Hjalmar Albinsson an. »Die Tochter hat Andeutungen gemacht, dass der Täter als Weihnachtsmann verkleidet war. Mit allergrößter Wahrscheinlichkeit stand er in der Tür zum Badezimmer, als er die Schüsse abfeuerte. Den Abstand zwischen der Pistolenmündung und dem Opfer schätzen wir auf ungefähr zwei Meter. Die erste Kugel schlug erst im rechten Unterarm ein und dann in der rechten Seite des Torsos. Offensichtlich erkannte Henna Pedersen, was geschehen würde, und hielt die Arme schützend vor sich. Daraufhin scheint der Täter sein komplettes Magazin auf den Bauch des Opfers abgefeuert zu haben.«

Hjalmar Albinsson starrte geradeaus ins Leere, als er sprach, und klang, als hätte er den Bericht zuvor auswendig gelernt. Rokka versuchte, seinen Blick einzufangen, doch es gelang ihm nicht.

Albinsson fuhr fort: »Bemerkenswert ist auch, dass sie diesen Gegenstand um den Hals trug.«

Er klickte ein Bild weiter, und da erschien eine Plastiktüte, die ein schmales Lederband enthielt.

»Warum ist das merkwürdig?«, fragte Rokka.

»Måns Sandin hat ausgesagt, dass sie das nie zuvor getragen hat.«

Rokka nickte.

»Okay. Und was gibt es zu Sandin?«, fragte er.

Pelle Almén richtete sich auf, aber ließ die Unterarme auf den Stuhllehnen liegen.

»Måns Sandin hat den Notruf getätigt. Gegen 14 Uhr war er von seinem Haus in Skålbo aufgebrochen. Er hatte in der Stadt etwas zu erledigen, bevor zu zurück nach Hause fahren und seine Kinder als Weihnachtsmann verkleidet überraschen wollte. Als er in der Stadt war, bekam er einen Anruf von einem alten Mannschaftskameraden aus Italien. Offenbar ein so wichtiges Gespräch, dass Måns im Wagen sitzen blieb und später als vereinbart nach Hause kam. Zu Hause angekommen erwartete ihn dann dieses Szenario.«

»Können wir sicher sein, dass er das Haus verließ?«

»Ein Freund von ihm hat bestätigt, dass sie sich getroffen haben, und eine Kassiererin im Supermarkt kann bezeugen, dass Sandin dort eingekauft hat. Seine eigenen Angaben, wann er wieder nach Hause kam, konnten wir allerdings bislang nicht bestätigen.«

»Und was ist mit dem Weihnachtsmann-Kostüm?«, fragte Rokka.

»Das lag in der Küche auf dem Boden. Måns hat ausgesagt, er habe es nicht getragen.«

»Das werden wir noch feststellen. Habt ihr mit den Kindern sprechen können?«

»Nein, das Jugendamt hat das in der akuten Situation strikt abgelehnt. Wir haben keine Ahnung, wie viel sie von dem Verbrechen gesehen haben. Ich werde bei der zuständigen Kontaktperson beim Jugendamt gleich nachfragen, wenn wir hier fertig sind«, erklärte Pelle Almén. Er holte eine Dose Snus heraus, formte sorgfältig eine kleine Portion Tabak und stopfte sie sich unter die Oberlippe. Dann griff er ein Fläschchen Desinfektionsmittel und rieb sich die Hände, bevor er die Arme wieder vor dem Körper verschränkte und sich nach hinten lehnte.

»Und was ist mit den Telefonaten?«, fragte Rokka.

»Ich habe die Daten schon analysiert«, antwortete Janna Weissmann. »Sandins Handy war am Weihnachtstag zwischen 14 und 16 Uhr mit vier verschiedenen Nummern verbunden. Eine war tatsächlich die von Manuel Battista in Italien. Aber wir warten noch immer auf die GPS-Daten von Telia, seinem Telefonanbieter, um das Alibi zu überprüfen. Außerdem werden wir als Nächstes die anderen Nummern verfolgen, von denen er angerufen wurde.«

»Und Hennas Handy?«

Janna Weissmanns und Johan Rokkas Blicke trafen sich für einen kurzen Moment, dann wich sie ihm aus.

»Das Auffälligste, was ich finden konnte, war eine unbekannte Nummer, die auf der Anrufliste schon einmal etwa einen Monat vor Weihnachten auftauchte«, sagte sie. »Telia wird uns alle Informationen zur Verfügung stellen.«

»Hat die Spurensicherung draußen etwas sichern können?«

»Bei den Schneemengen war das unmöglich«, erklärte Janna und sah ihn kurz an. »Wir haben eine Schicht Neuschnee vom Hof entfernt, und so ist es uns immerhin gelungen, ein paar Fußabdrücke und Reifenspuren von zwei Fahrzeugen sicherzustellen. Ein Muster passt zu Sandins Lexus RX450h. Das andere hat eine ganz andere Spurbreite, mit großer Wahrscheinlichkeit handelt es sich dabei um einen Schneepflug.«

Rokka nickte.

»Ich habe ein Interview mit dem diensthabenden Polizeibeamten in Gävle gesehen«, sagte er. »Wann geben wir die Identität des Opfers bekannt?« Er sah Ingrid Bengtsson fragend an.

»Die Journalisten hängen uns natürlich wie Bluthunde an den Fersen«, erwiderte sie. »Im Moment ist der Polizeibeamte in Gävle für diesen Teil zuständig. In Kürze werden sie die Identität des Opfers preisgeben. Es hat eine Weile gedauert, bis man den einzigen noch lebenden Verwandten von Henna Pedersen benachrichtigen konnte, einen Bruder, der auf einem Hausboot in der Nähe von Bodø in Nordnorwegen wohnt. Er gibt an, solche neumodischen Dinge wie Telefone nicht zu benötigen. Die Polizei in Bodø hat ihm die Nachricht vor einer Viertelstunde überbracht. Per Hubschrauber«, berichtete sie.

»Und hat der Bruder ein Alibi?«, fragte Rokka.

»Die Kollegen vor Ort haben ein paar Informationen von Birk Pedersen durchgegeben. Er hat seine Schwester angeblich seit zwanzig Jahren nicht mehr gesehen. Es bestand nur ein sehr sporadischer Briefkontakt. Heiligabend habe er allein auf seinem Schiff verbracht, gibt er an«, sagte Bengtsson.

»Das ist wohl als Alibi nicht gerade belastbar?«

Bengtsson sah auf. Eine Braue bewegte sich nach oben.

»In diesem Fall dauert es etwa zwei volle Tage, von Haustür zu Haustür zu gelangen«, entgegnete sie. »Das heißt, wenn man Glück mit den Verbindungen hat. Ihr Bruder besitzt keinen Führerschein. Selbst wenn er sich direkt nach dem Mord von Skålbo nach Bodø auf den Weg gemacht hätte, dann wäre er jetzt noch nicht zu Hause gewesen. Es sei denn, er hätte einen Privatchauffeur gehabt.«

Mein Gott, dachte Rokka und schüttelte den Kopf. Normalerweise erstaunte ihn so schnell gar nichts.

»Und was sagt die Rechtsmedizin? Gibt es da was?«, fragte er.

»Die Leiche ist zur Obduktion nach Uppsala gebracht worden«, sagte Hjalmar Albinsson. »Es wird schätzungsweise eine Woche dauern, bis uns ein vollständiger Bericht vorliegt. Vielleicht bekommen wir vorab schon ein paar Informationen. Die Kugeln, von denen das Opfer getroffen wurde, sind ins Staatliche Kriminaltechnische Institut versendet worden. Wir wissen bereits, dass wir es mit einem kleineren Kaliber zu tun haben. Auch die Kleidung mitsamt dem Weihnachtsmann-Kostüm ist jetzt im SKI, mit dem Zweck der Feststellung von Schmauchspuren, meine ich.«

Rokka hatte selten jemanden gehört, der sich so umständlich ausgedrückt hatte. Er betrachtete Hjalmar Albinsson eingehend und stellte fest, dass sich nur dessen Mund bewegte, sein Gesichtsausdruck blieb immer gleich, während er sprach.

»Und was ist mit den Nachbarn, haben die was bemerkt?«, wollte Rokka wissen.

»Die direkten Nachbarn sind über die Feiertage verreist«, teilte Pelle Almén mit und schob seine Pulloverärmel wieder nach unten. »Wir sind noch dabei, die anderen Nachbarn am Skålboväg zu befragen, sind aber bislang nicht weit gekommen. Die, mit denen wir sprechen konnten, haben nichts Auffälliges gehört oder gesehen.«

»Und was wissen wir über Henna Pedersens letzte Tage?«

»Nicht viel. Måns' Anwalt wird gleich da sein, und wir könnten dann mit der Vernehmung beginnen«, antwortete Almén.

»Ich muss zunächst selbst raus nach Skålbo.« Rokka übernahm. »Und mir schnellstmöglich ein Bild vom Tatort machen. In Ordnung?«

Hjalmar Albinsson bewegte den Kopf fast unmerklich nickend nach unten. Janna rutschte auf ihrem Stuhl hin und her und sah Rokka eindringlich an.

»Wir sind immer noch dabei, Spuren im Schnee zu sichern, deshalb bitte ich Sie, vorsichtig zu sein.«

»Selbstverständlich. Wenn ich zurück bin, unterhalte ich mich ein bisschen mit Måns Sandin«, sagte Rokka.

»Okay. Und was machen wir mit den Journalisten?«, fragte Pelle Almén und strich sich mit der Hand über den Bauch. »Die rufen sogar schon bei mir an.«

»Bei diesem Fall werden die Journalisten nicht wie die Bluthunde auf uns losgehen«, erklärte Rokka. »Sondern vielmehr wie geile Zwergschimpansen. Die werden sich mit nichts abspeisen lassen und alles probieren, jede Lücke bei uns Dorfpolizisten aufzuspüren. Das heißt, keiner von uns darf sich zu dem Fall äußern. Alle, die fragen, werden an den diensthabenden Polizeibeamten in Gävle verwiesen! Habe ich das so richtig verstanden, Frau Bengtsson?«

Rokka drehte sich zu seiner Chefin um.

»Äh … ja … das ist korrekt«, bestätigte sie.

»Almén kommt mit zum Tatort. Alle anderen möchte ich sprechen, wenn wir zurück sind. Noch Fragen?«

Rokka stand auf und schob den Stuhl an den Tisch, während er in verdutzte Gesichter starrte.

»Ja«, sagte Ingrid Bengtsson. »Ich hätte ein paar Fragen. Aber das können wir später in meinem Büro klären, wenn Sie zurück sind.«

Rokka bemerkte, dass ihre heisere Stimme eine Spur schärfer geworden war.

***

Måns Sandin bewegte sich noch immer zwischen Schlaf und Erwachen, als er den Arm ausstreckte, um sich zu vergewissern, dass sie neben ihm lag. Als seine Hand jedoch ins Leere griff, ohne Henna sanft zu berühren, öffnete er die Augen. Um ihn herum war alles dunkel, und er schloss die Augen wieder, zwang sich zurück in den Zustand, in dem er nicht das, was am Tage Realität war, ertragen musste.

Vor seinem inneren Auge stieg er noch einmal die Treppe zu seinem Haus in Skålbo hinauf. Er kam viel zu spät, doch er wusste, dass das vergessen sein würde, sobald er vor ihnen stünde. Er klopfte an die schwere Holztür und wartete einen Moment. Die Stimmen, die voller Erwartung nach ihm riefen, kamen immer näher, und die kleinen Füße trampelten über den Boden, bevor sie die Tür einen Spalt öffneten. Da standen die Kinder vor ihm, da stand Henna. Mit ihrem langen, gewellten Haar, den braunen Augen, den weichen Lippen. Genau so wie damals, als er sie zum ersten Mal gesehen hatte. Sie lächelte und begrüßte ihn. Doch als er den Fuß in die Tür setzen wollte, fiel er kopfüber in die Tiefe.

Måns schnellte hoch. Er wankte hin und her und musste sich abstützen, um nicht von der Pritsche zu fallen. Die Wirklichkeit holte ihn ein, durchdrang seine Gedanken und brachte sein Herz zum Rasen. Er musste der Wahrheit ins Auge blicken, so brutal, wie sie war: Henna gab es nicht mehr. Sie war fort. Tot. Er fasste sich an die Stirn. Verzweifelt versuchte er, sich in Erinnerung zu rufen, was er gesehen hatte, als er ins Haus gekommen war. Was war geschehen? Und was geschah jetzt, um ihn herum und besonders in ihm? Er war hier, in der Polizeiwache von Hudiksvall, war vorläufig festgenommen und hatte keine Ahnung, wann er die Zelle wieder verlassen durfte. Er stand unter *Verdacht*. Das Wort nagte an ihm. Unter Verdacht, seine eigene Frau ermordet zu haben.

Morgen sollte er vernommen werden, danach lag es in den Händen des Staatsanwalts, ob man ihn verhaftete. Die Polizisten hatten ihm mitgeteilt, dass man ihn schlimmstenfalls drei Tage hier festhalten könne. Völliger Wahnsinn. Dass sie ihn hier einfach einbuchten konnten, obwohl er unschuldig war! Der Polizist hatte zwar den Eindruck gemacht, als habe er seiner Aussage geglaubt, und gesagt, sie würden alles tun, um Beweise zu finden, die ihn entlasteten. Doch dieses Versprechen gab Måns nicht wirklich viel Hoffnung.

Er strich über das hellblaue Hemd. Der Baumwollstoff fühlte sich steif an. Seine eigene Kleidung war beschlagnahmt worden, das Handy ebenso. Er würde Ewigkeiten brauchen, bis er verstehen würde, wie er in diese Situation hatte geraten können. Die Vorstellung, hier für immer eingesperrt zu bleiben, rief eine derartige Panik in ihm hervor, dass er den Impuls, sich zu übergeben, mit aller Kraft unterdrücken musste.

Er musste an all die Journalisten denken, die jetzt die Stifte spitzten, um die Geschichte in den Medien zu zerpflücken. In aller Ausführlichkeit. In Schweden, in der ganzen Welt. Sie würden ihn jagen. Erbarmungslos. Und dieses Mal ging es um einen Verlust, mit dem er nicht umgehen konnte. Auf diesen Gegner hatte er sich nicht vorbereiten können, hatte ihn nicht analysieren können.

Verzweifelt fuhr er sich durchs Haar. Er hatte noch keine Möglichkeit gehabt, seinen Mitarbeiter, der die Pressekontakte managte, zu erreichen. Nur Stefan Fantenberg, seinen Anwalt, hatte er kurz sprechen können. Måns griff fest in die kunststoffbeschichtete Matratze und schwankte mit dem Oberkörper vor und zurück. Der Druck, der sich vom Magen her durch den Brustkorb nach oben ausbreitete und ihm fast die Luft abschnitt, machte ihn panisch. Er fragte sich, wie jemand, der Klaustrophobie hatte, es hier aushielt. Dann hielt er inne. Ihm kam der Gedanke, dass er sich möglicherweise an dem einzig sicheren Ort befand. Hier würde ihn kein Journalist der Welt erwischen. Und auch niemand anderes.

Seine Gedanken kamen wieder in Fahrt. War es die richtige Entscheidung gewesen, Florenz zu verlassen, um nach Hudiksvall zurückzukehren? Er hatte es zumindest geglaubt. Aber was war der Grund dafür gewesen, dass Henna in der letzten Zeit so bedrückt und unruhig gewesen war? Er war nicht zu ihr durchgedrungen. Sie hatte ihn ferngehalten. Oder hatte es an ihm gelegen, hatte er zu wenig Interesse gezeigt? Vielleicht würde er nicht hier sitzen, wenn er sich nur die Zeit genommen hätte, ihr in Ruhe zuzuhören.

Er stand auf und stellte sich mit dem Rücken an die Betonwand. Wenn er diesen Ort verlassen würde, dann war er allein mit zwei Kindern. Mit zwei kleinen Menschen, die noch lange Zeit auf ihn angewiesen waren. An Geld würde es selbstverständlich nicht fehlen, er würde ihnen alles kaufen können, was sie sich nur wünschten. Und es war ihm ein Leichtes, sie zum Turnen und zum Fußballtraining mitzunehmen, daran hätte auch er Spaß. Aber was wäre mit allem anderen, mit allem, worum sich Henna allein gekümmert hatte, wenn er verreist war? Was man für kein Geld der Welt kaufen konnte? Die Geborgenheit, das Gefühl von zu Hause. Wenn sie so einen kleinen, traurigen Menschen instinktiv und ganz natürlich in die Arme geschlossen hatte? Ganz selbstverständlich, wenn ein Kind es brauchte. Wie sollte er das den Kindern geben können? Natürlich, er liebte seine Kinder, aber bis gestern war er ein Vater auf Abstand gewesen. Das waren die Fakten. Seine eigene Entscheidung. Natürlich war seine Karriere der Grund dafür gewesen. Aber, wenn er ehrlich war, hatte er damit auch eine ganz bequeme Ausrede. Es war einfacher so. Das konnte er sich sogar selbst eingestehen.

Wie sollte er ein alleinerziehender Vater für zwei kleine Menschen sein, die er in Wirklichkeit gar nicht richtig kannte? Alleinerziehend. Allein.

Er drehte sich um und schlug mit den Fäusten gegen die Betonwand. Der Schmerz in den Händen war lähmend. Trotzdem schlug er immer und immer wieder zu, bis die Oberfläche der Wand die Haut aufriss und sich rote Linien über die Arme verteilten, die an den Ellenbogen Tropfen bildeten. Das hier war keine Option. Das war nicht er. Nicht Måns Sandin.

***

Als das Getriebe erst ein schneidendes, dann ein dröhnendes Geräusch von sich gab, konnte Pelle Almén sich das Lachen nicht verkneifen. Beim zweiten Versuch gelang es Johan Rokka schließlich, den ersten Gang einzulegen, und sie fuhren los in Richtung Skålbo.

»Und du bist bekannt dafür, einer der wenigen Polizisten hier zu sein, die einen Führerschein für alle Fahrzeugklassen haben.« Pelle Almén schüttelte den Kopf.

Die Straße war einsam und verlassen, als sie an den pastellfarbenen Holzhäusern im Stadtteil Fiskarstan vorbeifuhren. Der Schnee lag dick auf den Dächern, sogar die Fensterbretter waren zugeschneit. Aufgrund der Straßenverhältnisse konnten sie nicht einmal die zugelassenen fünfzig Stundenkilometer fahren.

»Ich bin froh, dass du mitkommst«, sagte Rokka. »Ich will, dass du bei den Ermittlungen auch weiterhin dabei bist. Ist mir scheißegal, ob du zur Schutzpolizei gehörst oder nicht.«

Almén sah ihn unschlüssig an und zögerte mit seiner Antwort.

»Von mir aus sehr gern. Aber mach dich darauf gefasst, dass das nicht jeder gerne sieht.«

»Du, mal im Ernst«, fragte Rokka. »Diese Bengtsson, die ist eine richtige alte Kratzbürste, oder?«

»Ja, das könnte sein«, antwortete Almén und sah durch die Seitenfenster. »Aber sie hat Erfahrung wie nur wenige.«

Rokka rutschte auf dem Fahrersitz hin und her. Die Scheibenwischer quietschten rhythmisch monoton, während sie die geschmolzenen Schneeflocken von der Scheibe wischten.

Bengtsson würde sicher Verständnis haben, dachte er. Alméns Qualifikation überstieg die eines normalen Schutzpolizisten bei Weitem. Neben einigen Jahren im Streifenwagen hatte er in verschiedenen Dezernaten im Bezirk Stockholm gearbeitet. Im Hinblick auf die miserable personelle Ausstattung vor Ort wäre es Idiotie, ihn wieder auf Streife zu schicken, zumindest bis sie in ihren Ermittlungen in irgendeiner Form einen Durchbruch erzielt hatten.

»Fragt sich, was für einen ersten Eindruck du hinterlassen hast«, sagte Almén und wandte den Blick nicht von der Straße ab. »Dich werden sie so schnell nicht vergessen.« Er musste lachen.

»Meinst du, ich war zu deutlich?«

Almén sah Rokka tief in die Augen.

»Okay, das findest du also. Aber du kennst mich. Manchmal kommt es mir so vor, als hätten die Worte in mir drin keinen Platz mehr. Sie müssen einfach raus.«

»Dann finde die passenden Gelegenheiten dafür«, erwiderte Almén.

Widerwillig musste Rokka einsehen, dass Almén recht hatte, doch er fragte sich, ob es das wert war. Die Worte abzuwägen, bevor er sie aussprach, nur weil er sich in einem Umfeld befand, das nicht immer auf Spontaneität eingestellt war. Eine Weile saß er nur still da und blickte auf die Häuser, die vorbeizogen. In den meisten Fenstern brannten die typischen Adventslichterbögen, und hinter den Gardinen begingen die Einwohner von Hudiksvall den ersten Weihnachtstag.

»Du, wie gefällt es dir hier im Norden eigentlich?«, fragte Rokka dann.

»Man darf die Gegend natürlich nicht mit Stockholm vergleichen. Aber Sofia hat sich da nicht wohlgefühlt. Wir hatten keinerlei Entlastung mit den Kindern, und so wäre es nicht lange weitergegangen. Was sollten wir tun?«

»Und was hält sie davon, dass du über Weihnachten arbeitest?«, fragte er.

Almén wandte den Kopf wieder ab und sah durch das Seitenfenster hinaus.

»Sie versteht es, aber sie kann es nur schwer akzeptieren«, antwortete er. »Sie hat die Kinder eingepackt, ist ins Auto gestiegen und zu ihren Eltern gefahren.«

»Mist. Dann musst du zusehen, dass du in den nächsten Tagen auch mal freihast.«

»Ach ja? Und wie?«, antwortete Almén und lachte sarkastisch. »Wie soll das gehen? Und wo soll die Verstärkung herkommen, die wir eigentlich brauchen, um diesen Mordfall zu lösen? Am Weihnachtsabend waren im Prinzip nur ich und Maria Nilsson verfügbar, wir zwei im ganzen Bezirk! Verstehst du? Ein Riesenmist. Im Vergleich ist der Bezirk Stockholm die reinste Goldgrube. Idiotisch zu glauben, dass man einen Mörder festnehmen kann, wenn man nur zwei Polizisten zur Verfügung hat.«

Almén, der sichtlich aufgebracht war, schob sich die Uniformkappe tiefer ins Gesicht.

»Ich kann dich verstehen. Aber jetzt ist es nun mal so. Du

warst als Erster am Tatort, und du hast eine Wahnsinnserfahrung. Was glaubst du?«, fragte ihn Rokka.

Almén saß eine Weile schweigend da. Dachte nach.

»Sandin hat seine Frau nicht umgebracht«, sagte er und sah Rokka entschlossen an. »Aber ich bin mir trotzdem ganz sicher, dass es indirekt eine Verbindung zu ihm gibt. Dass der Mord an Henna eine Drohung ist.«

»Warum denkst du das?«

»Hast du mitbekommen, dass die Solentos ihn aufgesucht haben, als er vor ein paar Jahren in Hudiksvall war? Die Jungs waren im Auftrag der dickeren Fische bei ihm, um ihm zu zeigen, wo's langgeht.«

Solentos. Rokka zuckte zusammen. In seinen Ohren hallte der Name nach, und er musste das Steuer noch fester umklammern, um sich auf die Straße zu konzentrieren.

»Hallo, hörst du noch zu?«

»Absolut«, sagte Rokka und räusperte sich.

»Wie auch immer«, sagte Almén. »Da war nicht viel dran. Aber in Stockholm hatten wir letztes Jahr einige Male mit den Solentos zu tun, und sie haben Sandin im Zusammenhang mit einer Schutzgeldaffäre in Stockholm ins Spiel gebracht. Es ging um eine Kneipe, Sandin war irgendwie involviert. Ich glaube nicht, dass wir es unbedingt mit den Solentos zu tun haben, aber vielleicht stehen da noch andere Schlange. Einer mit so viel Geld wie Sandin befindet sich immer in der Gefahrenzone.«

»Für mich ist er immer noch dieser coole Typ«, sagte Rokka. »Vernünftig, zuverlässig. Der Held. Der ist klüger. Er hat zu viel zu verlieren.«

»Zum Beispiel seine Frau«, antwortete Almén. »Diesen Fall werde ich lösen.« Er schlug mit der Faust aufs Armaturenbrett.

»Ich hab nichts dagegen«, sagte Rokka. »Aber ich will nicht, dass auch du deine Frau verlierst. Wenn wir das hier erledigt haben, dann kümmerst du dich darum, dass Sofia wieder nach Hause kommt.«

Sie hatten ihr Ziel erreicht, standen am Zaun und hatten den schmalen Weg vor sich, der zum Haus hinaufführte. Da oben lag es, hinter den hohen Fichten, die die Aufgabe hatten, Schwedens besten Fußballer und seine Familie vor fremden Blicken zu schützen. Nie hätte Rokka geglaubt, dass er diese Toreinfahrt jemals in einem Streifenwagen passieren würde.

Als er den Wagen geparkt hatte, blieb Rokka sitzen. Er hielt seine schwarzen Lederhandschuhe zwischen Daumen und Zeigefinger in die Höhe.

»Gibt es eigentlich irgendwas, das widerwärtiger ist als ein Paar Polizeihandschuhe? Blut, Kotze, Pisse, all der Dreck, mit dem die in Berührung kommen.«

»Ich bin der Letzte, der was anderes behauptet«, sagte Almén. »Aber wie kommst du darauf? Deine sind doch sicher ganz neu.«

»Ja, aber den Dreck werde ich trotzdem nicht los, auch wenn ich jetzt einen höheren Dienstgrad habe. Und hier krempelt man die Ärmel hoch, egal welche Position man hat, soviel ich verstanden habe.« Er lachte laut.

»Genau richtig verstanden«, sagte Almén und sah ihn eindringlich an.

Auf dem Hof vor Måns Sandins Haus herrschte reger Betrieb. Einige Polizisten dirigierten Traktorfahrer, die dabei waren, den Schnee zusammenzuschaufeln, der auf der Suche nach Beweisen möglichst schnell zum Schmelzen gebracht werden sollte.

Rokka und Almén stiegen die Treppe hinauf und passierten

die Eingangstür, die aus massivem Holz gefertigt war. Zwei Mitarbeiter der Spurensicherung in Schutzkleidung zeigten ihnen, welchen Weg sie nehmen mussten, um ins Badezimmer zu gelangen.

Die riesige Blutlache war getrocknet und hob sich nun dunkel vom Fliesenboden ab. Von den nassen Schuhen waren nur noch schemenhaft Abdrücke erkennbar. Rokka hatte vor Augen, wie Henna dort gelegen hatte. Er machte ein paar Schritte zurück in den Flur, um sich in dieselbe Position zu begeben, von der aus der Täter geschossen haben musste.

»Der Täter muss voller Aggression gewesen sein«, sagte Almén und stellte sich neben Rokka, die Arme verschränkt.

»Worauf führst du das zurück?«

»Die Art, wie er geschossen hat. Alles, was er hatte, hat er auf sie abgefeuert.«

Rokka nickte, und sie gingen weiter durchs Haus. Nach ein paar Schritten blieb Almén stehen und drehte sich zu Rokka um. Er kam näher und sah ihm ins Gesicht.

»Du, mal ehrlich«, sagte er. »Warum bist du in Wirklichkeit hergekommen?«

Die Frage kam plötzlich, und jede Muskelfaser in Rokkas Körper verspannte sich. Für einen kurzen Augenblick wusste er nicht, was er sagen sollte. Er ließ ein paar Sekunden verstreichen.

»Äh … hierher, oder was?«

»Stell dich nicht dümmer, als du bist. Du hast in Stockholm mordsmäßig Karriere gemacht, und jetzt hockst du hier, auf einer kleinen Polizeistation in Norrland. Das hängt mit Fanny Pettersson zusammen, nicht wahr?«

Mehr war nicht nötig. Das Bild, das er vergeblich versucht hatte loszuwerden, explodierte auf seiner Netzhaut: helle Locken, die in einem störrischen Wirrwarr um ihr Gesicht herumtanzten, das er seit zwanzig Jahren nicht gesehen hatte. Das auch kein anderer gesehen hatte seit der Nacht, in der sie verschwunden war. Fanny, die Liebe seines Lebens.

»Warum glaubst du das?«, fragte er und räusperte sich.

»Ich kenne dich, das hast du doch eben selbst gesagt.«

Rokka atmete langsam aus.

»Ich will ehrlich sein«, antwortete er. »Ich freue mich darauf, hier oben zu sein und mit dir zusammenzuarbeiten. Aber natürlich spielt Fanny auch eine Rolle. Die alten Ermittlungsunterlagen mögen zwar zu einem bestimmten Ergebnis geführt haben. Aber ich glaube nicht, dass sie aus freien Stücken verschwunden ist, und ich habe mir selbst versprochen herauszufinden, was damals wirklich geschehen ist. Ich stecke sonst irgendwie fest.«

Almén legte Rokka die Hand auf die Schulter.

»Ich kann das sehr gut verstehen«, sagte er. »Aber du solltest nicht zu hohe Erwartungen haben. Es ist Jahre her, dass sie die Ermittlungen eingestellt haben, und du weißt, was das bedeutet.« Er drückte ihn fest an der Schulter, ließ seine Hand noch einen Moment dort liegen, dann drehte er sich um und ging hinaus.

***

Als Evelina Olsdotter die Augen öffnete, fühlte es sich an, als seien sie voll von grobkörnigem Salz. Sie blinzelte, um überhaupt etwas richtig erkennen zu können und die kleinen Erhebungen genauer zu betrachten, die die Rollen des Malers vor fast genau drei Jahren auf der weißen Wand hinterlassen hatten. Damals hatte sie die Wohnung am Liljeholmskaj in Stockholm gekauft und sie komplett renoviert, obwohl es ein Erstbezug gewesen war.

Sie lag noch in derselben Position da, in der sie am Abend zuvor eingeschlafen war. Da fiel ihr alles wieder ein: der Streit, die Tränen. Ihre Augen brannten, und es ließ nicht nach, egal wie viel sie blinzelte. Sie zog sich die Decke bis unters Kinn und kauerte sich zusammen, die Knie an die Brust gezogen. Nur nicht umdrehen. Still liegen bleiben, oberflächlich atmen, vermeiden, dass er aufwacht. Doch es war schon zu spät.

»Ich weiß, dass du wach bist.«

Als sie Johannes' Stimme hörte, stellten sich die Haare an ihren Armen auf. So einfach würde sie nicht davonkommen.

»Du liebst mich nicht«, sagte Evelina, und sie spürte, wie sich ihr Pulsschlag beschleunigte.

»Jetzt schieb das bitte nicht auf mich, meine Kleine. Ich liebe dich, das weißt du. Aber wenn man ein Kind will, dann muss man auch Sex haben, vielleicht hast du das noch nicht begriffen?«, konterte Johannes sarkastisch.

Das war ihr wohl bewusst. Es war fünf Tage her, dass sie auf der Toilette gehockt und mit geübten Handgriffen die Plastikverpackung an der ausgestanzten kleinen Kerbe aufgerissen und dann das weiße Stäbchen herausgezogen hatte. Wie die Male davor hatte sich ihr Brustkorb verspannt, und sie hatte ihre Atmung nur noch ganz oberflächlich in der Luftröhre gespürt. Sie hatte gepinkelt. Auf die Uhr geschaut. Gehofft. Gewartet. Umsonst. Er verstand einfach nicht, wie sie sich fühlte. Wieder versagt.

Ihre Gedanken wurden unterbrochen, als eine vertraute Hand sie liebkoste und ihr sanft über die Schulter strich. Ein Schauer lief ihr über den Körper. Die Hand glitt hinunter zur Lendenwirbelsäule, über ihren Po und tastete sich dann bis zu ihrem Bauch nach vorn. Als sie an ihrem Nabel innehielt, umfuhr der Zeigefinger ihn kreisförmig, bevor die

Hand sich unter die Kante ihres Slips schob. Sie stöhnte auf, als seine Finger zwischen ihre Beine wanderten und sich auf ihre Scham legten. Dort bewegten sie sich langsam, versuchten etwas unbeholfen, ihr Lust zu bereiten.

»Johannes ... ich ...«

Sie versuchte sich zu entspannen. Das Ganze hätte sie schnell hinter sich, das war ihr klar. Doch es ging einfach nicht. Sie konnte ihm nicht länger etwas vorspielen. Sie kniff die Beine zusammen, dann griff sie nach seiner Hand und zog sie weg.

»Du hast im Moment nie Lust«, schnaubte er und drehte sich weg.

Sie schlug die Bettdecke zur Seite und setzte sich auf. Die Arme wie eine wärmende Barriere um sich und das hauchdünne Nachthemd geschlungen. Sie konnte die Warnsignale, die in ihr losgingen, wenn ihre Körper aufeinandertrafen, nicht länger ignorieren. Und der ständige Streit hielt sie davon ab, auch nur einen einzigen konstruktiven Gedanken zu fassen. Doch sie zwang sich.

Was hatte dieses Gefühl zu bedeuten?

War ihre Sehnsucht nach einem neuen Leben so groß, dass sie die Bedeutung des Menschen an ihrer Seite überschattete?

Lag es im Grunde an ihr, dass sie so oft stritten?

Sie schluckte, um den Brechreiz zu unterdrücken.

»Du verstehst gar nichts«, sagte sie, ohne sich zu ihm umzudrehen.

»Morgen fahre ich ab, das weißt du doch«, sagte Johannes.

»Ja, und das wird verdammt schön.« Sie atmete schnell und kniff die Augen zusammen.

Wie sie darauf wartete, dass er endlich fuhr. Einen Monat lang wäre er weit fort, auf der anderen Seite des Atlantiks. Und wenn er zurückkam, wollten sie eine neue Wohnung beziehen, eine größere. Sie brauchte Zeit zum Nachdenken. Sie musste verstehen, was diese Gefühle bedeuteten. Sich selbst gegenüber ehrlich sein und sich trauen, dementsprechend zu handeln. In einer Woche würde sie nach Florenz fliegen. Pitti Uomo stand vor der Tür, eine der wichtigsten Messen des Jahres für True Style Stories, das Modelabel, für das sie arbeitete. Ihre Aufgabe war es, dafür zu sorgen, dass alle wichtigen Einkäufer dort eine perfekte Performance erlebten. Sie würde Tag und Nacht daran arbeiten, dennoch würde diese Reise ihr helfen, ihre Gedanken zu sammeln, das wusste sie.

»Ehrlich gesagt finde ich die Vorstellung auch ganz schön«, sagte Johannes.

»Wie meinst du das?«

»So viel, wie wir uns streiten«, fuhr er fort. »Ich glaube, wir müssen mal eine Weile getrennt voneinander sein. Denn wenn wir nicht miteinander kommunizieren können, dann können wir es auch gleich ganz sein lassen.«

In ihr drehte sich alles. Das waren doch wohl nicht seine Worte gewesen? Johannes durfte nicht sagen, dass ihre Beziehung schlecht lief.

»Siehst du, du liebst mich nicht. Du findest es schön, wenn ich nicht da bin«, antwortete sie.

»Ich verstehe dich überhaupt nicht. Darum geht es doch gar nicht, das habe ich doch gesagt. Ich will, dass es funktioniert zwischen uns. Ich will Vater werden. Ich will, dass du die Mutter meiner Kinder wirst. Du musst dir jemanden zum Reden suchen. Verdammt, wir haben doch auch gerade erst die neue Wohnung gekauft.«

»Glaubst du, dass wir es schaffen können?« Zu ihrer eigenen Verwunderung nahm sie den bittenden Tonfall in ihrer Stimme wahr. Er war einfach da, ohne dass sie die Kontrolle darüber gehabt hatte, und sie wurde wieder mitgerissen. Wie immer.

»Ehrlich gesagt, ich weiß es nicht. Ich bin diese Auseinandersetzungen so leid. Aber ich will uns auf jeden Fall noch eine Chance geben.«

Johannes legte sich auf die Seite und zog die Decke über seinen Körper. Die Diskussion war beendet.

Evelina spürte diesen Druck im Brustkorb, den sie so gut kannte. Sie wollte nicht verlassen werden. Alles andere war besser. Und eigentlich war er schon gut, ihr Johannes. Auch wenn er oft unterwegs war. Er verdiente viel. Sie sollte eigentlich zufrieden sein. Woher wollte sie wissen, dass ein besserer Mann auf sie wartete?

Sie stand auf, verließ das Schlafzimmer und ging hinüber zu dem großen Panoramafenster. Es war noch immer dunkel draußen, und die Straßenlaternen, die am Kai standen, warfen ihre Lichtkegel auf die Eisschollen im Wasser. Auf der anderen Seite lagen Södermalm und Tanto mit all den eingeschneiten Schrebergartenhäuschen. Stockholms schöner Süden.

Sie nahm eine große, graue Wolldecke vom Sofa und wickelte sich darin ein. Es erschreckte sie, wie sehr sie ihren inneren Dämonen ausgeliefert war. Konnte sie nicht einfach zufrieden sein und sich geborgen fühlen, richtig verliebt sein? Konnte sie sich denn wirklich ernsthaft verlieben? Jemanden aufrichtig lieben?

Doch, das konnte sie. Bei ihm war es so, dem Mann ihres Lebens, der ihr Herz einfach nicht freigeben wollte. Offenbar hatte es mit ihnen beiden nicht sein sollen. Eine andere war ihr in den Weg gekommen, und auch wenn es für sie sehr schwer gewesen war, war sie gezwungen gewesen, diese Tatsache zu akzeptieren und ihr Leben fortzusetzen.

»Evelina, können wir bitte aufhören zu streiten. Wir werden uns jetzt ein paar Wochen nicht sehen, und ich möchte nicht in so einer Stimmung abreisen.«

Sie wurde aus ihren Gedanken gerissen, als Johannes näher kam und sie von hinten umarmte. Sein starker warmer Körper presste sich an sie, und sie konnte sich entspannen. Eigentlich war es wirklich ein schönes Gefühl. Ihr Gefühlswirrwarr legte sich und verzog sich schließlich ganz. Diese Geborgenheit war doch das, was sie brauchte.

»Weißt du was«, sagte Johannes und ließ sie los. »Ich habe im Internet gelesen, dass oben in Hudiksvall offenbar ein Mord geschehen ist. Eine Frau in den Dreißigern, zwei Kinder. Mit einem berühmten Fußballer verheiratet.«

Evelinas Herz setzte einen Schlag aus, und wieder nahmen ihre Gedanken die Achterbahnfahrt auf. Sie holte tief Luft, dann drehte sie sich zu Johannes um.

»Ist das wahr? Wie furchtbar. Und auch noch zwei Kinder. Weiß man schon, wer es war?«, fragte sie und gab ihm einen Kuss.

»Nein, vom Mörder fehlt jede Spur.«

***

Als Rokka die Tür zu Ingrid Bengtssons Büro öffnete, saß sie an ihrem Schreibtisch und blickte aus dem Fenster. Der Raum war der größte im ganzen Gebäude, aber die Aussicht war alles andere als ansprechend. Ein Blick auf einen Parkplatz, der bis auf drei eingeschneite Autos komplett leer war.

»Kommen Sie rein«, sagte Bengtsson und strich sanft über den glatten Lack des dunkelbraunen Holztischs.

Rokka nahm auf dem Besucherstuhl Platz.

»Ist das Ihr Sohn?«, fragte er und zeigte auf ein eingerahmtes Foto, das neben ihrem Computer stand.

»Ja, er heißt Jesper«, sagte sie und schob es zurecht. Ließ ihre Hand am Rahmen liegen. »Die Jugend heutzutage. Neunzehn Jahre und keinen richtigen Job.«

»Das kommt schon noch«, sagte Rokka. »Als ich neunzehn war, stellte ich mir vor, den Rest meines Lebens mit dem Rucksack durch die Welt zu reisen.«

Dabei fiel ihm auf, wie verlockend er diese naive Idee aus seiner Jugend heute immer noch fand. Kein Wohnsitz. Nur ein Rucksack.

»Und alles dreht sich nur um Computer«, seufzte Bengtsson. »Ich habe versucht, ihn für Fußball oder Fliegenfischen oder Kochen zu begeistern. Alles Mögliche. Aber er hockt den ganzen Tag vor diesem Bildschirm. Ist ›im Netz‹, wie er es nennt.«

Rokka musste lachen, und Bengtsson fuhr fort: »Und jetzt erzählt er mir, ein Unternehmen in Stockholm, das solche Spiele kreiert, hätte zu ihm Kontakt aufgenommen. Sie haben ihm einen Job angeboten. Ich frage mich nur, was für eine Arbeit das sein soll.«

Bengtsson zog ihre goldverzierten Schulterklappen zurecht.

»Da kann man einen Haufen Geld verdienen. Wahrscheinlich doppelt so viel wie Sie und ich zusammen«, antwortete Rokka.

Sie sah ihn beleidigt an.

»Der Bezirkspolizeidirektor hat es so ähnlich ausgedrückt und gesagt, ich könne stolz sein, aber ich weiß nicht so recht.«

Sie ließ eine Hand in der Schreibtischschublade verschwinden. Das Geräusch von klirrendem Glas erklang, und Bengtsson nahm ein kleines Gefäß heraus, entfernte einen roten Korkverschluss und fingerte an einer beweglichen Kugel, mit der sie sich dann über die Lippen fuhr. Ein vertrauter künstlicher Duft nach Erdbeere verteilte sich in der Luft und weckte in Rokka Erinnerungen von vor dreißig Jahren. Er schmunzelte innerlich.

»Ich möchte gern Ihre Meinung zum Tatort hören«, sagte Bengtsson und ließ den Lipgloss wieder im Schreibtisch verschwinden. »Doch zuerst möchte ich ein paar Dinge klarstellen.« Ihre Stimmlage wurde tiefer, und sie beugte sich vor.

»Als Erstes: Ich will, dass Sie Almén aus den Ermittlungen raushalten. Er hat am Auftaktmeeting teilgenommen, weil er als Erster am Tatort war, doch er gehört der Schutzpolizei an, und die haben genauso wenig Leute wie wir.«

»Mir ist bekannt, dass wir hier anders ausgestattet sind als in Stockholm«, antwortete Rokka. »Aber wir haben einen Fall, bei dem einer der prominentesten Schweden betroffen ist, und wir brauchen jeden Mann, den wir kriegen können.«

Bengtsson lehnte sich zurück.

»Wir machen hier keinen Unterschied zwischen den Opfern. Sie wissen, was in unserem Leitbild steht.«

Rokka sah sie an und dachte, dass er mindestens hundert Fälle aufzählen konnte, bei denen man Ausnahmen gemacht hatte.

»Selbstverständlich«, erwiderte er dann. »Aber wir können die Tatsache nicht leugnen, dass wir hier einen spektakulären Fall auf dem Tisch haben.«

»Natürlich. Und Sie müssen wissen, dass ich von dem, was Sie an Erfahrung mitbringen, durchaus beeindruckt bin, und auch wenn ich Sie nicht eingestellt habe, ist mir klar, über welche Qualifikationen Sie verfügen. Hjalmar Albinsson und Janna Weissmann stehen Ihnen zur Seite. Sie sind äußerst kompetent, hervorragende Allrounder und gleichzeitig Spezialisten in ihrem Fach. Absolute Leistungsträger, wenn Sie mich fragen.«

»Gut«, sagte Rokka. »Wir werden diesen Fall lösen. Aber wir könnten trotzdem einen äußerst kompetenten Polizisten zur Unterstützung der Ermittlungen gebrauchen.«

»Hören Sie«, sagte Bengtsson. »Man weiß nie, wann Verkehrsunfälle passieren. Einbrüche und Misshandlungen nehmen permanent zu. Die Schutzpolizei darf auf gar keinen Fall noch schlechter ausgestattet sein.«

Sie verschränkte die Arme.

»Und dann finde ich, Sie hätten mich oder Alméns Vorgesetzten fragen können, bevor Sie ihn mit nach Skålbo genommen haben.«

Rokka holte einmal tief Luft.

»Okay«, erwiderte er und atmete aus. »Ich werde beim nächsten Mal dran denken. Und was war das Zweite?«

»Wie, das Zweite?«, fragte sie.

»Sie haben mit ›als Erstes‹ angefangen.«

Bengtsson zögerte einen Moment, vermutlich um den Anschein zu erwecken, als überlegte sie kurz.

»Genau. Ich möchte Sie bitten, bei Ihrer Wortwahl etwas sorgfältiger zu sein.«

»Haben Sie da ein ganz spezielles Wort im Sinn, das ich zukünftig nicht verwenden sollte?«

»Ich meine diesen Ausdruck mit den Affen«, antwortete sie und legte den Kopf etwas schräg.

Rokka wusste nicht, ob er laut loslachen oder aufstehen und gehen sollte. Er entschied sich, nichts davon zu tun.

»Okay. Ich werde nie wieder ›Zwergschimpansen‹ sagen, ich versprech's«, erwiderte er. »Es war nicht meine Absicht, jemanden zu verärgern.«

Bengtsson lächelte ihn an.

»Und was sagen Sie zu den Ermittlungen?«, fragte sie ihn.

»Ich bin beeindruckt, was Sie bisher schon herausgefunden haben. Die Spurensicherung macht da draußen einen fantastischen Job, und das trotz der widrigen Umstände. Aber wenn Sie mich jetzt entschuldigen würden, ich möchte noch ein bisschen mit Sandin plaudern«, sagte Rokka, stand auf und ging in Richtung Tür.

»Das sollten Sie. Und hören Sie, Rokka: Sorgen Sie dafür, dass wir den Täter kriegen.«

***

»Vernehmung von Måns Sandin, verheiratet mit der ermordeten Henna Pedersen. Es ist der 25. Dezember, 15.30 Uhr, wir befinden uns auf der Polizeiwache von Hudiksvall. Mein Name ist Johan Rokka, ich führe die Vernehmung, neben mir sitzt Pelle Almén. Anwesend ist außerdem der Anwalt des Tatverdächtigen, Stefan Fantenberg.«

Rokka erhob den Blick vom Mikrofon und sah Almén an. Der nickte zustimmend.

Das Licht im Vernehmungszimmer war grell und entblößte alle Unebenheiten der grau getünchten Wände. Rokka hielt sich an seinem linierten Block fest. Es fiel ihm schwer, sich die Person, die vor ihm saß, zur Brust zu nehmen. Måns Sandin, auf den alle so stolz waren. Das Kind des Landes. Ihr Held. Sandins Schultern hingen herab, er war bleich und hatte nach einigen Stunden im Polizeiarrest Ringe unter den Augen. So weit entfernt von einem Spitzensportler, wie man sich nur vorstellen konnte. Auf dem Stuhl neben ihm saß Stefan Fantenberg, der die Beine übereinandergeschlagen hatte. Er biss ununterbrochen am Nagel seines Zeigefingers herum und spuckte dann ein Stückchen aus.

»Mein Beileid«, sagte Rokka zu Sandin. »So hatte ich mir unser Wiedersehen nicht vorgestellt. Aber du wahrscheinlich auch nicht.«

Måns Sandin rutschte hin und her. Rokka konnte nur für sich selbst sprechen, und er fand die Situation ziemlich absurd. Aber als er versuchte, sich in Sandin hineinzuversetzen, wurde ihm regelrecht schwindelig. Ein Hoffnungsschimmer, dass sie schnell sein Alibi bestätigen könnten, flammte auf, doch Rokka zwang sich, seine Empathie zu unterdrücken.

»Ich habe gelesen, was du als Erstes zu Protokoll gegeben hast. Da hast du nichts von den letzten Tagen erzählt, die du mit deiner Frau verbracht hast. Bitte tu das jetzt.«

Måns Sandin reckte sich.

»Wir haben nicht viel gemacht. Henna war ein bisschen down und wollte am liebsten zu Hause bleiben und das Fest vorbereiten. Ich bin unterwegs gewesen, habe Dinge erledigt und die letzten Besorgungen für Heiligabend gemacht. Ich habe mich auch mit ein paar Freunden getroffen, die sich gefreut haben, dass wir zurück nach Hause gezogen sind.«

»Seit wann wohnt ihr wieder hier?«

»Wir haben das Haus im Sommer gekauft, aber die Saison lief noch eine ganze Weile, deshalb sind wir erst im November eingezogen.«

Rokka griff zu einem Kugelschreiber und machte sich Notizen auf seinem Block.

»Wie habt ihr euch kennengelernt?«

»Das war in Florenz. Vor acht Jahren. Wir waren beide zu einem Essen bei gemeinsamen Freunden eingeladen. Ich wusste sofort, dass sie anders war. Sie war mit keiner Frau zu vergleichen, die ich vor ihr kennengelernt hatte.« Sandin starrte hinab auf seine ineinander verschränkten Hände, die auf der grünen Tischplatte ruhten.

»Inwieweit anders?«

»Sie hatte etwas Bohèmeartiges an sich. Das lag wahrscheinlich daran, dass sie mit ihrer Mutter und ihrem Bruder in einer Kommune aufgewachsen war, ich weiß nicht recht. Sie haben ein recht sonderbares Leben geführt, hatten nicht mal einen Fernseher. Zum Beispiel weigerte sie sich, ein Handy zu benutzen. Ich musste sie regelrecht dazu zwingen. Heute kommt man ohne Handy doch gar nicht mehr aus, oder?« Sandin sah ihn an. Ein Leben ohne Smartphone schien außerhalb seiner Vorstellungskraft zu liegen.

Rokka hob die Augenbrauen, und Sandin fuhr fort: »Sie konnte die ganze Nacht wach sein und vor ihren Bildern sitzen. Auf dem Boden. Sie trank Wein und hörte Musik, war eine richtige Träumerin. Ich war der Realist in unserer Beziehung.« Rokka nahm ein kleines Lächeln in Sandins müdem Gesicht wahr.

»War sie eine Künstlerin?«

»Sie träumte davon, eine zu sein, und ich habe versucht, ihr dabei zu helfen.«

»Hat sie ihre Mutter oft gesehen?«

»Nein, sie hatten ein ziemlich angespanntes Verhältnis, soweit ich weiß. Henna hat nicht viel von ihr gesprochen. Ich habe ihre Mutter nur einmal gesehen, bevor sie starb, und ich glaube nicht, dass Henna viel Kontakt mit ihr hatte, bevor wir beide uns kennenlernten.«

Rokka schrieb mit.

»Weißt du, warum die Beziehung zwischen den beiden so war, wie sie war?«

Sandin saß eine Weile schweigend da.

»Keine Ahnung«, sagte er dann und zuckte mit den Schultern.

»Wann ist die Mutter gestorben?«

»Das muss jetzt ungefähr drei Jahre her sein.«

»Und wie hat Henna das verkraftet?«

»Sie hat nicht gerade viel davon gesprochen. Sie erhielt die Nachricht von ihrer Großmutter. Tatsächlich erschien sie nicht besonders berührt. Ich habe sie gefragt, ob sie auf die Beerdigung gehen wolle, aber das wollte sie auf gar keinen Fall. Eigentlich war es ihre Großmutter mütterlicherseits, der Henna am nächsten stand. Henna ist in Dänemark geboren, aber kurz darauf ist die Familie schon in diese Kommune gezogen, irgendwohin nach Südschweden, soviel ich weiß. Aber Henna kam später zu ihrer Großmutter und ist bei ihr aufgewachsen, irgendwo auf einer dänischen Insel. Die Großmutter ist auch gestorben, das ist etwa ein Jahr her und hat Henna viel mehr mitgenommen.«

»Kanntest du Birk Pedersen, Hennas Bruder?«

»Nein. Er wollte uns einmal in Italien besuchen, aber irgendetwas kam dazwischen, sodass er auf diesem Hausboot geblieben ist.«

»Hatte Henna viele Freunde?«

»Nur wenige. Sie brauchte nicht so viele Freunde, doch die paar, die sie hatte, bedeuteten ihr viel. Ihre beste Freundin heißt Carolina, sie wohnt in Florenz.«

»Was hat Henna dir bedeutet?«

»Was soll diese Frage? Sie war meine Frau. Die Mutter meiner Kinder. Was glaubst du?« Sandin beugte sich vor und sah Rokka eindringlich an.

»Ich möchte deine Antwort auf die Frage hören«, sagte Rokka und beugte sich ebenfalls über den Tisch.

»He, Rokka, du kennst mich doch.« Måns schlug mit den Handflächen auf die Tischplatte.

»Ich *kannte* dich. Und damals war ich nicht Polizist. Beantworte bitte die Frage.«

Måns schnaubte und drehte sich zu seinem Anwalt um, der die Augen schloss und ihm diskret zunickte.

»Okay. Den größten Teil meines Lebens habe ich in einer oberflächlichen und unkomplizierten Welt zugebracht, auch wenn ich selbst unglaublich hart dafür gearbeitet habe, dorthin zu kommen, wo ich jetzt stehe. Henna hat mir Seiten an mir selbst gezeigt, die ich noch nie wahrgenommen hatte, sie lehrte mich, hinter die Fassaden zu schauen. Sie ... sie hat Dinge in mir entdeckt, die niemals die Chance gehabt hätten, zum Vorschein zu kommen.« Måns sank in sich zusammen.

»Hast du sie geliebt?«

»Natürlich ... natürlich hab ich das. Aber was sollen verdammt noch mal diese Fragen?« Måns sprang so schnell auf, dass sein Stuhl umkippte, und wandte sich an Stefan Fantenberg. »Sorg lieber dafür, dass mein Alibi untermauert wird. Ich werde keine weiteren Fragen über mein Liebesleben mehr beantworten!« Dann griff er den Stuhlrücken und schlug das Sitzmöbel gegen die Betonwand.

»Können wir kurz unterbrechen?« Stefan Fantenberg stand schnell auf und sah Rokka entschuldigend an.

»Kein Problem. Aber bitte bedenken Sie, dass ich nur Fragen stelle, die für die Ermittlungen wichtig sind. Ich bin nicht von der Regenbogenpresse«, fügte Rokka hinzu und stoppte die Aufnahme.

Måns Sandin verließ den Raum mit seinem Anwalt, und Rokka stand ebenfalls auf und drehte eine Runde um den Tisch. Er konnte Måns' Reaktion verstehen. Doch wenn er zu viel Mitgefühl an den Tag legte, würden sie mit der Aufklärung des Mordfalls kein Stück weiterkommen.

Nach ein paar Minuten waren sie zurück. Måns hatte sich gefasst und nahm wieder Platz. Er fuhr sich mit den Händen durchs Haar und seufzte.

»Rokka, das ist das Allerschlimmste, was mir je passiert ist! Verdammt noch mal, meine Frau ist tot, und du fragst, ob ich sie geliebt habe.«

»Ich kann verstehen, dass dich das aufregt. Aber es ist nun mal so, dass ich entscheide, welche Fragen ich stelle. Wie war eure Beziehung?«

Måns schluckte.

»Gut. Natürlich nicht mehr ganz so leidenschaftlich nach sieben Jahren und zwei Kindern, aber ich würde trotzdem sagen, dass wir eine gute Beziehung hatten im Vergleich zu anderen.«

Rokka machte sich Notizen auf seinem Block.

»Und wie ging es Henna wirklich?«

»Sie war schon immer etwas melancholisch, hatte einen Hang zur Schwermut. Ihre Stimmung schwankte.«

»Du behauptest ja, du hättest Henna nicht getötet. Fällt dir jemand anderes ein, der ihr schaden wollte?«

Måns sah schnell zu Fantenberg hinüber, bevor er antwortete.

»Henna war der friedfertigste Mensch, den man sich vorstellen kann. Sie hätte nicht einmal eine Ameise absichtlich zertreten. Deshalb wüsste ich absolut niemanden.«

»Man könnte ja annehmen, dass derjenige, der Henna getötet hat, es eigentlich auf dich abgesehen hatte. Was sagst du dazu?«

Måns verschränkte die Arme und lehnte sich zurück, dann sah er Rokka direkt in die Augen.

»Du kannst sicher verstehen, dass man, wenn man so ein außergewöhnliches Leben führt wie ich, immer auf Leute trifft, die neidisch sind oder die irgendein anderes Problem haben. Ich habe mich dabei nie bedroht gefühlt, hab nie Angst um mein Leben gehabt.«

Rokka notierte in Gedanken: *Verteidigungsreflex*.

»Vor ein paar Jahren hast du Besuch von den Solentos bekommen, als du hier in Hudiksvall feiern warst. Kannst du mir die Geschichte mal genauer erzählen?«

Måns warf entnervt die Hände in die Höhe.

»Die kamen nur zu mir und boten mir Schutz an. Ich habe natürlich abgelehnt. Ich will mit den Typen nichts zu tun haben, deren Business verstößt völlig gegen meine Prinzipien.«

»Als sie nach dieser Begegnung von unseren Kollegen vernommen wurden, haben sie deinen Namen fallen lassen.« Rokka traute sich nicht, Almén anzusehen. Er wusste, dass er mit dieser Frage eine Grenze überschritt. Diese Information hatte er von Almén persönlich, nicht aus irgendeinem Dokument. Er pokerte.

»Das musst du die Typen von den Solentos fragen, ich habe nichts mit diesen Leuten zu tun.« In Måns' Augen blitzte es auf. »Im Gegensatz zu dir, wenn ich mich recht erinnere. Eigentlich ein Wunder, dass du überhaupt als Polizist arbeiten darfst.«

Rokkas Gesicht wurde heiß, und aus dem Augenwinkel nahm er Notiz davon, dass Pelle Alméns Blick nun an ihm haftete. Rokka räusperte sich.

»Selbst wenn es tatsächlich so gewesen wäre, dass ich mit den Lederjacken auf den Motorrädern herumgehangen hätte, hat das nicht das Geringste mit dieser Vernehmung zu tun. Jetzt geht es um dich«, entgegnete Rokka und räusperte sich erneut. »Wir werden das mit den Solentos klären. Eine ganz andere Frage: Unsere IT-Forensikerin hat festgestellt, dass du gestern Nachmittag ziemlich viel telefoniert hast. Neben dem Gespräch mit Manuel Battista, das nach deiner Aussage zu der Verspätung geführt hat, warst du noch mit weiteren Personen in Kontakt. Kannst du uns sagen, mit wem du da gesprochen hast?«

»Ich kriege jeden Tag zig Anrufe. Das sind zum Teil Freunde und Bekannte, aber auch Fremde, die irgendwie an meine Telefonnummer gekommen sind. Ich kann mich unmöglich an alle erinnern, die angerufen haben. Ich weiß aber, dass ich mit Peter Krantz und Magnus Andersson gesprochen habe.«

»Das sind zwei von drei. Kannst du dich noch an jemand anderen erinnern?«

»Tut mir wirklich leid, ich weiß es nicht mehr.«

»Wir werden das bei Telia nachprüfen, vielleicht hilft dir das auf die Sprünge. Ende der Vernehmung von Måns Sandin«, sagte Rokka und schaltete das Aufnahmegerät aus.

***

Birk Pedersen verweilte im Lotossitz vor dem Feuer. Die orangefarbenen Flammen flackerten immer höher. Er versuchte, ihnen eine Weile zu folgen, bevor er einen Punkt fokussierte, der weit hinter dem flackernden Feuer lag. Birk schloss die Augen und holte einmal tief Luft. In seinem Inneren folgte er dem Weg des Sauerstoffs, wie der die Flimmerhärchen seiner Nase reizte und in die Lungen gesogen wurde, bevor er die Restgase durch den Mund wieder ausströmen ließ. Seine Hände lagen schwer auf den Knien, und langsam entspannte sich sein ganzer Körper.

Ein Bild von Henna tauchte vor seinem inneren Auge auf. Das Haar flatternd im Wind, die lange Kette um den Hals, während sie vor ihm über die Wiese rannte. Sie waren auf dem Weg zum Strand. Das Bild ließ ihn nicht los, und er hielt es krampfhaft fest. Hennas weißes Kleid umspielte ihre Beine, als sie auf dem ausgetretenen Pfad von einer Seite zur anderen hüpfte. Am Ende der Wiese erstreckte sich der Strand. Sie drehte sich um und winkte ihm zu, er solle sich beeilen. Doch er blieb stehen, entschied sich dafür, sie lieber aus der Ferne zu beobachten. Sie war glücklich, seine Schwester. Immerhin sah sie glücklich aus, und er wünschte sich sehr, dass sie es war.

Birk stand langsam auf und ging zum Kamin. Seine grauen Wollsocken, die dort hingen, waren nun trocken und warm, und er nahm sie mit, als er die schmale Wendeltreppe zu seinem Schlafloft hinaufstieg. Neben dem Bett stand der hohe braune Schrank. Er öffnete die oberste Tür, fuhr mit der Hand hinein und zog eine braune Holzkiste heraus und betrachtete sie. Folgte den eingeritzten Buchstaben mit dem Zeigefinger: *BP*.

Sammle nicht mehr Gegenstände, als in dieser Kiste Platz haben, fiel ihm ein. Waren das nicht die Worte seiner Großmutter gewesen?

Dann öffnete er das Schloss. Ganz oben lag das Bündel mit Scheinen, so wie es sein sollte. Er schob es beiseite und sah den weißen Briefumschlag, in Italien abgestempelt. Langsam strich er mit den Fingerspitzen darüber, bevor er ihn herausnahm und öffnete. Darin befand sich ein Schlüssel. Jedes Mal, wenn er die Kiste öffnete, hatte er Angst, der Schlüssel könnte nicht mehr da sein. Sicherheitshalber hatte er ihn an einem Lederband festgeknotet, an dem sich auch ein geschliffenes, dreieckiges Holzstück befand. Wenn er sich das Stück Holz unter die Nase hielt, nahm er den süßlichen, dezenten Duft von Wacholder wahr. Er hatte gehofft, diesen Schlüssel niemals benutzen zu müssen, aber es erstaunte ihn auch nicht sonderlich, dass es jetzt so weit war. Henna war zu schön für diese Welt gewesen, das hatte er schon immer gedacht.

Es waren drei Stunden vergangen, seit der Polizist ihn aufgesucht hatte. Er hatte ihm Fragen zu Henna gestellt. Wann sie sich zuletzt gesehen hätten. Fragen nach ihrer Kindheit. Was er selbst zur Tatzeit gemacht habe. Schwierige Fragen, doch der Polizist schien mit Birks Antworten zufrieden gewesen zu sein, er hatte am Ende gesagt, er ließe von sich hören.

Birk hatte sich schnell entschieden: Es war Zeit aufzubrechen. Er würde nur das Nötigste packen und dann eine Stunde schlafen. Danach musste er sich auf eine Reise begeben, die lang war.

***

Nach der Vernehmung ging Johan Rokka in die Cafeteria. Es pochte in seinem Kopf, und sein T-Shirt spannte am Hals. Er holte ein paar Mal tief Luft und dachte an das Leben, das Henna geführt hatte. Wirklich tragisch. Keine Angehörigen mehr bis auf den Bruder, und der hauste auf einem Schiff im Nordpolarmeer. Eine Handvoll Freunde, mehr nicht. Und ein Ehemann, der sie nicht einmal richtig gekannt zu haben schien.

Nach einem kurzen Blick auf sein Handy wusste er, dass die Journalisten nun mit den Füßen scharrten. Rokkas Stimme auf der Mobilbox forderte sie auf, sich mit dem Pressesprecher der Polizei in Gävle in Verbindung zu setzen; trotzdem hatte er sieben verpasste Anrufe und ebenso viele Nachrichten. Sie wollten, dass er zurückrief. Drohten sogar damit, ihre Artikel sonst ohne Rücksprache mit ihm zu verfassen, und fügten hinzu, dass es ihm sicher lieber sei, er hätte die Chance, einen Kommentar abzugeben. Rokka wagte sich gar nicht vorzustellen, wie den Kollegen in Gävle der Schweiß auf der Stirn stand.

Er stellte einen Plastikbecher in die Halterung der Kaffeemaschine und drückte den Knopf, der extrastarken Kaffee versprach. Auf einem der Tische lag eine weiße Papiertüte, auf der *Dackås Konditorei* stand. Er konnte dem Impuls nicht widerstehen und öffnete sie. Darin lag ein einsamer, mit Hagelzucker bestreuter Donut. Der Versuchung standzuhalten war schier unmöglich.

Es war fünf Uhr nachmittags, und jetzt, wo er zur Ruhe kam, spürte er die bleierne Müdigkeit. Noch ein kurzes Gespräch mit Almén, dann würde er nach Hause fahren. Er hatte Victor Bergman versprochen, mit ihm feiern zu gehen, und obwohl er im Moment kein bisschen in Partystimmung war, war ihm klar, dass es keine Ausrede gab. Erst nach alter Gewohnheit vorglühen in Victors Wohnung, dann ab in die Bars. Aber es konnte durchaus nett werden, vermutlich würde er viele alte Freunde wiedersehen.

»Darf ich mich setzen?« Pelle Almén kam auf Rokkas Tisch zu.

Er ließ sich nieder und strich sich über den Bauch, während er das Gesicht verzog.

»Wie geht's dir?«, fragte Rokka.

»Hab's wieder mit dem Magen«, antwortete Almén. »Wahrscheinlich habe ich irgendein mieses Virus aufgegabelt. Weißt du noch, wie es war, als die Schweinegrippe umging? Alle haben Desinfektionsmittel benutzt, keiner wurde krank. Jetzt gibt es so weit das Auge reicht nicht mal eine einzige Flasche von dem Zeug. Wird vermutlich auch eingespart.«

Rokka nickte langsam. »Was ist denn deine Meinung zu der Vernehmung?«

»Jetzt wissen wir ein bisschen mehr über Henna, wenn auch nicht viel. Besonders gesprächig war Sandin nicht gerade. Schwer zu sagen, ob er einfach zu verstört ist oder uns etwas verheimlicht«, sagte Almén und versuchte vergeblich, einen Rülpser zu unterdrücken.

»Sehe ich genauso«, sagte Rokka. »Wir dürfen nicht vergessen, dass er ein Profi ist.«

Janna stand am Herd und füllte eine Thermosflasche mit Wasser, das sie in einem Topf erhitzt hatte.

»Was meinen Sie zu dem Fall, Janna?«

Sie drehte sich hastig um. »Måns ist unschuldig, davon bin ich absolut überzeugt«, antwortete sie knapp.

»Okay. Das werden wir noch sehen. Und was ist unser nächster Schritt, während wir auf etwas konkretere Ergebnisse als unser Bauchgefühl warten?«

»Bestenfalls werden wir morgen die GPS-Daten von Telia bekommen.« Janna zuckte bedauernd die Schultern; sie schien ebenso ratlos wie Rokka.

»Wie lief es eigentlich mit der Psychologin? Wann werden wir mit den Kindern sprechen dürfen?«, erkundigte sich Rokka.

»Sie sind jetzt bei ihren Großeltern«, sagte Almén. »Dort konnten sie endlich wieder einschlafen. Sie brauchen erst einmal nichts als Ruhe.«

»Natürlich. Wir warten ab. Willst du dir vielleicht diese Geschichte mit den Solentos noch einmal vornehmen? Ruf Jonas Andersson von der Polizeibehörde an und sag schöne Grüße von mir.«

Almén sah ihn abwartend an. »Früher oder später kommt alles ans Licht«, entgegnete er schließlich, den Blick noch immer auf Rokka geheftet.

»Sicher«, sagte Rokka. »Früher oder später.«

Almén stand auf und schob den Stuhl an den Tisch.

»Ich kümmere mich gleich drum. Wenn ich nicht auf dem Klo hängen bleibe.« Er beugte sich vornüber und flitzte davon.

»Dann gehen wir mal nach Hause und ruhen uns aus«, sagte Rokka. »Janna, Sie wohnen doch bestimmt hier im Zentrum? Haben Sie Lust, mich ein Stück zu begleiten?«

Janna stutzte, dann drehte sie sich zu ihm um.

»Ich wollte noch bleiben. Abends kann ich am besten arbeiten«, erklärte sie und drehte sich wieder zur Spüle um.

Und früh morgens auch, dachte Rokka.

»Jetzt gibt es aber nicht mehr viel zu tun«, erwiderte er und gähnte. »Sie haben bislang einen super Job gemacht. Nutzen Sie die Chance, und ruhen Sie sich ein bisschen aus. Man weiß nie, wann die nächste Gelegenheit zum Schlafen kommt.«

Rokka musterte Janna eingehend. Es hieß, sie sei überdurchschnittlich intelligent und analytisch und könne sich selbst bis aufs Äußerste unter Druck setzen, um einen Fall zu lösen. Sein Blick folgte den Konturen ihres Körpers, von Kopf bis Fuß. Er vermutete, dass sie enorm viel Sport machte.

»Nun kommen Sie schon, wir machen einen kleinen Spaziergang«, drängelte er.

Janna zierte sich.

»Aber ich … ich kann nur ein Stückchen mitgehen«, entgegnete sie. »Ich muss mein Auto auf dem Heimweg mitnehmen.«

Sie kamen gerade bis zum Gehweg vor der Wache, als Rokka ein Mikrofon vors Gesicht gehalten wurde. Das kleine Logo auf dem Gerät verriet, dass es sich um einen der landesweiten Fernsehsender handelte.

»Wir hätten da ein paar Fragen zu dem Mordfall in Skålbo«, begann eine Frau in einer schwarzen Daunenjacke und schob eine Kollegin mit einer Filmkamera auf der Schulter vor.

»Da muss ich Sie an den Pressesprecher der Polizei Gävle verweisen. Ich nehme an, Sie wissen, wie Sie Kontakt aufnehmen«, sagte Rokka und legte einen Schritt zu.

Janna lief neben ihm, die Hände tief in den Taschen der Steppjacke vergraben, das Gesicht von den Journalisten abgewandt.

»Sind Sie mit den Untersuchungen betraut? Einer der prominentesten Schweden ist betroffen. Sie sollten sich klarmachen, dass es wichtig ist, unsere Fragen zu beantworten.« Die Journalistin musste rennen, um mit Rokka noch Schritt halten zu können.

»Sie machen Ihren Job, und ich mache meinen«, antwortete Rokka. »Gävle ist zuständig.«

»Wir werden die Sache sowieso groß bringen, nur dass Sie es wissen«, sagte sie, während sie gehetzt Luft holte. »Nutzen Sie doch Ihre Chance, einen Kommentar abzugeben!«

Rokka schüttelte den Kopf, und schließlich ließ die Journalistin das Mikrofon sinken und blieb stehen.

Rokka und Janna liefen weiter die Norra Kyrkogata entlang.

»Wie lange arbeiten Sie schon in Hudiksvall?«, fragte er.

»Seit acht Jahren«, antwortete Janna und heftete ihren Blick auf den verschneiten Fußweg.

»Wo waren Sie vorher?«

»Ich habe meine Ausbildung in Stockholm gemacht. Ich komme von dort, das lag nahe. Dann war ich ein paar Jahre bei der Schutzpolizei in Västerort.«

Er zuckte zusammen, als sie die Wache nannte, die einige Jahre lang auch sein Arbeitsplatz gewesen war.

»Dann kennen Sie wahrscheinlich Janne Hilmersson?«, fragte er interessiert und erzählte von dem ehemaligen Kollegen, der fast schon zum Inventar gehört hatte. Ein zwei Meter großer und sicherlich 150 Kilo schwerer Polizist mit gigantischer Nase und einer Stimme, die sich gern überschlug.

»Nein«, antwortete Janna.

»Ach so. Na ja, ist ja auch egal.« Rokka war etwas ernüchtert.

Sie bogen ab in die Storgata und liefen auf die östlichen Stadtteile zu. Rokka berührte Janna unabsichtlich beim Gehen, und sie vergrößerte darauf ihren Sicherheitsabstand sofort.

»Haben Sie hier oben Verwandte?«

»Nein. Meine Eltern sind tot. Ich bin ein Einzelkind.«

»Aha«, sagte Rokka und musste an seine eigene Situation denken. Im Prinzip waren seine Eltern auch so gut wie tot. Verbitterte Rentner, völlig antriebslos. Und eigentlich war auch er ein Einzelkind, denn seinen Bruder hatte er seit fünfzehn Jahren nicht gesehen.

»Was machen Sie, wenn Sie nicht gerade arbeiten?«, fragte Rokka in einem Versuch, das Gespräch noch einmal in Gang zu bringen.

»Ich arbeite fast immer. Ansonsten sind mir Sport und Bewegung sehr wichtig.«

Das war es also, dachte er.

»Krafttraining und Laufen, stimmt's?«

»Ja, beides ziemlich viel.«

Janna zog sich die Kapuze der Daunenjacke über den Kopf und schob das Kinn in den Kragen.

»Vielleicht können Sie mich mal in den Kraftraum mitnehmen«, schlug Rokka vor. »Ich muss langsam wieder in die Gänge kommen, mein Rücken ist ziemlich im Eimer. Manchmal komme ich morgens kaum aus dem Bett. Mein Arzt sagt, da hilft nur Training, aber bislang konnte ich mich nicht dazu aufraffen.«

Janna sah ihn an. »Gut, dann morgen. Krafttraining im Keller. Sechs Uhr.«

Rokka war perplex. »Sie meinen sechs Uhr früh?«

»Ja, genau«, antwortete Janna.

»Da fällt mir ein, dass ich noch gar keine Sportklamotten habe«, sagte Rokka. »Und jetzt sind die Geschäfte zu. Wie schade.«

Janna sah ihn finster an. Dann blieb sie stehen.

»Da ist mein Wagen.«

Rokka ließ seinen Blick über die Autos schweifen, die am Bürgersteig geparkt waren. Welches gehörte wohl ihr? Der Corolla, der Golf oder …

Ein klickendes Geräusch erklang, und das Licht an einem schwarzen Mercedes Coupé ging an. Der Wagen brauchte genauso viel Platz wie der Golf und der Corolla zusammen.

»Alle Achtung«, staunte Rokka. »Schicke Karre.«

Ohne ein Wort öffnete sie die Tür und holte einen Eiskratzer heraus. Nachdem sie die Frontscheibe mit ein paar flinken Handbewegungen freigekratzt hatte, stieg sie ein. Der Motor sprang an, ein Geräusch, das Rokka Wohlbehagen bereitete. Er beobachtete sie, wie sie den Wagen mit etwas Mühe aus der Parklücke manövrierte und davonfuhr. Als sie außer Sichtweite war, betrachtete er den leeren Parkplatz, den sie hinterlassen hatte, dann lächelte er und ging weiter.

19. SEPTEMBER

Ich erinnere mich an den Sommer, der mein letzter war.

Hätte ich das vorher gewusst, hätte ich ihn vielleicht besser genutzt.

Die meisten Menschen finden, dass der Sommer alles leichter macht, und sie haben natürlich recht. Doch keiner der Sommer, die ich als Erwachsene erlebt habe, lässt sich mit denen aus meiner Kindheit vergleichen. Vielleicht geht es dir auch so? Kannst du dich noch an das Gefühl erinnern, wenn der Winter endlich vorbei war und wir zu Großmutter durften?

Dort blühten Rhododendren und Pfingstrosen. Das Glitzern auf dem Meer. Frisch gebackene Zimtschnecken und Flickenteppiche auf gebohnertem Holzboden. Aus den sonnigen Tagen wurden Wochen, es kommt mir vor wie ein Meer von Licht, das nie mehr verging.

Großmutter wohnte in dem Haus mit schiefen Fenstern, dessen rote Farbe bereits abblätterte. Es war alt, vielleicht sogar baufällig. Doch es war so voller Liebe, dass es für die ganze Welt gereicht hätte.

Wenn ich an all die kostspieligen Wohnungen zurückdenke, die ich in meinem Leben gesehen habe, wird mir bewusst, dass ich mich in keiner von ihnen so zu Hause gefühlt habe wie in Großmutters altem Haus.

Johan Rokka und Victor Bergman blieben verwundert stehen, als sie die Schlange vor dem Nachtclub sahen, der sich neben dem Stadshotel befand. Auf dem Schneehaufen gegenüber vom Eingang hockten zwei Frauen, ganz offensichtlich betrunken. Die eine heulte sich bei der anderen aus und lehnte ihren Kopf an die Schulter der Freundin. Ihre Strumpfhose war zerrissen, und an einem Schuh fehlte der Absatz.

Die Schlange war schätzungsweise fünfzig Meter lang, und Rokka stellte fest, dass die Mehrheit aus jungen Frauen bestand. Frauen zwischen fünfzehn und fünfzig. Er scannte sie der Reihe nach ab.

»Kleine Inspektion des Nachtlebens in Hudiksvall heute«, sagte Victor. »Schau genau hin, hier kannst du nämlich hinterher wieder für Ruhe und Ordnung sorgen.«

Rokka zog Victor am Arm, und sie stellten sich in die Schlange. Er sah zu dem kleinen Neonschild mit den verschnörkelten Buchstaben hinauf, das oberhalb der Tür aus Holz und Glas hing. *Gossip Salon* hieß der Club heute.

Nach dem Vorglühen hatten sie sich überlegt, trotz der fünfzehn Grad minus Sneakers anzuziehen. Je länger sie nun draußen stehen und warten mussten, desto fataler erschien diese Entscheidung im Nachhinein. Offenbar hatten sich die Türsteher überlegt, die Leute erst mal eine Weile stehen zu lassen. Es hieß, es seien schon zu viele Gäste im Club. Aber Rokka wollte hinein, egal ob die Türsteher nun an einem Großstadtkomplex litten oder nicht.

Aus den Gesprächsfetzen, die er mitbekam, konnte er schnell das Thema des Abends herausfiltern, den Mord an Måns Sandins Frau. Er sah über die Schulter und lächelte ein paar bekannten Gesichtern zu, die er weiter hinten entdeckte. Ihm war klar, dass er einen Großteil seiner früheren Kumpels hier treffen würde, bevor der Abend zu Ende war.

Ein Mann, der vor ihm stand, drehte sich um.

»Hey, du Penner«, begrüßte er ihn. »Als wir uns das letzte Mal gesehen haben, hast du mir einen Fußball an die Schläfe geschossen.« Er lächelte schief und drückte kurz Rokkas Hand. Diese Stimme erkannte Rokka sofort. Bei näherem Hinsehen hatte sich Peter Krantz in zwanzig Jahren kaum verändert, von ein paar grauen Strähnen, die in seinem dunkel gelockten Haarschopf durchschienen, einmal abgesehen. Er sah aus wie der junge Richard Gere. Man munkelte, er trinke zu viel, aber auf wen traf das nicht zu, dachte Rokka. Neben Peter Krantz stand ein anderer Typ, der auch zu ihrer Fußballmannschaft gehört hatte. Rokka fiel sein Name nicht ein, aber fragen wollte er auch nicht.

»Hi. Ist echt lange her. Was macht das Leben?«, begrüßte er die beiden.

Die Wiedersehensfreude in Peter Krantz' dunklen Augen wurde mit einem Mal schwächer, und Betroffenheit stand ihm ins Gesicht geschrieben.

»Eigentlich sollte man an so einem Abend nicht weggehen und feiern«, sagte er. »Aber irgendwie tut es auch gut, unter Leute zu kommen.« Sein Freund nickte zustimmend. Peters Augen wurden feucht, und er musste ein paarmal blinzeln. Rokka wusste nicht, ob er ihn in den Arm nehmen sollte oder nicht. Er kam zu dem Schluss, es sein zu lassen.

»Tut mir leid. Lasst uns reingehen und die Traurigkeit runterspülen«, schlug Rokka vor, bereute seinen lockeren Spruch aber sofort. Hier war etwas Feingefühl gefragt. Er wusste nur zu gut, dass die beiden eng mit Sandin befreundet waren.

»Kümmer du dich einfach darum, dass ihr den Typen kriegt, der das gemacht hat«, entgegnete Peter. »Jetzt bist du ja hier der Sheriff.« Er lächelte Rokka freundlich an und schlug seinen Mantelkragen nach oben, während er sich umdrehte. Die Schlange löste sich auf, und sie wurden hineingelassen.

Um die ovale Bartheke drängelten sich die Besucher dicht an dicht, doch schon als er noch am Eingang stand, fiel sie Johan Rokka auf. Sie stand da, an die Theke gelehnt, und sprach mit dem Barkeeper, einem jungen Mann mit einer Frisur, die auf bemerkenswerte Weise der Schwerkraft trotzte. Vermutlich der letzte Schrei. Sie schienen in eine intensive Diskussion vertieft zu sein. Die junge Frau trug ein schwarzes, vorn sowie hinten weit ausgeschnittenes Kleid, das ihre hübsche Figur betonte. Ihr langes, dunkles Haar fiel ihr in Wellen über die Schultern. Sie warf den Kopf zur Seite und sah in Rokkas Richtung. Es war nur ein Bruchteil einer Sekunde, doch trotzdem genug für einen kurzen Augenkontakt.

Wahnsinn, dachte Rokka.

Er stellte sich ans andere Ende der Bar und wartete darauf, dass Victor und die anderen ihm folgten. Die Diskussion zwischen dem Barkeeper und der jungen Frau setzte sich fort, doch so oft Rokka auch hinübersah, er fing ihren Blick nicht mehr ein. Eine Weile stand er da und sah sich um. Eine gewisse Unruhe machte sich in ihm breit, und er suchte die Menschenmengen nach jemandem ab, den er kannte.

Mittlerweile war es schon nach Mitternacht, und aus den Lautsprechern erklang einer von Tomas Ledins alten Hits: *Sensuella Isabella*. Auf der Tanzfläche bewegten sich die Leute mehr oder weniger im Takt zur Musik und sangen jedes Mal den Refrain mit. Rokka holte tief Luft. Als er zuletzt in dieser Location gewesen war, hatte es noch kein Rauchverbot in den Innenräumen gegeben. Verdammt lang her war das – und man konnte sagen, was man wollte, doch dank des Verbots setzten sich nun andere mehr oder minder angenehme Düfte durch. Er brauchte etwas zu trinken. Einige versuchten bereits, die Aufmerksamkeit des Barmanns auf sich zu ziehen, jedoch erfolglos.

»Willst du sie hier und jetzt flachlegen, oder kannst du mir vorher noch einen Gin Tonic machen?« Rokka beugte sich vor und klopfte dem Barkeeper auf die Schulter. Der drehte sich hastig um.

»Entspann dich, ich habe mich gerade mit einer Kundin unterhalten«, gab er verärgert zurück.

»Wenn du für jede Bestellung so viel Zeit brauchst, wirst du nicht viel Umsatz machen«, sagte Rokka. »Gib mir zwei Gin Tonic. Und zwar Bombay Sapphire, wenn ich bitten darf.«

Die Frau mit dem Kleid stand noch da. Rokka bemerkte, dass sie sich über die Unterbrechung ihres Gesprächs auch geärgert hatte, trotzdem hielt sie das nicht davon ab, mit ihren Lippen ein kleines, leicht schiefes Lächeln zu formen. Sie sah mit ihren großen, dunklen Augen zu Rokka hoch, und ihre Blicke trafen sich erneut. Ein vertrautes Kribbeln breitete sich in seiner Magengegend und etwas tiefer aus.

»Na sieh mal an, hier bist du abgeblieben, Herr Inspektor!«

Rokka zuckte von dem plötzlichen Schlag auf den Rücken zusammen, und in der nächsten Sekunde packte ihn jemand und drehte ihm den Arm auf den Rücken. Rokka fuhr herum und befreite sich schnell aus dem Griff. Hinter ihm stand Urban Enström. In ihrer Jugend hatten sie in derselben Fußballmannschaft gekickt. Seitdem hatten sie keinen Kontakt mehr gehabt, doch soweit Rokka wusste, war Enström in der Heimatstadt geblieben, auch wenn er ein paar Anläufe gemacht hatte wegzuziehen.

»Mein Gott, ist das lange her. Wie geht's?« Rokka musste sich Mühe geben, ihn höflich zu begrüßen. Urban war nicht gerade sein bester Kumpel gewesen.

»Du als verlängerter Arm der Staatsgewalt, hast du vielleicht ein paar *Insiderinformationen* über Sandins Frau?«

»Ich weiß nicht mehr als du«, antwortete Rokka und schüttelte den Kopf.

»Wahrscheinlich hat er den falschen Personen eine Abfuhr erteilt, und seine Frau musste dafür büßen.«

Urban Enström nickte ihm vielsagend zu. »Hübsche Frau, wohlgeratene Kinder, jede Menge Geld. Irgendwem ist das immer ein Dorn im Auge. Bei uns ist das was anderes, da wird sich keiner beschweren, dass wir zu viel verdienen, nicht wahr?« Urban lachte laut.

Rokka fand diesen kleinen Funken Schadenfreude, der in Enströms Äußerungen mitklang, widerwärtig. Von dem Unbehagen verspürte er akuten Bewegungsdrang.

»Übrigens, ist es richtig, dass ihr beide, Pelle Almén und du, jetzt die Stadt übernommen habt?«, fragte Enström. »Die Stockholmer Polizeibeamten, die zurückkehren ins kleine Hudiksvall, sieh mal an.«

»Stimmt, deshalb bist du besser ein bisschen vorsichtig«, entgegnete Rokka und lächelte, während seine Hände eine Pistole formten und auf Urban zeigten.

»Ich werde mal zu Victor rübergehen. War nett, dich zu sehen.« Rokka griff nach den zwei Gläsern und setzte sich in Bewegung.

»Wir könnten doch mal zusammen ein Bier trinken gehen? Vielleicht hast du Lust, übermorgen beim Pferderennen dabei zu sein?«

»Ich hasse Pferderennen«, erwiderte Rokka. »Und ich trinke auch kein Bier.«

Enström verstummte, und Rokka ging zurück in den weitläufigen Eingangsbereich. Überall Menschen. Schlange an der Garderobe, Schlange vor den Toiletten. Da stieß er auf Victor, und sie gingen gemeinsam ins Erdgeschoß. Ganz hinten im Raum entdeckten sie eine Sitzgruppe, dort machten sie es sich bequem.

»Sandins Frau ist natürlich das Gesprächsthema«, sagte Rokka und lehnte sich langsam in seinem Sessel zurück.

»Ja. Offenbar war es die reinste Hinrichtung«, sagte Victor und krempelte die Ärmel hoch. »Man sagt, die Täter seien eigentlich hinter Sandin her gewesen, aber ich weiß nicht, ob das stimmt.«

»Nein, das sind Spekulationen«, entgegnete Rokka und betrachtete Victors auffällig tätowierte Arme.

»Diese Schlange da ist neu, oder?«, fragte er ihn.

»Sieht gut aus, oder? Sie schlängelt sich hinauf bis zum Rücken«, erklärte Victor und spannte die Unterarme an, damit die Muskeln überaus markant zum Vorschein traten.

»Verdammt gut«, fand auch Rokka.

»Wie gefällt dir der neue Job?«, fragte Victor.

»Es ist härter, als ich gedacht habe. Eine kleine Wache. Die Chefin furchtbar sperrig. Und zwei der Kollegen sind … sagen wir mal … soziale Herausforderungen.«

»Ach komm, lass ihnen ein bisschen Zeit. Wie lange hast du jetzt mit ihnen zusammengearbeitet? Einen Tag. Man braucht auch eine Weile, um sich an dich zu gewöhnen, das solltest du dir klarmachen. Denk dran, dass wir hier im kleinen Hudik sind. Auch wenn man Bulle ist und schon das meiste gesehen hat, ist man vielleicht doch nicht darauf vorbereitet, dass der neue Inspektor der Exotischste von allen an der Polizeihochschule war.« Victor grinste breit und zwinkerte ihm zu.

Rokka wollte gerade zum Gegenangriff übergehen und einen sarkastischen Kommentar abgeben, da kam sie die Treppe hinunter. Auf dem Weg über den roten Teppich steuerte sie direkt auf ihn zu. Er verfolgte jeden Schritt von ihr, ihre Bewegungen ähnelten denen einer Wildkatze.

»Wer ist das?« Rokka nickte zu der Frau hinüber.

»Du meinst diesen schwarzen Panther? Keine Ahnung«, antwortete Victor. »Nie gesehen.«

»Mensch, du Knasti, wie lange warst du eigentlich hinter Gittern?« Rokka konnte es sich nicht verkneifen, in diese Kerbe zu hauen. Sie kannten sich, seit sie zehn Jahre alt waren, und Victor war sein bester Freund. In seiner Jugend hatte er Mist gebaut, doch seit der Zeit in der Haftanstalt war er geläutert und heute derjenige von Rokkas Freunden, der die höchsten Moralvorstellungen vertrat. So einen kleinen Seitenhieb vertrug er schon. Zumindest wenn er von Rokka kam.

»Kennst du mich noch?« Die Frau in Schwarz lächelte Rokka an, als sie die letzten paar Schritte zu ihnen machte. Sie hockte sich neben ihn und legte ihre Hand leicht auf sein Bein, während sie zu ihm hochsah. Der Körperkontakt verursachte ein angenehmes Ziehen.

»Sollte ich das?«, fragte er.

»Angelica Fernandez?«, entgegnete sie fragend und offensichtlich in der Erwartung, eine Erinnerung in ihm zu wecken.

Rokkas Gedanken bewegten sich rasend schnell und gingen sein inneres Archiv mit allen Bekannten und den Bekannten von Bekannten durch. Fernandez. Er kannte nur eine Person, die diesen Namen trug, und wenn er genau nachdachte, dann kamen ihm diese südamerikanischen Züge tatsächlich bekannt vor. Das konnte doch nicht wahr sein.

»Die Tochter von Stefan Fernandez? Du bist Dreirad gefahren, als wir uns zuletzt gesehen haben.« Rokka musste lachen, doch bemerkte selbst, wie trocken das klang. Wie konnte dieses Geschöpf, dieses wunderschöne Wesen, dieselbe Person sein wie jenes kleine pummelige Mädchen, das auf dem rot-weißen Dreirad gesessen hatte und mit den Füßen kaum auf den Boden gekommen war? Einen Moment lang war ihm nicht klar, was frustrierender an diesem Gedanken war: wie alt er inzwischen geworden war oder die Tatsache, dass ihn die Tochter eines Sandkastenfreundes unverschämt anzog. Er überlegte kurz und kam zu dem Schluss, dass Letzteres der Fall war. Absolut verboten. Aber es waren ja auch nur Gedanken. Wer hätte das in seiner Situation nicht gedacht? tröstete er sich.

»Und du bist Polizist, habe ich gehört. Papa hat gesagt, du seist der Letzte, von dem er gedacht hätte, dass er Polizist wird.« In Angelicas Lächeln erstrahlte eine gefährliche Mischung aus Kindlichkeit und dem ganz gezielten Flirten einer erwachsenen Frau.

»Tja, manche Dinge versteht man nicht«, antwortete Rokka und sah ihr direkt in die Augen. Sie waren fast schwarz.

»Darf ich mich vielleicht setzen?«

»Selbstverständlich, aber nimm dich vor ihm in Acht.« Rokka nickte zu Victor hinüber, der nur lächelte und den Kopf schüttelte.

Angelica stieg über Rokkas ausgestreckte Beine und ließ sich in dem Sessel, der dicht neben Rokkas stand, genüsslich nieder. Sie ließ die Schuhe mit den hohen Absätzen auf den Boden gleiten und zog die Beine an, während sie sich gleichzeitig über die Armlehne reckte, um näher an ihn heranzurutschen. Es fiel ihm wahnsinnig schwer, seine Gedanken zu bremsen, und er war sich auch nicht sicher, ob er das wollte.

»Und wo treibt sich dein alter Vater herum?« Rokka bereute seine Wortwahl, kaum dass ihm die Worte über die Lippen gekommen waren, doch dachte in der nächsten Sekunde, dass es auch keinen Zweck hatte, etwas zu beschönigen. Wenn ihr Papa ein alter Mann war, dann war er das auch. Daran war nicht zu rütteln.

»Zu Hause. Meine Eltern haben heute Abend ein paar Verwandte zum Essen eingeladen.« Das entschärfte die Situation auf jeden Fall. Papa Fernandez konnte sich an diesem Abend vom Nachtclub gut und gerne fernhalten.

Ihre Blicke trafen sich. Sie lächelte, schwieg aber. Er suchte verzweifelt nach Worten, doch nun schien ihm, dem ständigen Sprücheklopfer, nichts Brauchbares einzufallen.

Nun sag schon was, dachte er. Mach schon.

»Was hast du in der Zwischenzeit gemacht, seit du das Dreirad in der Garage geparkt hast?« Er trommelte mit den Fingern auf seinen Oberschenkeln.

»Letzten Freitag bin ich aus Buenos Aires zurückgekommen. Meine Cousins haben dort ein Restaurant, und im Herbst brauchten sie eine Bedienung zur Aushilfe. Und ich musste unbedingt mal raus aus Hudik.« Sie verdrehte demonstrativ die Augen.

»Fliegst du nach den Feiertagen wieder zurück?«

»Ja, das ist der Plan. Wenn sich nichts anderes Interessantes auftut. Aber wie groß ist die Chance in dieser Stadt?« Sie sah ihn ernst an, doch Rokka entdeckte etwas weniger Ernstes hinter dieser Miene, ganz tief in ihren Augen. Wieder Schweigen.

»Möchtest du etwas trinken?«

»Gerne einen Rotwein«, antwortete sie.

Rokka stand auf. Während er sich in Richtung Bar bewegte, zog er seine Hose zurecht. Ihm musste irgendein vernünftiges und altersgemäßes Gesprächsthema einfallen, wie auch immer das gehen sollte. An der erstbesten Theke bestellte er ihr den teuersten Chianti und blieb selbst bei seinem Gin Tonic.

Als er zurück war, stellte er fest, dass Angelica nun aufs Sofa gewandert war, auf dem Victor saß. Die beiden lachten gerade über einen Witz seines Kumpels. Als Rokka zum Sofa kam, stand Victor auf, drückte ihn freundschaftlich und flüsterte: »Ich hau mal ab.«

Rokka übernahm Victors Platz auf dem Zweisitzer und hielt Angelica das Weinglas hin. Sie lächelte ihn an und ließ ihre Hand noch einen Moment auf seiner liegen, als er ihr das Glas reichte.

»Seit wann bist du bei der Polizei?« Sie betrachtete ihn interessiert.

Rokka sah ihr in die Augen, während seine Gedanken völlig abschweiften. Sein Herz schlug schneller als gewohnt.

»Hallo!«, sagte sie und wedelte mit der Hand vor seinem Gesicht herum.

Da fasste er ganz schnell einen Entschluss, befeuchtete kurz die Lippen und schluckte.

»Tut mir leid, aber ich muss los.« Er stellte sein Glas auf den Tisch, und bevor sie überhaupt reagieren konnte, war er aufgesprungen und schon auf dem Weg zur Garderobe. Schnell warf er die Jacke über und verschwand durch die große Eingangstür hinaus auf die Straße. Als der Schnee unter seine offene Jacke wirbelte, wurde ihm klar, was er da tat, und er blieb stehen.

Was hatte er eigentlich für ein Problem?

26. DEZEMBER

Es klapperte, als Janna Weissmanns Finger über die Tastatur flogen. Es war sieben Uhr morgens, und sie saß in einem der Büroräume auf der Polizeiwache, wo sie die Informationen, die Telia ihnen geschickt hatte, sichtete. Mit der Maus klickte sie die Angaben der Reihe nach durch. Es stimmte, das Måns sich etwa zwei Stunden lang in der Innenstadt von Hudiksvall aufgehalten hatte. Erst gegen halb fünf hatte sich sein Handy an dem 3G-Mast eingewählt, der in der Nähe ihres Hauses in Skålbo stand. Bis dahin stimmte Måns Sandins Aussage also.

Jannas Blick blieb an einer Nummer hängen, mit der Måns' Handy am Weihnachtsabend direkt nach dem Gespräch mit Manuel Battista verbunden gewesen war. Sonderbar, dass dieses Telefonat eine halbe Stunde gedauert hatte und es genau dieses Gespräch war, das zu der Verspätung geführt hatte, und nicht das vorherige mit Manuel Battista, wie Sandin behauptet hatte. Nach den Angaben der Telefongesellschaft konnten sie den Teilnehmer nicht identifizieren, da die Nummer zu einer nicht registrierten Prepaid-Karte gehörte. Sie hatten eine GPS-Position orten können, aber mehr nicht. Das Handy mit der Prepaid-Karte hatte sich zum Zeitpunkt des Anrufs allerdings mitten im Wald außerhalb von Hudiksvall befunden, was sie daher auch nicht wirklich weiterbrachte.

Janna stand auf. Vielleicht zu schnell, denn ihr wurde schwarz vor Augen, und ihre Beine waren kurz davor nachzugeben. Sie stützte sich am Schreibtisch ab, bis sie wieder Kraft in den Muskeln spürte. Das intuitive Gefühl, dass etwas nicht stimmen könnte, verdrängte sie, dann versuchte sie, sich zu konzentrieren und sich das Bild von Henna auf dem Boden des Badezimmers in Erinnerung zu rufen. Doch das Einzige, an das sie denken konnte, war, wie schön Henna gewesen war, als sie dort gelegen hatte. Der Gedanke war völlig absurd, und sie klatschte sich selbst leicht auf die Wangen und strich ihr Haar zurück. Dann setzte sie sich und klickte sich durch die spärlichen Informationen, die von Hennas Handy vorlagen. Da gab es eine zweite unbekannte Nummer, was sie erstaunte. Die war einen Monat vor Weihnachten schon einmal mit Hennas Gerät verbunden gewesen. Auch sie gehörte einem Benutzer mit Prepaid-Karte, war also nicht registriert. Die Position war weit draußen auf dem Land gewesen, genau die entgegengesetzte Richtung.

Janna verfluchte diese Prepaid-Karten. Jeder, der einen Grund hatte, seine Identität zu verschleiern, benutzte sie. Für die Ermittler war das die Pest. Prepaid-Karten bekam man quasi überall, und man konnte sie benutzen, ohne die kleinste Information über seine Person preiszugeben. Und ausgekochte Ganoven legten so eine Karte nie in ein Telefon, das sie vorher schon einmal benutzt hatten. Sie besorgten sich ein ganz neues, entweder auf dem Schwarzmarkt oder bei einem Händler, der keine Überwachungskameras installiert hatte, und sie bezahlten natürlich nie mit Karte.

Janna öffnete die Thermoskanne mit dem warmen Wasser und füllte ein Glas bis zum Rand. Als sie aufstand, kam der Schwindel zurück. Erst nach ein paar Schritten wurde ihr Blick wieder klar. Was war mit ihr los? Sie ging ans Fenster, blickte zur Straße und stellte fest, dass es ausnahmsweise gerade einmal nicht schneite. Sie trank ein paar Schlucke Wasser und beschloss, sich über die unbekannten Nummern nicht mehr den Kopf zu zerbrechen und sich lieber auf andere Dinge zu konzentrieren. Hatte Måns etwa wirklich vergessen, mit wem er an Heiligabend gesprochen hatte? Wie auch immer, jedenfalls hatten die Informationen, die sie nun erhalten hatten, sein Alibi noch einmal gestärkt. Sein Freund, Peter Krantz, hatte zudem bestätigt, dass sie sich an Heiligabend gesehen hatten, und jetzt blieb nur noch abzuwarten, was bei der Schmauchspurenanalyse herauskam.

Janna warf die Daunenjacke über und verließ das Zimmer. Der Schnee, den sie auf Måns Sandins Grundstück sichergestellt hatten, müsste mittlerweile geschmolzen sein. Sie hatten ihn in die Polizeigarage gekippt.

Auf dem Weg zur Garage kam Janna an einem Kiosk vorbei. Sie hielt an und überflog die Schlagzeilen. Måns im Close-up, man konnte jede Pore seines Gesichts erkennen. Seine Augen waren dunkler als sonst. *Trauer* stand in fetten schwarzen Buchstaben quer über die Titelseite gedruckt. Jannas Magen verkrampfte sich, und sie musste ein paarmal tief durchatmen.

Sie öffnete die Tür zur Garage. Große mobile Heizgeräte und Trockner hatten den Schmelzvorgang beschleunigt, und das Wasser rann durch ein feinmaschiges Sieb in den Abfluss im Boden. Janna lief über den nassen Boden und suchte ihn systematisch ab. Ganz hinten in einer Ecke fiel ihr etwas auf. Sie ging darauf zu und beugte sich hinunter, um den Gegenstand aufzuheben. Es war ein kleines, bogenförmiges Holzstück. An einer Seite war ein kleines Loch. Sie holte eine Plastiktüte aus der Tasche und verstaute ihren Fund vorsichtig.

***

Zwischen dem Eichenparkett und Johan Rokka lag die maximal komprimierte Schaumstoffmatratze. Rokka ließ seinen Blick über die Umzugskartons schweifen, die neben seinem Schlafplatz standen, und fluchte darüber, dass er mit dem Auspacken noch kein Stück vorwärtsgekommen war.

Neben ihm lag sein Handy, und vage Hoffnungen wurden in dem Moment zunichtegemacht, als er feststellte, dass die einzige Nachricht, die er erhalten hatte, von Victor Bergman stammte. Sie bestand aus einem roten Icon, das ein Schlagstock sein sollte, und einem anderen aus roten Lippen, dann kamen drei Fragezeichen. Rokka löschte die Nachricht sofort. Angelica Fernandez. Er hätte sie ins Bett gekriegt. Hätte seine Bedürfnisse hundert Mal gestillt bekommen. Stattdessen war er abgehauen. Sie war ihm tatsächlich zu nahe gekommen, die Situation hatte ihn einfach überfordert. Im Grunde war er richtig stolz auf sich. Einmal im Leben hatte er sein Hirn über alle Instinkte die Oberhand gewinnen lassen.

Er fasste sich an die Lendenwirbelsäule. Vier Stunden auf dieser Matratze waren der Tod für seinen Rücken. Er reckte und streckte sich und stellte fest, dass er von den Drinks, die er am Vorabend gekippt hatte, nichts mehr spürte, doch eine Dusche brauchte er jetzt. Und etwas zu essen.

Er ging in die Küche zum Kühlschrank. Der lief noch nicht. Ein paar Fotos und Zeitungsausschnitte hingen mit Magneten befestigt an der Tür. Vermutlich hatte sein Vormieter sie vergessen. Rokka ließ sie hängen, rückte sie nur gerade. Als sein Blick auf einen vergilbten Ausschnitt aus der Hudiksvall-Zeitung fiel, musste er lachen. Die Jungs des FC Strand, wie sie sich in Reih und Glied zu einem Mannschaftsbild aufstellt hatten, nachdem sie irgendein Fußballturnier gewonnen hatten. Victor und er standen in der hinteren Reihe und versuchten auszusehen wie Weltmeister. Doch als sein Blick auf Måns Sandins frohes Gesicht fiel, blieb ihm das Lachen im Hals stecken.

Rokka ging hinüber zum Fenster. Das Haus kämpfte mit den anderen charmanten Holzhäuschen, die über Hudiksvalls Hafen und die Bahnlinie den Hang hinaufkletterten, um jeden Zentimeter. Jeder, der diese Aussicht zum ersten Mal genoss, war begeistert. Doch für ihn bedeutete sie noch viel mehr, besonders jetzt. Vielleicht war das doch eine Folge der durchzechten Nacht, dass dieser Wermutstropfen ihm die Tränen in die Augen trieb und er diesen Kloß im Hals hinunterschlucken musste bei so viel Nostalgie. Seine Stadt. Jeden Winkel kannte er. Und trotzdem war sie auch neu für ihn. Zwanzig Jahre waren vergangen, und jetzt war sie wieder sein Zuhause.

Sein Blick fiel auf die roten Geräteschuppen am Strand bei Möljen, wo er viel zu große Softeistüten gegessen hatte, als er klein war, und wo er mit seinen Kumpels abends viel zu lange abgehangen hatte, als er groß war. Etwas weiter hinten erkannte er Malnbaden, den Strand, wo er, ohne zu zögern, ins dreizehn Grad kalte Wasser gehüpft war, wenn die Sommerferien begannen.

Seine Schuljahre waren hart gewesen. Er hatte erleben müssen, dass ihn niemand verstand, und hatte sich mit allem und jedem angelegt – sowohl mit Schülern als auch mit Lehrern. Alle hatten ihn für einen halbstarken Querschläger gehalten, und er hatte sich nach Kräften bemüht, ihren Vorurteilen zu entsprechen.

Er lächelte und schnaubte bei dem Gedanken an seine Person, wie er hier vor zwanzig Jahren auf den Straßen herumgerannt war. Wer hätte erstens gedacht, dass er überleben würde? Und zweitens nach Hudik zurückkäme? Als Polizist auch noch!

Er schloss die Augen und blieb eine Weile so stehen. Dann öffnete er sie wieder und sah hinüber zum Köpmanberg. Da lag der Aussichtspunkt, wo sie sich nach dem Abitur versammelt hatten, in einer Nacht, in der die Sonne kaum unterging.

Ihm wurde flau. Geliebte Fanny, dachte er. Wir hatten uns die Zukunft in leuchtenden Farben ausgemalt, jung, wie wir waren, doch wild entschlossen. Gemeinsam wollten wir die Welt entdecken.

Die Gefühle, die von ihm Besitz ergriffen und immer stärker wurden, waren sowohl fremd als auch beklemmend. Und plötzlich bemerkte er, Johan Rokka, der von sich geglaubt hatte, er könne nie mehr weinen, wie er feuchte Augen bekam. Eine Träne lief ihm über die Wange und verschwand in seinem Dreitagebart. Hier fand er seine Geschichte wieder. Die Geschichte, die er teilweise verdrängt hatte. Doch der Umzug bedeutete eine Konfrontation damit, der er nicht ausweichen konnte.

***

Wieder fiel Schnee, als sie im Konferenzraum saßen. Janna Weissmann rutschte auf ihrem Stuhl hin und her, und Pelle Almén fuhr sich mit beiden Händen durchs Haar, während Hjalmar Albinsson nur kerzengerade dasaß und stur nach vorn blickte. Sie wussten, dass Johan Rokka soeben mit dem Rechtsmediziner telefoniert hatte. Er sah seine Kollegen ernst an.

»Als Erstes möchte ich sagen, dass die Techniker im SKI bei der Analyse der Schmauchspuren wirklich einen Rekord in Sachen Schnelligkeit aufgestellt haben«, begann er. »Weder an Måns Sandins Kleidern, noch an seinen Händen wurden Schmauchspuren gefunden, auch nicht an seinem Weihnachtsmann-Kostüm, und das entlastet ihn natürlich.«

»Dann können wir davon ausgehen, dass Sandin demnächst auf freien Fuß gesetzt wird«, sagte Pelle Almén. »Mit was für einer Munition haben wir es denn zu tun?«

»Mit einer 7,65 Browning. Abgefeuert aus einer alten Zastava M70. Nicht gerade die Maschinenpistole mit maximaler Power, aber auf zwei Meter Abstand reicht sie allemal.«

»Das bringt uns leider nicht weiter. Zurzeit gibt es Massen davon in Schweden«, sagte Pelle Almén.

»Korrekt«, sagte Rokka. »Und Sandin wird mit großer Wahrscheinlichkeit freigelassen. Auch wenn meiner Meinung nach noch einige Dinge unklar sind. Wie auch immer. Ich habe jetzt auch Hennas Obduktionsbericht. Wir haben einen vorläufigen Befund erhalten, und ich kann sagen, wir haben hier sowohl Ergebnisse, die zu erwarten waren, als auch welche, die überraschen.«

Rokka sah seinen Kollegen ins Gesicht. Noch nie zuvor war ihm die hundertprozentige Aufmerksamkeit von drei Personen gleichzeitig in dieser Intensität zuteilgeworden.

»Henna wäre jetzt auch tot, wenn der Weihnachtsmann nicht an ihre Tür geklopft hätte«, erklärte er.

Alle schienen zu erstarren.

»Wie meinst du das?«, brach Almén schließlich das Schweigen.

»Henna hatte eine extrem hohe Dosis von Flunitrazepam im Blut.«

Die anderen sahen ihn fragend an.

»Ein etwas gängigerer Name ist Rohypnol«, sagte Hjalmar mit dem Zeigefinger in der Luft, wobei er die anderen über den Rand seiner Brille hinweg anblickte.

»Exakt. Flunitrazepam ist der Wirkstoff in Rohypnol. Wäre nicht Hennas Mörder zu Besuch gekommen, dann wäre sie an einer Überdosis zu fast genau demselben Zeitpunkt auch gestorben.«

»Aber wie ist das möglich?«, fragte Almén. »Ich meine, es wird doch eine Weile dauern, bis das Rohypnol wirkt? Derjenige, der die Schüsse abgefeuert hat, wird sie doch kaum eine entsprechende Zeit zuvor damit versorgt haben, bevor er auf sie schoss? Das wäre ja Verschwendung, also Zeitverschwendung.«

Rokka nickte zustimmend.

»Die Vermutung liegt nahe, dass Henna sich diese Pillen selbst verabreicht hat.«

»Dann haben wir es also mit einer eigenartigen Kombination von Mord und Selbstmord zu tun?«, bemerkte Almén.

»Ja«, bestätigte Rokka.

»Exzessiver Konsum dieses Medikaments kann zu Abhängigkeit führen«, warf Hjalmar ein. »Rohypnol wurde übrigens in Schweden bereits 2004 aus dem Verkehr gezogen und ist hier nicht mehr erhältlich.«

»Exakt«, sagte Rokka. »Aber in Italien kann das ja anders sein. Und wenn man es darauf anlegt, dann ist es auch nicht besonders schwer, sich das Präparat auf illegalem Weg zu besorgen.«

»Und die Wirkung von Flunitrazepam kann nach ein paar Wochen bei wiederholter Anwendung nachlassen. Das nennt man Toleranzentwicklung«, fuhr Hjalmar fort.

»Danke, Herr Albinsson«, sagte Rokka. »Ich komme jetzt zum Obduktionsbericht zurück. Der nachgewiesene Wert des Wirkstoffs in Hennas Blut entsprach einer mindestens zwanzigfachen Dosis der Menge, die in der Regel bei Schlafproblemen verschrieben wird. Nun kenne ich ihre Schlafgewohnheiten nicht, aber wer geht schon ins Bett und will schlafen, wenn gleich der Weihnachtsmann vor der Tür steht?«

Almén sah Rokka eindringlich an. »Ganz ehrlich, ich finde das überhaupt nicht witzig«, sagte er.

Rokka hob entschuldigend die Hände.

»Wie auch immer. Das war noch nicht alles. Henna hatte starke Unterleibsblutungen, und der Rechtsmediziner hat festgestellt, dass ihre Gebärmutter vergrößert war. In ihrem Blutbild fand man einen hohen Spiegel des Hormons HCG.«

»Das Schwangerschaftshormon also«, stellte Almén fest.

»Exakt, Henna ist kürzlich schwanger gewesen und hatte entweder eine Abtreibung oder eine Fehlgeburt hinter sich. Das Hormon ist offenbar auch noch ein paar Wochen nach dem Ende der Schwangerschaft im Blut zu finden.«

»Ich frage mich, ob Måns das wusste«, überlegte Almén.

»Gute Frage«, meinte Rokka. »Nicht, dass ich mich in diesen Dingen auskennen würde, aber müsste sie dann nicht auch irgendwie in Kontakt mit einem Arzt oder Krankenhaus gewesen sein, unabhängig davon, ob es eine Abtreibung oder eine Fehlgeburt war?«

Energisches Klopfen an der Tür unterbrach die Besprechung des Obduktionsprotokolls. Fatima Voix, die Empfangssekretärin, stürmte herein, mit hochroten Wangen und völlig außer Atem.

»Wir haben einen Hinweis von einem anonymen Anrufer bekommen«, berichtete sie. »Jemand hat Måns Sandin mit einer Blondine zusammen gesehen, in einem schwarzen Lexus, und zwar am 23. Dezember. Sie schienen Streit zu haben, und die Frau ist aus dem Auto gesprungen, hat die Tür zugeknallt und ist weggelaufen. Die Frau war überdurchschnittlich groß und trug auffällig hohe Schuhe. Der Anruf schien mir seriös, aber ich weiß nicht, ob das für Sie wirklich interessant ist.«

Fatima hatte bei ihren Ausführungen kaum Luft geholt und sah nun verunsichert auf das kleine Grüppchen im Konferenzraum.

Rokka knallte seinen Laptop zu und starrte sie an. Das Erste, was ihm in den Sinn kam, war, dass der Zeuge vielleicht

Henna gesehen hatte. Aber Henna war nicht überdurchschnittlich groß und auch nicht direkt blond. Natürlich konnten sie sich nicht blind auf einen einzelnen Zeugen verlassen, doch aus Fatimas Mund klang das wie eine verlässliche Personenbeschreibung.

»Da können Sie Gift drauf nehmen, dass das interessant ist«, antwortete er. »Alles, was uns in dieser Sache weiterbringen könnte, ist interessant.«

»Ich … ich habe auch noch etwas.« Jannas Stimme brach, als sie sich zu Wort meldete. Sie hielt eine Plastiktüte in der Hand. Ein kleines Stückchen Holz.

»Was ist das?«

Janna räusperte sich. »Keine Ahnung. Wir werden es auf Fingerabdrücke überprüfen und feststellen, welches Holz es ist. Das Teil hat auch ein kleines Loch.«

In Rokkas Kopf begann sich alles zu drehen. Er versuchte, die einzelnen Teile zusammenzufügen, doch sie schienen aus ganz verschiedenen Puzzles zu stammen.

***

Keine Frage, Evelina Olsdotter mochte es, wenn Johannes sie im Arm hielt, wenn sie hinaus auf die Straße gingen. Das gab ihr so ein schönes Gefühl von Wärme und Geborgenheit. Auch wenn es in ihrer Beziehung ziemlich stürmisch zuging, fühlte sie sich doch bei ihm sicher und geborgen. Gleich nach dem Essen musste er sich auf den Weg zum Flughafen machen, und beim Gedanken an die bevorstehende Trennung wurde sie traurig. Sie waren gerade auf dem Weg zu einem Restaurant in ihrem Viertel, es lag gleich am Liljeholmskaj. Eine letzte gemeinsame Mahlzeit war das, was sie jetzt brauchten, dazu ein bisschen gute Stimmung und ein paar nette Worte.

Die Beleuchtung im Restaurant war gedämpft und auf die dunkle Einrichtung abgestimmt. An den Wänden standen dick gepolsterte, rote Plüschsofas, und die großen Fenster waren von Gardinen aus demselben Stoff eingerahmt.

Sie saßen sich an einem Fenstertisch gegenüber. Johannes beugte sich vor und strich ihr eine blonde Haarsträhne hinters Ohr, dann nahm er ihre Hände in seine und wärmte sie.

»Du wirst sehen, es findet sich alles«, sagte er und sah sie an. »Wenn wir in die neue Wohnung umgezogen sind, können wir doch mal mit dieser Paartherapie anfangen, oder?«

Evelina schluckte.

»Ja«, antwortete sie und musste sich sehr bemühen, überzeugend zu klingen. »Einen Versuch ist es auf jeden Fall wert.«

Sie zwang sich selbst, Johannes anzulächeln. Die Sache mit der Therapie kam immer dann zur Sprache, wenn die beiden Stress hatten, aber sie wurde nie in die Tat umgesetzt. Für Evelina schien das wie ein Schlusspunkt, an dem man das Thema abhakte und zur Tagesordnung überging. Man gab sich selbst noch einmal eine Frist, bevor es unumgänglich war, sich mit den wirklichen Problemen zu befassen. Die Frage war nur, ob sich die wirklichen Probleme lösen ließen.

Der Kellner kam an ihren Tisch und nahm die Bestellung auf. Evelina bestellte Muscheln und ein Glas Chardonnay. Johannes bestellte ein Gulasch. Sie lehnten sich zurück, während sie auf ihr Essen warteten.

»Es tut mir leid, dass ich dich mit dem Verkauf jetzt allein lassen muss«, sagte Johannes.

Der Makler hatte sie tagsüber kontaktiert. Ihre Wohnung war verkauft, und die neuen Besitzer hatten den Wunsch geäußert, sie früher beziehen zu dürfen. Im Gegenzug sollten Evelina und Johannes fünfzigtausend Kronen extra bekommen.

»Das macht nichts. Ich habe doch noch ein paar Tage frei, bevor ich nach Florenz fahre. Ich wollte sowieso von zu Hause aus arbeiten.«

»Hast du gehört, was du gerade gesagt hast?«, fragte Johannes. »Du hast ein paar Tage frei, aber willst von zu Hause aus *arbeiten*?«

Ihr erschien das völlig normal. Sie arbeitete, bis sie das Ergebnis abliefern konnte, das von ihr erwartet wurde. Auch wenn das auf Kosten ihrer Freizeit ging.

»Und wo willst du wohnen, bis wir in unsere neue Wohnung einziehen können?«, fragte Johannes.

»Ich bleibe doch sowieso ein paar Wochen in Florenz. Und dann kann ich bei einer Freundin wohnen, bis es so weit ist.«

»Ansonsten nimmst du dir ein schönes Hotelzimmer. Das hast du dir verdient, finde ich«, sagte er und zwinkerte Evelina zu. Sie lächelte kurz zurück. Wenn es etwas gab, was sie total leid war in diesem Leben, dann war es, im Hotel zu wohnen.

»Du wirkst ein bisschen abwesend«, sagte er. »Woran denkst gerade, beschäftigt dich irgendwas?«

Evelina strich sich rasch die Haare wieder hinters Ohr.

»Nein, nein, alles gut. Ich bin nur etwas müde.«

Das Essen wurde gebracht, und sie aßen schweigend. Sie hob eine Muschel hoch und pulte den gelblichen Klumpen aus der Schale. Irgendwie schmeckten sie nicht so gut wie sonst, und sie tat sich schwer mit dem Schlucken. Sie beobachtete Johannes, während er aß. Eine Weile träumte sie sich in die Vergangenheit, drei Jahre zurück. Zu dem Abend, an dem sie ihn das erste Mal gesehen hatte. Seine stahlblauen Augen, in perfekter Symbiose mit dem blonden, ein bisschen strähnigen Haar, gezeichnet von den unzähligen Segeltörns, die er in diesem Winter in der Karibik unternommen hatte. Er war einer der Wettsegler in Europa, die ständig nachgefragt waren. Die Bootseigentümer standen Schlange, damit er ihr Schiff segelte, und das Honorar, das sie bereit waren zu zahlen, war schwindelerregend hoch. Sie hatte sich sofort in ihn verliebt. Er sollte der Vater ihrer Kinder werden, und am liebsten wollte sie, dass es sofort geschah. Die Chemie stimmte einfach. Ihr Körper signalisierte in jeder Hinsicht, dass er der Richtige war. Endlich.

In dieser Nacht hatten sie sich ein Hotelzimmer genommen. Hatten gerade noch die Tür hinter sich schließen können, als er sie in die Arme nahm und gegen die Wand drückte. Danach war kaum ein Tag vergangen, an dem sie nicht miteinander geschlafen hatten. Sich geliebt hatten. Mit ihm konnte sie bis ans Ende der Welt gehen, ohne einen einzigen Schritt zur Seite zu machen, wenn eine Versuchung oder die Aussicht auf Bestätigung lockten. Jetzt war sie endlich angekommen. Dachte sie damals.

Doch wer war der Mensch, der ihr jetzt gegenübersaß? Eine Gabel nach der anderen schaufelte er in sich hinein. Mit leicht geöffnetem Mund zerkaute er sein Essen. Das Geräusch, das er dabei machte, ekelte sie an. Er legte das Besteck zur Seite und sah ihr ins Gesicht.

»Evelina. Ich glaube im Ernst, dass du dein Arbeitstempo drosseln solltest. Jeder, mit dem wir uns unterhalten haben, hat darauf hingewiesen, dass es schwieriger ist, schwanger zu werden, wenn man unter Stress steht.«

Evelina spürte, wie sich alles in ihr zusammenzog.

»Kannst du nicht endlich aufhören, mir zu erzählen, was ich tun muss, um schwanger zu werden!«, schrie sie und knallte ihr Besteck auf den Tisch.

Die Gäste am Nebentisch glotzten sie an.

»Beruhige dich«, sagte Johannes mit lauter Stimme. »Jetzt

können wir nicht einmal mehr hier am Tisch sitzen und in Ruhe essen.«

»Du schneidest das Thema mit dem Kinderkriegen doch immer wieder an«, entgegnete sie.

»Weil ich dachte, es ist dir wichtig«, erklärte er und wischte sich den Mund ab.

Evelina stand auf und leerte ihr Weinglas. Als sie es mit einer heftigen Bewegung zurückstellte, zersprang es, und die Glassplitter flogen über den Tisch. Ohne ein Wort verließ sie das Restaurant.

***

Die Klinke an der Stalltür gab sofort nach, als er sie nach unten drückte. Er musste nur hineingehen, so wie es besprochen war. Die Lampen an der Decke warfen ein warmes Licht in den ordentlich geputzten Gang. Er blickte nach oben und sah direkt in eine Kamera. Er lächelte und winkte kurz, bevor er weiterschlich. In ein paar Boxen, an denen er vorbeikam, bewegte sich etwas.

Traber, Millionen wert. Der Mann im eleganten Anzug hatte ihm die Anweisung gegeben, sich ganz ruhig im Stall zu bewegen, damit die Tiere nicht unnötigem Stress ausgesetzt würden, und deshalb ging er in seinen Turnschuhen auf Zehenspitzen weiter.

Er fuhr zusammen, als von links ein dunkler Schatten auftauchte. Ein Pferd warf sich gegen die Wand seiner Box und biss in die Gitterstäbe. Seine Ohren hatte es angelegt, die Augäpfel leuchteten weiß im schummrigen Licht. Er wich zurück, die Nervosität stieg. Wie sollte er sich daran vorbeitrauen? Das Pferd konnte doch wohl nicht aus der Box ausbrechen? Nein, das musste unmöglich sein. Er bewegte sich vorwärts, hielt so viel Abstand wie möglich zu dem unruhigen Tier. Mit Pferden hatte er wirklich nichts am Hut, und er bereute es schon fast, diesen Auftrag angenommen zu haben.

In der fünften Box auf der rechten Seite sollte sie stehen. Wait ’til you win. Wait ’til you win, dachte er und fragte sich, wie man sich immer wieder so sonderbare Namen für Rennpferde ausdenken konnte.

In ihre Box zu gehen sei völlig ungefährlich, hatte der Mann im eleganten Anzug behauptet, doch er wurde immer nervöser.

»Hallo, Pferd«, flüsterte er, als er an Ort und Stelle war. Er stellte sich auf die Zehenspitzen, schob die Hand durch das Gitter und ließ sie schnuppern. Neugierig streckte die Stute das Maul vor, und er spürte ihren warmen Atem zwischen den Fingern. Ihr Maul berührte seine Hand und tastete sich weiter hoch an seinem Arm über die Lederjacke. Das war angenehm und brachte ihn zur Ruhe. Mit der anderen Hand strich er über die Außenseite seiner Jackentasche. Ein schmaler, langer Gegenstand war durch den Stoff zu spüren. Da lag sie, genau wie geplant.

Langsam schob er den Riegel zur Seite, der die Tür an der Box verschloss, um hineingehen zu können. Das Pferd sah ihn unter seinen langen Stirnfransen an. Seine Ohren hatte es aufgestellt, und das deutete er als gutes Zeichen. Er ging zu der Stute und streichelte ihr über den Hals. Dann hob er ihre Mähne hoch und las die vier Ziffern, die sich von dem braunen Fell abhoben. Die Identifikationsnummer des Tieres. Es war das richtige Pferd, schließlich musste er auf Nummer sicher gehen. Er wagte nicht sich vorzustellen, was passierte, wenn etwas schiefgehen würde.

Er schob die Hand in die Jackentasche und griff nach der Spritze mit dem knallgrünen Etikett. Er schob sie zwischen die Finger der linken Hand, während er mit der rechten das Halfter des Pferdes festhielt. Dann ging alles ganz schnell. Mit einer energischen Bewegung stach er dem Pferd die Nadel in den Hals. Die Stute zuckte kurz, aber blieb ansonsten ruhig. Er achtete darauf, dass sich der ganze Inhalt der Injektion in ihren Körper leerte, dann zog er die Kanüle schnell heraus und schob die Plastikhülse darüber. Er klopfte ihr noch zweimal auf den Hals, bevor er die Box verließ und im Laufschritt zur Tür eilte. Alles war planmäßig verlaufen.

19. SEPTEMBER

Nach dem Sommer kam der Herbst.

Und im Herbst zogen wir in die Kommune um.

Mit dem Umzug stellte sich auch der Schmerz ein und das flaue Gefühl im Magen. Wie immer.

Ich habe es Mutter erzählt, doch sie hat es nicht begriffen. Vielleicht hatte sie auch einfach nicht die Kraft, sich damit auseinanderzusetzen, denn sonst hätte sie ja etwas dagegen tun müssen.

Den Blick in die Ferne gerichtet, legte sie mir die Hand auf den Bauch. Dann schüttelte sie den Kopf und gab mir etwas zu trinken.

Sie ließ mich im Stich, dabei hätte ich einfach nur eine Umarmung gebraucht. Nur ein paar nichtssagende Worte hatte sie für mich übrig: »Alles wird gut werden. Ich bin für dich da.«

Aber die Worte und die Wärme, auf die ich wartete, kamen nie, weil sie nur bei den anderen sein wollte, bei den Erwachsenen.

Ich wurde immer durchsichtiger, profillos für den Menschen, der mich am deutlichsten hätte wahrnehmen müssen.

Hast du dich auch so durchsichtig gefühlt, Bruderherz? Wie ausradiert durch die mangelnde Zuwendung unserer Mutter?

Der Schmerz in der Magengegend blieb jedenfalls, während ich im Hause der Selbstverwirklichung wohnte, doch nach einer gewissen Zeit hörte ich auf, mich selbst zu spüren.

Die Tür des Maklerbüros schlug hinter Evelina Olsdotter zu. Sie fröstelte und zog den Mantel noch enger um den Körper. Dann machte sie einen großen Schritt über den Schneewall auf dem Gehweg und lief quer über die Straße zur Vingårdsgata, wo sie wohnten. Gleich nachdem Johannes abgereist war, hatte sie den Makler angerufen und einen Termin vereinbart. Sie wollte alles auf einmal erledigt haben. Ihre Wohnung war von einem Paar gekauft worden, das gerade nach Stockholm gezogen war. Die beiden waren etwas jünger als sie und hielten sich an den Händen, als sie zur Vertragsunterzeichnung kamen. Kicherten und küssten sich. Malten sich aus, wie sie die Zimmer einrichten wollten. Welches das zukünftige Kinderzimmer werden sollte.

Als sie mit dem Aufzug in das Stockwerk fuhr, in dem sich die Wohnung befand, lehnte sie sich an die Wand und holte ein paarmal tief Luft. Dachte daran, dass das Leben an diesem Ort bald der Vergangenheit angehören würde. Dass es an der Zeit für etwas Neues sei. Das Spiegelbild auf der anderen Seite des Fahrstuhls ließ eine Evelina mit tiefen Ringen unter den Augen erkennen. Sie zog eine Grimasse und kam zu dem Schluss, dass es an der schlechten Beleuchtung liegen musste. Plötzlich erklang von ihrem Handy, das in ihrer Handtasche lag, ein Signalton. Eine SMS.

Wenn du gewollt hättest, wäre das nie passiert.

Sie las die Nachricht mehrere Male, aber verstand kein Wort. Sie war von einer Nummer gesendet worden, die sie nicht in ihren Kontakten gespeichert hatte. Jemand musste sich geirrt haben. Sie löschte die SMS und trat aus dem Lift.

Als sie den Schlüssel ins Schloss steckte, warf sie einen Blick auf das Türschild neben der Tür, das ihre Nachnamen trug. Ihren und den von Johannes. Jetzt und für immer?

Sie schloss die Tür hinter sich und legte die Jacke ab. Als sie ins Wohnzimmer kam, ging sie zum Bücherregal. Da stand eine Reihe von Schwarz-Weiß-Fotografien, von denen eine sofort ihre Aufmerksamkeit erregte. Johannes und sie im vergangenen Sommer auf einer kargen Insel im Schärengarten vor Stockholm. Sie saß vor ihm, und er hatte seine Arme um sie geschlungen. Der Kontrast war stark, dennoch konnte man sehen, wie die Sonne auf der Wasseroberfläche glitzerte. Sie ärgerte sich darüber, wie sehr das grelle Licht auch die Falten um ihre Augen hervorhob, doch sie konnte nicht umhin zuzugeben, dass es ein sehr schönes Foto war.

Sie setzte sich aufs Sofa, den Laptop auf dem Schoß, und sah sich um. Kissen in drei Nuancen Grau waren vor der Rückenlehne drapiert. Die Vorhänge hingen sauber und glatt gebügelt von der Decke bis zum Boden, und das Deckenlicht war fein abgestimmt. In einer Edelstahlschale lagen eine Reihe sorgsam aufgetürmter Zitrusfrüchte. Seit der Wohnungsbegehung hatte sich nichts verändert. Das Unvollkommene, alles, was davon zeugte, dass hier ein menschliches Wesen lebte und atmete, war ausradiert. Ein Gefühl von Fremdsein machte sich bemerkbar, wurde immer stärker. War das hier wirklich ihr Zuhause gewesen, ihr Nest?

Sie rief *aftonbladet.se* auf. Der Mord in Hudiksvall war *das* Thema. Ihr lief eine Gänsehaut über den Rücken, als sie den Artikel überflog. Schnell tippte sie die Webadresse des Reisebüros ein, mit dem True Style Stories zusammenarbeitete, und loggte sich ein. Sie spürte die Unruhe immer noch und konnte kaum still sitzen, strich sich das Haar hinters Ohr und versuchte, sich auf das zu konzentrieren, was auf dem Bildschirm erschien. Die Flüge konnte man umbuchen, und mit einem Mal eröffnete sich ihr ein Fluchtweg: Die Arbeit, die sie zu tun hatte, konnte sie ebenso gut in Florenz erledigen, und die Italiener würden überglücklich sein, wenn sie ihnen vor Ort half, anstatt ihnen Anweisungen per Telefon zu geben.

Sie fand einen Flug, der in dreieinhalb Stunden ging. Sie konnte online einchecken. Und wenn sie sich beeilte, konnte sie die wichtigsten Dinge in ein paar Kartons verstauen und die Umzugsfirma den Rest erledigen lassen. Denn wenn sie schon fliehen würde, wollte sie keinesfalls zurückkommen, bevor die Wohnungsübergabe anstand. Vor der Wohnzimmerwand lehnten Umzugskartons. Sie legte sofort los und begann, den ersten zusammenzubauen.

Ein Umzug, dachte sie. Ein Neustart. Dann fiel ihr Blick wieder auf das Foto im Bücherregal. Johannes und sie. Richtig oder falsch?

Sie nahm den Karton mit in die Küche und öffnete den Schrank mit dem Geschirr. Sie holte einen Teller von Villeroy & Boch heraus. Ein Geschenk ihrer Mutter zum Dreißigsten. Ihre Fingerkuppen folgten dem verschnörkelten Muster, das die Kante verzierte. Der Teller war ebenso kühl wie ihre Mutter, kam ihr dabei in den Sinn.

Ihre Hand zitterte, als sie den Teller in den Karton legte. Sie griff nach dem nächsten Teller, doch er glitt ihr aus der Hand, und als er im Karton landete, brach er in der Mitte durch. Ihr kamen die Tränen. Sie schluckte. Reckte sich nach dem nächsten Teller. Ließ ihn absichtlich in den Karton fallen. Nahm einen ganzen Stapel Teller aus dem Schrank und ließ los. Sie beobachtete, wie diese Geschenke, in denen kein Funke Gefühl steckte, zerbarsten, einer nach dem anderen. Mit tränenüberströmtem Gesicht ging sie zu den Flurschränken. Sie öffnete einen von ihnen und riss alle schönen Kopfkissenbezüge und Bettlaken heraus. Ein paar warf sie in einen Karton, den Rest in einen anderen. Sie zog die Kappe eines schwarzen Filzstiftes ab und hielt die dicke Spitze an die Pappe. Mit zittriger Hand schaffte sie Tatsachen. Schrieb JOHANNES auf den einen, EVELINA auf den anderen Karton. Es war vorbei. Sie konnte nicht anders.

***

Måns Sandin war erleichtert, als er den Flur in Peter Krantz' Wohnung betrat. Sein Freund wohnte ganz oben in einem Haus aus den Zwanzigerjahren, mitten in Hudiksvall. Die Räume waren hoch und hatten einen weiß gebeizten Dielenboden. Es war zehn Jahre her, dass Måns zuletzt hier gewesen war. Damals hatte er Henna noch nicht gekannt. Früher hatte Peter immer Måns besucht, da, wo die Karriere ihn gerade hin verschlagen hatte. Auf gewisse Weise kam ihm diese Wohnung wie ein Zufluchtsort vor, und das war unglaublich angenehm.

Peter kam auf ihn zu und drückte ihn kurz, aber kräftig. Als ihm ein Hauch von angenehm duftendem Herrenparfüm entgegenschlug, wurde ihm klar, wie lange es her war, seit er selbst zuletzt geduscht hatte.

»Endlich«, sagte Peter. »Es ist nicht zu fassen, dass sie so lange gebraucht haben, um zu merken, dass du unschuldig bist.«

Måns nickte. In ihm regten sich die unterschiedlichsten Gefühle. Bekannte und unbekannte. Er musste reden, aber Gespräche, die sich nicht um den Sport drehten, waren ihm richtiggehend fremd. Selbst mit den besten Freunden.

»Es ist vielleicht merkwürdig … aber ich fühle mich vor allem leer«, sagte er. »Natürlich ist es wunderbar, die Kinder wiederzusehen, auch wenn es schrecklich sein wird, ihnen zu sagen, dass ihre Mama nie mehr wiederkommen wird.«

»Bekommst du in irgendeiner Form Hilfe, psychologische

Betreuung oder so?«, fragte Peter und fuhr sich mit der Hand durch das lockige Haar.

»Ich habe jede Menge gute Ratschläge bekommen, aber leicht ist es nicht … Sich gleichzeitig um die Kinder zu kümmern, während man selbst voller Trauer ist.«

»Wo sind sie denn jetzt?«

»Bei meinen Eltern. Ich musste mal raus. Mich für eine Weile in einer Umgebung aufhalten, die mich nicht pausenlos an Henna erinnert.«

»Möchtest du was trinken?«, fragte Peter.

»Gern. Was nimmst du?«

Måns überflog den Tisch im Wohnzimmer und dachte, wie gut er jetzt ein Bier gebrauchen könnte und wie schön es wäre, den Gefühlen ein wenig die Spitze zu nehmen.

»Ich habe mir gerade ein Bier aufgemacht«, antwortete Peter. »Willst du auch eins?«

»Ich hätte gern ein Mineralwasser, falls du das hast«, sagte Måns und räusperte sich.

»Na klar.«

Peter ging in die Küche und öffnete den Kühlschrank.

»Die Polizei sagt, Henna war mit Rohypnol vollgepumpt«, sagte Måns.

»Rohypnol?« Peter drehte sich um. »Ich dachte, das nehmen nur die ganz harten Hunde. Wo hat sie das denn her?«

»Ich habe nicht die geringste Ahnung«, antwortete Måns. »Es ist ja eigentlich ein Schlafmittel. Vielleicht hat es ihr ein Arzt in Florenz verschrieben.«

Peter schüttelte den Kopf.

»Und dann meinten sie, Henna sei schwanger gewesen«, fuhr Måns fort.

»Wirklich? Schwanger?« Peter kam mit einer Flasche Wasser in den Flur.

»Der Pathologe hat bemerkt, dass ihre Gebärmutter vergrößert war, so wie bei einer Schwangerschaft. Sie hatte auch heftige Blutungen. Die Vermutung liegt nahe, dass sie eine Fehlgeburt oder eine Abtreibung hinter sich hatte.«

»Und du wusstest davon nichts?« Peter sah geschockt aus.

»Nein.« Måns seufzte. »Ich weiß nur, dass sie kürzlich einen Arzt aufgesucht hat. Sie hatte irgendein Problem mit den Eierstöcken, und ich fand das nicht sonderlich ungewöhnlich. Sie kann jedenfalls noch nicht weit gewesen sein, man hat nichts gesehen. Jetzt wird die Polizei in der Richtung weiterermitteln. Und ich weiß nicht einmal, bei welchem Arzt sie war, nur dass sie hier in Hudiksvall gewesen ist.«

»Wie schrecklich«, sagte Peter, drehte den Verschluss der Flasche auf und reichte sie Måns. »Komm, wir setzen uns.« Er ging vor ins Wohnzimmer.

»Aber … irgendwer anders muss der Vater dieses Kindes sein«, erklärte Måns zögerlich. »Es ist mindestens ein halbes Jahr her, dass wir Sex miteinander hatten.« Er ließ sich auf einem der schwarzen Dreisitzer nieder.

»Und das erzählst du mir hier so ruhig«, sagte Peter.

»Es klingt sicher merkwürdig, aber ich fühle irgendwie Gleichgültigkeit«, antwortete Måns. »Ich denke, ich habe alles getan, damit sie endlich zur Ruhe kommen konnte. Ich habe meine Karriere vernachlässigt und bin mit ihr hierhergezogen, damit sie endlich ein Zuhause hatte. Und dann hat sie offenbar hinter meinem Rücken einen anderen getroffen.«

»Du bist ja auch nicht gerade ein Kind von Traurigkeit gewesen«, bemerkte Peter. »Dann könntest du doch vielleicht ein Auge zudrücken?«

»Diese alten Geschichten sind doch längst verjährt«, erwiderte Måns kurz angebunden.

»Ich dachte, die Verjährungsfristen für solche Vergehen

sind recht lang«, gab Peter zurück, der aus welchem Grund auch immer das Thema nicht beenden wollte.

»Ich will nicht darüber reden, ganz ehrlich. Bitte respektiere das«, sagte Måns mit Nachdruck.

»Okay, okay«, sagte Peter und hielt die Hände hoch.

Måns nahm ein paar Schlucke aus der Flasche und stellte sie wieder ab.

»Weißt du, was am allerschlimmsten ist?«, fragte er. »Diese Leere. Es ist ein Gefühl, als stände ich an einem Abhang, und wenn ich hinunterschaue, ist alles schwarz. Was machen wir jetzt, sollen wir hier wohnen bleiben? Zurückgehen nach Italien? Was soll ich jetzt tun? Alle Entscheidungen, was ich mit meiner Zukunft anfangen soll, habe ich vor mir hergeschoben. Ich hatte nur den Umzug im Kopf und das Weihnachtsfest, und dass es für die Kinder schön werden sollte. Und wie soll ich mich allein um sie kümmern? Das ist immer Hennas Job gewesen, sie war immer für die Kinder da. Klar, ich war auch da, aber sie war einfach die Hauptbezugsperson, auch wenn ich weg war. Sie hatten eine ganz enge Bindung. Und ich, ich kann ja nicht mal richtig kochen.« Er stützte sich mit den Ellenbogen auf den Couchtisch und vergrub das Gesicht in den Händen. Noch nie zuvor hatte er so offen mit einem seiner Freunde gesprochen, aber nun waren die Worte einfach aus ihm herausgebrochen.

»Gib mir doch ein Bier. Das kann ich jetzt brauchen«, sagte er mit einem Seufzen.

19. SEPTEMBER

Im Hause der Selbstverwirklichung sollten wir wohnen.

Diesen Namen habe ich mir für die Kommune ausgedacht.

Mir war klar geworden, dass unsere Mutter auf der Suche nach ihrem inneren Frieden und dem Sinn des Lebens war, ihres Lebens. Das Einzige, was wir tun konnten, war mitzugehen.

Aber würden wir dieses Mal nach Dänemark ziehen? Oder nach Schweden? In den Norden, in den Süden? Wir hatten nicht die geringste Ahnung, liefen einfach mit, wie immer. Dann wurden wir unsichtbar. Unsichtbar auf der Jagd der Erwachsenen nach ihrem Ich.

Das sollte nicht so sein. Nicht, wenn man erst sechs ist. Niemals.

Aber es war so. Und bei mir hat es seine Spuren hinterlassen.

Die Kommune war ein kreatives Umfeld, das stimmt wirklich. Das war aber auch das einzig Positive. Denn wir bekamen alles zu sehen, was nicht gut für uns war, unzensiert. Wir sahen alles. Am schlimmsten war es, wenn die Erwachsenen sich unter dem Einfluss des Drogenkonsums veränderten.

Was für ein Glück, dass wir drei uns hatten. Du und ich, Bruderherz, und unser Freund. Zusammen waren wir stark. Gingen durch dick und dünn. Eine Form von Liebe. Ohne euch wäre ich nicht hier.

Johan Rokka nahm die Füße vom Schreibtisch und drehte sich auf seinem Bürostuhl im Kreis. Er fuhr sich mit der Hand in den Nacken und drückte zu, ein kleiner Versuch, sich selbst zu massieren. Die letzten Tage hatte er im Prinzip nichts anderes getan als gearbeitet, und langsam übermannte ihn die Müdigkeit. Und das, obwohl er sich darauf gefreut hatte, die alten Kumpels von früher wiederzusehen. Er brauchte das, um die Batterie wieder aufzuladen. Jetzt raubten ihm die Ermittlungen alle Kraft, und er stand unter Stress.

Ob Hennas Untreue etwas mit dem Mord zu tun hatte? Måns Sandin behauptete ja, dass er unmöglich der Vater dieses Kindes gewesen sein konnte.

Hatte dieses kleine Holzstück irgendeine Bedeutung für die Ermittlungen? Wie lange hatte es wohl auf Måns' Grundstück gelegen?

Welche Personen verbargen sich hinter den unbekannten Telefonnummern?

Wie viel wussten die Kinder?

Was hatte Henna dazu bewogen, so viel Rohypnol in sich hineinzustopfen?

Rokka kratzte sich am Kopf.

»Und, wie läuft's?«

Mit einem Mal stand Per Vidar Sammeli im Zimmer. Der norrländische Dialekt des Staatsanwalts hallte in Rokkas Ohren nach, und er drehte sich um.

»Es läuft«, antwortete er, doch hörte selbst, wie wenig überzeugend das klang.

Per Vidar Sammeli nahm Platz und fuhr mit den Händen über die glatte Tischplatte. Dann starrte er Rokka eine Weile eindringlich an, bevor seine Gesichtszüge sanfter wurden.

»Jetzt mal ehrlich. Wie läuft es wirklich?«

Rokka befeuchtete seine Lippen und räusperte sich.

»Ich versuche gerade, die Situation für mich selbst zusammenzufassen«, sagte er.

»Und zu welchem Schluss kommen Sie?«

»Wir müssen noch mal die Nachbarn in Skålbo abklappern. Irgendeiner muss doch was gesehen oder gehört haben. Und jemand muss die Klinik ausfindig machen, die Henna logischerweise aufgesucht haben muss. Dann …« Rokka sah Sammeli an. »Dann möchte ich dem Verdacht nachgehen, den Almén von Anfang an hatte. Dass eigentlich Måns Sandin derjenige ist, hinter dem sie her sind. Dass Henna nur der Anfang war …«

»Bis jetzt haben wir nur Alméns Theorie, die darauf hinweist«, entgegnete Sammeli und nahm die Brille von der Nase.

»Und mein Bauchgefühl, dass Sandin uns etwas verheimlicht«, fügte Rokka hinzu. »Wir warten noch immer auf die Ergebnisse der Kollegen in Stockholm, die Sandins Kontakte zu den Solentos abklopfen sollen.«

Sammeli lehnte sich zurück und verschränkte die Arme. Holte tief Luft.

»Wir können noch seine engsten Freunde vernehmen, aber ich finde, erst sollten wir mehr in der Hand haben«, meinte er.

Rokka stand auf und trat ans Fenster. Dachte, was für ein Glück er hatte, mit einem Staatsanwalt zusammenarbeiten zu können, der offenbar nie gestresst war. Der immer Zeit fand zuzuhören. Völlig anders als all die Anzugtypen, die ihm im Lauf der Jahre über den Weg gelaufen waren.

»Ich bin der Meinung, dass einer von uns nach Florenz fliegen sollte«, sagte er. »Außer Måns Sandin und Hennas Bruder scheinen alle, die sie gut kannten, in Italien zu wohnen.«

»Das verursacht allerdings Kosten, die Sie nur sehr schwer begründen können«, wandte Sammeli ein. »Aber natürlich könnte uns diese Reise auch schnell vorwärtsbringen. Wer soll denn fahren?«

»Ich fahre selbst«, antwortete Rokka.

»Das wird nicht leicht durchzukriegen sein.«

»Ich weiß, und ich möchte Sie um einen Gefallen bitten. Ich habe begriffen, dass sich Frau Bengtsson eisern an ihre Prinzipien hält, und ich will ja auch den korrekten Weg einhalten. Einer meiner Freunde sitzt bei der europäischen Justizbehörde, bei Eurojust. Könnten Sie den offiziellen Teil übernehmen und einen Gruß von mir ausrichten, damit wir die Erlaubnis innerhalb von vierundzwanzig Stunden haben?« Rokka hielt erwartungsvoll die Luft an.

»Kein Problem. Ich kümmere mich darum. Aber …«

»Was?«

»Ich würde trotzdem vorschlagen, dass wir Ingrid Bengtsson vorher in Ihre Pläne einweihen.«

»Warum?«

Sammeli seufzte schwer. »Ich will nur, dass es gut für Sie ausgeht. Dass Sie den Fall aufklären.«

Rokka sah Sammeli ins Gesicht und beschloss, sich von der Unruhe in den Augen des anderen nicht abhalten zu lassen.

»Ich denke, wir verlieren Zeit, wenn sie all ihre bürokratischen Schlenker macht.«

Sammeli zog einen Mundwinkel hoch und zuckte mit den Schultern.

»Okay. Ich vertraue Ihnen. Ich rufe sofort an.«

»Super. Und ich plaudere ein bisschen mit Bengtsson.«

Rokka stand auf. Er würde es Bengtsson erzählen. Später. Erst würde er zum Empfang gehen und Fatima Voix seine Reise buchen lassen.

***

Das Geländer, das die Trabrennbahn umsäumte, war eiskalt. Doch Urban Enström spürte es nicht, als er sich mit bloßen Händen daran festhielt. Er beugte sich vor, um bessere Sicht zu haben. So nah wie möglich wollte er sein, damit ihm nicht eine Sekunde des entscheidenden Moments entging.

Die keuchenden Atemzüge wurden von den harten Hufschlägen auf die gefrorene Bahn begleitet. Der Atem der Pferde bildete eine dampfende Decke über dem Grüppchen, das nun auf dem Weg in die letzte Kurve war, bevor es sich der Zielgeraden näherte.

»Der Favorit ist nicht in Form«, sagte er siegesgewiss und knuffte den Mann, der neben ihm stand, mit dem Ellenbogen in die Seite. Der schielte zu ihm hinüber und brummte etwas Unverständliches als Antwort. Enström fingerte an der weißen Wettquittung herum. Er wusste, dass er gewinnen würde.

»Und auf wen hast du gesetzt?«, fragte der Mann.

»Wait 'til you win. Dreißigfach«, sagte Urban Enström und grinste breit.

»Die ist doch nur Staffage«, gluckste der Mann. »Der Favorit wird sich den Sieg mit links holen. Strömlund würde sein Pferd niemals in so ein zweitklassiges Rennen schicken, wenn er sich nicht sicher wäre zu gewinnen«, antwortete er voller Überzeugung.

Urban Enström überlegte. War er der Einzige, der gesehen hatte, was so offensichtlich war? Wail 'til you win hatte heute äußerst vielversprechend ausgesehen, als die Fahrer die Pferde bei der Parade vorgeführt hatten – die Tagesform der Tiere war viel aussagekräftiger als die Ergebnisse der letzten Rennen. Auch wenn die Pferde nur mehr oder weniger vorbeigejoggt waren, meinte Urban Enström, etwas Spezielles in der Körpersprache der Stute erkannt zu haben, eine besondere Energie und den Ehrgeiz zu gewinnen. Fast hatte es so ausgesehen, als wolle der Fahrer verschleiern, wie gut das Pferd wirklich war. Für ein ungeübtes Auge war das schwer zu erkennen, aber er war felsenfest überzeugt davon, dass er das Potenzial des Tieres erkannt hatte.

Er drehte sich um und warf kurz einen Blick zu dem Restaurant mit den großen Fensterfronten ganz oben auf der Tribüne. Das warme Licht schien auf die Herren in den Maßanzügen und ihre dekorative Begleitung. Das waren die Leute, die das Rennen von ganz oben betrachteten und dabei das À-la-carte-Menü und Wein in hohen Gläsern genießen wollten. Für sie war ein Pferd bloß eine Nummer, doch für ihn waren sie einzelne Persönlichkeiten. Natürlich wettete er auch. Schwindelnd hohe Beträge verzeichnete er sowohl im Plus- als auch im Minuskonto. Doch niemals würde er auf den Platz direkt am Zaun verzichten. Direkt am Finish. Das Gefühl, wenn die Pferde die Ziellinie passierten, war unbeschreiblich. Der Instinkt der Tiere, gewinnen zu wollen, und ihre Loyalität in Kombination mit der Strategie der Fahrer – da bekam er eine Gänsehaut am ganzen Körper.

»Wie hoch ist dein Einsatz?«, fragte der Mann neugierig.

»Das behalte ich für mich«, antwortete Urban und hielt die Wettquittung krampfhaft fest.

Er hatte sich sehr schwergetan, sich zu entscheiden, wie viel er investieren sollte. Zehn knittrige Tausendkronenscheine hatte er schließlich unter der durchsichtigen Plastikluke durchgeschoben. Die junge Frau an der Spielkasse hatte den Betrag und die Nummer des Pferdes mit flinken Fingern eingetippt, kurz bevor es losging.

Urban erschauerte vor Spannung. Eine Sekunde lang nahm er die Hände vom Geländer und zog den Reißverschluss seiner schwarzen Lederjacke ganz nach oben. Wait 'til you win lief auf einer inneren Bahn. Zwar eingeschlossen, aber kraftsparend. Der Favorit war außen neben dem in Führung liegenden Pferd gelandet, in der sogenannten Todesspur. Jetzt, kurz vor dem Finish, hatte er etwa dreißig Meter mehr gelaufen als die Pferde, die innen liefen. Das zehrte an den Kräften. Aber der Favorit war überlegen, er hatte schon früher die größten Konkurrenten von schlechteren Positionen aus von der Bahn gefegt.

Urban trat auf der Stelle, als die Pferde auf den hunderteinundsechzig Meter langen Einlauf zusteuerten. In der dritten Bahn arbeiteten sich ein paar Pferde vor, deren Fahrer aus dem Feld der hinteren Bahnen ausgebrochen waren. Der Favorit sah unschlagbar aus, das war nicht zu leugnen. Stark, kein Konkurrent im Weg. Urbans Pferd hingegen steckte hilflos in seiner Position fest.

»Shit«, schimpfte er.

Auf halber Strecke des Finishs hatte der Favorit noch ein paar Pferdelängen Vorsprung. Urban beobachtete den Fahrer, der Wait 'til you win lenkte. Er saß völlig entspannt in seinem Sulky und warf einen Blick über die rechte Schulter. Eigentlich müsste er frustrierter aussehen, dachte Urban. Er saß da ja eingepfercht zwischen den anderen und konnte sein Potenzial noch gar nicht ausspielen. Vermutlich hatte er bereits aufgegeben. Eine aussichtslose Lage.

Noch ein Blick nach oben auf die Tribüne. Ja. Da kam Bewegung hinein. Sogar die Anzüge waren jetzt aufgestanden. Wedelten mit ihren Wettscheinen.

Jetzt ging es los. Immer mehr Spieler versammelten sich am Geländer. Sie schrien und sprangen auf und ab und taten, was sie konnten, um ihren Favoriten anzutreiben. Urban bekam von beiden Seiten Schubser ab.

Noch hundert Meter. Der Fahrer des Favoriten griff heftig zur Peitsche, um alles aus seinem Pferd herauszuholen. Seine

Schritte wurden länger, und es bewegte den Kopf im Takt mit den zunehmend schnelleren Bewegungen der Vorderbeine. Es würde gewinnen, das stand fest.

Da geschah es. Urban bemerkte eine Bewegung im Feld. Ein Pferd warf den Kopf hoch, und der Fahrer riss am Zügel, um es zur Seite zu steuern. Galopp. So schnell wie möglich lenkte er das Tier vorbei, um nicht mit den anderen zu kollidieren, und dann ging alles blitzschnell: Die Lücke, die das galoppierende Pferd hinterließ, wurde von einem der innen laufenden Pferde besetzt. Urbans Pferd. Mit einer Wahnsinnsbeschleunigung hatte es nun die Verfolgung des Ersten aufgenommen. Hatte Platz. Noch zwei Pferdelängen. Urbans Herz pumpte immer schneller, ihm wurde richtiggehend schwindelig.

Noch zwanzig Meter. Gleichauf. Der Favorit war ausgesprochen zäh und weigerte sich, die Konkurrenz vorbeizulassen. Doch der Fahrer, der Urbans Pferd lenkte, musste sein Pferd nur ein letztes Mal antreiben, dass es die Schrittfrequenz noch einmal erhöhte, und es segelte förmlich ohne jeden Widerstand über die Ziellinie.

Urban schloss die Augen. Das Schreien und Getobe rings um ihn nahm ab. Er hörte manche Leute fluchen, doch auch das verstummte bald.

»So ein unverschämtes Glück. Woher wusstest du, dass sie gewinnen würde?«, fragte der Mann und schüttelte den Kopf. Dann ging auch er.

Urban dachte, dass es doch so augenfällig gewesen war, eigentlich sonnenklar. Er holte einmal tief Luft und drehte der Trabrennbahn den Rücken zu. Sah noch einmal nach oben. Da, in dem warmen, gelblichen Licht hatte man sich wieder gesetzt. Nur an einem der Tische nicht. Da war richtig Leben, da wurde gefeiert. Offenbar war er nicht der Einzige gewesen, der das Potenzial des Pferdes erkannt hatte. Er lächelte und drückte die Wettquittung, die er noch immer in der Hand hielt. Dreißig Mal zehntausend Kronen. Er ging zur Spielkasse, um seinen Gewinn abzuholen.

Vor der Kasse war keine Schlange. Kein Wunder, da der Gewinner den dreißigfachen Einsatz erhielt.

»Man könnte fast glauben, dass der Lauf vorher schon entschieden war«, sagte er lachend zu der jungen Frau an der Kasse. »Mir entgeht nichts, ich habe beim Aufwärmen schon gesehen, dass das Pferd mordsheiß ist«, prahlte er weiter.

Die Frau an der Kasse sah ihn mit ihren knallblauen Augen eingehend an, während sie seine Quittung in den Apparat schob. Der summte, als er die Ziffern und Striche auf dem kleinen Stück Papier scannte.

»Meinen Glückwunsch«, sagte sie und lächelte. »Aber so große Summen zahlen wir nicht hier an der Rennbahn aus. Dafür müssen sie eins dieser Papiere hier ausfüllen, das ist die Gewinnbescheinigung.« Sie reichte ihm ein Formular. Auf der Vorderseite war ein Bild mit zwei Pferden zu sehen, die gerade die Ziellinie erreichten. *Herzlichen Glückwunsch zu Ihrem Gewinn!* stand quer darüber.

»Bitte geben Sie mir einen Durchschlag, das andere Blatt legen Sie dann der Bank vor, dann wird Ihnen der Betrag ausgezahlt«, erklärte die Frau.

Urban nahm die Gewinnbescheinigung und ging mit schnellen Schritten auf den Ausgang zu. Hätte er sich umgedreht, dann hätte er bemerkt, dass die Frau mit den blauen Augen nun ein Handy in die Hand nahm und eine Nummer eintippte. Als sie es ans Ohr hielt, ging ihr Blick zur Fensterfront oberhalb der Tribüne hinauf.

***

Evelina Olsdotter liebte dieses Hotel. Es lag in einem Hinterhof an der Fußgängerzone Borgo degli Albizi ganz zentral in Florenz. Inmitten des pulsierenden Lebens, aber dennoch ruhig und ein bisschen versteckt. Sie genoss es, auf dem Bett zu liegen und die Freskenmalereien an der gewölbten Decke zu betrachten. Allein in Florenz, wieder einmal. Einsam und frei? Aber wer war sie schon ohne Johannes? Ohne seine starken Arme, in denen sie widerwillig doch immer wieder Zuflucht suchte. Und wer war sie ohne diese Anerkennung?

Sie setzte sich auf und ging hinüber ins Badezimmer.

»Was machst du da eigentlich?«, fragte sie ihr Spiegelbild.

Es war einfach, für ein bisschen Bestätigung zu sorgen, einfach, eine SMS vom Flughafen zu schicken, wenn man in Pisa gelandet war. Sie hatte der Versuchung nicht widerstehen können. Sie brauchte es wirklich.

»Du machst es schon richtig«, sagte sie zu sich selbst. »Du hast es verdient.«

Fünf Minuten hatte es gedauert, dann war seine Antwort gekommen. Er wollte sie noch am selben Abend treffen. Im Hotel. Aus Diskretionsgründen wollten sie nicht ausgehen, auch wenn das Risiko, zu diesem Zeitpunkt in Florenz ein bekanntes Gesicht zu sehen, sehr gering war. Und wenn Johannes entgegen allen Erwartungen herauskriegen würde, was sie dort tat, dann sollte es vermutlich so sein.

Sie schminkte sich und versuchte, möglichst natürlich schön auszusehen. Eine Prozedur, die mindestens ebenso lang dauerte wie ein glamouröses Make-up. Sie überließ nichts dem Zufall und war mit dem Resultat äußerst zufrieden. Dann knotete sie den Gürtel ihres Bademantels auf und ließ ihn zu Boden fallen.

Das Handy auf dem Bett vibrierte. Sie wusste sofort, was das bedeutete. Gleich würde er da sein. Manuel Battista.

Es würde nur noch Minuten dauern, dann stand er vor der Tür. Es kribbelte in ihrem Bauch, ihre Handflächen wurden feucht. Diese verbotenen Dinge gaben ihr einen Kick. Mit zitternden Knien lief sie über die dunkelbraunen Dielen zur Tür.

Das vertraute Klopfzeichen, zweimal laut, einmal leise, sie fuhr zusammen. Zum wiederholten Male versuchte sie sich klarzumachen, dass sie das verdient hatte. Dass sie sich das, was gleich geschehen würde, einfach gönnte.

Langsam öffnete Evelina die Tür, und dann standen sie da, vollkommen regungslos, schauten sich nur an.

Du bist der schönste Mensch, der mir je unter die Augen gekommen ist, wollte sie sagen, aber ihr Italienisch reichte nicht aus. Das strahlend weiße Lächeln. Das markante Kinn. Der dunkle Dreitagebart. Jedes einzelne schwarze Haar lag perfekt, selbst wenn er sich wahrscheinlich große Mühe gegeben hatte, eine lässige Frisur zu zaubern.

Er musste lachen, ging auf sie zu und zog sie an sich. Die kalten Metallknöpfe an seiner Jacke pressten sich auf ihre nackte Haut. Er konnte mit ihr machen, was er wollte. Zumindest wollte sie ihn das spüren lassen.

Sie machte einen Schritt zurück, damit er sie von oben bis unten betrachten konnte. Dann kam er wieder auf sie zu und schob sie vor sich her in Richtung Bett. Ein leichter Schubser, und sie fiel auf die Decke. Auch er ließ nicht lange auf sich warten.

Keine Kleider verhüllten ihn, als er da lag, und mit einem Zeigefinger liebkoste sie seine Brust, fuhr hinunter über seinen Bauch und die kräftigen Oberschenkel. Sie wusste, dass er verletzt war und im Moment nicht spielen konnte, doch offensichtlich verbrachte er viele Stunden im Kraftraum.

Seine braunen Augen sahen sie an und ließen sie nicht mehr

los. Sie liebte diesen wunderbaren Augenblick, wenn sie den Rausch des Begehrens spürte. Der Moment, bevor das Warten auf das Unausgesprochene zu Ende ging und ihre Körper sich trafen, Lippen und Zungen sich vereinten. Sie wollte, dass dieser Augenblick endlos währte. Dieser Rausch ewig anhielt. So destruktiv, aber vollkommen unwiderstehlich. Dann zog er sie zu sich, und sie ließ es geschehen.

Danach liebkoste Manuel zärtlich ihre Arme und murmelte etwas auf Italienisch. Sie konnte nicht verstehen, was er sagte und wartete einfach ab, bis seine Atmung sich beruhigt hatte. Nach einer Weile war er wieder völlig entspannt. Evelina kroch neben ihn. Sie hob die Hand, um seine Brust zu streicheln, doch mit einem Mal fühlte sich die Hitze seines Körpers fremd an. Sie rutschte ein bisschen zur Seite und zog die Decke hoch.

Manuel hob den Kopf und sah sie an. Er lächelte und beugte sich über sie, um ihre Stirn zu küssen, doch sie drehte ihr Gesicht weg.

»Cosa c'è?«, fragte er verunsichert.

Evelina wusste, was nicht stimmte. Es war vorbei. Es war ihr gelungen, ihn dahin zu bringen, wo sie ihn haben wollte, und dann wurde er zu einem Fremden. Ein nackter Mann mit zu behaarter Brust. Ein Anflug von Angst machte sich in ihrer Brust bemerkbar und breitete sich erbarmungslos aus. Jetzt wollte sie nur noch, dass er verschwand.

Verdammte Sucht nach Bestätigung.

Sie setzte sich auf und stellte die Füße neben Manuels Jacke auf den Boden. Als sie hinuntersah, bemerkte sie, dass etwas aus der Jackentasche hervorlugte. Eine weiße Schachtel. Einen Moment lang überlegte sie, ob sie sie aufheben sollte. Aber wenn Manuel das merkte, wusste sie nicht, was sie sagen sollte. Sie wollte eigentlich ins Badezimmer, doch ihre Neugier war zu groß. Vorsichtig stupste sie die Jacke mit dem Fuß an. Die Schachtel rutschte immer weiter heraus, und sie beugte sich darüber. Eine Verpackung, die aussah, als wären Arzneimittel darin. Vielleicht etwas für seine Knieverletzung. Sie warf einen Blick auf Manuel, der auf dem Rücken lag und mit geschlossenen Augen die Arme über dem Kopf ausstreckte. Sie kniff die Augen zusammen, um besser sehen zu können. Auf der weißen Verpackung war ein leuchtend grüner Streifen. Darauf stand in kleinen schwarzen Buchstaben: Myoinositol trispyrophosphate. Evelina merkte sich den Namen und schob die Schachtel mit dem Fuß zurück in die Tasche, dann stand sie auf und ging ins Badezimmer. Hinter der verschlossenen Tür nahm sie ihr Handy und tippte das Wort ein.

***

Johan Rokka und Victor Bergman hatten eine ganze Weile bei Rokka zu Hause am Küchentisch gesessen und geredet. Das eine oder andere Glas Wein hatten sie sich auch genehmigt. Genauer gesagt, jeder eine Flasche.

»Was meinst du, drehen wir noch eine Runde und checken mal, was im Gossip läuft?«, schlug Rokka vor und stand auf. Er stellte sich hinter Victor, legte ihm die Hände auf die Schultern und drückte ein paarmal fest zu, als wolle er ihn in Gang bringen.

»Ich habe echt keine Lust, heute Abend schon wieder wegzugehen«, sagte Victor und sah Rokka ins Gesicht. »Aber ich tue es dir zuliebe, weil ich weiß, dass du seit zwei Wochen keine Braut mehr im Bett hattest.«

Rokka musste lachen. Er nahm seinen alten Freund in den Würgegriff.

»Zwei Monate. Nicht zwei Wochen. Aber danke, dass du so viel Verständnis für meine Bedürfnisse aufbringst.« Er beugte sich vor und gab Victor einen Kuss auf den glatt rasierten Schädel.

An diesem Abend waren mindestens genauso viele Leute im Gossip wie bei ihrem ersten Besuch. Viele alte Bekannte. Handballkumpel. Fußballkumpel. Kumpel, mit denen er Partys gefeiert hatte. Rokka beantwortete alle Fragen.

»Ja, ich bin nach Hudik zurückgekommen.«

»Ja, stimmt. Ich bin jetzt Polizist. Hättest du nicht geglaubt, stimmt's?« Dazu ironisches Augenzwinkern.

»Ja, wir sind immer noch hinter dem Täter her.«

»Ja, wir können gern später was zusammen trinken.«

Elektropop dröhnte aus den Lautsprechern, und Rokka hielt nach Angelica Fernandez Ausschau. Es dauerte nicht lange, da entdeckte er sie im Gewimmel. Sie redete mit einer anderen jungen Frau, die ungefähr ihr Alter hatte. Rokka ging hinüber und berührte Angelica an der Schulter. Ihre Freundin stellte sich kurz vor und war dann diskret genug, gleich zu verschwinden.

»Wollen wir da weitermachen, wo wir beim letzten Mal aufgehört haben?«, fragte er Angelica.

Sie drehte sich ruckartig um und sah ihn mit einem derart schneidenden Blick an, dass er unwillkürlich einen Schritt zurück machte.

»Bist du verrückt? Hast du vergessen, wo wir aufgehört haben, als wir uns gesehen haben?«

»Ganz ehrlich, ich wusste nicht, was ich tun sollte, um dich nicht auf der Stelle zu verschlingen. Das war alles.« Rokka hob hilflos die Hände.

Angelica betrachtete ihn. Mit kühlem Blick. Bösem, kühlem Blick. Doch schon bald kam die Wärme zurück.

Sie lächelte. »Auf irgendeine komische Art mag ich dich.«

»So ein Glück«, sagte Rokka und lachte.

»Komm. Wir gehen runter an die Bar«, schlug sie vor.

Er folgte Angelica die Wendeltreppe hinunter. Gleich rechts befand sich eine Bar. Geschmeidig nahm sie auf einem Barhocker Platz und zog einen anderen Hocker für Rokka zu sich heran. Dann orderte sie winkend zwei Gläser Rotwein.

»Okay, Polizist. Wo waren wir stehen geblieben? Was machst du hier eigentlich? In Hudiksvall?«

Er rutschte auf der minimalen Sitzfläche hin und her.

»Ich habe acht Jahre als Bulle gearbeitet. Hab dies und das ausprobiert, aber bin zu dem Schluss gekommen, dass ich am liebsten Ermittlungsarbeit mache.«

»Und da verlässt du Stockholm und gehst ins kleine Hudik?« Angelica hob die Augenbrauen.

»Ehrlich gesagt habe ich Stockholm satt. Dieses ganze Prestigegetue. Im Job, im Privatleben. Da tauchte die Stellenanzeige im Dezernat für Schwerverbrechen auf, ich hab mich beworben und den Job bekommen.«

Er sah sie an. Betrachtete sie eingehend. Hohe Wangenknochen, ein markantes Kinn, volle Lippen. Haut wie Samt in diesem schummrigen Licht, aber sie sah sicher auch bei gleißendem Tageslicht fantastisch aus, daran zweifelte er nicht.

»Ich glaube, hier ist der Ort, an dem ich meine Bedürfnisse stillen kann«, fügte er leise hinzu.

»Kriegst du immer das, was du willst?«, fragte sie und nahm einen Schluck Wein, während sie ihm tief in die Augen sah. Wieder hatte sie dieses Funkeln in den Augen, das er nicht einordnen konnte.

»Ehrlich gesagt, meistens schon«, antwortete er und versuchte, demütig zu klingen. Irgendwie schien das genau die Antwort gewesen zu sein, die sie hatte hören wollen.

Rokka trank einen Schluck und warf einen Blick auf die Uhr. Viertel nach zwölf. Noch knapp zwei Stunden hatte der Laden offen. Die Leute im Club waren alle schon ziemlich betrunken. Was er über den Abend verteilt getrunken hatte, spürte er nicht im Geringsten. Was er hingegen wahrnahm, war die Wirkung, die Angelica auf ihn hatte. Das gefiel ihm nicht, doch er konnte auch nichts dagegen tun. Er wurde aus seinen Gedanken gerissen, als Angelica ihn am Unterarm griff.

»Soll ich dir was sagen? Ich will heute Nacht nicht bei Mama und Papa schlafen.«

Sie seufzte und schob die Unterlippe leicht vor. Väterliche Gefühle stellten sich instinktiv ein. Kleine Angelica. Gleichzeitig konnte er das Verlangen in ihren Augen nicht übersehen. Eine kribbelnde Wärme breitete sich vom Bauch in den Brustraum aus.

Er hatte eine Vorahnung, was gleich passieren würde. Aber ganz ehrlich, was wollte sie von ihm? Er war ein Jugendfreund ihres Vaters. Ein Mann Ende dreißig mit ein bisschen zu viel Speck auf den Rippen. Mit einem Intellekt, der sicherlich etwas stärker ausgeprägt war als bei den meisten, dessen Gedanken sich allerdings allzu oft an schroffe Abgründe begaben. Und dann sie. Schön wie eine Göttin. Etwa neunzehn, würde er schätzen. Vielleicht sogar noch jünger. Zwischen ihnen lagen mindestens zwanzig Jahre. Etwas widerwillig musste er zugeben, dass er dieses Detail unverschämt anziehend fand. Aber er beabsichtigte, noch einen tapferen Versuch zu unternehmen, um zu verhindern, was da gerade mit ihnen passierte. Nur einen Versuch. Einen kleinen.

***

Janna Weissmann schloss die Beifahrertür ihres Autos und drückte auf die Fernbedienung, um den Wagen zu verriegeln. Sie hatte mit Argento zum Tierarzt fahren müssen, denn es war ihm zunehmend schlechter gegangen, und sie hatte nicht noch einen Tag länger warten wollen. Da die nächste Tierklinik, die nachts geöffnet hatte, in Sundsvall lag, war sie hin und zurück zwei Stunden unterwegs gewesen.

Mit dem Katzenkäfig in der Hand ging sie durch die Parkgarage zur Haustür. Auf halbem Weg blieb sie auf dem Betonboden stehen und betrachtete ihren Wagen. Das Licht der Leuchtstoffröhren wurde von dem schwarzen Lack reflektiert. Stolz sah er aus, größer als alle anderen Wagen, die in der Garage parkten. Vaters Wagen. Das deutsche Ungeheuer. So treffend. Und wie immer, wenn sie den Wagen fuhr, überkam sie ein Gefühl von Trauer. Und gleichzeitig ein Gefühl von Wut, dass die blanke Karosse über einem V8 das Einzige war, was ihr von ihm geblieben war. Sie wandte dem Wagen den Rücken zu, verließ die Garage und beeilte sich, in die Lotsgata zu kommen.

Zu Hause stellte sie den Katzenkäfig auf dem Bett ab und öffnete die kleine Tür. Sie legte sich hin und spürte, wie sie fror. Argento kroch heraus und kuschelte sich in ihre Armbeuge, so wie er es jeden Abend tat. Janna zog eine weiße Wolldecke über sie beide. Sie spürte ein leichtes Vibrieren an ihrer Seite, als das Tier schnurrte. Er atmete langsamer als normal, auch schwerer. Der Tumor war dabei, den kleinen geschwächten Körper komplett außer Gefecht zu setzen, und der Tierarzt hatte ihr diesmal keine Alternative in Aussicht gestellt. Er plädierte eindeutig dafür, die Katze einzuschläfern. Sie hatte den Kollegen bei der Arbeit noch nichts davon erzählt, doch bald würde sie es tun müssen.

Janna legte sich die Hand auf die Stirn und stellte fest, dass sie heiß war. Sie konnte sich nicht erinnern, wann sie das letzte Mal krank gewesen war, aber jetzt schien sie definitiv etwas auszubrüten.

Sie beugte sich vor und hielt ihre Wange an das Tier. Nun waren sie zwei Kranke. Jannas Infekt würde vermutlich in ein paar Tagen überstanden sein, doch Argentos Krankheit nicht. Er war schon zweimal operiert worden. Beim letzten Mal hatte es Komplikationen gegeben, und er hatte mehrere Nächte im Tierkrankenhaus verbringen müssen. Janna hatte jede freie Stunde an seinem Käfig gesessen und gewacht. Trotz der Komplikationen waren die Ärzte zuversichtlich gewesen, und tatsächlich hatte sich der Kater zwischenzeitlich erholt.

Janna strich ihm über den Kopf und dachte an den Moment, als sie Argento das erste Mal gesehen hatte, ein kleines hellgraues Wesen mit großen Ohren. Das war vor zwölf Jahren bei einem Züchter in New York gewesen, seitdem hatte sie sich von dem Tier nicht mehr trennen können. Der Import hatte insgesamt fünfzigtausend Kronen gekostet. Ihre beste Freundin, Katarzyna, hatte es nicht glauben können. So eine Summe für eine Katze. Aber in diesem Fall war das Geld wirklich eine irdische Sache gewesen, und die Katze war ihr jede Öre wert gewesen bei dem Gedanken, wie viel Liebe ihr dieses Tier geschenkt hatte.

Janna war es sehr schwergefallen, das anzunehmen, was ihr der Tierarzt an diesem Abend mitgeteilt hatte, und sie hatte ihn gebeten, ihr noch ein paar letzte Tage mit Argento zu lassen. Sie musste Abschied nehmen. Widerwillig hatte der Arzt zugestimmt, weitere Schmerzmittel zu verschreiben, um das Leid dieser letzten Tage zu verringern. Im Gegenzug hatte er von Janna verlangt, dass sie in der darauffolgenden Woche käme, damit sie die todkranke Katze einschläfern könnten.

Janna versuchte sich zu entspannen. Sie hatte Gliederschmerzen und ein Stechen in der Nase. Sie schien wirklich richtig krank zu werden. Vor ihren Augen flimmerte es. Sie schloss die Lider, doch das Flimmern blieb, eher wurde es noch schlimmer.

Sie öffnete die Augen, schloss sie erneut und holte ein paarmal tief Luft. Versuchte sich so schwer wie möglich zu machen. Langsam entspannte sich ihr Körper, und ihre Gedanken verflüchtigten sich. Doch gerade als sie kurz vor dem Einschlafen war, tauchte es wieder auf, dieses schreckliche Bild von Henna. Auf dem Boden, in all dem Blut. Dieses unerklärliche Lächeln. Janna erstarrte, als sie sah, dass Hennas Augen offen waren, als wollte sie gerade noch etwas sagen.

Du wusstest, wer es war.

Janna fuhr hoch und blickte wild um sich. Sie bohrte die Hände ins Laken und schrie, so laut sie konnte. Dann übermannte sie ein Weinkrampf, doch als ihr bewusst wurde, dass das Bild, das sie vor Augen gehabt hatte, nicht echt war, konnte sie sich langsam beruhigen. Das Fieber hatte ihr einen Streich gespielt, aber es war trotzdem schrecklich unheimlich gewesen.

Sie sah Argento an. Streichelte langsam über seinen Körper, dann legte sie sich wieder hin. Schloss die Augen. Atmete tief. Schließlich kam er langsam, der Schlaf.

19. SEPTEMBER

Wenn ich die Augen schließe, kann ich es sehen. Ich kann es riechen.

Wir sind in der Kommune. Es ist Sommer. Warm und hell. Zumindest da draußen.

Aber da, wo ich mich versteckt habe, ist es dunkel, und die Erde auf dem Boden ist feucht und kalt. Es erinnert mich an Großmutters Erdkeller, aber dann auch wieder nicht. Eigentlich gar nicht, wenn ich genau nachdenke.

Denn hier lagern keine Kartoffeln in Holzkisten, und Mohrrüben auch nicht.

Wo ist Großmutter? Unsere grauhaarige Großmutter, die uns an der Hand hält und fragt, ob wir Erdbeermarmelade auf den Pfannkuchen mögen. Sie ist nicht hier.

Hier ist nichts Schönes.

Keiner weiß, dass ich hier bin. Keiner weiß, dass ich zusehen kann. Dass ich von meinem Versteck aus alles sehe, was passiert.

Ich sehe, dass das Böse gekommen ist, in Form von großen, starken Händen und tätowierten Armen, die sich nach dem Rauchen der getrockneten Blätter so anders benehmen. Große, starke Hände, die mit einem kleinen Körper machen, was sie wollen.

Ich will die Augen schließen, doch es geht nicht. Ich will das nicht sehen, aber sehe es doch.

Sehe ein Paar Augen. Kinderaugen wie meine. So vertraut.

Voller Schrecken erkennen sie mich dieses Mal in der Dunkelheit, nicht voller Freude beim Spiel.

Ein Reißverschluss an einer Jeans.

Es ist nicht richtig, das weiß ich. Ich warte auf einen Schrei, doch es kommt kein Schrei, nur ein unterdrücktes Wimmern, danach stilles Weinen.

Ich hätte schon früher wegrennen sollen, doch erst jetzt bin ich in der Lage zu rennen.

Ich renne. Und wie. Weg, nur weg.

Aber ich kann nicht vor dem weglaufen, was ich gesehen habe. Es wird mich für alle Zeit verfolgen.

Johan Rokka und Angelica Fernandez hatten sich auf ein etwas verstecktes Sofa zurückgezogen. Sie hatte sich an ihn geschmiegt, und er spürte die Wärme, die von ihrem zarten Körper ausging.

»Mein Haus ist immer noch voller Umzugskartons …« Er zog die Worte in die Länge, während sie ihren Arm unter seinen schob.

»Ich kann auch auf dem Boden schlafen«, antwortete sie und setzte sich rittlings auf ihn. Sie küsste ihn sanft auf den glatt rasierten Kopf, dann sah sie ihn wieder mit so einem unbeschreiblichen Blick an. Er blickte ihr tief in die Augen und sagte mit erzwungenem Ernst in der Stimme: »Angelica, das geht nun wirklich nicht. Du bist immerhin Stefans Tochter.«

»Im Moment ist es mir ziemlich egal, wessen Tochter ich bin. Und Papa bestimmt auch nicht über mich, das tue ich schon selbst.«

»Ich kann dich nicht bei mir übernachten lassen. Wie gern ich auch wollte.«

Sie ließ sich auf den Boden rutschen, griff mit einer Hand nach ihren Schuhen, mit der anderen nach Rokka. Nach einer Sekunde, in der er noch zweifelte, erhob er sich und folgte ihr.

»Wir bekommen bestimmt bald Gesellschaft von deinem Freund hinter der Theke«, meinte er.

»Ich glaube nicht, dass der es wagt, sich mit einem Polizisten anzulegen.«

»Und du?« Er lächelte sie an und zwinkerte. Jetzt brachte er es nicht mehr fertig, seine Abwehr aufrechtzuerhalten.

»Ich habe vor niemandem Angst. Warte hier.« Angelica hielt die Hand hoch und ging an die kleine Bar. Sie sprach kurz mit einer etwa gleichaltrigen jungen Frau, die sie zu kennen schien. Die suchte ihre Hosentaschen ab, bis sie etwas fand, das sie Angelica dann diskret überreichte. Angelica kam schnell zu Rokka zurück.

»So«, sagte sie triumphierend und hielt ihm einen Schlüssel vor die Nase. »Jetzt musst du dir keinerlei Sorgen machen, dass Stefans Tochter bei dir übernachtet.«

Sie nahm seine Hand und führte ihn die Wendeltreppe hinauf. Er ahnte schon, wohin sie mit ihm ging. Oben angekommen, blieben sie einen Moment lang stehen, während sie darauf warteten, dass keiner mehr vorbeikam. Dann gingen sie weiter ins Stadshotel, das direkt an den Club anschloss. Ein abgewetzter blauer Teppichboden führte sie durch einen Korridor, von dem zu beiden Seiten Zimmertüren abgingen. Vor der hintersten Tür blieb Angelica stehen, steckte den Schlüssel ins Schloss und drehte ihn.

Rokka warf einen Blick über die Schulter. Am anderen Ende des Flurs erkannte er einen Haufen Kneipengäste. Jemand hielt an und sah in ihre Richtung.

Zum ersten Mal dachte Rokka daran, wie viele sie gesehen haben mussten. Ungefähr genauso viele, denen sofort klar war, was die zwei im Schilde führten. Doch dann beschloss er, hochachtungsvoll darauf zu scheißen. Fürs Erste jedenfalls.

Er betrat das Zimmer hinter Angelica. Überall lagen Kleider, auf dem Boden, auf den Möbeln. Das Doppelbett war zerwühlt. Schummriges Licht von der Lampe, die auf dem Nachttisch stand. Rokka drehte sich zu Angelica um, die sich am Fußende des Bettes niedergelassen hatte. Stück für Stück pellte sie sich aus dem Stretch-Kleid, das sie trug.

Im Lichtschein der Lampe sah er ihre nackte gebräunte Haut. Er wäre am liebsten gleich über sie hergefallen, doch er blieb dort stehen, einen Meter entfernt, und betrachtete sie.

»Du bist wunderschön«, sagte er. Als ob er je daran gezweifelt hätte. Er ging in die Hocke. Sah ihr in die Augen, während er gleichzeitig ihre Knie umfasste. Er wurde in seinen Bewegungen unterbrochen, als es an der Tür klopfte. Er hielt inne.

»Da klopft jemand«, flüsterte er und versuchte zu hören, woher es kam.

»Das ist nicht bei uns, mach weiter!«

Rokka war einen Moment lang still. Wahrscheinlich hatte sie recht. Es war wohl woanders.

»Bist du dir sicher, dass du das hier wirklich willst?«, fragte er und ließ seine Hand auf ihrem Oberschenkel ruhen.

Angelica strich ihm über den Kopf. »Ich bin mir nie sicherer gewesen.«

27. DEZEMBER

Pelle Almén saß im Wartezimmer und sah nach oben, wo ein Gipsabdruck an der Wand hing. Ein Schwangerenbauch. Vor dem Bauch waren ein paar gefaltete Hände, als wollten sie das neue Leben schützen. Ein Strahler tauchte die Rundung des Bauches in warmes Licht.

Am liebsten hätte Pelle Almén diesen Job abgelehnt, aber wer sonst hätte ihn übernehmen sollen? Gleich nachdem die Hebammenpraxis aufgemacht hatte, hatte er angerufen und sein Anliegen geschildert. Und man hatte ihm gesagt, dass er noch am selben Morgen eine Hebamme sprechen könne. Erst hatte er mit jemandem in der Frauenheilkunde im Krankenhaus von Hudiksvall gesprochen, doch die hatten in den letzten Monaten keine Henna Pedersen als Patientin gehabt. Die Dame, die am Telefon gewesen war, hatte Henna jedoch auf ihrer Patientenliste gefunden. Henna hatte einen Termin für eine Operation gehabt, war zu diesem Eingriff aber nicht erschienen. Die Überweisung war von der Hebammenpraxis ausgestellt worden, in der er nun saß, eine neue, private Einrichtung, die ihre Patienten individueller und in angenehmerer Atmosphäre versorgen wollte als im Krankenhaus. Zumindest hatte die Frau im Krankenhaus sich so ausgedrückt. Almén konnte das nachvollziehen, als er auf dem großen roten Plüschsofa hockte. Doch nichts auf der Welt, auch nicht der gemütliche Sitzplatz, konnte ihn dazu bringen, sich zu entspannen.

Sein Magen krampfte sich zusammen. Der Schmerz ging von den Seiten aus und strahlte nach innen. Vielleicht sollte er mal zum Arzt gehen. Er sah auf den Couchtisch, der vor ihm stand. Da lagen Hochglanzmagazine, ordentlich sortiert. Schöne, glückliche, schwangere Frauen strahlten ihn an. Die besten Tipps, wie man sich auf die Entbindung vorbereitete, und die effektivsten Übungen, wie man seinen flachen Bauch zurückbekam. In einer Ecke des Wartezimmers standen ein Behälter mit gekühltem Wasser und ein Stapel Plastikbecher mit leuchtend bunten Mustern.

Außer Almén saßen noch drei Paare in dem Raum und warteten, dass sie an die Reihe kamen. Die Frauen hatten unterschiedlich große Bäuche, aber alle hatten denselben erwartungsvollen Gesichtsausdruck. Sein Brustkorb verkrampfte sich, als er an Sofia, seine Frau, dachte. Vor ein paar Jahren hatten sie selbst in so einem Wartezimmer gesessen. Ebenso voller Erwartungen, nur noch ein paar Wochen bis zum errechneten Termin. Ihr drittes Kind war unterwegs. Doch von einer Minute zur anderen war aus der frohen Erwartung ein furchtbares Erschrecken geworden, eine unbändige Wut und riesengroße Trauer.

Sofia hatte gespürt, wie sich das Baby in ihrem Bauch immer weniger bewegte. Ein Gespräch mit der Hebamme hatte sie wieder beruhigt. Gegen Ende der Schwangerschaft sei das völlig normal, hatte sie ihr gesagt. Aber natürlich könne sie sich gern noch einmal untersuchen lassen. Als die Hebamme dann jedoch den Ultraschallkopf über Sofias Bauch zog, wurde sie immer nervöser. Sie fuhr vor und zurück, immer schneller, offenbar planlos. Doch vergeblich. Da war kein Leben mehr. Bei dieser Erinnerung fing es unter seinen Augenlidern an zu brennen, er musste schlucken. Nicht jetzt.

»Pelle Almén«, rief ihn eine vollschlanke Frau mit silbergrauem Pagenkopf und einer schwarzen Brille mit Hornbügeln auf und bat ihn durch eine der Türen, die vom Wartezimmer abgingen.

Almén sah schnell auf und folgte der Frau, die Siv hieß. Sie gingen in eins der Besprechungszimmer.

»Ich habe von meiner Kollegin erfahren, dass Sie von der Polizei sind«, sagte Siv mit ruhiger und warmer Stimme.

Almén legte ihr den Polizeiausweis vor.

»Wir haben Grund zu der Annahme, dass eine gewisse Henna Pedersen sich etwa Mitte Dezember an Sie gewandt hat. Entweder um eine Abtreibung vornehmen zu lassen, oder um Hilfe nach einer Fehlgeburt zu bekommen«, sagte er.

»Das stimmt«, antwortete Siv. »Sie war tatsächlich meine Patientin. Ich kann mich sehr gut an sie erinnern. Henna kam zu mir, um eine Schwangerschaft feststellen zu lassen. Selten habe ich eine Frau kennengelernt, die so verletzlich wirkte. Ich hatte Angst, sie würde zerbrechen, als ich sie berührte.«

»Wie weit war sie?«

»Sie war in der vierzehnten Woche«, sagte Siv.

»Und wann ist sie dann schwanger geworden?«, fragte Almén.

»Schauen wir mal«, sagte Siv und griff zu einer runden Pappscheibe, auf der man verschiedene Daten einstellen konnte. Das Geräusch beim Drehen kam Pelle Almén bekannt vor, und er konnte sich noch an die Freude erinnern, die er verspürt hatte, als er erfahren hatte, wann Sofia höchstwahrscheinlich schwanger geworden war. Im Urlaub. Wieder musste er schlucken. Sie hatten nicht in Erfahrung bringen können, warum ihr Kind gestorben war. Möglicherweise weil Sofia in der Schwangerschaft eine Grippe bekommen hatte, aber sicher war das nicht. Sie hatten es danach wieder versucht, eigentlich immer. Aber es schien vergeblich zu sein. Er sah Siv an.

»Henna müsste irgendwann Anfang September schwanger geworden sein«, stellte sie fest und sah Almén über den Rand ihrer Brille an. »Aber es war merkwürdig. Als ich ihr bestätigte, dass sie schwanger war, reagierte sie völlig verstört. Sie kollabierte, und ich musste einen Arzt rufen. Es dauerte eine Weile, dann ging es ihr wieder besser, und sie fasste sich. Ich habe noch gut in Erinnerung, dass sie dann sehr lange schweigend dasaß und am Ende mitteilte, dass sie das Kind abtreiben wolle. Daraufhin schickten wir eine Überweisung ans Krankenhaus in Hudiksvall, so wie es üblich ist«, erklärte Siv.

»Doch zu dem Termin im Krankenhaus ist sie nicht erschienen«, sagte Almén.

»Ach, ist sie nicht?«, sagte Siv erstaunt. »Was ist mit ihr passiert?«

»Sie ist tot«, antwortete Almén. »Details darf ich leider nicht nennen.«

Siv sah ihn entsetzt an. Ihr wich schlagartig die Farbe aus dem Gesicht.

***

»Wie bitte, Sie haben vor, nach Florenz zu fliegen?«, fragte Ingrid Bengtsson und ließ einen Stift zu Boden fallen. In Johan Rokkas Ohren machte ihre kratzige Stimme dem tinnitusähnlichen Piepen Konkurrenz, das nach dem Abend im Gossip noch immer nicht verschwunden war. Sie saßen sich in einem der Besprechungszimmer gegenüber, denn gleich war ein Termin für eine Lagebesprechung angesetzt.

»In zwei Stunden nehme ich den Zug zum Flughafen«, antwortete Rokka. »Dann kriege ich den Direktflug nach Pisa noch. Fatima Voix hat die Buchungen hervorragend erledigt.«

Ingrid Bengtsson legte ihre Handflächen auf die Tischplatte und schien schon aufstehen zu wollen, doch stattdessen räusperte sie sich und lehnte sich zurück.

»Es ist nicht üblich, dass jemand in Ihrer Position so eine Reise macht«, sagte sie nach einer Weile.

»Wir suchen nach Hinweisen«, erklärte Rokka ruhig. »Alles weist darauf hin, dass derjenige, der Henna getötet hat, mit ihrem früheren Leben zu tun hat. Der Einzige, der hier in Schweden ist und uns helfen könnte, ist ihr Ehemann, doch wenn Sie mich fragen, hat er seine Frau überhaupt nicht gekannt. Und meiner Einschätzung nach bin ich am besten geeignet, diese Aufgabe zu übernehmen.«

Bengtsson sah ihn eine Weile still an, bevor sie antwortete.

»Mag sein. Und woher sollen wir den Etat für diese Reise nehmen, was schlagen Sie vor? Kann man das nicht am Telefon erledigen?«

»Frau Voix hat unschlagbares Verhandlungsgeschick bewiesen. Es wird nicht viel kosten«, antwortete Rokka. Er knetete seine Hände und versuchte, so überzeugend wie möglich zu wirken. Das letzte freie Hotelzimmer war in einem Vier-Sterne-Hotel gewesen, im Zentrum von Florenz.

Bengtsson seufzte.

»Okay«, sagte sie schließlich. »Das Wichtigste ist natürlich, dass wir vorankommen. Und wenn Sie meinen, Sie müssten nach Florenz fliegen, dann tun Sie das eben. Aber dann will ich Ergebnisse sehen.«

Rokka atmete auf.

»Ich will, dass wir das alles ordnungsgemäß abwickeln«, fuhr Bengtsson fort. »Zuerst muss über Eurojust ein Kontakt mit Italien hergestellt werden. Dafür muss ich Sammeli um Hilfe bitten. Es wird mindestens ein paar Tage dauern, bis wir …«

»Alles schon geschehen«, fiel Rokka ihr ins Wort. »Wir haben das Okay der Italiener. Wenn Sie in Ihre Mails schauen, sehen Sie das.«

»Das kann gar nicht sein. So … so schnell geht das nicht«, entgegnete sie.

»Es geht so schnell. Glauben Sie mir.«

Bengtsson lehnte sich zurück, die Arme verschränkt, und sah ihn durchdringend an. Ein paar Sekunden verstrichen.

»Rokka, haben Sie getrunken?«, fragte sie ihn.

»Ich war gestern aus und habe das eine oder andere Glas getrunken, stimmt. Aber außerhalb meiner Arbeitszeit. Spricht was dagegen?«

»Sie wissen, dass wir Leute haben, die Ihnen helfen können, falls Sie ein Alkoholproblem haben.«

In ihm stieg Wut auf.

»Dann holen Sie ein Messgerät, ich puste.«

Bengtsson drehte eine Haarsträhne zwischen den Fingern.

»Ich will nur, dass Sie wissen, dass wir über ein sehr gutes Therapieprogramm verfügen, falls Sie Bedarf haben.«

Bevor Rokka reagieren konnte, flog die Tür auf, und Pelle Almén stand da, die Hände in die Seiten gestemmt.

»Wir treffen uns hier, stimmt's?«, fragte er.

Rokka nickte und bedankte sich innerlich bei ihm.

»Können Sie vielleicht anklopfen, bevor Sie reinkommen?«, zischte Bengtsson. »Waren wir wirklich fertig?«, fragte sie und sah Rokka an, dann hob sie den Stift vom Boden auf.

»Absolut«, antwortete er und lächelte sie an. »Pelle, was ist denn beim Besuch in der Hebammenpraxis herausgekommen?«

»Henna war tatsächlich in der Praxis, und da wurde eine Schwangerschaft festgestellt. Daraufhin erlitt sie einen Zusammenbruch und entschied sich dann, dass sie das Kind abtreiben wolle.«

»Und sonst?«, fragte Rokka.

»Zu ihrem Termin für den Abbruch ist sie nie erschienen«, antwortete Almén. »Die Wahrscheinlichkeit, dass sie eine Fehlgeburt hatte, ist somit groß.«

»Und von alledem wusste Måns überhaupt nichts«, sagte Rokka und schüttelte den Kopf.

»Und er behauptet ja auch, dass er nicht der Vater sein kann«, fügte Almén hinzu.

»Exakt. Vorausgesetzt, Henna hatte eine Affäre. Sie wurde schwanger, und der zukünftige Vater fand die Überraschung nicht so prickelnd«, sagte Rokka.

»Und dann kam er, um ein Ultimatum zu stellen, ohne zu wissen, dass sie schon längst nicht mehr schwanger war, und es lief aus dem Ruder? Und das an Heiligabend?«

Als Almén diese Gedanken ausformulierte, hörte Rokka selbst, wie unwahrscheinlich das alles klang. Es war zwar nicht völlig unmöglich, aber trotzdem …

»In der Richtung müssen wir weiterarbeiten. Nimm dir bitte noch einmal Måns deswegen vor.« Rokka nickte Almén zu.

»Ich kümmere mich drum«, sagte Almén. »Was tun wir als Nächstes?«

»Ich fliege nach Florenz. Wir müssen uns mal mit Hennas Freundin unterhalten. Die Einzige, die …«

»Dann fliegst du also«, sagte Almén. »Sehr gut.« Er strich sich über den Bauch und lächelte Rokka zu.

***

Evelina Olsdotter war mit den Italienern in deren Büro verabredet. Sie trug eine schwarze, weit ausgeschnittene Chiffonbluse unter einer schwarzen Lederjacke. Ein paar enge Jeans und hohe Schuhe machten ihr Outfit perfekt.

Das italienische Büro von True Style Stories befand sich in

einer Dachwohnung in der City von Florenz, zehn Minuten zu Fuß vom Hotel entfernt. Eine schmale Steintreppe, auf der ein roter Teppich lag, führte direkt in den obersten Stock, wo ein großer, verglaster Eingang zur Rezeption führte. Als sie dort stand, warf sie einen Blick auf die Uhrzeit auf ihrem Handy. Sie war überpünktlich und konnte sich noch Zeit für ein Getränk nehmen, bevor die anderen da sein würden.

Die Dame an der Rezeption servierte ihr einen sorgfältig zubereiteten Latte macchiato in einem hohen Glas.

»Ich habe von dem Mord in Schweden gehört«, sagte die Frau und schüttelte den Kopf. »Schrecklich.«

Evelina nickte und strich sich mit einer Hand die Haare zurück.

»Und was sagt die Polizei?«, fragte die Frau.

»Keine Ahnung«, antwortete Evelina. »Sie scheinen jedenfalls keine heiße Spur zu haben.« Sie warf einen Blick zum Eingang, dann entschuldigte sie sich lächelnd bei der Empfangsdame, sie hätte vor dem Meeting noch etwas zu checken. Neben der Rezeption standen ein paar schwarze Ledersofas. Evelina setzte sich und holte ihr Handy heraus. Sie öffnete die Notizen, kopierte den Namen, der auf der Schachtel in Manuels Tasche gestanden hatte, und setzte ihn in die Suchmaske von Google ein: *Myo-inositol trispyrophosphate.*

Sie runzelte die Stirn, als sie die Ergebnisse überflog. Zuerst ein paar wissenschaftliche Artikel, die eine besondere Eigenschaft des Präparats behandelten, nämlich den Sauerstoffvorrat in Muskeln, die bewegt wurden, drastisch zu erhöhen. Die Bildung von Milchsäure werde somit unterdrückt, hieß es. Dann waren da Beiträge über Laborversuche mit Mäusen und auch Gerüchte darüber, dass dieses Medikament bei Rennpferden eingesetzt werde. Warum trug Manuel so etwas bei sich?

Evelina warf einen Blick auf die Uhr. Die Uhrzeit für ihr Meeting war schon seit einer Viertelstunde verstrichen und von den Italienern noch keine Spur. Also surfte sie weiter, um sich die Zeit zu vertreiben. Sah schnell die schwedischen Nachrichtenseiten durch, doch klickte sie weg, sobald Fotos von Måns Sandin und Henna Pedersen auftauchten. Dann checkte sie Facebook. Die ganzen Statusmeldungen über perfekte Weihnachtsabende, die man verbracht hatte, und perfekte Silvesterabende, die bevorstünden, ödeten sie an. Gott, führten die alle ein glückliches Leben.

Sie klickte auf ihr eigenes Profil. Las ihre letzten Postings.

Mädelswochenende im Spa – fantastisch!, 3. Dezember.

Cheers auf dem roten Teppich. Die Clique ist bereit für die Filmpremiere, 10. Dezember.

Bin bei Nordiska Kompaniet – Weihnachtseinkäufe für den Liebsten, 12. Dezember.

Als sie zwischen den Zeilen ihrer eigenen Einträge las, fiel ihr auf, dass sie es nicht anders machte. Reine Heuchelei.

Tue so, als würde ich das Wellness-Wochenende mit den Mädels genießen, die mich kein bisschen kennen.

Trinke sauren Schaumwein mit Arbeitskollegen, die total inkompetent sind.

Kaufe Weihnachtsgeschenke für einen Freund, den ich demnächst verlassen werde.

Etwas theatralisch. Sie schloss die Seite und las ihre SMS. Träumte sich zurück ins Hotelbett.

»Evelina!«

Eine vertraute Stimme erklang hinter ihr, und Evelina drehte sich um. Es war Franca, die für die Modenschauen von True Style Stories in Italien zuständig war. Sie rannte fast auf Evelina zu, und dies mit Schuhen, die in italienischen Marmor noch Löcher gehauen hätten. Sie griff nach Evelinas Armen und verteilte rechts und links ihres Gesichts mit ihren rot angemalten Lippen Küsse in die Luft.

»Tut mir leid, dass ich zu spät bin«, rief sie etwas atemlos. »Du, ich hab von dem Mord in Schweden gehört. Das ist ja ganz schrecklich. Alle hier sind völlig entsetzt.«

»Ja, das ist wirklich furchtbar«, sagte Evelina und sah sich suchend um. »Wo wollen wir uns denn hinsetzen? Haben wir einen Raum?«

Franca zeigte ihr den Weg zum Konferenzbereich.

»Die anderen werden gleich da sein«, schob sie hinterher. »Du kennst das ja, die Staus.« Sie gestikulierte so wild, wie nur italienische Frauen es konnten.

Der Konferenzraum war ein Turmzimmer mit einem Fenster, das zu einer engen Gasse hinausging. Sie setzten sich an den runden Tisch, der in der Mitte des Zimmers stand.

»Und – läuft alles gut vor der Show?«, fragte Evelina.

Franca holte ihren Laptop heraus und erstattete wortreich Bericht.

»Wir haben die letzten Skizzen mit den Messestandbauern besprochen. Sie haben offenbar verstanden, wie wir uns das vorstellen. Wenn du möchtest, können wir alles gemeinsam durchgehen. Dann habe ich noch ein paar Vorschläge für Aktionen mit VIP-Kunden. Empfang zur Einweihung, Essen, wir wollen ein neues Restaurant auf der anderen Seite des

Arno ausprobieren, das ist jetzt *so* hip … Wir werden das übrigens morgen Abend testen, du und ich und Alessandro. Vielleicht ist Nico auch dabei.«

Franca sprach weiter, ohne Punkt und Komma. Evelina erwischte sich selbst dabei, dass sie kaum noch folgen konnte.

»Ciao, Evelina!«

Die Tür sprang auf, und zwei Italiener kamen herein. Alessandro und Nico. Zwei anthrazitfarbene Anzüge. Alessandro kam zuerst, er trug eine getönte Sonnenbrille, Nico folgte dicht hinter ihm. Alessandro war der italienische CEO, Nico der Marketingleiter. Evelina hatte schon lange vermutet, dass die zwei eine Affäre miteinander hatten. Sicher war sie sich nicht, aber ihre Intuition sagte ihr das. Falls sie damit richtiglag, vermutete sie, dass die beiden Wert darauf legten, dass niemand davon erfuhr. Beide waren verheiratet und hatten Familie.

»Wie läuft es bei euch in Schweden? Das ist ja schrecklich, dieser Mord an Måns Sandins Frau!« Alessandro legte seinen Wollmantel zusammen und hängte ihn über den Stuhl.

Oh nein, dachte Evelina.

»Ja, es ist schlimm. Die Polizei scheint ratlos zu sein«, sagte sie. »Jetzt möchte ich aber gern, dass wir hiermit vorankommen.«

Sie setzte ihre Sonnenbrille auf und verwandelte sich in Evelina, *the very important business woman*. Die Italiener nahmen Platz.

»Wie ihr im letzten Geschäftsbericht gelesen habt, gehen die Verkaufszahlen weltweit zurück«, sagte sie eingangs.

Alle drei nickten gleichzeitig. Evelina fuhr fort: »Das letzte Quartal lief miserabel. Der italienische Markt ist noch einer der wenigen, die den Schnitt etwas nach oben ziehen. Die Modenschauen hier auf der Messe in Florenz sind wirklich wichtig, das ist uns allen klar. Die Geschäftsführung verlangt Ergebnisse, und ich erwarte, dass wir etwas wirklich Spektakuläres auf die Beine stellen. Die Einkäufer müssen sich an unsere Shows erinnern. Wir müssen sie umgarnen. Es ist völlig belanglos, wie gut unsere neueste Kollektion ist, am Ende zählen die guten Beziehungen.«

Die Beziehungen in einer Scheinwelt, wo nur die Äußerlichkeiten zählen, dachte Evelina. Eine Scheinwelt, für die ich verantwortlich bin.

»Evelina, ich muss mal nachfragen«, unterbrach Nico sie. »Glaubt die Polizei wirklich, dass die hinter Måns Sandins Frau her waren? Und wenn *er* nun das nächste Opfer ist?«

»Hatte seine Frau nicht eine etwas dunkle Vergangenheit?«, hakte Alessandro ein. »Ich habe gehört, sie war Mitglied einer Sekte.«

Jeder kleine Nerv in Evelinas Körper war aufs Äußerste gespannt, und ihr Mund wurde trocken. »Ganz ehrlich …«, sagte sie. »Ich möchte jetzt wirklich nicht mehr über diesen Mord reden. Deshalb sind wir nicht hier. Bitte zeigt mir jetzt mal die Skizzen.«

Mit zittriger Hand reckte sie sich nach einem Wasserglas, das in der Tischmitte stand. Nico und Alessandro sahen sich an.

Franca rief eine Präsentation auf ihrem Laptop auf und projizierte sie an die weiße Wand vor ihnen. Sie zeigte Bilder, während sie sprach, und beschrieb die Details. Das Bühnenbild für die Shows. Der Messestand. Glamour. VIP-Ambiente. Exklusiv. Perfekt. Evelina atmete auf.

»Ihr habt einen hervorragenden Job gemacht. Wie immer«, lobte sie.

»Evelina, du bist doch sicher schon ganz gespannt auf den morgigen Abend, oder?«, fragte Alessandro und zwinkerte ihr zu. »Wir wollen nach dem Essen noch ausgehen. Italiens bester DJ ist in der Stadt. Den dürfen wir nicht verpassen.«

Oh nein, dachte sie. Eine Pflichtveranstaltung, für die sie sich in Schale schmeißen musste, war das Letzte, worauf sie Lust hatte.

»Wow. Klingt super!«, antwortete sie und zwang sich, ihr breitestes Lächeln aufzusetzen.

***

»Pelle Almén, Polizei Hudiksvall«, sagte Almén und streckte dem Mann, der die Tür öffnete, die Hand entgegen. Dieser blinzelte den Besucher an.

»Sivert Persson«, sagte der Mann.

»Wir müssen mit Ihnen reden. Sie haben sicherlich davon gehört, dass zu Weihnachten bei Ihren Nachbarn ein Mord passiert ist.« Er trat einen Schritt zurück, um Janna vorzulassen, die Sivert Persson auch begrüßte.

»Ja, Sandins Frau. Furchtbar. Aber was haben wir damit zu tun?« Persson stützte die Hände auf die Hüften und sah Almén verkrampft an.

»Es ist reine Routine, die Nachbarn zu befragen, ob sie etwas Ungewöhnliches gesehen oder gehört haben. Ist Ihnen am Weihnachtsabend selbst oder auch in der Zeit davor etwas aufgefallen?«, fragte Almén mit ruhiger Stimme. »Dürfen wir vielleicht kurz hereinkommen?«

»Natürlich, treten Sie ein. Nur schütteln Sie bitte den Schnee ordentlich von den Schuhen.« Sivert Persson sah nervös auf ihre Stiefel, während er die Tür aufhielt.

Almén stampfte einige Male auf den Boden der Veranda und trat ein. Janna folgte ihm.

Den Flur erhellten mehrere Kerzen in Messinghaltern, die

an die Wand montiert waren. Auf dem Fußboden lagen rot-weiße Teppiche. Ein Hauch von Kaffeeduft hing in der Luft. Alles erinnerte Almén an sein Elternhaus, und er musste innerlich schmunzeln.

»Möchten Sie eine Tasse Kaffee?«, fragte Herr Persson. »Meine Frau macht den besten Brühkaffee weit und breit.« Er drehte sich zur Küche um, wo eine rundliche Frau mit einer Schürze am Herd stand.

»Ich würde eine kleine Tasse nehmen«, antwortete Almén, während Janna energisch den Kopf schüttelte.

Sivert Perssons Frau kam mit einer weißen Porzellantasse in der Hand in den Flur, die sie Almén hinhielt. Er nahm sie und starrte sie an. Es sah aus, als hätte jemand schon daraus getrunken.

»Tut mir schrecklich leid, aber ich habe irgendwie das Gefühl, dass mein Magen doch keinen Kaffee mehr verträgt«, sagte er zu seiner Entschuldigung und strich sich demonstrativ über den Bauch. Dann überreichte er Persson die Tasse.

»Kein Problem, dann nehme ich ihn«, antwortete er und führte die Tasse an seinen Mund. Ein schlürfendes Geräusch war zu hören.

»Was haben Sie an Heiligabend gemacht?«, fragte Almén.

»Wir waren zu Hause, meine Frau und ich. Haben das übliche Weihnachtsessen hergerichtet. Fleischbällchen, Wurst, Hering und Rote-Bete-Salat. Nichts Gekauftes, alles selbst gemacht, so wie es sich gehört. Meine Frau, die kann so was. Den einen oder anderen Schnaps haben wir auch getrunken, aber nicht zu viele.« Persson sah die beiden an und schüttelte den Kopf. »Dann haben wir die Disney-Weihnachtssendung angeschaut. Das machen wir immer, auch wenn wir keine Kinder oder Enkelkinder haben, die das sehen wollen, aber das gehört doch irgendwie dazu.« Er redete laut und gestikulierte.

»Haben Sie in Ihrer Umgebung irgendetwas Auffälliges gesehen oder gehört?«, fragte Almén.

»Nein, nichts. Wir waren die ganze Zeit im Haus, es hat ja geschneit, und wir dachten schon, wir kommen nie wieder hier weg«, erklärte Persson und rieb sich unter der Nase.

»Wir haben gehört, dass Sie hier draußen in Skålbo fürs Schneeräumen zuständig sind, stimmt das?«

»Ja, normalerweise schon, aber nicht am Weihnachtsabend.«

»Wie kommt das?«

»Das haben wir anderweitig vergeben, um einmal ein bisschen Ruhe zu haben. So viel wie in diesem Jahr hat es in Skålbo noch nie geschneit, seit wir hier wohnen, und es ist Ewigkeiten her, dass wir hierhergezogen sind, wissen Sie. Im Sommer werden es vierzig Jahre. In diesem Winter haben wir schon so viel verdient wie sonst in mehreren Wintern zusammen.«

Almén sah Janna an, die breitbeinig dastand und sich ganz auf den Mann konzentrierte. Almén dachte, dass sie blass und müde schien. Sie hätte nicht mitkommen müssen, doch sie hatte selbst darauf bestanden.

»Und wer hat das Räumen dann für Sie übernommen?«, fragte Almén.

Perssons Miene verzog sich.

»Das war Gustavsson, der den Schnee draußen auf Lingarö räumt. Wir vertreten uns gegenseitig, wenn einer mal freihaben will. Übrigens hat er das von sich aus angeboten, er war mir noch einen Gefallen schuldig, meinte er. Ich habe den Überblick verloren, wer von uns am meisten gefahren ist, aber wahrscheinlich hatte er recht. Ich habe natürlich durchs Fenster geschaut, um zu sehen, ob er alles ordentlich macht, aber … er hat ja viele Runden gedreht, und ich konnte nicht die ganze Zeit schauen.«

Eine Sorgenfalte gesellte sich zu den anderen auf seiner Stirn.

»Aber dann rief Gustavsson an und fragte, ob ich später am Abend noch einmal fahren könne. Er hätte ein Problem mit der Schleuder, sagte er. Ich bin also gegen sieben noch mal gefahren, da hatte es aufgehört zu schneien. Der Schnaps war da sicher nicht mehr im Blut. Und in Sandins Straße bin ich gar nicht gefahren, die hatten Sie ja abgesperrt«, fügte der Mann eilig hinzu.

»Wie heißt Herr Gustavsson mit Vornamen?«

»Henry, Henry Gustavsson.«

»Haben Sie seine Telefonnummer?«

Persson kniff den Mund zusammen. »Er hat seine Nummer gerade gewechselt, hat er gesagt. Ich bekäme sie später, meinte er, weil er sie noch nicht auswendig konnte.«

Janna trat einen Schritt näher.

»Wenn er Sie angerufen hat, müsste die Nummer auf Ihrem Telefon gespeichert sein«, sagte sie und hustete in den Ärmel ihrer Jacke.

»Auf dem hier? Ich habe mich immer schon gefragt, wo man die Nummern sehen kann, angeblich soll das ja so einfach möglich sein.« Der Mann reckte sich nach dem Hörer eines hellgrauen Telefonapparats mit Wählscheibe. Almén schmunzelte. Die alten Leute benutzten noch die ganz alten Geräte.

»Verstehe«, sagte Janna. »Machen Sie sich keine Gedanken. Wir können das bei Telia abfragen. Sie telefonieren vermutlich über diese Telefongesellschaft?«

»Ja, etwas anderes kommt nicht infrage. Es ist teuer, und ich habe nie richtig begriffen, was eigentlich so viel Geld daran kostet. Aber es hat immer funktioniert, also bleiben wir dabei.«

»Haben Sie besten Dank für das Gespräch. Melden Sie sich gern bei uns, falls Ihnen noch etwas einfällt, was interessant sein könnte. Auch wenn Sie nicht glauben, dass es wichtig ist, für die Ermittlungen kann es trotzdem von Bedeutung sein«, sagte Almén. Er hielt dem Mann seine Visitenkarte hin, die jener eingehend musterte und dann in seiner Brusttasche verschwinden ließ. Dann bedankten sie sich noch mal und verließen das Haus.

»Diesen Gustavsson sollten wir uns auf jeden Fall vorknöpfen«, sagte Almén, als die beiden ins Auto stiegen. »Er ist mit größter Wahrscheinlichkeit in den kritischen Stunden in der Nähe von Måns Sandins Haus gewesen.«

»Irgendwie habe ich das Gefühl, dass es nicht leicht sein wird, ihn aufzutreiben«, antwortete Janna.

19. SEPTEMBER

Ich rannte aus dem Erdkeller zu dem besonderen Baum.

Du erinnerst dich bestimmt an diesen Nadelbaum, der eigentlich eher wie ein großer Busch aussah? Das war unser Spielplatz und gleichzeitig unser Versteck.

Von diesem Baum stammt unser kleines Holzherz, weißt du noch?

Ich habe lange dort gesessen, bevor ich mich traute, zum Haus zurückzugehen.

Das Böse hatte Einzug gehalten. Es hatte das Spiel erstickt und das Leuchten in den großen Kinderaugen gelöscht. Für immer, wie ich dann feststellen musste.

Seitdem habe ich diese Szene im Erdkeller vor Augen. Jeden Tag.

Weißt du, dass ich mir heute noch deshalb Vorwürfe mache?

Das tue ich. Obwohl ich damals noch ein Kind war.

Doch mir kam nie in den Sinn, loszurennen und einen anderen Erwachsenen zu holen. Mir war wohl klar, dass von ihnen keine Hilfe zu erwarten war.

Nach diesem Ereignis war nichts mehr wie zuvor. In der Kommune breitete sich Unruhe aus. Mama ging es immer schlechter, und wir durften zu Großmutter zurückfahren.

Du und ich konnten dem Bösen entfliehen, aber jeden Tag fragte ich mich, was wohl mit unserem Freund geschah.

Ich habe ihn ständig vermisst, denn wir waren ja durch eine Art Liebe verbunden. Eine Liebe, die nur Kinder empfinden.

Aber nach einer Weile wurde es besser.

Die Zeit heilt nicht, doch sie lässt die Dinge verblassen.

Johan Rokka bekam gerade noch einen der letzten Sonnenstrahlen ab, die durch die blattlosen Bäume an der Piazza Santo Spirito drangen. Zwei Stunden Schlaf im Flugzeug sowie ein gemächlicher Spaziergang am Ufer des Arno hatten eine belebende Wirkung auf seinen Körper gehabt. Über den Marktplatz flanierten Italiener, die noch Weihnachtsferien hatten. Ein paar allein, andere Hand in Hand. Niemand schien es eilig zu haben. Rokka beobachtete sie, und ihm kam der Gedanke, wie gern er doch verreiste. Einen neuen Blickwinkel einnahm, neue Eindrücke gewann.

Langsam schlenderte er an der langen Seite des Platzes entlang. Die Straßencafés waren jetzt im Winter fast leer. Für eine Weile entflog er mit seinen Gedanken in die Abendsonne des Sommers und stellte sich vor, wie der Platz dann von Besuchern überfüllt sein musste, die hier dinierten. Im nächsten Sommer würde er vielleicht dazugehören. Vielleicht mit Angelica? Bei dem Gedanken kribbelte es in seinem Magen. Er wurde abrupt aus seinen Tagträumen gerissen, als er an einer *tabaccheria* vorbeikam. Die Zeitungsständer waren voll von Måns Sandins und Henna Pedersens Schicksal. *La morte al nord*, war da zu lesen. Der Tod im Norden.

Er kehrte dem Platz den Rücken und bog in eine Nebenstraße ab. Schon war Stille um ihn herum. Das einzige Geräusch waren seine Schritte, die zwischen den Steinhäusern widerhallten. Ein paar Ecken weiter erreichte er die Trattoria Quattro Leoni, wo er mit Carolina Wernersson, Hennas schwedischer Freundin, verabredet war. Er hatte ein Foto von ihr gesehen und verfügte über ein paar oberflächliche Informationen. Sie wohnte seit zehn Jahren in Italien und arbeitete als Psychiaterin in einer Klinik in Florenz.

Er sah sie im selben Moment, in dem er das Restaurant betrat. Sie saß am hintersten Tisch. Das Licht war schummrig, und auf den rot-weiß karierten Tischdecken standen Kerzenhalter aus Messing. Nicht viele hatten sich hier zum Essen verabredet, nur wenige der Tische waren besetzt.

Carolina Wernersson stand auf und begrüßte ihn. Sie war einen Kopf kleiner, als er sie sich vorgestellt hatte, ansonsten sah sie genauso aus wie auf dem Foto. Etwas müder vielleicht. Schmale Nase, kleiner Mund. Blaue Augen, die von einer Brille mit Metallfassung diskret eingerahmt wurden. Das lange blonde Haar hatte sie zu einem lockeren Knoten zusammengebunden.

Rokka konnte sich nicht entscheiden, ob er sie attraktiv fand oder nicht.

Er zog einen Stuhl vom Tisch. Obwohl der Stuhl neu zu sein schien, gab er einen beunruhigend knarrenden Laut von sich, als Rokka sich am Tisch zurechtrückte.

»Es tut mir sehr leid, was geschehen ist«, sagte er. »Das muss sehr schwer für Sie sein. Soviel ich von Måns Sandin erfahren habe, standen Sie beide sich sehr nah, Henna und Sie.«

Carolina sank auf ihrem Stuhl in sich zusammen.

»Sie war eine meiner allerbesten Freundinnen«, sagte sie. »Seit das passiert ist, laufe ich wie ein Zombie herum. Checke die schwedischen Nachrichten im Netz. Zerbreche mir den Kopf, wer das gewesen sein kann. Haben Sie irgendeine Ahnung?«

»Nein. Ich weiß nur, dass der Täter sich den richtigen Tag ausgesucht hat und dass er kein Problem damit hatte, sich durch diese Schneemassen zu bewegen. Seit fünfunddreißig Jahren hat es in Hudik nicht so viel geschneit.«

Carolina verzog leicht den Mund.

»Übrigens, wenn Sie sagen *er*«, meinte sie. »Woher wissen Sie, dass es ein Mann war?«

»Entschuldigung. Das wissen wir natürlich nicht. Doch die Statistik spricht dafür. Hatten Sie viel Kontakt, Henna und Sie?«

»Nicht mehr so viel, seit sie nach Schweden zurückgegangen ist. Einmal in der Woche vielleicht. Zuletzt haben wir ein paar Tage vor Weihnachten miteinander gesprochen.«

Carolina setzte die Brille ab und rieb sich übers Gesicht.

»Ist Ihnen da etwas aufgefallen, war irgendetwas anders?«, fragte Rokka.

»Nein. Henna war schon eine Weile sehr niedergeschlagen, schon bevor sie von hier weggezogen sind. Zeitweise hatte ich die Befürchtung, dass sie ein bisschen zu viel trank.«

Rokka nickte. Überlegte kurz, ob er von den Erkenntnissen aus der Pathologie berichten sollte, aber ließ es sein.

»Sie hat sich auf das Weihnachtsfest gefreut«, fuhr Carolina fort, und ihr Blick schweifte in die Ferne. »Aber ich glaube, vor allem wegen der Kinder.«

»Ist hier unten in den Zeitungen etwas darüber geschrieben worden?«

»Die Zeitungen schreiben viel«, sagte Carolina. »Måns war ja einer der bekanntesten Promis der Stadt. Nur ihm ist es zu verdanken, dass der AC Florenz letztes Jahr Meister geworden ist. So was vergisst man hier nicht. Über ihn ist schon immer viel geschrieben worden. Kurz vor dem Mord erschien in der Vanity Fair eine Reportage über ihr neues Leben in Hudiksvall. Henna mochte es eigentlich gar nicht, in der Öffentlichkeit zu stehen, doch die Medien haben sie trotzdem zu einer Modeikone auserkoren. Ein Freund von Måns arbeitet bei der Zeitung, wahrscheinlich war das der Grund, dass sie sich darauf eingelassen haben. Kaufen Sie die Ausgabe, der Artikel ist wirklich gut.«

Carolina tupfte sich mit der Serviette diskret die Augen

trocken, während Rokka eine Notiz zu Vanity Fair in sein Handy tippte.

»Was hielt man hier denn ganz allgemein von Måns?«, fragte er weiter.

»Er war ein Held, nicht nur auf dem Spielfeld. Ruhig und nett. Typisch schwedisch. Er engagierte sich bei vielen Wohltätigkeitsveranstaltungen, war oft in dem Krankenhaus, in dem ich arbeite, und hat krebskranke Kinder besucht, die davon träumten, ihr großes Idol zu sehen.«

Carolina erzählte das voller Begeisterung, und einen Moment lang schien ihre Müdigkeit verflogen. »Sogar die Sportjournalisten mochten ihn. Die paar Male, die der AC verloren hat, haben sie ihn sogar verteidigt. Ich bin kein Fußballfan, aber soweit ich weiß, ist das eher selten.«

Rokka nickte zustimmend. In Italien war Fußball eine Religion. Hier zu verlieren war nicht dasselbe, wie in Schweden zu verlieren.

»Was halten Sie selbst von ihm?«, fragte er.

Carolina überlegte eine Weile, bevor sie die Frage beantwortete.

»Die paar Male, die ich ihn gesehen habe, war er immer nett und zuvorkommend.«

»Ich habe gehört, dass Henna nicht allzu viele enge Freunde gehabt hat, eigentlich nur Sie?«

»Ja, sie wollte es so. Sie brauchte nicht viele Menschen um sich, so zurückhaltend, wie sie war. Måns war das krasse Gegenteil. Je mehr Leute um ihn herumsprangen, desto wohler fühlte er sich, konnte man meinen.«

»Manchmal ziehen sich unterschiedliche Persönlichkeiten ja an«, entgegnete Rokka etwas zögerlich.

»Ich habe mich oft gefragt, ob Måns Henna eigentlich wirklich kannte«, sagte Carolina, als könnte sie seine Gedanken lesen. »Er gab ihr Geborgenheit, war stark, herzlich und unkompliziert. Aber ich glaube, sie hat sich ihm nie ganz geöffnet. Schon tragisch.«

Rokka nickte und fragte sich, wie zwei Menschen Seite an Seite leben konnten, ohne sich Zutritt zu ihrem Innersten zu erlauben.

»Wie kommen Sie darauf, dass sie ihm nicht alles erzählt hat?«

»Henna war ein sehr verletzlicher Mensch. Es fiel ihr schwer, andere an sich heranzulassen. Ich glaube, ihre Kindheit hat sie stark geprägt.«

»Soviel ich weiß, ist sie in einer Kommune groß geworden.«

»Ja, mal hier, mal da. In einer Welt, in der es keine Grenzen gab. Keine abgeschlossenen Türen, keine Integrität. Hippieeltern, die rumgereist sind auf der Suche nach Selbstverwirklichung, und Kinder, die verwahrlosten und Dinge zu sehen bekamen, die Kinder nicht sehen sollten.«

»Das hat mit einer normalen Kindheit nicht mehr viel zu tun«, sagte Rokka und fuhr sich mit der Hand über den Schädel.

»Definitiv. Aber Henna hat immer Wert darauf gelegt zu betonen, dass sie den Grundgedanken hinter Kommunen nicht schlecht fand, nur dass es für sie persönlich nicht das Richtige war.«

»In der Nähe von Hudiksvall gab es auch eine Kommune, als ich klein war«, sagte Rokka. »Da gab es viele Gerüchte, was da vor sich ging. Dass die Leute ständig Hasch rauchten und nackt herumrannten und so. Ich weiß nicht, ob überhaupt die Hälfte davon stimmte.«

Carolina schmunzelte und schüttelte den Kopf.

»Ich habe gelesen, dass man Leute, die kriminell oder süchtig waren, damals in Kommunen in Schweden untergebracht hat«, sagte sie. »Sie sollten in dieser spirituellen Atmosphäre und dem Leben im Einklang mit der Natur geheilt werden. Aber Süchtige in einem – was Drogen anging – sehr liberalen Umfeld unterzubringen ist vielleicht nicht die klügste Idee.«

Er sah Carolina eingehend an. Fand er sie gut oder nicht? Hätte er gern mehr als nur ein Essen mit ihr?

Er musste sich zusammenreißen. Er würde es bei diesem Essen belassen, egal zu welchem Schluss er kam.

»Haben Sie schon einen Blick auf die Speisekarte geworfen?«, fragte er.

»Ich esse hier immer Tortellini mit Birnen, Ricotta und Walnüssen gefüllt. Unschlagbar lecker.« Carolina sah Rokka überzeugt an. »Und frittierte Zucchiniblüten.«

»Klingt gut, dann nehme ich dasselbe.«

Frittierte Blumen waren natürlich nicht gerade das, was er aus der Karte ausgesucht hätte, aber umso mehr Grund hatte er, dieses Gericht zu probieren.

Carolina winkte einen Kellner zu sich und gab die Bestellung auf. Rokka lauschte ihrem Dialog und genoss die italienische Sprache, wahrscheinlich die schönste der Welt.

»Wissen Sie, warum Henna zu ihrer Großmutter gezogen ist?«, fragte Rokka, als der Kellner wieder verschwunden war.

»Dem ging ganz offenbar irgendein Vorfall in der Kommune voraus, aber was genau, weiß ich nicht. Henna wollte nicht darüber reden, und mir war klar, dass es nichts bringen würde, danach zu fragen. Sie wollte lieber davon erzählen, wie wundervoll es war, zu ihrer Großmutter zu kommen. Sie muss die Person in Hennas Leben gewesen sein, bei der sie sich am stärksten zu Hause gefühlt hat.«

»Waren Sie dabei, als Henna Måns kennengelernt hat?«

»Ja, das war ich. Eine Bekannte aus dem Malkurs, den wir beide besuchten, hatte uns auf ein Fest eingeladen. Ich war sehr erstaunt, dass Henna überhaupt mitkam, aber vielleicht hatte sie sich vorgenommen, ein bisschen soziale Kontakte zu knüpfen. Manchmal kam das vor, wenn auch nicht oft. Måns und einige andere Fußballspieler kamen auch. Solcher Umgang war Henna und mir eigentlich fremd, aber sie und Måns kamen völlig überraschend ins Gespräch.«

»Genau das wurde mir auch berichtet«, sagte Rokka.

»Ihre ganze Beziehung war anfangs ziemlich ungewöhnlich«, fuhr Carolina fort. »Doch es stellte sich heraus, dass sie es ernst meinten, das konnte jeder sehen. Dann kamen die Kinder. Henna liebte Kinder, und sie wünschte sich eine große Familie. Es war sicher Måns, dem zwei Kinder genug waren.«

Rokka musste an die Abtreibung denken, für die Henna schon den Termin gehabt hatte, dann aber doch nicht erschienen war. Doch er sagte kein Wort.

»Glauben Sie, dass Henna Ihnen alles erzählt hat?«

»Auch wenn ich das gern glauben würde, war es vermutlich nicht der Fall.« Carolina schien resigniert.

Der Kellner stellte zwei Teller mit dampfender, duftender Pasta auf den Tisch und daneben eine große Schale mit frittierten Blüten. Rokka musterte den Berg unregelmäßig geformter frittierter Klumpen. Dass sie beide allein es schaffen würden, diese Massen an Fett zu vernichten, war höchst unwahrscheinlich, aber er würde es immerhin versuchen.

»Sie fliegen ja morgen schon wieder zurück, aber Sie sollten versuchen, Giulia Theresa zu sprechen.« Carolina beugte sich über den Tisch.

»Wer ist das?«

»Henna hat bei ihr zur Untermiete gewohnt, bevor sie Måns kennenlernte. Sie wohnt an der Piazza Santa Croce.«

»Das klingt auf jeden Fall interessant. Kennen Sie sie?«

»Ich bin ihr einige Male begegnet. Das ist schon ein paar Jahre her, aber ich glaube nicht, dass sie jemand ist, der oft umzieht. Sie werden verstehen, was ich meine, wenn Sie sie treffen.«

Eine Reihe von Bildern zog vor seinem inneren Auge vorbei, und er freute sich schon darauf, diese Frau in der Realität vor sich zu haben.

»Ich werde meine Rückreise umbuchen und die Polizei vor Ort um Hilfe bitten, dann werden wir diese Mutter Theresa schon auftreiben.«

»Wenn die Möglichkeit besteht, die Polizei aus dem Spiel zu lassen, dann würden Sie meiner Meinung nach gut daran tun. Ich glaube nicht, dass sie legal hier in Florenz ist. Henna war immer besorgt, weil ihre Wirtin kein einziges Papier unterschrieben hat. Manchen Polizisten fällt es schwer, ein Auge zuzudrücken, wenn sie nicht bei Laune sind.«

Er pikste mit der Gabel in seine letzten Tortellini.

»Okay. Ich werde trotzdem mal mit den Kollegen plaudern und versuchen, die Situation zu erklären. Sie sollten einen routinierten Polizeibeamten organisieren, der informiert werden muss, welche Fragen wir haben, und der dann die Vernehmung leitet. Ich möchte, dass Sie dabei sind. Sonst wird wahrscheinlich nicht viel dabei herauskommen.«

»Ich will Ihnen keine allzu großen Hoffnungen machen«, sagte Carolina. »Es kann wirklich etwas schwierig werden mit Giulia Theresa. Er ist fraglich, ob sie überhaupt ein Telefon hat. Am besten gehen wir einfach bei ihr vorbei. Gleich morgen früh.«

Nachdem beide noch einen Espresso getrunken hatten, war es Zeit aufzubrechen. Sie standen auf und gingen hinaus.

»Es war sehr schön, mit Ihnen über Henna zu reden. Vielen

Dank«, sagte Carolina, als die beiden draußen auf dem Fußweg stehen blieben. Sie streckte die Hand aus und stellte sich auf die Zehenspitzen, um sich mit Wangenküsschen verabschieden zu können. Rechts, links, rechts. Rokka versuchte, so gut es ging ihren Bewegungen zu folgen.

»Das habe ich immer noch nicht richtig gelernt«, antwortete er lachend. Dann machte er sich auf den Weg. Er überlegte. Irgendetwas Anziehendes hatte sie schon. Aber was war es? Er würde sicherlich noch darauf kommen.

***

Evelina Olsdotter saß in der Hotellobby und nippte an einem Glas Prosecco. Sie dachte über eine akzeptable Entschuldigung nach, warum sie an dem Abendessen am kommenden Tag nicht teilnehmen konnte.

Auf dem Bildschirm ihres Laptops, der vor ihr stand, hatte sie ihre Büromails aufgerufen. Der CEO in der Zentrale wollte eine Rückmeldung haben. Schnell schrieb sie die wichtigsten Punkte auf und hängte die Bilder an, die sie von Franca bekommen hatte. Ein Klick, und die Mail war unterwegs. Ihr Chef konnte beruhigt sein.

Das Sofa, auf dem sie saß, war unbeschreiblich bequem. So diskret wie möglich schob sie ihre Hand unter ihren weißen Pulli und öffnete den Hosenknopf, dann lehnte sie sich zurück. Sie hob den Kopf und betrachtete, was um sie herum vor sich ging. Eine Frau checkte ein. Eine andere warf einen Wollmantel über und setzte eine viel zu große Sonnenbrille auf, bevor sie das Hotel verließ und sich in den florentinischen Abend begab. Evelina fragte sich, was sie hinter den dunklen Gläsern zu verstecken hatte. Sie leerte das Glas mit dem lieblichen Getränk, dann schloss sie die Augen und ließ ihren Gedanken freien Lauf. Sie wanderten zum gestrigen Tag zurück. Sie wollte Manuel wiedersehen. Dass er so ein sonderbares Medikament bei sich gehabt hatte, hatte sie schon verdrängt.

Plötzlich schweiften ihre Gedanken zu Johannes ab, der gerade in der Karibik segelte und Geld verdiente. Ihr schlechtes Gewissen machte sich bemerkbar, ein kleiner Stich fuhr wie ein Projektil in ihre Fantasien. So klein jedoch, dass sie ihn leicht ignorieren konnte. Wesentlich schmerzhafter war die Erkenntnis, wie gering ihre Skrupel tatsächlich waren.

Sie klappte ihren Laptop zu. Es gab keinen Weg, dieses Essen zu umgehen, das musste sie nun einsehen. Ein neues Outfit würde das Ganze immerhin einfacher machen. Sie wusste, dass ihre Lieblingsboutique abends noch geöffnet hatte. Die war nur ein paar Straßen weit entfernt, nahe dem Dom. Mit neuen Klamotten und entsprechendem Make-up würde sie sich in die extrovertierte Evelina verwandeln. Die Evelina, die alle Modeunternehmen versuchten abzuwerben. Die Evelina, die ein obszön hohes Gehalt wert war.

Sie griff nach ihrem Handy. Es war auf Lautlos gestellt, und daher hatte sie nicht bemerkt, dass sie mehrere Nachrichten bekommen hatte. Eine von Johannes, der mit ihr sprechen wollte. Nicht jetzt. Eine andere von ihrer Mutter, die nachfragte, wie es im Job lief. Nicht auch noch Mama. Und dann noch eine Nachricht von derselben unbekannten Nummer wie schon einmal:

Wenn du gewollt hättest, wäre das nie passiert. Aber jetzt ist es zu spät.

Ihr lief ein kalter Schauer über den Rücken. Die Worte waren ihr irgendwie unheimlich. Sie rief eine Seite für Inverssuche auf und tippte die Nummer ein. Kein Ergebnis. Sie spielte mit dem Gedanken, an den Absender zurückzuschreiben, doch konnte sich nicht überwinden. Außerdem hatte sie keine Zeit, sich mit jemandem zu befassen, der seine Nummern durcheinanderbrachte. Sie schloss ihren Hosenknopf wieder, erhob sich und verließ das Hotel. Jetzt war Shopping angesagt.

***

Nur widerwillig hatte Janna zugestimmt, sich außerhalb ihrer Wohnung zu treffen. Und jetzt saß sie da, vollgepumpt mit Paracetamol, und fühlte sich völlig fehl am Platze. Ihre Freundin Katarzyna hatte gemeint, das Restaurant sei nach New Yorker Vorbild konzipiert worden. Geschliffener Betonboden und weiße Kacheln an den Wänden. Die Speiseauswahl war gewollt schludrig auf Schiefertafeln geschrieben. Das Restaurant warb mit saisonalen Zutaten aus der Region sowie einigen importierten Spezialitäten.

Obwohl Katarzyna mittlerweile in Stockholm wohnte, war sie besser informiert, was es in Hudik Neues gab, als Janna selbst. Sie hatte das Restaurant nur von außen gesehen, als sie vorbeigejoggt war.

Katarzyna war Jannas beste Freundin, eigentlich auch ihre einzige. Sie kannten sich schon seit der Schulzeit. Genauer gesagt hatten sie beide dasselbe Internat besucht. Sie sahen sich nicht oft, aber telefonierten häufig miteinander. Manchmal kam Katarzyna zu Besuch nach Hudiksvall, meist auf eigene Initiative hin, so wie auch diesmal.

»Wie geht es Argento?«, fragte sie.

»Nicht gut. Ich habe keine Wahl mehr. Der Termin beim Tierarzt steht.«

Zäher Schleim sammelte sich in Jannas Hals, und sie hustete in ihre Armbeuge.

»Ich kann mir vorstellen, dass das hart ist. Aber für die Katze ist es das Beste, das musst du dir vor Augen halten.«

»Ich versuch's.«

Katarzyna sah Janna in die Augen, lange. Janna dachte dabei, dass sie geradewegs durch alle Schutzwälle sah. Ihre Müdigkeit sah.

»Du solltest freinehmen«, sagte Katarzyna eindringlich. »Du bist doch nie krank, sieh es als Zeichen.«

»Ich kann nicht. Ich weiß gar nicht, wie das geht.«

»Man steht vom Schreibtischstuhl auf und geht«, antwortete Katarzyna und machte ein ungläubiges Gesicht.

Man gibt nie auf, dachte Janna. Nur Versager geben auf. Die Worte ihres Vaters hallten in ihrem Kopf wider, als säße er ihr gegenüber. Bilder von früher tauchten auf. Sie mit Mutter und Vater im Wohnzimmer am Esstisch, alle in ihren Sonntagskleidern. Vater, der am Kopfende saß und das Gespräch während des Essens lenkte. Daneben ihre Mutter, die ihn gewähren ließ.

»Es ist meine Pflicht, diesen Fall zu lösen«, erklärte Janna und sah Katarzyna mit großen Augen an.

»Du bist doch auf der Wache sicherlich nicht allein?«

»Na ja, fast. Und ich habe mir selbst geschworen, so lange zu arbeiten, bis wir den Mörder haben«, antwortete Janna und verschränkte die Arme, um ihre zitternden Hände zu verbergen.

Katarzyna schüttelte den Kopf.

»Wann hattest du zuletzt Urlaub?«

»Letztes Jahr hatte ich zwei Wochen.«

»Du musst jede Menge Urlaubstage übrig haben. Lass uns verreisen. Wir buchen Argentinien! Oder Peru!« Ihre Augen strahlten vor Begeisterung. »Ich habe einen Freund, der in Guatemala Wanderungen organisiert. Such dir was aus. Leisten können wir uns das allemal.«

In Janna stieg Wut auf. Es war nicht ihr Geld. Es würde nie ihr Geld sein, nie im Leben.

»Du kannst versuchen, mich mit allem Möglichen zu locken. Ich bleibe hier, bis wir die Beweise zusammenhaben, mit denen wir einen Täter überführen«, sagte sie, und ihre Stimme brach.

Katarzyna lehnte sich schweigend auf ihrem Stuhl zurück.

Janna nahm die Tafel mit der Speiseauswahl in die Hand und überflog die verschiedenen Gerichte.

»Ich glaube, ich verstehe es jetzt«, sagte Katarzyna. »Und nun werde ich ganz offen zu dir sein.«

Janna sank in sich zusammen.

»Okay«, sagte sie.

»Mir kannst du nichts vormachen. Ich weiß, warum du so viel arbeitest.«

Janna legte die Hände in den Schoß und faltete sie. Sie traute sich kaum zu atmen.

»Weil du nicht innehalten und deine Gefühle spüren willst«, fuhr Katarzyna fort. »Du willst die Einsamkeit nicht fühlen.«

Janna seufzte, dann reckte sie sich.

»Ich habe es immer gemocht, allein zu sein«, sagte sie kurz, doch im selben Moment ging ihr die Wahrheit unter die Haut. In Wirklichkeit war die Einsamkeit brutal, aber sie war der einzige Zustand, mit dem sie sich auskannte. Sie sah Katarzyna an und wurde den Gedanken nicht los, dass ihre Freundin ganz genau wusste, wie ihre Situation *tatsächlich* war.

»Ich weiß, aber es gibt Grenzen«, sagte Katarzyna. »Es ist an der Zeit, dass du deinen Problemen ins Auge siehst. Es wird dir nie besser gehen, wenn du nicht endlich mit deinen Eltern Frieden schließt.«

»Dafür ist es jetzt ein bisschen spät.« Janna winkte und versuchte, eine Bedienung auf sie aufmerksam zu machen, doch ohne Erfolg. Dann dachte sie an die Beerdigung ihrer Mutter zurück, und an die des Vaters zwei Jahre später. Seitdem war sie allein. Oder sollte sie sagen, sie war frei?

»Du musst das nicht wortwörtlich nehmen. Aber ich finde, du solltest dir jemanden zum Reden suchen, der dir hilft, mit bestimmten Dingen abzuschließen und im Leben voranzukommen.«

In dem Moment verspürte Janna den Impuls, aufzustehen und zu gehen. Katarzyna würde nicht lockerlassen. Sie griff nach ihrem Wasserglas, um ihre Gedanken zu zerstreuen. Dann sah sie hinaus über die Bucht und blinzelte die Tränen fort, die ihr in die Augen getreten waren.

»Du, da ist noch etwas anderes, was ich dich fragen wollte«, sagte Katarzyna leise. »Worüber ich schon lange nachdenke.«

Janna drehte sich hastig zu ihr um. Ihr Herz schlug so laut, dass es im ganzen Restaurant zu hören sein musste. Sie sah, wie Katarzyna Luft holte und etwas sagen wollte, aber plötzlich trat eine gewisse Unsicherheit in ihren Blick.

»Ach was, wir reden ein anderes Mal darüber«, sagte sie und sah zum Fenster hinaus.

Jannas Herzschlag beruhigte sich wieder, doch in ihrem Innern wurde der Abstand zur Außenwelt noch etwas größer.

***

Es war fast halb neun abends, als Johan Rokka auf dem Heimweg vom Restaurant zum Hotel war. Die Kälte kroch unter seine Daunenjacke, und fröstelnd schob er die Hände in die

Taschen. Er holte sein Handy hervor und tippte die Nummer seines italienischen Kontakts ein, den er von Eurojust bekommen hatte. Es dauerte nicht lange, bis sie einen Polizeikommissar aufgetrieben hatten, der die Vernehmung durchführen sollte. Das hieß, wenn es überhaupt jemanden zum Vernehmen gab.

Rokka stand unter Druck. Außer dem Tipp, Giulia Theresa aufzusuchen, hatte ihn das Gespräch mit Carolina nicht viel weitergebracht. Sie hatte im Prinzip nur das bestätigt, was er von Måns schon erfahren hatte. Wenn nicht vom SKI oder aus der Pathologie noch etwas Neues kam, dann hatte er keine Ahnung, in welche Richtung er weiterermitteln sollte. Doch dieses Gefühl von Hoffnungslosigkeit schob er sehr schnell beiseite. Hoffnungslosigkeit war wirklich nicht sein Ding. Er war rastlos, wollte das Verbrechen aufklären, hier und jetzt. Doch gleichzeitig hatte der Weg zum Ziel auch seinen Reiz. Der Neugierde das Kommando zu überlassen. Fragen zu stellen, sich selbst und anderen, und dann die Puzzleteile zusammenzufügen. Morgen würden sie dann hoffentlich diese Giulia Theresa finden.

Rokka kam an die Ponte Vecchio. Das Hotel lag auf der anderen Seite des Flusses. Die meisten Fenster waren erleuchtet, und hinter dem in der Mitte des zweiten Stocks stand das Boxspringbett mit seiner warmen Daunendecke und wartete auf ihn. Aber noch fehlte ihm die Ruhe, den Rückweg anzutreten. Erst könnte er noch die Zeit nutzen und in die Buchhandlung gehen, die ihm Carolina Wernersson empfohlen hatte. Vor einer Woche hätte das noch völlig absurd geklungen, aber jetzt musste er sich die aktuelle italienische Ausgabe der Vanity Fair besorgen.

Auf dem Weg fiel ihm ein, dass er von Victor Bergman gar nichts mehr gehört hatte. Normalerweise hatten sie einmal am Tag Kontakt. Rokka versuchte ihn anzurufen, erreichte aber nur die Mailbox. Er fand das merkwürdig. Oder reagierte er so, weil er sich selbst ein bisschen einsam fühlte? Victor hatte sein Telefon immer an. Rokka spielte mit dem Gedanken, einen von den anderen Jungs aus ihrer Clique anzurufen, doch steckte das Handy stattdessen zurück in die Jackentasche.

»Kann ich Ihnen helfen? Wir schließen in fünf Minuten.«

Die Verkäuferin, die ihn auf Englisch mit italienischem Akzent ansprach, klang freundlich, als sie auf Rokka zukam, während er vor dem Zeitschriftenregal stand und suchte. Magazine und Wochenzeitungen waren wild durcheinandergemischt.

»Äh … ja. Ich suche die Vanity Fair«, sagte er.

»Sie kommen aus Schweden, stimmt's?«, fragte die Frau. »Ich höre es an Ihrem Akzent. Tut mir leid, aber gleich nach dem Mord an Måns Sandins Frau war sie bei uns ausverkauft. Die Florentiner sind ganz verrückt nach Sandin.«

Diese Fußballnarren, dachte Rokka.

»Mist, ich brauche sie unbedingt«, antwortete er. »Ich leite die Ermittlungen in dem Mordfall.«

Die Verkäuferin sah ihn erstaunt an, und Rokka wurde in diesem Moment schlagartig klar, dass er nicht gerade glaubwürdig auftrat, so wie er dastand. In ziviler Kleidung, Jeans und T-Shirt, darüber die Daunenjacke. Behauptete, Polizist zu sein, und suchte nach einem italienischen Lifestyle-Magazin, weil es ihm eventuell bei der Aufklärung eines Mordes helfen könnte. Vergeblich kramte er in seinen Taschen nach dem Polizeiausweis. Der lag im Hotel. Na prima.

»Sie sehen nicht gerade wie ein Polizist aus«, entgegnete die Frau. »Aber heute ist Ihr Glückstag.«

Sie ging zur Kasse und holte eine Handtasche hervor, die

sich in einem Regal unter der Theke befand. Sie öffnete sie und zog ein Exemplar der Zeitschrift heraus.

»Die habe ich für mich selbst aufgehoben, aber ich habe den Artikel schon gelesen. Sie können die Zeitschrift haben, wenn Sie meinen, dass Ihnen das weiterhilft. Ist übrigens ein gutes Interview«, sagte sie und hielt Rokka die Zeitschrift hin.

»Ich weiß nicht, wie ich Ihnen danken soll«, erwiderte er.

Wie wäre es mit einem Glas Wein irgendwo, dachte er spontan, aber verkniff sich die Frage.

»Sie müssen sich nicht bedanken. Viel Glück!«, wünschte sie ihm freundlich.

Rokka betrachtete die Zeitschrift. Das Titelbild war weihnachtlich und zeigte Måns und Henna in Nahaufnahme, dicht aneinandergeschmiegt. Måns war von vorn aufgenommen und lächelte direkt in die Kamera. Henna hatte ihr Gesicht zur Seite geneigt, den Blick nach unten gerichtet. Sie spitzte die Lippen ganz leicht, ohne dass es künstlich aussah. Sie war unglaublich schön.

Natale in casa Sandin, intervista esclusiva stand neben dem Foto. Der Hintergrund war rot. Aber nicht weihnachtlich rot, sondern eher blutrot. Über dem Bild stand in weißen Versalien Vanity Fair.

»Darf ich Sie um einen Gefallen bitten?«, fragte Rokka.

»Mit meinem Italienisch bin ich schnell am Ende«, erklärte er. »Könnten Sie mir behilflich sein, das Interview zu übersetzen?«

Rokka hielt die Luft an. Es war ein Versuch. Sie sah ihn mit ihren großen braunen Augen an. Fröhlichen Augen.

»Wer kann zu einem schwedischen Polizisten schon Nein sagen?«, entgegnete sie und zwinkerte.

Das Interview war relativ oberflächlich, jedenfalls große

Teile davon. Der Journalist hatte Måns nach dem Ende seiner Karriere befragt, nach seinem Umzug nach Schweden und Weihnachten. All das war mit Bildern vom Haus in Skålbo illustriert. Ein heimeliges Abbild des schwedischen Traums, ganz einfach. Das Einzige, was Rokka verwunderte, war die Tatsache, dass Måns derart freizügig erzählte. Dass er seine Kinder als Weihnachtsmann verkleidet überraschen wolle, gleich nach der Disney-Weihnachtssendung. So wie es sein Vater gemacht habe, als er Kind war. Rokka dachte, dass alle, die frei herumliefen und nach Hennas Leben trachteten, nun exakt wussten, wann sie als Weihnachtsmann verkleidet an die Tür klopfen mussten. Natürlich nur, wenn diese potenziellen Mörder des Italienischen mächtig waren und zudem Vanity Fair lasen. Rokka schüttelte über seine etwas weit hergeholten Schlussfolgerungen selbst den Kopf.

Mit der Zeitschrift in der Hand verließ er die Buchhandlung und machte sich auf in Richtung Hotel. Die Luft war kalt, und er zog seine schwarze Daunenjacke noch enger um seinen Körper. Er musste an Angelica denken, und es kribbelte in seiner Brust. Was war das für ein Gefühl? Vermisste er sie? Er war sich nicht sicher. Auf jeden Fall vermisste er ihren Körper. Die Wärme, die Zärtlichkeit. Und bald würde sie nach Argentinien zurückfliegen.

Als er noch ein paar Straßen vom Hotel entfernt war, kam er an einem Restaurant vorbei. Es fiel ihm ins Auge, weil die breiten Fenster vom Boden bis zur Decke reichten und es so ein völlig anderes Bild abgab als die Lokale ringsum. Auf einer Fensterscheibe stand der Name des Restaurants in grauen, schnörkeligen Buchstaben: *Fratellis*. Er blieb davor stehen. Viele Gäste sah er nicht. Ein paar saßen auf Barhockern und sahen zur Straße hinaus. Sein Blick fiel auf eine Frau an einem Tisch. Sie kam ihm bekannt vor. Sie hatte die Ellenbogen aufgestützt, ihr Kinn ruhte in den Händen. Die blonden Haare hatte sie weit oben am Kopf zu einem Pferdeschwanz zusammengebunden, und ihr Blick weilte auf etwas, das weiter entfernt war. Es fiel ihm partout nicht ein, wo er sie schon einmal gesehen hatte. Er ertappte sich dabei, wie er dastand und sie anstarrte. Die Frau sah zu ihm hinüber und schaute ihm für den Bruchteil einer Sekunde tief in die Augen, dann wandte sie den Kopf schnell ab und begann eine lebhafte Unterhaltung mit ihrem Tischnachbarn. Ob sie ihn auch erkannt hatte? Schwer zu sagen.

Rokka zog weiter. Beim besten Willen konnte er sich nicht an ihren Namen erinnern.

***

Das blau-weiße Absperrband flatterte im Wind. Måns Sandin bremste und hielt mit seinem Wagen vor dem Zaun. Er hatte das dringende Bedürfnis verspürt, sein Haus noch einmal zu sehen, mit etwas Abstand, zwischen den Fichten hindurch. Vor vier Tagen war er diesen Weg zuletzt bei Schneetreiben gefahren, die Weihnachtsgeschenke für die Kinder im Kofferraum. Für Henna hatte er einen Diamantring in einer kleinen roten Schachtel gekauft, um ihr neues Leben zu feiern. Er würde ein besserer Ehemann werden. Ein besserer Vater. Jetzt, da er seine Karriere beendet hatte, eröffneten sich neue Möglichkeiten. Und er wollte etwas unternehmen, um Henna aufzumuntern. Sie aus dem tiefen Loch herauszuholen, in das sie geraten war. Sie legte nicht gerade großen Wert auf Schmuck, es sei denn, es war exakt der richtige. Und er hatte den perfekten Ring gefunden. Er war aus Weißgold. Breit, etwas ungerade an den Kanten. Ein Diamant von vier Karat, und auch er war ungleich geschliffen.

Er hatte solch eine Sehnsucht verspürt, als er auf dem Heimweg gewesen war. Nach Henna und den Kindern. Sie waren sein Ein und Alles, das hatte er begriffen. Der Ärger über seine Verspätung war wie weggeblasen, als er die Treppe hinaufgeeilt war und an die Tür geklopft hatte. Niemals hätte er sich vorstellen können, welches Szenario ihn hinter der schweren Holztür erwartete.

Oder hätte er es doch gekonnt?

Was hatte er übersehen?

Oder: Was hatte er nicht sehen wollen?

Diese Fragen hatte er sich in den vergangenen Tagen tausendmal gestellt, jedoch keine Antworten gefunden.

Ein letztes Mal sah er hoch zum Haus, dann schlug er das Lenkrad ganz ein und trat das Gaspedal durch. Der Wagen reagierte sofort und schaltete automatisch hoch. Måns hielt das Steuer mit beiden Händen fest und lenkte gegen, als er durch die Kurven raste. Wenn ihm jetzt einer entgegenkam, würde es knallen. Er ließ sich von der Vorstellung provozieren und forderte die Gefahr noch mehr heraus. Im Rückspiegel beobachtete er, wie sein Wagen den Schnee aufwirbelte. Er fuhr in Richtung Hudiksvall, doch er hatte nicht die leiseste Ahnung, wohin er eigentlich unterwegs war. Ihm graute davor, zu seinen Eltern zu fahren und den Kindern zu begegnen. Seine Tochter wollte nicht mehr mit ihm reden. Sie hatte sich komplett zurückgezogen. Die Psychologin meinte, das sei bei einem Kind ein normales Verhalten nach einem traumatischen Erlebnis. Er wusste nicht, wie er damit umgehen sollte, und anstatt sie seine Nähe spüren zu lassen, schob er sie von sich fort. Seine eigene Unfähigkeit erschreckte ihn selbst, doch die Gefühle, die ihn übermannten, hatte er einfach nicht unter Kontrolle.

Er schielte zu seinem Handy hinüber, das auf dem Beifahrersitz lag. In den letzten Tagen war es erschreckend still gewesen. Außer wenn Journalisten anriefen und nervten, natürlich. Peter Krantz und ein paar andere Freunde hatten sich zwar gemeldet. Seine besten Freunde. Sie trauten sich immerhin anzurufen und sich zu erkundigen, wie es ihm ging. Aber im Normalfall hätte das Telefon mindestens zwanzigmal am Tag geklingelt, und er hätte doppelt so viele SMS bekommen. Alte Freunde, neue Freunde, Trainer und Agenten. Alle wollten ihn sprechen und Termine mit ihm machen. Jetzt herrschte Stille. Und er selbst hatte auch keine Lust, jemanden anzurufen. Hätte gar nicht gewusst, was er sagen sollte. Hielt die mitleidtriefenden Worte der Leute nicht aus, ebenso wenig ihr Schweigen, wenn sie keine Worte fanden. Er umklammerte das Steuer noch fester. Etwas musste er unternehmen, er spürte, wie Unruhe und Einsamkeit ihn quälten.

Erinnerungen an Henna, an die Zeit in Florenz und Gedanken an die Zukunft flatterten wild durch seinen Kopf, er vermochte sie nicht zu ordnen. Sicherlich würde sich irgendwann alles wieder beruhigen, wenn der sogenannte Alltag wieder einkehrte. Aber wie sollte der aussehen?

Früher hatte sich sein Agent um alles gekümmert. Måns hatte gar nicht selbst denken müssen. Nur das unterschreiben, was am meisten Geld versprach und die Marke Måns Sandin ins bestmögliche Licht rückte. Jetzt musste er die Entscheidungen selbst treffen.

Die Straßenlaternen zeigten ihm eine gerade Strecke an, und er gab noch mehr Gas. Jetzt fuhr er 120 km/h auf dem schmalen Weg. Durch den Sitz spürte er, wie die Federung seines Wagens die Unebenheiten der Straße ausglich. Er schluckte. Das Bier, das er bei Peter getrunken hatte, hatte ihm gutgetan. Er hatte noch eins getrunken. Und dann noch eins. Es war wider Erwarten einfach gewesen, diesen Gefühlssturm, der pausenlos in ihm tobte, für eine Weile zu betäuben. Er wusste, wie leicht es passieren konnte, dass man ein Bier zu viel trank. Oder zwei. Wenn er keine Aufgabe hatte.

Ein Gefühl von Sehnsucht überkam ihn, und er nahm den Fuß vom Gas. Es war nicht die Sehnsucht nach Henna oder den Kindern. Auch nicht nach seinen Freunden. Er versuchte, dieses Gefühl zu ignorieren, aber es gelang ihm nicht. Leise fluchte er vor sich hin. Nicht einmal jetzt konnte er die Gedanken an diese andere Frau unterdrücken. Mit ihm schien etwas nicht zu stimmen. Er bremste stark und scherte in eine Abzweigung ein. Er griff zu seinem Handy. Sah es an und überlegte, ob er seinem Impuls nachgeben sollte. Doch dann legte er das Telefon auf den Beifahrersitz zurück. Schließlich gab es auch Grenzen.

19. SEPTEMBER

Viele Erinnerungen an die Zeit mit dir, Bruderherz, habe ich nicht. Aber alle, die ich habe, sind voller Warmherzigkeit, und auf die vertraue ich.

Nach einer Weile gingst du von Großmutter und mir weg. Du wolltest das gar nicht, aber plötzlich warst du verschwunden.

Es war ein früher Herbstmorgen. Irgendetwas war anders, das habe ich gleich gespürt. Ich habe es an Großmutters Blick erkannt, als sie nach unseren Händen griff. Sie erzählte, obwohl es ihr schwerfiel. Obwohl wir es gar nicht hören wollten.

Ein Mann würde kommen. Ein Mann aus Amerika. Er war dein Vater, und du solltest mit ihm gehen. Wir wussten nicht einmal, dass du einen anderen Vater hattest als ich.

Die ganze Tragweite deines Verschwindens konnten wir damals nur schwer begreifen, wir waren noch so klein. Aber es war ein Abschied.

Du hast geschrien.

Ich war still.

Bruderherz.

Es sind nur wenige Erinnerungen, aber ich trage sie immerzu in meinem Herzen.

Trägst du dein Stück vom Holzherz auch immer noch bei dir?

28. DEZEMBER

Johan Rokka war sich sehr wohl der Tatsache bewusst, dass es nicht jedem Kriminalinspektor vergönnt war, mit Aussicht auf den Florentiner Dom zu frühstücken.

Wenn er den Kopf in die andere Richtung wandte, fiel sein Blick auf Florenz' berühmteste Brücke, die Ponte Vecchio. Sie ruhte auf zwei stabilen Fundamenten, die von den sprudelnden Wassern des Flusses Arno umspült wurden. Die Brücke war gesäumt von kleinen Häuschen mit grünen Fensterläden, und schon zu dieser frühen Tageszeit konnte man Touristen ausmachen, die über die Brücke auf die andere Seite spazierten. Am Vortag hatte ihm ein gut gelaunter Engländer erzählt, dass die Deutschen es während des Zweiten Weltkrieges absichtlich vermieden hätten, direkt über der Ponte Vecchio Bomben abzuwerfen. Ihrer Meinung nach sei sie dafür viel zu schön gewesen. Allerdings waren die anderen Brücken, die den Arno überquerten, komplett zerstört worden.

Rokka stapelte Eier, Schinken und Käseecken auf seinem Teller und obendrauf noch zwei frische Plunderstücke. Dann machte er es sich in einem der Ledersessel, die ganz hinten im Frühstücksraum standen, gemütlich, und rief auf der Polizeiwache in Hudiksvall an.

»Wie läuft's bei euch da oben?«, fragte er. »Ich sitze hier und genieße es, dass die Steuerzahler meine Reise ins Schlaraffenland finanzieren.«

Durch die Leitung hörte er Pelle Alméns und Hjalmar Albinssons verunsichertes Kichern. Rokkas Lachen verstummte von allein, als ihm die Erkenntnis kam, dass dieser Witz besser bei den viel zu redseligen kleinen Männchen in seinem Kopf geblieben wäre.

»Scherz beiseite«, fuhr er fort. »Ich habe gestern Carolina Wernersson getroffen. Sie hat ein wenig erzählt, was sie von Hennas Vergangenheit wusste. Es sind nur ein paar Anhaltspunkte, eher vage.«

»Also hat sie ein dekadentes, einsames Leben geführt«, sagte Hjalmar.

»Einsam, dekadent, aber vor allem sonderbar. Als Kind hat sie eine Menge zu sehen gekriegt, das steht fest. Misshandlungen und so. Kriminelle, Drogenabhängige und Hippies alle unter einem Dach. Das Einzige, dessen ich mir jetzt sicher bin, ist, dass die Tat mit ihrer Vergangenheit zu tun haben muss. Ich meine, es muss jemand sein, den sie kannte, bevor sie Måns kennengelernt hat«, sagte Rokka. »Heute werde ich hoffentlich mit einer Frau sprechen können, bei der Henna in Florenz gewohnt hat, Giulia Theresa. Dann kann ich euch noch mitteilen, dass ich gerade die aktuelle Ausgabe der Vanity Fair gelesen habe. Da ist genau beschrieben, wie die Familie Sandin Weihnachten feiern wollte. Jeder, der die Zeitschrift gelesen hat, wusste exakt, wann Henna mit den Kindern allein zu Hause sein würde.«

»Wer ist denn Måns Sandins PR-Berater?«, fragte Hjalmar. »Ich bin der Meinung, dass er diese Zusammenarbeit auf der Stelle beenden sollte.«

»Wir sind hier zu Hause auch einen kleinen Schritt vorwärtsgekommen«, sagte Almén. »Gestern haben wir in Skålbo die Nachbarn abgeklappert und einen Sivert Persson kennengelernt, ein richtiges Original.«

Almén erzählte von dem Besuch und dass Persson das Schneeräumen an Heiligabend an seinen Kollegen Henry Gustavsson abgetreten hatte sowie von der ergebnislosen Suche nach jenem Gustavsson mit einer unbekannten Telefonnummer.

»Die Nummer führte zu einer nicht registrierten Prepaid-Karte, wie sollte es anders sein«, sagte er.

Rokka konnte förmlich vor sich sehen, wie Almén die Augen verdrehte, bevor er fortfuhr: »Das Interessante daran ist, dass es dieselbe Telefonnummer ist, die wir auf Hennas Telefon schon einen Monat vor Weihnachten gefunden haben. Da befand sich der Anrufer mitten im Wald, in Hög.«

»Es könnte also Gustavsson, der den Schnee geräumt hat, gewesen sein?«

»Es lässt sich überhaupt nicht ermitteln, wer dieses Telefon mit Prepaid-Karte benutzt hat, zumindest nicht sofort. Die Leute bei Telia haben versucht uns zu helfen und immerhin schon eine geografische Position ermittelt. Das Gespräch mit Sivert Persson wurde mit großer Wahrscheinlichkeit von Henry Gustavssons Grundstück aus geführt. Aber weder Janna noch ich glauben, dass Henry Gustavsson selbst angerufen hat, weder bei Henna noch bei Sivert Persson.«

»Wie kommt ihr darauf, dass es jemand anders gewesen ist?«

»Bislang ist es eher Intuition. Aber wenn Henry Gustavsson einer wie Sivert Persson ist, dann ist er bei der Handy-Telefonie noch lange nicht angekommen. Mehr muss ich dazu nicht sagen. Von Prepaid-Karten hat er mit Sicherheit noch nie etwas gehört.«

»Das hört sich an, als sei Henry Gustavsson wie auch immer der Nächste, den wir uns vorknöpfen müssen«, sagte Rokka.

»Wir haben auf seinem alten Wählscheibentelefon angerufen, aber keiner ging ran. Wir fahren gleich mal raus.«

»Das SKI hat sich übrigens wegen des kleinen Holzstückchens gemeldet«, sagte Hjalmar und räusperte sich. »Das Holz ist Wacholder, genauer gesagt Juniperus communis.

Wacholder wächst auf der nördlichen Erdhalbkugel, aber auch in Westindien und im Gebirge in Afrika. Normalerweise findet man Wacholder in Waldhängen, Heidelandschaften und auf Weideland.«

Rokka grinste in sich hinein. Auch wenn es so klang, als hätte Hjalmar das alles vom Blatt abgelesen, wusste er, dass sein Kollege nur einen einzigen Blick auf den Bericht vom SKI hatte werfen müssen, um die Ergebnisse nun für allezeit in seinem Kopf gespeichert zu haben.

»Kann man sagen, wie alt der Wacholder etwa war?«

»Ungefähr zweihundert Jahre. Der älteste Wacholder, den man in Schweden entdeckte, war achthundertvierzig Jahre alt, möchte ich hinzufügen. Aber das Stück Holz selbst, das muss vor etwa zwanzig, dreißig Jahren aus dem Wacholder gesägt worden sein.«

»Konnte man Fingerabdrücke darauf sicherstellen?«

»Keinen einzigen. Sehr erstaunlich.«

»Okay. Schwer zu sagen, ob dieses Holzstück etwas zu bedeuten hat. Wie auch immer, gute Arbeit. Jetzt werde ich mich auf die Suche nach Giulia Theresa machen. Drückt mir die Daumen.«

Er beendete das Telefonat und ließ sich ins Polster des Sessels sinken. Als er sich entspannte, spürte er, wie die Müdigkeit kam. Er freute sich schon darauf, nach Hudiksvall zurückzufliegen. Sein Kopf war voll von den vielen neuen Eindrücken, und er versuchte, Ordnung in seine Gedanken zu bringen.

Er seufzte tief. Worauf hatte er sich da eingelassen? Er wusste, dass er für seine mangelhafte Geduld bekannt war, doch auch wenn zeitraubende Ermittlungsarbeit vor ihm lag, hatte er normalerweise das Gefühl, den Fall aufklären zu können.

Aus irgendeinem Grund überkam ihn ein Gefühl von Hoffnungslosigkeit. Oder war es die Frage, ob die Heimkehr nach Hudiksvall richtig gewesen war, die ihn zermürbte? Von einer Großstadt in eine Kleinstadt zu ziehen, wenn man neununddreißig Jahre alt war und Single, nicht die geringste Aussicht darauf, in nächster Zeit sein Leben in sichere Bahnen zu lenken? Und Angelica, was sollte er mit ihr bloß anfangen? Wieder mit ihr ins Bett zu gehen war natürlich ein verlockender Gedanke, doch konnte daraus mehr werden? Und wenn ja, was? Irgendwas sagte ihm zudem, dass er nicht der einzige Mann in ihrem Leben war.

***

Anna Nilsson, die eine Ausbildung zur Pferdewirtin machte, war noch niemals mit einem Pferd so schnell gefahren. Und sie hätte es auch nie getan, wenn ihr Chef Fredrik Strömlund ihr nicht ausdrücklich die Anweisung dazu gegeben hätte. Wenn man schon für den erfolgreichsten Fahrer in ganz Schweden arbeiten durfte, dann tat man auch, was er sagte.

»Nun mach schon, meine Kleine!«, sagte sie, gerade so laut, dass die braune Stute den Kopf senkte und noch einen Zahn zulegte. Anna genoss die Beschleunigung, und sie hatte das Gefühl, dass Good Enough jetzt ihren persönlichen Rekord noch einmal um ein paar Sekunden verbessern konnte. Sie war in Topform.

Es war neun Uhr morgens, und Fredrik Strömlund hatte die Anweisung gegeben, dass das Pferd vor dem morgigen Wettkampf nur leicht bewegt werden sollte, doch im Einlauf sollte Anna das Pferd noch einmal antreiben.

»Reicht es so?«, fragte Anna, als sie das Tier zügelte und zum Zaun hinlenkte, wo Strömlund stand. Hinter ihm stand ein Mann in einem dunklen und auffällig gut sitzenden Mantel und beobachtete sie. Sie hatte ihn hier nie zuvor gesehen, vermutlich gehörte ihm eins der Tiere. Anna verstand nicht recht, welchen Sinn es hatte, Good Enough einen Tag vor dem Wettkampf so zu fordern. Zudem war die Bahn gefroren und steinhart und belastete die Beine, aber natürlich tat sie, was ihr Chef ihr auftrug.

»Das reicht«, antwortete Strömlund knapp. »Wie ist sie in Form, was meinst du?«

»Fantastisch«, sagte Anna und strahlte. »Ich habe das Gefühl, sie kann so schnell sein, wie sie will, und auch so lange sie will.«

»Das ist genau das, was sie uns morgen zeigen soll«, sagte Fredrik Strömlund leise. »Du kannst sie in die Box bringen. Achte darauf, dass sie nicht kalt wird und ordentlich trinkt.«

»Selbstverständlich«, sagte Anna.

Seit fast fünf Monaten war sie für Good Enough zuständig. Sie war im Prinzip jeden Tag bei dem Pferd und kümmerte sich um das Tier wie um einen Säugling. Das Sonderbare war, dass sie genau wusste, dass Good Enough viel besser war als die eher schwachen Resultate, die sie bei den letzten Rennen geliefert hatte. Neben dem Qualifizierungsrennen, womit sie die Zulassung zu dem Wettkampf bekommen hatte, war sie nun viermal gestartet, aber über den fünften Platz nie hinausgekommen. Nach jedem Start hatte Anna es selbst nicht fassen können, wie ihr Augenstern verlieren konnte. Sie hatte selbst auch einige Male gewettet: Einmal hatte sie sich ein Herz gefasst und ganze zweihundert Kronen gesetzt, weil sie sich absolut sicher gewesen war, dass das Pferd gewinnen würde – was es dann doch nicht tat.

Nach Fredrik Strömlunds Auskunft hatten diese Misserfolge verschiedenste Gründe, von zu leichten Hufeisen bis zu negativen Auswirkungen des sogenannten Norwegischen Halfters, das Good Enough trug.

Nun ja. Beim Trabrennen ist alles möglich, sagten die Kenner. Früher oder später würde sie gewinnen. Ihren Chef zu hinterfragen würde ihr nicht im Traume einfallen. Sie war heilfroh, dass sie überhaupt für Fredrik Strömlund arbeiten durfte. Es gab sicherlich Hunderte von Lehrlingen, die auf der Stelle mit ihr tauschen würden.

Anna stieg aus dem Sulky und ließ die Zügel locker, damit Good Enough sich entspannen konnte. Fredrik Strömlund und der Mann im Mantel waren auf dem Weg zum Stall, und sie beobachtete die zwei eine Weile. Sie sprachen auffällig leise.

»Dann ist alles geklärt«, waren die letzten Worte, die sie Fredrik Strömlund sagen hörte.

***

»Jetzt können Sie hereinkommen«, meinte Carolina Wernersson.

Sie hielt die Tür auf und ließ Johan Rokka und seinen italienischen Kollegen hinein. Um Giulia Theresa nicht unter Druck zu setzen, hatte Carolina erst einmal allein mit ihr gesprochen und ihr die Lage geschildert.

»Giulia Theresa hatte keine Ahnung, dass Henna ermordet worden ist«, sagte Carolina. »Sie steht unter Schock, nur dass Sie das wissen.«

»Wie kann es sein, dass sie von den Schlagzeilen nichts mitbekommen hat?«

»Seit letztem Dienstag hat sie das Haus nicht mehr verlassen.«

Rokka hielt inne und starrte Carolina an.

»Verstehe. Und ich nehme an, sie ist nicht der Mensch, der Internet hat. Wahrscheinlich nicht mal einen Fernseher. Oder soziale Kontakte. Liege ich richtig?«

»Absolut.« Carolina lächelte Rokka an.

Im Treppenhaus war es duster. Eine einsame Glühlampe an der Decke des ersten Stocks war die einzige Lichtquelle im Haus. Die Wände waren kahl, der Putz hatte sich großflächig gelöst. Sie gingen langsam die schmale Treppe hinauf. Giulia Theresa wohnte ganz oben.

Als sie klopften, dauerte es nicht lange, da merkten sie, wie sich jemand in Bewegung setzte. Ein Schnauben war durch den Spalt unter der Wohnungstür zu hören. Rokka sah Carolina fragend an.

»Hat sie einen Hund? Ich habe eine Scheißangst vor Hunden«, erklärte er.

Carolina grinste nur und starrte auf die Türklinke. Es dauerte noch eine Weile, dann waren Schritte zu hören, die näher kamen, und schließlich ging die Tür auf. Da stand sie, Giulia Theresa. Durch die grauen Haarsträhnen, die ihr widerspenstig mitten im Gesicht hingen, sah sie zu ihnen auf. Krampfhaft hielt sie eine graue Strickstola mit Lochmuster fest, die sie um ihren dünnen Körper geschlungen hatte. Rokka machte einen Satz zurück, als etwas um seine Beine strich. Als er hinuntersah, wusste er, warum er gedacht hatte, sie hätte einen Hund. Ein rosafarbenes Schwein. Es war gerade mal dreißig Zentimeter hoch, aber es war ein Schwein.

Rokka biss die Zähne zusammen, um nicht laut loszulachen, und warf über Giulia Theresas Kopf hinweg einen Blick in die Wohnung. Gleich links befand sich die Küche. Die orange gestrichenen Schranktüren hingen schief in den Angeln. Manche Schränke hatten gar keine Türen mehr. Die Spüle war verbeult, und unter dem Abfluss stand ein weißer emaillierter Eimer. Geradeaus befand sich ein größerer Raum; der Einrichtung nach zu urteilen, musste es sich dabei um eine Art Wohnzimmer handeln.

Giulia Theresa schob das Schwein beiseite und ließ sie etwas widerwillig in den Flur. Rokka lächelte breit und deutete eine Verbeugung an, als er ihr die Hand gab. Giulia Theresa führte sie weiter in das Zimmer, das Rokka bereits als Wohnzimmer identifiziert hatte. Sie wollten sich gerade aufs Sofa setzen, da flatterte hinter ihnen etwas auf. Eine Taube. Staub und Federn wirbelten auf, und Giulia Theresa ließ einen umfangreichen Wortschwall los, sodass das Tier sich daraufhin wieder hinter das Sofa verzog.

»Hat sie noch mehr Haustiere, von denen man wissen sollte?«, fragte Rokka und lachte. Carolina schüttelte den Kopf, und der italienische Polizist begann, der alten Frau Fragen zu stellen.

Rokka lehnte sich zurück und lauschte. Da er ein bisschen Spanisch konnte, verstand er einzelne Wörter, doch er wartete schon voller Neugier darauf, was der italienische Kollege im Anschluss übersetzen würde.

***

Johan Rokka kam zehn Minuten früher als verabredet im Café an. Er nickte dem Barista zur Begrüßung zu, der ganz damit beschäftigt war, appetitliches Fingerfood auf einer Platte zu arrangieren, die er dann auf der Theke platzierte.

Während Rokka auf Carolina und den italienischen Polizisten wartete, nahm er an einem Tisch gegenüber der Theke Platz. Vor ihm lag ein Exemplar der Zeitung *La Gazzetta dello Sport*. Gedankenverloren blätterte er durch die rosafarbenen Seiten, bis sein Blick auf zwei Augen fiel, schmerzverzerrt.

Voller Angst im Gesicht. Das Bild zeigte Manuel Battista, der auf dem Fußballplatz auf dem Rücken lag und in die Kamera sah. Sein Unterschenkel war nicht mehr in der natürlichen Position, er stand im rechten Winkel ab. In fetten schwarzen Buchstaben stand quer über die Seite geschrieben *La carriera qui è finita*. Rokka lief ein Schauer über den Rücken. Das Bild war ungemein illustrativ. Battistas Kreuzbandverletzung hatte also sein Karriereende bedeutet, das schien jetzt Fakt zu sein.

»Der ganze Trupp ist gedopt«, sagte der Barista in gebrochenem Englisch, als er über die Theke schaute. Er deutete auf die Doppelseite, die vor Rokka aufgeschlagen lag, und schüttelte den Kopf. »Die ganze Serie A ist korrupt, schuld daran ist der Ministerpräsident.«

Hier unten schien der Ministerpräsident zweifellos in sehr vieles involviert zu sein. Rokka musste bei dem absurden Gedanken lachen, dass dem schwedischen Ministerpräsidenten eine Fußballmannschaft gehören würde.

Er wurde aus seinen Gedanken gerissen, als die kleine Türglocke an der Eingangstür bimmelte. Carolina kam herein, hinter ihr der italienische Polizist. Sie bestellten sich jeder einen Espresso an der Bar und winkten Rokka zu, ihnen zu folgen. Dann begaben sie sich in den hinteren Teil des Cafés.

»Nun lasst mal hören«, begann Rokka. »Was war das, was ich gehört, aber kaum verstanden habe?« Er lächelte Carolina zu.

»Man kann durchaus sagen, dass es eine kleine Herausforderung war, Giulia Theresa zu vernehmen. Sie ist enorm schüchtern und skeptisch.«

Rokka nickte verständnisvoll.

»Wir haben nicht viel mehr erfahren, als wir bereits wussten, aber vielleicht könnten ein paar Details interessant sein«, fuhr Carolina fort.

»Okay. Dann legen Sie los«, sagte Rokka.

»Henna kam aus Dänemark nach Florenz, als sie fünfzehn war. Sie wollte hier in der Stadt einen Kurs in Malerei besuchen. Doch all ihre Ersparnisse waren für die Reise von Dänemark nach Italien draufgegangen, sodass sie im Prinzip völlig ohne Geld dastand. Deshalb war sie mehr oder weniger verzweifelt, als sie eine Wohnung suchte. Giulia Theresa war weitläufig mit Hennas Großmutter bekannt, und auf diese Weise wurde der Kontakt zu ihr hergestellt. Henna hat in der ersten Zeit bei ihr gewohnt.«

»Was ist dann passiert?«

»Einer der Lehrer an ihrer Schule war ein Künstler aus Frankreich, und er verliebte sich Hals über Kopf in Henna. Schon bald zog sie bei ihm ein. Giulia Theresa war von Hennas Partnerwahl nicht sonderlich begeistert, und nach ein paar Monaten bestätigte sich ihr Bauchgefühl, als der Franzose in seiner Wohnung an einer Überdosis Drogen starb.«

Rokka leerte seinen Espresso in einem Zug und machte dem Barista ein Zeichen, dass er noch einen haben wollte.

»Konnte Giulia Theresa etwas über Hennas Beziehung zu ihrer Großmutter sagen und warum sie von ihrer Mutter zu ihrer Oma umzog?«, fragte er dann.

»Genau wie ich es schon von Henna gehört hatte, hat sie auch ihr erzählt, dass in der Kommune irgendetwas vorgefallen ist, eine Kindesmisshandlung wohl, und dass Henna danach mehr oder weniger von der Großmutter betreut wurde. Die Mutter war anscheinend psychisch nicht besonders stabil.«

»Kann Henna selbst das Opfer gewesen sein?«

Carolina überlegte einen Moment.

»Das kann ich nicht sagen«, antwortete sie. »Natürlich ist das möglich.«

»Und dann hat die Großmutter sie weit weg nach Italien

geschickt – allein und ohne Geld«, sagte Rokka und schüttelte den Kopf.

»Das scheint auch nicht viel besser«, sagte Carolina.

»Und was ist mit ihrem Bruder Birk?«

»Giulia Theresa hat ihn nicht kennengelernt, nur von ihm gehört. Sie wusste, dass die Geschwister eine enge Beziehung zueinander hatten, auch wenn sie sich selten sahen.«

»Hatte unsere schüchterne Freundin noch etwas zu berichten?«

Carolina warf dem italienischen Polizisten einen kurzen Blick zu.

»Ja, das Spannendste war wohl, dass jemand an Giulia Theresas Adresse Geld für Henna geschickt hat. Jeden Monat, vier Jahre lang.«

»Und wie viel war das?«

»Jeden Monat zweitausend Euro, erzählte Giulia Theresa. Sie kamen in Form von Schecks.«

Der Barista brachte ihnen drei neue Tassen Espresso an den Tisch. Er blieb vor ihnen stehen, bis Rokka ihn wegwinkte.

»Und wer war dieser Jemand?«, fragte er.

»Henna wusste es nicht. Zumindest gab sie Giulia Theresa diese Antwort.«

»Stand auf den Schecks denn kein Absender?«

»Doch, sie kamen von einer Person, die sich *Einsamer Schmetterling* nannte. Die Schecks kamen in Briefumschlägen, die in Stockholm abgestempelt waren.«

»Okay. Vier Jahre lang wurde Henna also von einem Schweden, der sich hinter einem sonderbaren Pseudonym verbarg, versorgt. Und ab wann kam kein Geld mehr?«

»Zeitlich fiel das ungefähr damit zusammen, als sie Måns kennenlernte«, sagte Carolina und holte eine durchsichtige Plastiktüte hervor, die sauber versiegelt war. Durch den blauen Kunststoff sah man ein dunkelbraunes Holzkästchen mit hübsch gemalten weißen Blumen auf dem Deckel. Zwei Buchstaben waren eingraviert: *HP*. Die Dose hatte wohl Henna Pedersen gehört.

»Als Henna zu Måns zog, ließ sie das hier in Giulia Theresas Wohnung zurück. Giulia Theresa wollte gern, dass ich es Ihnen gebe«, sagte Carolina. »Wir haben den Inhalt nicht angerührt, und Ihre italienischen Kollegen haben es verpackt. Aber Giulia Theresa hat erzählt, dass unter anderem ein Umschlag, auf dem *Einsamer Schmetterling* steht, darin liegt.«

»Dann gehe ich davon aus, dass meine italienischen Kollegen Ihre und Giulia Theresas Fingerabdrücke registriert haben, damit unsere Techniker sie ausschließen können?«

»Absolut«, antwortete Carolina, und der Polizist nickte eifrig, als hätte er genau verstanden, was Rokka gefragt hatte.

Sie zahlten, verließen das Café und blieben noch kurz vor dem Eingang stehen. Rokka bedankte sich bei dem Polizisten.

»Dann sorgen Sie jetzt dafür, dass der Täter hinter Gitter kommt«, sagte Carolina.

»Ich werde mein Bestes tun«, antwortete Rokka und umarmte sie fest. Rein zufällig hatten sich ihre Wege gekreuzt, und nun stand ihnen der unvermeidbare Abschied bevor – ein Abschied in dem Wissen, dass sie sich nie wiedersehen würden. Rokka blieb noch eine Weile stehen und sah Carolina hinterher. Es war Mittagspausenzeit, daher war sie schon bald in der Menschenmenge verschwunden. Er bemerkte noch, wie sie kurz stehen blieb und sich umdrehte. Sie winkte ein letztes Mal, dann war sie fort.

***

»Ich war das nicht. Nur dass Sie das wissen«, empörte sich Sivert Persson.

Pelle Almén war gerade dabei gewesen, seinen Wagen auf dem Parkplatz an der Polizeiwache abzustellen, als der Mann anrief, der für den Winterdienst in Skålbo verantwortlich war. Almén hatte nur ein paar Stunden Schlaf bekommen, bevor es Zeit war, die Nachtschicht anzutreten. Sofia und die Kinder waren von den Schwiegereltern immer noch nicht zurückgekehrt, aber im Grunde gefiel ihm das sogar. Im Moment hätte er für die Familie sowieso keine Minute übrig gehabt. Es rumorte wieder in seinem Magen, und er fragte sich, ob es der Stress war, der ihn aus dem Gleichgewicht brachte.

»Darf ich Sie bitten, sich etwas zu beruhigen und mir der Reihe nach zu erzählen, was Sie auf dem Herzen haben«, sprach er in sein Headset, während er den Motor ausmachte. Er nahm den kleinen Flachmann aus seiner Innentasche. Der brennende Geruch machte ihn wieder wach. Er benutzte ihn in der letzten Zeit viel häufiger als sonst; er hatte zwar versucht, es zu lassen, aber er schaffte es nicht, zu widerstehen.

»Ich bin an Sandins Zaun vorbeigegangen, da unten an der Straße«, berichtete Sivert Persson aufgebracht. »Die Sache mit dem Straßendienst hat mir keine Ruhe gelassen. Na ja, ich habe ja das Grundstück nicht betreten, bin am Zaun stehen geblieben. Da habe ich bemerkt, dass Henry Gustavsson den einen Pfosten am Tor gerammt hat, vorher sah der nicht so aus.«

Almén musste ein Gähnen unterdrücken, doch er rief sich sein eigenes Motto in Erinnerung: alle Tipps ernst nehmen. Alle.

»Wie sieht er denn aus?«

»Er hat eine Schramme abbekommen, und am Pfahl sieht man rote Farbe. Mein Schneepflug ist blau, daher kann ich das nicht gewesen sein. Und ich würde bei meinen Kunden nie etwas beschädigen, schon gar nicht bei Måns Sandin. Erinnern Sie sich noch an den Elfmeter, den er in der EM 2001 gegen Holland verwandelt hat?«

Almén musste grinsen. Måns Sandin hatte über neunzig Prozent seiner Elfmeter ins Netz gebracht, aber 2001 war trotz allem die EM der Damen gewesen. Doch Almén brachte es nicht übers Herz, den alten Persson zu korrigieren.

»Sind Sie sicher, dass das vorher nicht so ausgesehen hat?«

»Ganz sicher. Ich räume den Schnee hier draußen seit zehn Jahren, und diesen Pfosten habe ich dabei einige Male zu Gesicht bekommen. Jetzt, wo der Schnee geschmolzen ist, kann man es klar und deutlich sehen.«

»Und welche Farbe hat der Schneepflug von Gustavsson?«, fragte Almén.

»Der ist rot«, antwortete Sivert. »Ein Massey Ferguson, genau wie meiner. Das sind die besten.«

»Und Sie glauben, dass Gustavsson derjenige war, der den Pfosten angefahren hat, das wollen Sie mir mitteilen?«

»Ja, so ein Blödmann!«

Almén schüttelte den Kopf. Gleichzeitig wunderte es ihn, dass die Techniker die Macke, von der Sivert Persson erzählte, nicht entdeckt hatten. Sie waren immerhin vier Tage draußen am Haus gewesen und hatten jeden Quadratzentimeter des Grundstücks unter die Lupe genommen.

»Wir werden noch einmal rausfahren und uns den Pfosten anschauen. Haben Sie vielen Dank für Ihren Anruf«, sagte Almén und stieg aus.

29. DEZEMBER

Johan Rokka sah aus dem Fenster und betrachtete die Autos auf dem Fahrstreifen neben ihm. Die morgendlichen Staus in Florenz waren extrem. Rokka saß im Flughafenbus nach Pisa. Auch im Bus war es eng, und Rokka versuchte mit Mühe und Not, eine bequeme Sitzhaltung zu finden, dicht neben einem älteren Herrn, der genauso groß war wie er.

Seine Gedanken kreisten immer noch um die Vorfälle in der Kommune. Drogen und Spiritualität. Kriminelle. Vernachlässigte Kinder. Übergriffe. Kommunenleben. So fremd. So sagenumwoben.

Einer der Freunde in seiner und Victors Clique hatte auch in einer Kommune gewohnt. Aber so, wie er es beschrieben hatte, war es ganz anders als in den Siebziger- und Achtzigerjahren. Der Freund hatte einen ganz normalen Job und innerhalb der Kommune auch eine eigene Wohnung.

In der vorderen Tasche seiner Jeans vibrierte es. Er versuchte, das Handy so elegant wie möglich aus der Hose zu fischen. Eine Nachricht.

War nett, dich neulich zu sehen. Kann verstehen, wenn die Zeit knapp ist, aber melde dich, wenn du abends mal Lust auf ein Bier hast/Peter

Peter Krantz, dachte Rokka. Warum nicht. Ein paar soziale Kontakte konnten nicht schaden. Er sah auf die Uhr. Eine Runde in der Bar würden sie heute Abend noch schaffen. Er schrieb zurück:

Passt es heute Abend? Im The Bell. 21 Uhr.

Die Antwort kam sofort, und der Abend war geplant. Rokka lehnte sich, so weit es ging, im Sitz zurück und las die lezte SMS von Angelica noch einmal. Er hatte wieder dieses Kribbeln im Bauch. Es war ein Gefühl, das er ohne Weiteres als Sehnsucht bezeichnen konnte. Vielleicht auch Sehnsucht und Lust. Vor allem Lust. Oder? Er schrieb ihr eine Nachricht.

Möchte dich sehen.

Sie antwortete sofort:

Heute Abend? Bitte!

Er fluchte darüber, dass er sich schon mit Peter verabredet hatte.

Ich habe einen besseren Vorschlag. Morgen zum Frühstück? Bei mir?

Er starrte auf das Display, wartete auf die Antwort. Diesmal kam sie nicht sofort. Er sah hinaus und verfolgte die Regentropfen, die über die Scheibe liefen. Aus den Lautsprechern im Bus hörte er ein vertrautes Lied, *Un´estate italiana*. Gianna Nannini und Edoardo Bennato, wenn er es recht in Erinnerung hatte. Seine Gedanken lotsten ihn in die Vergangenheit, ins Jahr 1990. Fußball-WM in Italien. Sommer und Wahnsinnshitze draußen, aber er hatte drinnen gehockt, zwei Wochen lang wie angenagelt vor dem Fernseher gesessen. Mit seinen Fußballkumpels. Wie lange war das jetzt schon her. Er lehnte seinen Kopf an die Stütze und lächelte in Gedanken. Da vibrierte das Handy in seiner Hand.

Passt gut. Ich bringe etwas Leckeres mit. Du wirst nicht enttäuscht sein … Gruss und Kuss.

***

Ihr Körper zitterte vom Schüttelfrost. Janna Weissmann drehte die Heizung auf die höchste Stufe und zog sich die Daunendecke bis unters Kinn. Sie sah auf die Uhr. Sie hatte fünfzehn Stunden geschlafen. Eigentlich hatte sie dafür gar keine Zeit, aber wie sehr sie sich auch dagegen wehrte, das Virus übermannte sie.

Die Decke um den Körper gewickelt, ging sie hinüber in die Küche. Sie nahm das größte Glas, das sie finden konnte, und goss Orangensaft hinein. Als sie ihn in großen Schlucken trank, spürte sie die Stiche im Hals. Dann ließ sie die Decke auf den Boden fallen und ging ins Badezimmer. Sie musste etwas tun, was sie schon lange nicht mehr getan hatte. Sie öffnete den Badezimmerschrank, dann ließ sie den Kopf sinken und schloss die Augen. Ein kurzer Anflug von Zweifel, dann hatte sie sich entschieden.

Aus dem obersten Fach holte sie ein kleines Kästchen herunter und strich mit den Fingern über den Deckel. Es war mit kleinen Steinen verziert, die glitzerten, wie es nur Diamanten tun. Aus dem Kästchen nahm sie ein kleines Foto heraus. Als sie das lange, wellige Haar betrachtete, das süße Lächeln und das Muttermal im Mundwinkel, begannen die Tränen zu fließen. Henna. Ihre Henna.

Schnell wischte sie die Tränen mit dem Handrücken fort, dann legte sie das Bild zurück und stellte das Kästchen an seinen Platz im Schrank. Sie musste zur Polizeiwache fahren.

Nach einer warmen Dusche zog sie die Jeans an. Es schmerzte, als der Stoff der Hose ihre Schenkel umschloss.

Ab jetzt würde sie sich zusammenreißen müssen. Das Letzte, was sie wollte, war, dass Rokka und die anderen Kollegen merkten, dass sie kurz vor einem Zusammenbruch stand. Sie musste weitermachen wie gewohnt. Aber zuerst musste sie noch etwas erledigen. Den Mercedes wollte sie dafür auf keinen Fall benutzen, und ihre Kräfte würden nicht reichen, den Weg zu Fuß zurückzulegen. Deshalb wählte sie die Nummer der Taxigesellschaft von Hudiksvall.

Sie stützte sich an der Arbeitsplatte ab, bevor sie zur Haustür ging. In ihren Bronchien rasselte es, und sie musste so stark husten, dass sie fast keine Luft mehr bekam.

»Wohin möchten Sie?«, fragte der Taxifahrer, als sie mit zittriger Hand die Wagentür öffnete und sich auf den Rücksitz fallen ließ.

»Zur Polizeiwache«, konnte Janna gerade noch herausbringen, bevor der nächste Hustenanfall kam. »Aber vorher muss ich noch ins Sportgeschäft in der Storgata.«

»Ich kann gern 112 für Sie anrufen«, sagte der Fahrer und betrachtete sie besorgt im Rückspiegel.

»Ich bin selbst 112«, antwortete sie heiser. »Fahren Sie los!«

Der Fahrer schüttelte den Kopf und machte sich auf den Weg zur Storgata. Janna legte sich quer auf den Rücksitz und rappelte sich erst wieder auf, als der Wagen die Geschwindigkeit drosselte und anhielt. Sie öffnete die Tür und ging so schnell sie konnte ins Geschäft. Die Verkäuferin grüßte sie und beobachtete sie erschrocken, als Janna zwischen den Kleiderständern herumwankte. In Windeseile hatte sie einen Stapel Kleider und ein paar Schuhe zusammengesucht, die sie auf den Kassentisch legte.

»Das hätte ich gern verpackt«, sagte Janna und musste sich mit beiden Händen auf der Theke abstützen, um sich auf den

Beinen zu halten. Die Verkäuferin tippte hastig die Preise ein und beugte sich dann nach unten auf der Suche nach einer Verpackung.

»Wäre der in Ordnung?«, fragte sie und hob einen Karton hoch. Ohne die Antwort abzuwarten, stopfte sie die Sachen hinein und schob Janna den Karton hinüber. Janna nahm ihn, verließ das Geschäft und stieg wieder in das Taxi ein, das draußen auf sie wartete.

19. SEPTEMBER

Nachdem du verschwunden warst, haben wir kein Wort mehr über dich verloren, Großmutter und ich.

So war es am einfachsten.

Ein paar Jahre vergingen. Es war eine Zeit, in der ich mich meist in mich selbst zurückzog. Großmutter ließ mich in Frieden, und ich saß in meinem Zimmer und malte: große Farbflächen, Motive, die nur ich sehen konnte.

Aber dann kam der Tag, an dem ich nach Florenz umziehen sollte.

Großmutter war alt und müde geworden, während ich zu einer jungen Frau herangewachsen war. Meine Seele war rastlos, es dürstete mich danach, etwas zu kreieren. Meine Scheinwelt zu malen. Meine starken Träume, die noch niemand hatte ersticken können.

Vielleicht war ich auf der Suche nach diesen Wurzeln, die ständig ausgerissen wurden.

Ich weiß noch, wie ich Abschied nahm. Großmutter streckte mir ihre dünne Hand entgegen und hielt mir einen Zettel hin. Auf dem weißen Papier stand deine Adresse mit Tinte geschrieben.

Ihr wart in Kontakt gewesen, Großmutter und du, und ich begriff, dass es dich noch gab. Nicht nur in meiner Erinnerung.

Das gab mir Kraft. Vielleicht würden wir uns treffen können?

Die Sehnsucht nach dir war groß. Doch dann kamen andere Dinge dazwischen.

Evelina Olsdotter konnte ihren Mozzarella-Salat nicht genießen. Jeder Bissen wurde im Mund immer größer, und sie musste sich abmühen, um das Essen hinunterzuwürgen. Sie war am gestrigen Abend früh nach Hause gegangen, obwohl die Italiener versucht hatten, sie zu überreden, noch länger mit ihnen durchs Florentiner Nachtleben zu tanzen. Sie war durcheinander. Was tat sie da eigentlich? War es richtig gewesen, Johannes zu verlassen?

Ja, denn sie wollte weg. Sehnte sich nach etwas anderem. Nach einem anderen. Und es spielte offenbar überhaupt keine Rolle, dass sie ihre Sehnsucht zu betäuben versuchte, indem sie sich mit Manuel Battista traf. Da ging es einzig und allein um körperliche Anziehung und diese verfluchte Selbstbestätigung, die sie suchte. Nein, sie konnte die Gedanken an *ihn* nicht wegwischen, den Mann mit dem großen M. Sie musste an ihr erstes Date denken. Es hatte sich in ihr Gedächtnis eingebrannt, obwohl es schon fünfzehn Jahre zurücklag. Sie schloss die Augen und ließ die Szene noch einmal Revue passieren, wie schon so oft zuvor:

»Ich will dich sehen«, sagte er, als er sie anrief.

Das war ein Befehl. Måns Sandin war es gewohnt zu bekommen, was er wollte, das spürte man. Und Evelina war gar nicht auf die Idee gekommen, Nein zu sagen. Schließlich hatte sie den Hauptgewinn gezogen, und alles verlief ganz nach Plan.

Es war Ende Juli, nur wenige Tage nach diesem Spiel außerhalb von Hudiksvall, als sie zum ersten Mal mit ihm verabredet war. Sie saßen an einem Tisch in einem Restaurant in Djurgården, und die ganze Nybrobucht lag vor ihnen in der Abendsonne.

»Ich ziehe es vor, ein bisschen versteckt zu sitzen«, sagte er, als sie sich den hintersten Tisch ausgesucht hatten und er seine Sonnenbrille aufsetzte. »Aber Schweden ist nicht Italien. Da kommen die Leute an den Tisch und wollen über Fußball reden und Autogramme haben. Die Schweden gaffen nur aus sicherem Abstand.«

Und das war tatsächlich der Fall. Noch nie war sie so oft gemustert worden wie an diesem Abend. Wie sie es genoss. Sie und Måns Sandin, einer der größten Stars in Schweden. Das fühlte sich genauso großartig an, wie sie es sich vorgestellt hatte.

»Jetzt fahren wir zu mir«, sagte er, als sie fertig gegessen hatten.

Evelina zögerte, bis sie Ja sagte. Sie wollte nicht den Eindruck erwecken, dass sie nur darauf wartete, auch wenn das, was da passieren würde, ihr größter Wunsch war. Ein kleiner Wermutstropfen in ihrem unbändigen Glück war, dass sie sich im Restaurant nicht gerade viel zu sagen gehabt hatten. Sie tröstete sich damit, dass das erste Date immer etwas speziell war. Es würde sicher einfacher werden, je mehr Zeit sie miteinander verbrachten. Und wenn sie ganz ehrlich war, fand sie es auch nicht schlimm, wenn sie ihm nur nah sein durfte.

Seine Wohnung lag in Södermalm mit Blick auf die Riddarfjärdbucht. Da wohnte er immer, wenn er in Schweden spielte oder sich die Nationalmannschaft traf.

Sie saßen auf der Rückbank des Taxis. Noch hatten sie sich nicht berührt, von der kurzen Umarmung bei der Begrüßung abgesehen. Måns sah sie mit diesem Wahnsinnsblick an und legte die Hand auf ihren Schenkel, der unter dem kurzen Kleid zum Vorschein kam. Seine Hand wärmte ihre Haut, die von dem schwedischen Sommerabend kalt geworden war. Ihr Körper zitterte von seiner Berührung, und Evelina warf einen Blick auf seine kräftigen Oberschenkelmuskeln, die durch die ausgewaschene Jeans zu erahnen waren.

»Hast du Lust, morgen mit mir nach Solvalla zu fahren?«, fragte er sie plötzlich. »Eins meiner Pferde ist am Start, und ich hätte dich gern an meiner Seite. Es wird nett, schickes Essen und so.«

Evelina war noch nie bei einem Trabrennen gewesen und kannte sich mit Pferden überhaupt nicht aus, aber das war reine Nebensache.

»Sehr gern«, antwortete sie.

In diesem Sommer begleitete sie Måns auf eine Reihe verschiedener Veranstaltungen. Golf in Falsterbo, VIP-Lounges in den Clubs in Visby und Tennisturniere im schicken Båstad. Jedes Mal sah er sie stolz an, wenn sie an seiner Seite war, sorgfältig gestylt, und sie fühlte sich wie die schönste Frau auf der ganzen Welt.

Doch zwischen die rosaroten Wolken drängte sich der fade Beigeschmack von Oberflächlichkeit. Sie hatte nicht das Gefühl, dass Måns sie ernsthaft an seinem Leben teilhaben ließ, auch wenn sie viel Zeit miteinander verbrachten. Doch ihre Entschlossenheit wischte alle Zweifel beiseite. Sie wollte ihn, und mit der Zeit würde sich eine tiefere Beziehung schon einstellen.

Aber als der Sommer in Schweden zu Ende ging und Måns wieder nach Italien zurückflog, verschwanden auch all die Gelegenheiten, sich häufig zu treffen. Ein Wochenende hier und da, aber nur nach seinen Bedingungen. Am Ende ließ er das Ganze einfach im Sande verlaufen.

Da saß sie, tief versunken in Gedanken, und wachte erst auf, als eine Kellnerin sich über den Tisch beugte und den halb gegessenen Mozzarella-Salat abräumte. Evelina, noch immer leicht benommen, nickte langsam zum Dank, dann wischte sie sich den Mund mit der Stoffserviette ab. Sie wurde mitten in der Bewegung unterbrochen, als ihr Telefon einen Ton von sich gab. Es war eine SMS, also warf sie schnell einen Blick auf das Display.

Jetzt ist es zu spät. Du bist schuld, dass es passiert ist. Aber nicht nur du.

Wer war der Typ, der die ganze Zeit falsche Nachrichten verschickte? Jetzt reichte es aber. Schnell antwortete sie:

Sie haben eine falsche Nummer. Hören Sie auf, mir Nachrichten zu schicken.

***

Sie mussten Henry Gustavsson ausfindig machen. Es ging auf sechs Uhr abends zu, als Pelle Almén und Janna Weissmann im Auto auf dem Weg nach Lingarö saßen, wo Gustavsson wohnte. Sie hatten auch in Skålbo angehalten, um Sivert Perssons Aussagen zu überprüfen. Tatsächlich hatte der Torpfosten eine Macke, und die rote Farbe war deutlich zu sehen. Das musste zwar nicht unbedingt bedeuten, dass Gustavsson mit seinem Schneepflug genau an Heiligabend dagegengefahren war, aber es war ein Detail, das sie im Auge behalten sollten.

Der Weg schlängelte sich zwischen Fichten und Kiefern hindurch, und vor jeder Kurve schaltete Almén kurz das Licht aus, um festzustellen, ob ihm jemand entgegenkam. Er schielte zu Janna hinüber, die neben ihm auf dem Beifahrersitz hockte und sich krampfhaft am Sitzpolster festhielt. Die Hustenattacken hörten nicht auf, und sie war sehr blass.

»Es geht dir gar nicht gut, oder?« Er rutschte in Richtung Fahrertür, um so viel Abstand wie möglich zu ihr einzunehmen. Er verstand wirklich nicht, warum sie überhaupt mitgekommen war.

»Kein Problem«, sagte Janna in einem kläglichen Versuch, ihn zu überzeugen. »Ich hab ein paar Aspirin genommen und beschlossen, das einfach zu ignorieren.«

Sie bogen in den Hof ein, der von einer einzelnen Laterne beleuchtet wurde.

»Niemand zu Hause«, stellte Almén fest und linste zum Wohngebäude hinüber. Es war ein rotes Holzhaus mit weißen Fensterrahmen, das Dach lag unter einer dicken Schneedecke begraben.

»Dem Schnee nach zu urteilen war hier in den letzten paar Tagen niemand«, sagte Janna angestrengt.

Sie stapften vor bis zur Veranda und klopften an die Tür. Als auch nach dem zweiten Klopfen niemand öffnete, gingen sie zurück.

»Glaubst du, dass der Schneepflug da drinnen ist?« Almén bewegte sich auf eine rot gestrichene Scheune zu, die direkt ans Wohngebäude angebaut war. Das Scheunentor bestand aus zwei hohen schwarzen Türen, die mit einem Riegel verschlossen waren. Almén schob ihn hoch und zog die eine Tür zur Seite. Im schwachen Licht der Straßenlaterne erkannte er die Konturen eines Traktors mit Schneepflug, der weiter hinten in der Scheune geparkt war. Er hörte, wie Janna sich an der Wand entlangtastete.

»Ich gehe zurück zum Wagen und hole die Taschenlampe, das ist ja stockduster hier drinnen«, sagte sie und ging hustend hinaus. Almén bewegte sich weiter vorwärts, während er auf seine Kollegin wartete. Er nutzte die Gelegenheit, ein paar Mal tief Luft zu holen, bevor sie und ihr Virus wieder zurückkamen. Seine Augen gewöhnten sich langsam an die Dunkelheit, sodass er die Maschine immer deutlicher sehen konnte. Am hinteren Teil war die Schleuder montiert. Im Dunkeln konnte er die Farbe nicht eindeutig erkennen, also ging er um das Gefährt herum. Er wischte den Schmutz vom Herstellerlogo des Schneepflugs mit dem Finger ab. Massey Ferguson. Mit den Handflächen folgte er der Gummiformation des enormen Hinterrads. Das Fahrzeug war größer, als er gedacht hatte.

Plötzlich wurde er von Licht geblendet.

»Jetzt können wir uns die Sache genauer anschauen«, sagte Janna heiser, als sie in die Scheune zurückkam.

»Der Schneepflug ist rot, oder?«, fragte Almén.

Das Licht zitterte, als Janna die Taschenlampe auf das große Blech richtete, das den Auswurf der Schneeschleuder darstellte, und folgte der Konstruktion von oben nach unten. Kein Zweifel, das Fahrzeug war rot. Mit der Hand fuhr sie über die linke Seite der Karosserie. Sie hielt inne, als sie etwas Auffälliges unter ihren Fingerkuppen spürte.

»Das hier könnte eine Beule sein, die entstanden ist, als er den Pfosten touchiert hat. Es sieht sogar aus, als wären hier weiße Farbreste vom Pfosten.«

»Gustavsson hat vielleicht jede Menge Grund, sich zu verstecken«, sagte Almén. »Können wir ein bisschen Farbe fürs Labor mitnehmen?«

»Ja … obwohl … warte mal«, sagte Janna. Sie stand jetzt hinter dem Traktor und betrachtete erst den einen Hinterreifen, dann den anderen. »Im Auto liegt doch ein Zollstock, oder?«

»Ja, im Werkzeugkasten müsste einer sein«, antwortete Almén.

»Ich hole ihn«, sagte Janna und stolperte aus der Scheune hinaus.

Almén ging um den Traktor herum und stellte sich hinter ihn.

»Was willst du mit dem Zollstock?«, fragte er Janna, als sie zurück war.

»Ich muss etwas nachmessen.«

Sie klappte den Zollstock aus und hielt ihn zwischen die hinteren Räder. Dann überkam sie der nächste Hustenanfall.

»Janna, verdammt noch mal«, schimpfte Almén. »In diesem Zustand kannst du nicht arbeiten. Du steckst ja alle an. Was wolltest du denn messen?«

»Die …«, ihre Stimme versagte. »… Spurbreite stimmt nicht … dieser Schneepflug war nicht auf Måns' … Grundstück an Heiligabend …« Jannas Stimme versagte. Sie hob die Taschenlampe hoch und ging weiter in die Scheune hinein. Als sie fast an der Wand stand, blieb sie stehen und folgte mit dem Lichtkegel einem rechteckigen Fleck auf dem staubigen Betonboden.

»Ich weiß, was du denkst, und ich glaube, du hast recht«, sagte Almén. »Hier fehlt ein Traktor, stimmt's?«

Jannas Antwort war ein stummes Nicken.

***

Dass sich auf der Trabrennbahn Hagmyren in Hudiksvall Tausende von Besuchern tummelten, war ungewöhnlich. Zumindest bei einem Rennen mitten im Winter. Der Grund dafür, dass Urban Enström und alle anderen dorthin gepilgert waren, war Fredrik Strömlund, einer der bekanntesten Trabrenntrainer, der an diesem Tag eines seiner vielversprechendsten Pferde an den Start schicken wollte. Es würde das Rennen spielend gewinnen. Keine großen Gewinne, aber dafür wenig Risiko. Genau das erwarteten die Spieler.

Beim Aufwärmen hatte Urban wie gewohnt am Finish gestanden, um die Konkurrenz zu beobachten. Ein sauberer Probelauf, und der Favorit entsprach den Lobeshymnen, die umgingen. Aber Urban nahm ein anderes Pferd von Strömlund genau unter die Lupe, Good Enough. Und wieder sah er das, was offenbar kein anderer zu bemerken schien: Der Fahrer, der ihn lenkte, sah aus, als hätte er die gesamte Spielkasse an den Zügeln, aber aus irgendeinem Grund wollte er das vor Publikum nicht zeigen. Direkt vor dem Start setzte Urban eine der höchsten Summen seines Lebens. Fünfzehntausend Kronen darauf, dass dieses Pferd gewinnen würde.

Als es noch fünfzig Meter bis zur Zielgerade waren, geschah das, was außer Urban und ein paar wenigen anderen keiner zu glauben gewagt hatte. Der Favorit verfiel in Galopp und wurde von Fredrik Strömlund zur Seite genommen. Er machte Platz für Good Enough, und das Pferd nutzte seine Chance. Ein Wahnsinnsendspurt, und Urban war gut dreihundertfünfzigtausend Kronen reicher. Dreihundertfünfzigtausend Kronen. Er konnte es gar nicht fassen und wartete nur darauf, dass der Schalter öffnete und er seine Gewinnbescheinigung erhielt.

»Wie kann denn der Favorit verlieren?«, fragte der Mann, der sich neben ihn an den Schalter stellte. Er kam ein wenig zu nah, und seine deutliche Alkoholfahne verteilte sich mit jedem Atemzug in der Luft.

»Jedes Rennen muss erst einmal gewonnen werden«, sagte Urban und machte einen Schritt zurück.

»Scheiß Gerede«, sagte der Mann und schwankte. »Ich habe fünf Riesen auf diesen Idioten Strömlund gesetzt, und was passiert? Er kann das Pferd nicht einmal im Trab halten. Und der soll der beste Fahrer in ganz Schweden sein?« Der

Mann fuchtelte mit den Armen herum und musste sich an Urban abstützen, um nicht umzufallen.

»Hoppala. So was«, sagte Urban und schob den Mann von sich weg, während er gleichzeitig versuchte, Blickkontakt zu der jungen Frau am Schalter aufzunehmen. Sie saß hinter der geschlossenen Glasscheibe und zählte Geldscheine. Unruhig bewegte sich Urban vor und zurück. Dieser Betrunkene war ihm nicht geheuer.

»Und worauf hast du gewettet?«, lallte der Mann.

Urban sah auf seine Wettquittung. Fuhr sacht mit dem Daumen darüber.

»Äh, ich wollte einen alten Gewinn abholen«, log er. Er ging vor der Kasse auf und ab und sah sich immerzu um.

»Lass mal sehen«, rief der Mann und versuchte, Urban die Wettquittung aus der Hand zu reißen.

»Hände weg«, entgegnete Urban und hob die Quittung weit über den Kopf. Der knittrige kleine Zettel bedeutete gut ein Jahresgehalt für ihn. Nichts durfte passieren.

»So sprichst du nicht mit mir«, brüllte der Mann und wankte auf Urban zu.

»Security, Hilfe!«, schrie Urban. »Er versucht, mir meine Wettquittung wegzunehmen!«

Es dauerte nur ein paar Sekunden, da standen zwei junge Männer in grauen Uniformen vor ihnen. Sie fassten den Mann rechts und links am Arm und führten ihn ab. Urban sah sich um. Genauso gut konnte er die Gewinnbescheinigung morgen in Hudiksvall abholen. Also bewegte er sich in Richtung Ausgang.

Der Wettbewerb war noch nicht zu Ende, aber die ausstehenden Rennen waren zweitklassig, deshalb verließen noch andere die Rennbahn.

Vor dem Ausgang bildeten sich Schlangen, und erst jetzt

bemerkte Urban, wie kühl es geworden war. Er steckte seine Hände tief in die Manteltaschen, während er wartete, bis er ans Tor kam. Es hatte keinen Zweck zu drängeln, das wusste er. Er schaute über die Schulter, erst in die eine Richtung, dann in die andere. Gleichzeitig tastete er nach seiner Wettquittung, um sich zu vergewissern, dass sie in der Tasche lag. Sein Geld. Wenn er den Gewinn erst eingelöst hätte, wäre er ein reicher Mann. Jemand, zu dem man aufsah.

Als er das Tor passiert hatte, bewegte er sich im Laufschritt über den Parkplatz, um zu seinem Wagen zu gelangen. Er stand fast ganz hinten, von einem Bus etwas verdeckt. Urban richtete die Fernbedienung seines Schlüssels auf das Auto und drückte. Das klickende Geräusch klang wie ein fröhlicher Willkommensgruß, während gleichzeitig im Coupé das Licht ansprang.

Er ging die letzten Meter auf seinen Wagen zu und fasste an den Griff der Fahrertür. Im selben Moment, in dem er die Tür öffnete, flatterte ein Schatten im Licht des Autos auf. Urban sah sich um, aber der Schatten war fort. Doch die Unruhe blieb. War der Besoffene von der Kasse ihm gefolgt? Doch wie sollte er vor ihm zum Parkplatz gekommen sein? Oder gab es noch jemanden, der bemerkt hatte, dass er gewonnen hatte, und nun an sein Geld wollte? Er versuchte sich zu beruhigen, indem er sich einredete, dass das mit großer Wahrscheinlichkeit ein ganz friedlicher Zeitgenosse war, aber sein Herz wollte nicht hören und pochte immer schneller.

Schnell stieg er ein, und in dem Moment, als er die Fahrertür schließen wollte, war er wieder da, dieser Schatten. Er wurde immer größer und tauchte direkt neben dem Wagen auf. Urban rutschte das Herz in die Hose, er traute sich kaum zu atmen. Er versuchte, die Tür zuzuziehen, doch jemand verhinderte das.

»Lass los!«, schrie Urban und warf einen Blick durch das Seitenfenster.

Schweigen hinter der Scheibe.

»Was wollen Sie von mir?« Seine Stimme brach.

Noch immer keine Antwort.

Urban zog wieder an der Tür, doch die Schattengestalt war stärker als er.

Mit zitternder Hand tastete Urban nach dem Handy in seiner Jackentasche und drückte irgendeine Nummer. Plötzlich wurde die Tür aufgerissen, und Urban sah den Ärmel einer Lederjacke. Er nahm gerade noch eine schnelle Bewegung wahr, und dann kitzelte etwas am Hals. Gleich danach spürte er ein Brennen und dann den Schmerz; es war ein Gefühl, als würde sein ganzer Hals in Flammen stehen. Das Auto schaukelte, als die Tür zugeschlagen wurde, und der Schatten verschwand in der Dunkelheit.

Urban fuhr sich mit der Hand an den Hals und drückte, so fest er konnte. Er fühlte die pochenden Schläge, als das Blut zwischen seinen Fingern hinausgepumpt wurde. Er warf sich auf die Seite und schrie aus Leibeskräften. Doch dann kollabierte er, und mit dem Nassen, Warmen, das ihm über die Brust lief, verschwand auch der Überlebenswille aus seinem Körper. Aus seiner Jackentasche ertönte eine Stimme vom Band: »Diese Rufnummer ist nicht erreichbar. Bitte versuchen Sie es zu einem späteren Zeitpunkt noch einmal.«

***

Der Schrei aus der oberen Etage fuhr zwischen die Stimmen aus dem Fernseher. Måns Sandin sprang vom Sofa auf und nahm drei Stufen gleichzeitig, als er die Treppe hinauf ins Kinderzimmer rannte. Es war Anine. Auch heute Abend plagten sie die Albträume. Meist kamen sie etwa eine Stunde nach dem Einschlafen, und an den letzten Abenden waren sie immer intensiver geworden.

Sie lag da in ihre Decke eingewickelt, einen Berg voller Kuscheltiere um sich verteilt. Anine schrie und weinte, während sie sich gleichzeitig im Bett hin und her warf. Seine Tochter in diesem Zustand zu sehen war fast mehr, als Måns ertragen konnte. Er setzte sich auf die Bettkante und berührte sie sanft.

»Anine, wach auf, du träumst«, sagte er liebevoll.

Die Psychologin hatte ihm den Tipp gegeben, sie zu wecken, wenn die Albträume kamen, damit er den Schlafrhythmus durchbrach und die bösen Träume nicht wiederkamen. Doch das war einfacher gesagt als getan.

»Nein! Ich will nicht!«, schrie sie und trat nach Måns.

Er fuhr mit einem Arm unter ihren Rücken und mit dem anderen unter ihre Beine und hob sie auf seinen Schoß. Der kleine Körper wehrte sich, und Måns war erstaunt, mit welcher Kraft sie dagegen ankämpfte. Es war schwer zu sagen, ob sie wach war oder noch immer schlief.

»Anine, meine Kleine, du musst aufwachen«, sagte er noch einmal.

Er hielt sie, so fest er konnte, ohne ihr dabei wehzutun, und nach ein paar Sekunden entspannte sie sich. Er begann, sie hin und her zu wiegen. Mit einem Mal schlug sie die Augen auf und starrte ihn an. Dann fing ihre Unterlippe an zu zittern, und sie brach erneut in Tränen aus.

»Papa, das war ein blöder Dinosaurier«, sagte sie schluchzend.

»Ich weiß, meine Kleine. War nur ein Traum«, sagte Måns.

Er legte sie ins Bett zurück und strich ihr mit der Hand über den Kopf. Die Haare klebten ihr in feuchten Locken an der Stirn. Während er sie streichelte, nahm ihr Weinen allmählich ab. Sie griff nach einem der Kuscheltiere und vergrub ihr Gesicht darin.

»Wo ist Antonio?«, fragte sie und richtete sich auf.

»Er liegt hier neben dir«, sagte Måns und sah hinüber zu dem anderen Bett. Antonio lag da zusammengekauert und schlief tief und fest, obwohl seine Schwester so laut geschrien hatte.

»Wo ist Mama?«

Er fragte sich, wie oft er noch auf diese schlimmste Frage von allen antworten musste. Eines war ihm klar: Niemals würde die Antwort einfach sein.

»Die Mama ist oben im Himmel. Bei den Engeln«, sagte er und zeigte aus dem Fenster.

»Ich will sie sehen«, sagte Anine mit hoffnungsvoller Stimme. Sie stand auf und trat ans Fenster. Dort stellte sie sich auf die Zehenspitzen, hielt sich mit den Händen am Fensterbrett fest und schaute hinaus in die Dunkelheit.

»Ich kann sie nicht sehen.«

Die Enttäuschung in der Stimme seiner Tochter war schwer zu ertragen, und er schluckte.

»Man sieht sie nicht, aber sie ist da, ich weiß es genau. Sie ist der schönste Engel von allen«, sagte er. »Komm, mein Schatz, leg dich wieder hin.«

»Sind die anderen Engel lieb zu Mama?«

»Ja, mein Herz, natürlich sind sie das.«

»Und warum war der Weihnachtsmann nicht lieb?«

»Wenn ich das wüsste, Anine. Ich habe keine Ahnung.«

Måns sah aus dem Fenster, die Angst kam hoch. Was hatte er verbrochen? Lag es an ihm, dass alles so gekommen war? Er hob Anine hoch und drückte sie fest an sich. Er sog ihren Duft ein und schloss die Augen.

»Mama hat gesagt, dass ich mit dem Weihnachtsmann nicht reden darf«, sagte Anine, wand sich aus seiner Umarmung und krabbelte aufs Bett.

Er holte schnell Luft. Die Ärzte hatten ihm gesagt, sie könne jederzeit anfangen, über das Ereignis zu sprechen.

»Aha. Hat Mama sonst noch was gesagt?«, fragte Måns.

»Ja, hat sie.«

»Und was war das, meine Kleine? Weißt du es noch?«

Anine sah Måns mit schlauem Blick an.

»Sie hat über unsere Tapeten geredet«, sagte sie und musste lachen. »Sie hat Witze gemacht!«

»Tapeten? Ich glaube, das denkst du dir gerade aus«, sagte Måns und tätschelte ihr leicht den Kopf, während er versuchte, seine Enttäuschung zu überspielen. Offenbar war ihre Fantasie mit ihr durchgegangen.

Anine zog eine Grimasse und legte sich ins Bett, den Rücken zu ihm. Die Decke zog sie bis unters Kinn. Måns schlug ein Stück um und strich ihr über den Rücken, bis der Schlaf sie zurückgelockt hatte und sie wieder fest schlummerte. Seine hübsche kleine Tochter. Vielleicht war sie nun doch bereit für ein Gespräch mit der Polizei.

***

Der Barhocker kippelte besorgniserregend, als Johan Rokka an der Theke des The Bell Platz nahm. Der Barkeeper bewegte seinen Kopf im Takt zur Musik und strich sich das lange Haar zurück. Rokka bestellte für sich selbst ein Glas Rotwein und für Peter Krantz ein Bier. Vor sich hatte er eine in Folie eingeschweißte Speisekarte. Er versuchte, seine Konzentration auf das zu lenken, was da geschrieben stand, doch alle Zeilen flossen zu einem wirren Durcheinander zusammen. Genau wie die verschiedenen Anhaltspunkte in seiner Ermittlung.

Der Barmann schob ihm das Weinglas hin und stellte das Bierglas mit einem dumpfen Knall daneben, sodass der Schaum überlief und auf die Theke tropfte. Rokka verfolgte das Spiel der Luftbläschen, die vom Boden des Glases aufstiegen. Trank er eigentlich schon zu viel? Er holte sein Smartphone heraus und surfte ein bisschen planlos herum. Dann wählte er die Nummer von Victor Bergman. Wieder die Mailbox. Er beendete die Verbindung und schrieb eine SMS:

Bist du wieder im Knast? Du gehst nie ans Telefon. Ruf zurück, wenn es geht.

Ein kalter Luftzug drang in die Kneipe, als Peter die Tür öffnete und hereinkam. Er stapfte den Schnee von seinen Jodhpurstiefeln ab und schlenderte mit einer Hand in der Manteltasche herein.

»Hallo, mein Hübscher«, sagte Rokka und hielt ihm die rechte Hand hin. »Ich war so frei, dir auch schon was zu bestellen, ich hoffe, du hast nichts dagegen.«

»Gegen solche Initiativen habe ich nie etwas«, sagte Peter und griff mit beiden Händen Rokkas ausgestreckte Hand, dann nahm er Platz. »Mensch, ich freu mich echt, dass wir uns am Wochenende im Gossip getroffen haben. Und dass du heute Abend Zeit hast.«

Rokka sah ihn an und grinste.

»Wie läuft's denn mit deinen Ermittlungen?«, fragte Peter.

»Leider sehr zäh«, antwortete Rokka. »Nachdem ich in Florenz war, wird das Bild etwas klarer, aber nicht viel. Aber genug davon. Weißt du noch, wann wir hier zum letzten Mal gehockt haben?«

Bei der Erinnerung musste Rokka lachen. Das war gut zwanzig Jahre her. Sie hatten ein Fußballturnier hinter sich und hatten gewonnen. Er selbst hatte in der Verteidigung gespielt und war wie so oft vom Spielfeld verwiesen worden, die Entscheidung hatte er letztlich von der Bank aus verfolgt. Wie immer hatten Måns Sandin und Peter Krantz alle in den Schatten gestellt. Und gleich nachdem der Schiedsrichter drei Minuten Nachspielzeit verkündet hatte, war Peter im gegnerischen Strafraum in einen Gegenspieler gerannt und hatte sich das Knie ausgerenkt. Es gab einen Elfmeter, und Sandin setzte ihn sicher in die rechte Ecke. Die Entscheidung war gefallen. Hinterher hatten sie in genau der Kneipe gefeiert, in der Rokka und Krantz gerade saßen.

»Wir waren ein tolles Team«, sagte Peter, gluckste vor Lachen und zeigte auf Rokka. »An dir kam jedenfalls keiner vorbei. Du warst vielleicht nicht der Schnellste und auch nicht der Fitteste der Welt. Aber der Schwerste in der Liga, keine Frage.«

Rokka nahm einen Schluck Wein und dachte daran, wie Victor und er in der Abwehr gespielt hatten. Der ruhigste Platz in der Mannschaft.

»Ja, aber ich verstehe nicht, warum ich die Rote Karte bekommen habe, es lag doch nicht an mir, dass einer direkt in mich reingerannt ist?« Rokka setzte eine ratlose Miene auf. »Schließlich kann man mich doch gar nicht übersehen.« Er klopfte sich mit den Händen auf den Bauch.

»Aber manchmal hast du ein bisschen den Überblick verloren, in welcher Mannschaft du spielst«, sagte Peter.

»Du meinst, als ich dir aus Versehen den Ball an die Stirn geschossen habe?«, fragte Rokka. »Danach hat mich der Trainer ausgewechselt, er war stinksauer, dass ich einen unserer besten Spieler verletzt hatte.«

»Wenn das mit dem Knie nicht passiert wäre, wäre ich sicher zu den Profis gewechselt, oder?«, fragte Peter und zwinkerte ihm zu.

»Ja, und was ist aus uns geworden?«, fragte Rokka. »Jetzt sitzen wir hier, zwanzig Jahre später. Immerhin Sandin hat es zu den Profis geschafft. Ich bin Bulle geworden, mit 'nem sagenhaften Einstiegsgehalt von neunzehn Riesen im Monat.«

Er lachte laut und sah sich um. Einige der anderen Gäste im Lokal sahen von ihren Tellern auf und schauten zu ihnen hinüber.

»Tja, und ich wurde …«, setzte Peter an.

»… der beste Autoverkäufer in ganz Norrland«, ergänzte Rokka schnell und gab ihm einen Klaps auf die Schulter.

Peter lachte und schlug mit der Hand auf die Theke.

»Da ist was dran. Wenn du ein neues Auto brauchst, sag Bescheid. Was hältst du von einem Lexus? Sandin hat bei mir einen RX 450h bestellt, als er hierherzog. Ich kann dir einen gebrauchten besorgen. Drei Jahre alt, dreißigtausend Kilometer. Zum niedrigsten Zinssatz, versteht sich.«

Aus dem Stand war der Verkäufer Peter in seinem Element. Er griff zu seinem Handy und klickte eine Autoanzeige an. Ein schwarzer Lexus. Niedrigprofilreifen mit Leichtmetallfelgen.

»Es spielt keine Rolle, auch wenn er *zehn* Jahre alt ist«, sagte Rokka. »Ich muss ihn sowieso abbezahlen, bis ich sterbe. Sag Bescheid, wenn was anderes reinkommt, etwas, das mehr bullentauglich ist.«

Gleichzeitig fielen ihm Måns' Lexus und der Zeuge, der am Tag vor Weihnachten eine Frau in dessen Auto gesehen hatte, wieder ein. Er musste herausfinden, wer das gewesen war. Doch jetzt verordnete er sich Feierabend. Einmal nicht mit den Gedanken bei der Arbeit sein.

»Klaro«, sagte Peter, leerte sein Glas und winkte der Bedienung zu, um für Nachschub zu sorgen.

»Aber weißt du was, apropos alte Zeiten«, sagte Rokka. »Du sahst von uns allen immerhin am besten aus.«

Peter machte ein betont düsteres Gesicht und sagte: »Obwohl Sandin derjenige war, der die meisten Mädchen ins Bett kriegte. Und das war schließlich das, was zählte.«

Er lachte schallend, und Rokka musste zugeben, dass er damit vermutlich recht hatte.

»Gibt es denn hier oben auch ein paar attraktive Damen?«, fragte er, und im selben Moment erschien ihm Angelica auf der Netzhaut.

»Damen …«, setzte Peter an. »Frauen. Mädels. Oder wie wir sie nun immer bezeichnen wollen. Ja, attraktiv sind sie, und es gibt auch Offerten, das kannst du mir glauben. Aber aus irgendeinem Grund geht es immer in die Brüche.«

»Ja, mit ihnen leben kann man nicht und ohne sie auch nicht. So ist es doch, oder?« Rokka sah in sein Weinglas und dachte, dass er verbitterter klang, als er im Grunde war.

»Recht hast du«, sagte Peter. »Aber es ist doch irgendwie auch ganz cool, Single zu sein, oder?«

Rokka sah seinen fragenden Blick und wollte gerade antworten, als sein Telefon vibrierte und das Display leuchtete. Karin Bergman rief an. Victors Frau. Ein paar Sekunden lag starrte er auf das Handy, dann drückte er das Gespräch weg.

»Apropos«, sagte er und sah Peter ins Gesicht. »Wie wäre es, wenn wir uns mal einen ganzen Abend Zeit nehmen, an dem wir uns ein paar Gläser mehr genehmigen und die alten Fußballbilder anschauen?«

»Gern«, sagte Peter. »Ich bin direkt nach dem Wochenende auf Geschäftsreise in Norrland unterwegs. Der Regionalchef muss sich ja mal blicken lassen. Östersund, Sollefteå und Umeå werde ich abgrasen. Aber danach bin ich für alles zu haben.«

Rokka hob sein Glas und prostete Peter zu. Dann leerte er es.

Es rüttelte, vibrierte und brummte auf der Arbeitsplatte, als die Kaffeemaschine ihre Arbeit aufnahm. Das Geräusch und der äußerst angenehme Duft des Kaffees entspannten Johan Rokka langsam. Als der letzte Tropfen in seiner Tasse gelandet war, nahm er sie und ging zum Küchenfenster. Draußen war es noch immer dunkel.

Nach sieben Stunden Schlaf war er ausgeruht, gleich würde Angelica kommen. Auch wenn ihre Beziehung im Moment eher körperlicher Natur war, verspürte er ein echtes Interesse, sie näher kennenzulernen. Er hoffte, dass es dazu kommen würde. Auch dazu.

Nach dem Frühstück musste er sich auf die bevorstehenden Meetings vorbereiten. Als Erstes die Lagebesprechung mit Per Vidar Sammeli und Ingrid Bengtsson. Es war an der Zeit, Ergebnisse vorzulegen. Dann das Meeting mit den anderen Kollegen. Sie mussten alle Energien bündeln und die Informationen, die er in Florenz erhalten hatte, gemeinsam durchgehen, außerdem brauchte er ein Update, wie weit sie mit den Ermittlungen vor Ort gekommen waren, während er fort gewesen war. Nichts durfte unter den Tisch fallen.

Als es an seiner Tür klopfte, zuckte er zusammen, auch wenn es nicht unerwartet kam. Schnell ging er zum Eingang, um ihr zu öffnen. An der Tür hielt er inne, schloss kurz die Augen und holte einmal tief Luft. Das Gefühl, das ihn überkam, trieb ihm ein Lächeln ins Gesicht. Er beugte sich nach unten, um die Schuhe auf dem Flurboden geradezurücken, dann machte er die Tür auf, und da stand sie.

Angelica trug eine rote Daunenjacke und eine schwarze Strickmütze mit Pelztroddel. Sie lächelte ihn an und hielt ihm eine Papiertüte hin. Als er hineinschielte, sah er Sandwiches und zwei Flaschen frisch gepressten Saft.

»Wie schön, dich zu sehen«, sagte er und drückte sie kurz, bevor er sie in die Wohnung ließ.

Im Flur zog sie ihre Jacke aus und blieb stehen.

»Wollen wir in der Küche oder im Wohnzimmer frühstücken?«, fragte er und hielt ihre Tüte hoch.

»Ich würde das Schlafzimmer bevorzugen«, sagte Angelica und sah ihn mit einem Blick an, der sein Blut in Wallung brachte.

»Ach, das ist deine Idee«, sagte Rokka und lächelte sie an.

»Ja, das ist meine Idee«, antwortete Angelica.

Er betrachtete sie, wie sie da stand.

So eine schöne Frau, dachte er. Doch eine Sache ließ ihm keine Ruhe.

»Erst möchte ich, dass du mir eine Frage beantwortest«, sagte er.

»Was willst du wissen?«, fragte sie verunsichert.

»Gibt es vielleicht noch einen anderen Mann in deinem Leben?«

Angelicas Blick flatterte. Als er genauer hinsah, merkte er, dass sie Tränen in den Augen hatte. Sanft nahm er sie in die Arme.

»Angelica, meine Kleine«, sagte er. »Was ist los?«

»Ich will nur dich«, schniefte sie. »Ich werde mich nicht mehr mit ihm treffen.«

»Okay«, sagte er und streichelte ihr vorsichtig über den Arm. »Tut mir leid, wenn ich dich gedrängt habe, aber ich musste es einfach wissen.«

Wer ist dieser Typ nur, dachte Rokka. Obwohl es eigentlich genauso gut war, es nicht zu wissen. Irgendetwas sagte ihm, dass er mit dieser Information nicht auf eine Art und

Weise würde umgehen können, die seiner Berufswahl entsprach.

»Ich will nur mit dir zusammen sein«, sagte sie und drehte sich zu ihm um. Er sah sie an. Aus ihren tränenüberströmten Augen sprach Ehrlichkeit. Und da ging ihm das Herz auf.

***

Die Gardine flatterte und wehte an die Außenseite des Zugfensters. Birk Pedersen hatte schon mehrmals versucht, das Fenster zu schließen, doch leider erfolglos. Stattdessen saß er nun da und beobachtete das Spiel des Windes mit dem Stoff. Diese planlosen Bewegungen hatten etwas Ästhetisches, die Gardine verlieh der Landschaft, die an ihm vorbeizog, einen Rahmen.

Die italienische Winterluft hatte sein Abteil durchgepustet. Auf der Bank gegenüber saß ein Mann, dem die kühle Temperatur nichts auszumachen schien. Er hatte es sich gemütlich gemacht und seinen Filzhut tief ins Gesicht geschoben, sodass man seine Augen nicht sah. Sie waren allein im Abteil.

Auch Birk brauchte Ruhe. Er hatte die Nacht in einem Aufenthaltsraum im Bahnhof am Brenner verbracht. Er war einige Tage unterwegs gewesen, um durch Europa bis nach Südtirol zu fahren; auf einigen Strecken war er getrampt. Jetzt saß er im Zug, der ihn über Bologna nach Florenz bringen sollte.

Die Kälte ließ ihn nicht zur Ruhe kommen. Er öffnete seinen Rucksack, um noch eine Jacke herauszuholen, die er überwerfen konnte. Die gestrickte Wolle wärmte gut. Er legte seine Füße auf den Sitz und versuchte, sich zu entspannen.

»Wohin reisen Sie?«, fragte der Mann, der ihm gegenübersaß, während er gleichzeitig seinen Hut die Stirn hinaufschob.

»Sie machen den Eindruck, als seien Sie schon lange unterwegs.«

Birk musterte ihn eingehend. Er sah freundlich aus.

»Ich will jemanden kennenlernen, den ich sehr lange nicht gesehen habe«, sagte Birk.

»Jemanden kennenlernen, den Sie lange nicht gesehen haben? Sie meinen, dass Sie jemanden treffen, den Sie nicht kennen?« Der Mann schien es nicht zu begreifen, doch Birk fand, dass es auf der Hand lag.

»Ich werde schöne Erinnerungen zum Leben erwecken und versuchen, ein paar Dinge zu verstehen«, rief er aus. »Erinnerungen an die wichtigste Person in meinem Leben.«

Der Mann starrte ihn an und schüttelte leicht den Kopf, um dann wieder in seinem Sitz zu versinken, den Hut tief ins Gesicht gezogen.

Ein quietschendes Geräusch erklang, darauf folgte ein ordentlicher Windzug, und die Tür des Abteils wurde aufgerissen. Der Schaffner streckte den Kopf herein, um die Fahrkarten zu kontrollieren. Er stellte fest, dass seit seinem letzten Kontrollgang niemand mehr zugestiegen war, und nickte still, bevor er die Tür wieder schloss und weiterging.

Birk hob den Rucksack auf seinen Schoß und fuhr mit der Hand hinein. Er suchte nach dem Holzkästchen. Er wollte es unter seinen Fingern spüren. Als er es gefunden hatte, bemerkte er, dass der Deckel sich gelöst hatte und der Inhalt nun kreuz und quer im Rucksack verstreut lag. Vergeblich tastete er nach dem Schlüssel. Er stand auf. Der durfte nicht verloren gehen.

Er warf einen Blick auf seinen Mitreisenden und stellte fest, dass er eingeschlafen war. Kurzerhand leerte er den Inhalt des Rucksacks auf den Sitz neben ihm. Der Beutel mit den Münzen landete neben ihm auf dem Sitzpolster, und ein paar zusammengefaltete Outdoorhosen fielen darauf. Der Deckel des Kästchens und ein Umschlag mit einem Poststempel aus Italien klemmten im Rucksack fest, sodass er sie herausfischen musste. Plötzlich plumpste etwas auf seine Füße, um dann weiterzuhüpfen und unter den Beinen des schlafenden Mannes zum Liegen zu kommen. Er begab sich auf alle viere und suchte den Boden ab, bis er das glatte Stück Holz schließlich in der Hand hatte. Der Schlüssel baumelte an dem schwarzen Lederband. Birk wickelte es sich sorgfältig um die Finger.

Dann nahm er wieder auf seinem Sitz Platz. Legte die Füße hoch und schlief ein.

***

Angelicas Duft hing ihm noch in der Nase, als Johan Rokka das Polizeirevier betrat. Hinter der Glasscheibe am Empfang saß Fatima Voix. Rokka zwinkerte ihr zu, und sie erwiderte den Gruß umgehend. Mit hoffnungsvollen Schritten bog er in den Flur ein, wo die Kriminaltechniker ihre Räume hatten. Hjalmar Albinsson und Janna Weissmann sollten sich gleich Hennas Kästchen vornehmen, während er selbst erst einmal ein Gespräch mit dem Staatsanwalt und Bengtsson führte.

Vor dem Meeting ging er noch kurz in sein eigenes Büro. Doch als er die Tür öffnete, blieb er wie angewurzelt stehen. Auf seinem Schreibtisch stand ein Karton aus brauner Pappe. Er ging hin und hob ihn hoch, schüttelte ihn dann ein wenig. Irgendetwas stieß innen an die Seiten. Er fuhr mit den Fingern unter den Deckel und hob ihn an. Ganz oben fand er eine Karte. Er las die eine Zeile.

Keine Ausreden mehr. Nach Silvester geht's los.

Unter der Karte lag ein Paar Joggingschuhe. Als er sie hochhob, entdeckte er auch eine Trainingshose, ein Shirt und eine Funktionsjacke. Eine Woge der Freude stieg in ihm auf, gemischt mit einiger Verwunderung.

Keine Ausreden mehr, dachte er. Diese Herausforderung nehme ich an.

Er stellte die Kiste beiseite und nahm Platz, um seine Notizen noch ein letztes Mal vor der Besprechung durchzugehen.

Sein Telefon klingelte leise. Er streckte sich, so gut es ging, ohne die Füße vom Schreibtisch nehmen zu müssen. Ein letztes Stückchen, und dann gelang es ihm, sein Handy in die Finger zu bekommen. Er wischte über das Display, um das Gespräch anzunehmen.

»Urban Enström ist tot.«

Pelle Alméns knappe Worte hallten in seinem Ohr nach.

»Was sagst du? Urban Enström?«, fragte Rokka.

»Irgendwer fand wohl, dass er sich mit aufgeschnittener Kehle besser machte. Er wurde auf dem Parkplatz der Hagmyren Trabrennbahn in seinem Wagen gefunden. Der Fahrersitz ist blutdurchtränkt«, fuhr Almén fort.

»Und wer hat ihn gefunden?«

»Der Winterdienst. Denen kam es sonderbar vor, dass ein einziges Auto noch dastand, als sie morgens zum Schneeräumen anrückten. Als sie näher kamen, entdeckten sie Blutspritzer an den Scheiben, und als sie die Tür öffneten, sahen sie, dass man ihm die Kehle durchgeschnitten hatte.«

»Irgendeine Mordwaffe?«

»Nichts. Wir brauchen die Spurensicherung, *as soon as possible*. Janna und Hjalmar haben vermutlich nichts anderes Sinnvolles zu tun?« Almén lachte auf.

»Sie kommen sofort. Ich schicke sie mit zwei Mann Verstärkung.«

Rokka legte auf und starrte auf sein Handy. Kaum zu glauben, dass er sich im kleinen beschaulichen Hudik befand. Er seufzte tief. Ihm stand eine unangenehme Aufgabe bevor: zu Ingrid Bengtsson zu gehen und sie um Hilfe zu bitten. Jeder in ihrer Position hätte das Problem längst verstanden, dass sie nämlich bereits zu wenige waren, um den Fall Henna lösen zu können. Nur sie nicht. Und jetzt hatten sie einen Fall mehr, mit dem sie sich befassen mussten. Wieder einen Mord.

Etwas anderes kam dazwischen, ja. Florenz.

Das schöne Florenz. Das inspirierende Florenz.

Ich tauchte in die Stadt ein, und sie reizte meine Kreativität bis an ihre Grenzen. Als ich auf der Kunstschule begann, hatte ich ein Ventil für meine unterdrückten Bedürfnisse, und ich schuf, Tag und Nacht.

Dann kamen die Zweifel wieder hoch. Ich begann erneut darüber nachzugrübeln, ob ich wirklich auf dem richtigen Weg war. Ich war fünfzehn, ich war allein, ohne auch nur einen einzigen Menschen, der mir wenigstens die Richtung hätte weisen können.

Da war zwar Giulia Theresa. Sie war eine warmherzige Frau. Nicht so wie Großmutter, aber dennoch warmherzig. Intellektuell. Faszinierend.

Aber dann war sie plötzlich so durcheinander. Oder war sie das vorher auch schon gewesen? Ich drang nicht mehr zu ihr durch. Bekam Angst. Angst, wieder so unsichtbar zu werden.

Und dann war da Bertrand. Einer der Lehrer.

Ich ließ mich mitreißen. Nach Geborgenheit dürstend.

Er hatte eine hübsche Wohnung. Nahm mich mit in Museen und zu Vernissagen. Führte mich in die schönen Dinge des Lebens ein. Essen im Überfluss. Wein. Und auch noch andere Dinge. Mit denen war ich ja schon früher in Berührung gekommen, doch nun kamen sie überwältigend nah.

Tage und Nächte, Nächte und Tage. Alles floss ineinander.

Das Erwachen war knallhart. Bertrand war weg. Für immer.

Mir blieb keine andere Wahl, als zu Giulia Theresa zurückzugehen.

Es war Zeit für die morgendliche Besprechung, und auf den letzten Drücker erschien Per Vidar Sammeli im Konferenzraum. Johan Rokka beobachtete ihn. Der Staatsanwalt schloss die Tür hinter sich und nahm Platz. Wie immer standen seine Haare in alle Richtungen ab, und die Lesebrille, die er mit großer Wahrscheinlichkeit an irgendeiner Tankstelle erstanden hatte, saß auf seiner Nasenwurzel.

»Seit Sie hier sind, tauchen ganz schön viele Mörder bei uns auf«, sagte Sammeli schmunzelnd.

»Ja, aber so wird uns wenigstens bewusst, dass wir noch am Leben sind«, entgegnete Rokka.

Er wusste, dass Sammeli auf diesem Meeting bestanden hatte, weil er ihn mit dem Rücken an die Wand stellen wollte, zumindest vor Ingrid Bengtsson. Rokka hatte nichts einzuwenden: Er selbst hätte es genauso gemacht. Zudem hatte er den leisen Verdacht, Sammeli insgeheim auf seiner Seite zu haben.

»Sparen Sie sich Ihre Scherze. Ich finde das Ganze in keinster Weise amüsant«, schimpfte Ingrid Bengtsson und schlug mit der Faust auf den Tisch. »Wir müssen vorwärtskommen. Der Bezirkspolizeidirektor macht langsam Druck.«

»Sie haben recht, Frau Bengtsson«, erwiderte Sammeli und zwinkerte Rokka kurz zu. »Wir müssen den Stand der Dinge durchgehen. Wie läuft die Aufklärung des Falls Henna Pedersen, und wie verfahren wir jetzt mit dem Mord an der Trabrennbahn?«

»Direkt vor unserer Besprechung rief Måns Sandin an. Seine Tochter hat wieder angefangen, vom Weihnachtsmann zu reden, und Måns fragt sich, ob es jetzt vielleicht an der Zeit wäre, ein Gespräch mit ihr zu führen«, berichtete Rokka. »Ansonsten treten wir mit den Ermittlungen auf der Stelle. Außer den Ergebnissen von Hennas Obduktion verfügen wir nur über Informationen, die ich in Florenz recherchiert habe. Wir haben Hennas Leben, seit sie dorthin gezogen ist, so genau wie möglich nachvollzogen. Es ist wirklich eine Herausforderung, von schüchternen Menschen etwas über einen schüchternen Menschen herauszukriegen. Aber ich glaube, ein paar mehr Puzzleteile haben wir jetzt.«

»Reden Sie Klartext, wenn ich bitten darf«, sagte Bengtsson scharf.

In Rokkas Schläfen pochte es, und sein Mund wurde trocken. Kein Zweifel, Bengtsson hatte völlig recht. Sie mussten Ergebnisse liefern, und die Verantwortung dafür lag in seinen Händen. Er streckte den Rücken durch und räusperte sich.

»Wir wissen, dass Henna in Italien ein recht dekadentes Leben geführt hat, Drogen und Sex waren an der Tagesordnung. Wir wissen, dass damals irgendetwas in dieser Kommune geschehen ist, was Grund für den Umzug zu ihrer Großmutter nach Dänemark war.«

»Und weiter?« Bengtsson beugte sich über den Tisch.

»Eine gewisse Zeit lang wurde sie teilweise von einer anonymen Person in Schweden mit Geld versorgt, und ein paar Besitztümer hinterließ sie Giulia Theresa in einem Holzkästchen. Hjalmar und Janna checken das gerade. Sowohl Hennas beste Freundin Carolina als auch ich haben den Eindruck, dass Henna viel für sich behielt, dass nicht einmal ihr Mann wusste, was los war, schon gar nicht, was in ihr vorging. Hier vor Ort hat die Spurensicherung kaum weitere Ergebnisse gefunden. Dieser Mord war wirklich gut durchgeplant, und die Wetterumstände haben die Sache noch begünstigt. Wir sind immer noch hinter Henry Gustavsson her, der vor dem Haus der Sandins an Heiligabend den Schnee geräumt haben soll. Über die unbekannten Telefonnummern haben wir noch keine neuen Informationen. Wir können nur hoffen, dass wir noch weitere Hinweise aus der Bevölkerung erhalten und der Mörder irgendwann einen Fehler macht.«

Rokka hoffte, dass seine Ausführungen zumindest den Anschein erweckten, als hätte er die Lage unter Kontrolle.

»Das hört sich an, als ob das einzig Greifbare, das wir haben, eine Reihe von Bauchgefühlen ist. Nichts Konkretes. Jetzt müssen wir uns zusammenreißen«, sagte Sammeli mit unüberhörbarem Ernst in der Stimme.

»Bin ganz Ihrer Meinung, wir brauchen dringend einen Durchbruch«, sagte Rokka. »Aber wir werden es nie schaffen, parallel zwei solch große Fälle zu lösen, zumindest nicht mit dem Personal, das uns zur Verfügung steht. Ich nehme an, Gävle ist die nächstgelegene Dienststelle?«

»Gävle hat sich klar und deutlich ausgedrückt«, sagte Bengtsson. »Keine weitere Verstärkung. Zwei Kollegen kommen morgen aus dem Urlaub zurück, wir stellen sie für diese Ermittlungen ab. Wenn Sie nicht innerhalb der nächsten Woche wenigstens einen Fall gelöst haben, werde ich mich ans Bezirkskriminalamt wenden, aber vorher nicht.«

Rokka musste wieder einmal einsehen, dass sie von ihrer Entscheidung nicht abrücken würde. Sie mussten mit der personellen Ausstattung klarkommen, die zur Verfügung stand. Des Weiteren beschlich ihn der leise Verdacht, dass Bengtsson dem Bezirkspolizeidirektor den Arsch küsste.

»Dann möchte ich Sie nur davor warnen, dass wir über kurz oder lang eine Reihe völlig ausgebrannter Polizisten hier haben werden und dazu zwei Mörder, die frei herumlaufen«, antwortete Rokka. »Wenn es nicht derselbe Mörder ist.«

»Das ist natürlich etwas, was wir in Betracht ziehen müssen«, sagte Sammeli. »Wenn man sich die Mordstatistik in unserem Bezirk ansieht, stellt man fest, dass es sehr lange her ist, dass zwei Morde so kurz hintereinander geschahen, ohne dass es sich um denselben Täter handelte.«

»Ich gehe davon aus, dass wir bald noch viel mehr Druck von den Medien bekommen werden«, sagte Rokka. »Ich würde ihnen gern zuvorkommen und eine Pressekonferenz ansetzen. Wir brauchen so viel Ruhe zum Arbeiten wie möglich.«

»Klingt vernünftig«, sagte Sammeli. »Wer wird vor die Presse treten?«

»Ich übernehme das«, sagte Bengtsson und sah Sammeli an. »Ich will nicht riskieren, dass wir als Haufen inkompetenter Phrasendrescher dargestellt werden.« Dann wanderte ihr Blick zu Johan Rokka.

***

Johan Rokka schloss die Tür des Konferenzraums hinter sich und lief über den Flur zu den Toiletten. Er öffnete eine Tür und ging hinein. Dann sank er auf den Toilettensitz und starrte die mintgrüne Tapete an.

Was haben wir nur übersehen? dachte er, und zum hundertsten Mal ging er alle Hinweise, jedes kleinste Stück Beweismaterial in Gedanken durch. Wie sehr er sich auch bemühte, ihm kam keine Idee. Jetzt waren sie schon am Tag sechs ihrer Ermittlungsarbeit, und er suchte verzweifelt nach einem Anhaltspunkt, der ihn weiterbrachte, doch nichts geschah.

Er zog seinen Strickpullover aus und warf ihn auf den Boden, dann umfasste er seine Knie und beugte sich vor. In seinem Kopf brummte es, er spürte Übelkeit aufkommen. Er stand auf und drehte den Wasserhahn auf, spritzte sich kaltes Wasser ins Gesicht.

Bengtssons Zurechtweisungen liefen in seinen Ohren auf Repeat. Er konnte nicht verstehen, warum sie dran festhielt, mit mangelhaften Ressourcen zu arbeiten. Nun ja, eigentlich wusste er schon, warum sie das tat: Sie wollte Karriere machen. Schwierige Fälle mit wenigen Mann lösen. Effektivität beweisen. Aber war es wirklich schlau, sich dafür gerade diesen Fall auszusuchen? Bei dem sie die Medien im Nacken sitzen hatten wie sonst nie? Er verstand es nicht. Eines allerdings stand fest: Sollten sie es dennoch schaffen, den Mörder zu finden, würde Bengtssons Triumph umso größer sein.

Rokka setzte sich wieder. In seiner Brust spürte er ein Ziehen, alles fühlte sich verspannt an. Das Atmen fiel ihm schwer. Was geschah eigentlich gerade mit ihm? Seine überarbeiteten Kollegen waren eine Sache. Aber im Moment stand die Frage im Raum, ob er selbst überhaupt die Situation unter Kontrolle hatte. Zum ersten Mal in seiner Laufbahn als Polizist zweifelte er an seinen eigenen Fähigkeiten.

Er dachte an Bengtsson und bekam eine Scheißangst vor dem übermächtigen Gefühl, das sie in ihm ausgelöst hatte. Er würde künftig Strafzettel an Falschparker verteilen, wenn es ihm nicht gelang, den Fall nach ihrem Diktat zu lösen. Wenn er logisch nachdachte, wusste er schon, wie unzureichend die Bedingungen waren, aber im Moment nahm das Gefühl überhand. Das Problem war, dass er keine Ahnung hatte, wie er die Bedingungen verbessern konnte. Das dicke Fell, das er sich in den vielen Jahren zugelegt hatte, wies nun kahle Stellen auf.

Mit einem Mal packte ihn die Lust abzuhauen. Zurück nach Stockholm oder ins Ausland. Der Behörde ganz den Rücken zu kehren. Denn vielleicht hatten sie doch alle recht, dass es sonderbar war, dass einer wie er, Johan Rokka, als Polizist unterwegs war?

Der Druck im Magen kam zurück und drohte sich Richtung Hals zu bewegen. Rokka musste an Fanny denken, und nun war er der Panik nah. Er konnte nicht abhauen. Durfte es nicht. Er musste mit der Situation klarkommen, sonst würde er nie herausfinden, was mit ihr geschehen war.

Nun konnte er es nicht mehr unterdrücken. Die Übelkeit stieg auf, von tief unten im Magen kam sie und drückte sich mit Gewalt nach oben. Rokka riss den Toilettensitz hoch und fiel auf dem Fliesenboden auf die Knie. Er beugte sich über die Kloschüssel und spie seinen Mageninhalt in mehreren Schwällen aus. Unter Anstrengung reckte er sich nach dem Spülknopf und drückte. Das mit Kotze vermischte Wasser spritzte ihm ins Gesicht, doch in diesem Moment war ihm alles egal.

***

Pelle Almén fiel es nicht leicht, die letzten Treppenstufen hinaufzusteigen bis zu der Wohnung, in der Urban Enströms Mutter wohnte. Dies war ein riesiger Nachteil, wenn man als Polizist in einer Kleinstadt arbeitete: Früher oder später musste man jemandem, den man kannte, die traurigste Mitteilung machen, die man sich vorstellen kann. Oft bekam er zu hören, dass er darin besonders gut war – Todesnachrichten zu überbringen –, wie auch immer man darin gut sein konnte. Er war ruhig und konnte zuhören, selbst wenn in seinem Innern ein Gefühlschaos tobte, genau diese Eigenschaften meinten die Kollegen wohl. Und meist gelang es ihm, Mitgefühl zu zeigen, doch dabei professionell zu bleiben. Maria Nilsson begleitete ihn. Sie waren ein eingespieltes Team.

Nach kurzem Zögern setzte Almén den Zeigefinger auf den Klingelknopf und drückte. Schon nach ein paar Sekunden wurde die Tür einen Spalt geöffnet. Eine Frau erschien. Sie sah noch genauso aus wie früher, die runden Bäckchen, die wachen Augen. Doch seit ihrer letzten Begegnung waren zahlreiche Fältchen und graue Haarsträhnen hinzugekommen.

»Guten Tag. Wir kommen von der Polizei. Sie sind doch Tyra Enström?«, fragte Almén, auch wenn er die Dame schon kannte.

»Ja, das stimmt«, antwortete sie mit dünner Stimme. »Und du bist doch der Junge von den Alméns?«

»Genau. Dürften wir vielleicht hereinkommen?«

Die Frau sah Almén verwundert an und nickte leicht. Dann öffnete sie die Tür und beugte sich hinunter, um die Fußmatte, die auf dem Boden lag, zurechtzuziehen.

»Wir kommen leider mit schlechten Nachrichten«, sagte Almén, als sie eintraten und die Tür hinter sich schlossen.

Enströms Mutter trat einen Schritt zurück. Ihr Blick wanderte zwischen Almén und Maria Nilsson hin und her. Sie zog sich die Strickjacke enger um den Körper.

»Es ist doch wohl nichts mit Urban passiert?«

Almén holte einmal tief Luft.

»Leider haben wir ihn heute Morgen in seinem Wagen an der Hagmyren Trabrennbahn gefunden. Er ist tot.«

Die Frau fasste sich an den Kopf und taumelte zurück. Sie musste sich an der Wand abstützen, um aufrecht stehen zu bleiben. Maria ging zu ihr, griff ihr unter den Arm und führte sie in die Küche.

»Das kann nicht wahr sein. Sie haben vielleicht jemand anders gefunden. Ich habe doch gestern mit Urban telefoniert, da hat er mit keinem Wort erwähnt, dass er zur Rennbahn will.« Tyra Enström sprach hastig und keuchend. Maria half ihr, sich auf einem der hölzernen Küchenstühle niederzulassen.

Pelle spürte, wie es hinter den Augenlidern zu brennen begann. Er schluckte und räusperte sich.

»Der Mann, den wir im Auto aufgefunden haben, trug Urbans Führerschein in der Innentasche, und neben ihm lag sein Handy«, sagte er. »Wie Sie wissen, waren wir in der Grundschule in derselben Klasse, ich habe ihn eindeutig erkannt.«

»Aber ... wie ... wie kann es sein, dass er tot ist?«

Almén holte kurz Luft.

»Jemand hat ihm die Kehle durchgeschnitten. Vermutlich mit einem Messer. Es tut mir furchtbar leid.« Die Worte brannten in seinem Mund.

»Aber ... er ist der einzige Mensch, den ich habe ...«, sagte die Frau, während ihr die Tränen über die Wangen liefen.

Maria hielt den zitternden Körper im Arm und strich ihr sanft über die faltigen Hände. Almén konnte zusehen, wie Tyra Enström sich durch Marias liebevolle Berührungen langsam ein wenig beruhigte.

»Gibt es einen Bekannten, den wir für Sie anrufen können? Jemanden, der jetzt herkommen kann?«

»Aber ich habe doch niemanden außer Urban!«, schrie Tyra und brach wieder in Tränen aus.

»Wenn Sie möchten, können wir auch einen Pastor anrufen«, schlug Almén vor, der verzweifelt versuchte, jemanden zu finden, der sich der Frau annahm, denn Maria und er mussten zurück zur Polizeistation.

Tyras Weinen wurde schwächer, und sie sah auf.

»In letzter Zeit kam Urban mir etwas sonderbar vor«, schluchzte sie. »Er sprach davon, dass sich alle Probleme lösen würden, dass ich mir keine Sorgen mehr um ihn machen müsse.«

»Haben Sie irgendeine Ahnung, was er damit gemeint haben könnte?«

»Vielleicht ging es um Geld? Wissen Sie, mein Sohn konnte noch nie damit umgehen. Er kam immer zu mir und hat gejammert. Er wusste, dass ich jederzeit versuchen würde, ihm zu helfen, doch mit meiner kleinen Rente kommt man ja auch nicht weit.«

»Hatte er viele Freunde?«

Almén musste an seine Schulzeit denken. Urban Enström hatte zu den Außenseitern gehört. Ein häufiges Phänomen, damals wie heute, nur dass es früher häufiger totgeschwiegen wurde.

»Er traf sich wohl mit den üblichen Freunden, die er schon von klein auf kannte, Leute hier aus Hudik. Aber er war auch oft allein«, antwortete sie und starrte ins Leere.

»Wissen Sie, warum er Ihnen nicht erzählt hat, dass er zur Rennbahn fahren wollte?«

»Wahrscheinlich wollte er mich nicht enttäuschen. Mir war es ein Dorn im Auge, dass er sein Geld immer verspielte. Ich wollte, dass er endlich erwachsen wurde, ein Mädchen kennenlernte, eine Familie gründete. Viel Familienleben gab es bei uns ja nicht. Sein Vater hat uns im Stich gelassen, als Urban zwei war.«

Wieder kam Almén eine Erinnerung: neunte Klasse, Mittelstufe. Sie sollten auf Klassenfahrt nach Griechenland fahren. Seit der fünften Klasse hatten sie jeden Monat fünfzig Kronen dafür gespart. Urban hatte das Geld nicht immer dabei. Manchmal erklärte er, seine Mutter hätte es vergessen, andere Male hieß es, jemand habe es aus seiner Tasche gestohlen. Als sie zum Flughafen fahren wollten, stiegen alle außer Urban in den Bus. Er stand da mit seiner Mutter, um zum Abschied zu winken. Als der Bus abfuhr, liefen ihm die Tränen übers Gesicht. Almén spürte wieder den Kloß im Hals, genauso deutlich wie damals. Nach wenigen Minuten hatten alle Kinder im Bus ihn vergessen, aber Almén ahnte, dass Urban selbst diesen Vorfall nie vergessen hatte.

Er ließ Maria den Vortritt, als sie durch die Tür gingen, dann schloss er sie behutsam hinter sich. Seite an Seite liefen sie zum Streifenwagen und warfen sich einen kurzen Blick zu, bevor sie einstiegen. Almén lehnte sich zurück und schloss die Augen. So blieb er eine Weile sitzen. Plötzlich spürte er eine warme Hand auf seiner eigenen. Er öffnete die Augen und sah Maria an. Ihr Blick schenkte ihm Trost. Almén hob die Hand und fuhr ihr sanft über die Stirn, dann hinunter über die Wange, bis er ihr Kinn leicht festhielt. Er senkte den Blick auf ihre Lippen, während er sich langsam zu ihr neigte.

***

Katarzynas Worte hallten noch in ihrem Kopf nach, als Janna sich ins Bett legte, die Wangen glühend heiß vom Fieber. Bei jeder Bewegung schmerzten die Glieder, also versuchte sie, so ruhig wie möglich liegen zu bleiben. Sie musste sich ausruhen, wenigstens eine Weile. Doch nicht nur der Körper tat weh. Es tat weh einzusehen, was sie eigentlich nicht zugeben wollte, nicht einmal vor sich selbst. Sie hatte ohne Pause ein ganzes Jahr durchgearbeitet. Tage und Nächte hatte sie am Schreibtisch gesessen. Sich selbst eingeredet, dass sie auf der Polizeistation gebraucht wurde, um die Fälle zu lösen. Keinen einzigen privaten Gedanken hatte sie zugelassen, ihre Gefühle nicht hinterfragt, nicht einmal eine Sekunde lang. Sicher, sie hatte alle Erwartungen erfüllt, und sie wusste, dass sie kompetent war, vielleicht sogar zu sehr. Aber wenn man mal ehrlich war, war sie nicht unersetzbar, in keinerlei Hinsicht. Wenn sie morgens nicht aufwachte, nicht ihre Joggingrunde drehte, nicht auf die Wache fuhr, dann würde das jemand anderes tun. Natürlich würden sie eine Weile brauchen, bis sie einen entsprechenden Ersatz für sie gefunden hatten, und Hjalmar und die anderen Techniker würden so lange am Stock gehen. Aber mit jedem Tag, den der neue Kollege sich einarbeitete und profilierte, würden sie sie weniger vermissen.

Der Gedanke, nicht zur Arbeit zu gehen und freizuhaben, war für sie beängstigend. Und der Gedanke, den Mord an Henna nicht aufzuklären, noch viel mehr. Doch tief in ihrem Inneren wusste sie, wie ernst dieses Gefühl zu nehmen war, besonders jetzt, da ihr Körper seinen Dienst versagte. Sie zwang sich selbst, sich zu erinnern. Sich zu erinnern an das, was sie aus Stockholm vertrieben hatte. Sie wollte noch einmal mit Katarzyna reden.

»Ich möchte mich bei dir entschuldigen, dass ich im Restaurant neulich so ungehalten war«, sagte sie als Erstes, als ihre Freundin den Hörer abnahm.

»Du musst dich nicht entschuldigen. Wenn irgendjemand weiß, was du durchmachst, dann bin ich es.«

Katarzyna war mit ihren Eltern von Polen nach Schweden gekommen, als sie fünf Jahre alt gewesen war. In der Vorschule war sie wie ein Wunderkind behandelt worden, weil sie sich schon in diesem Alter mit der Mathematik der vierten Klasse beschäftigte und die Lektüre der Zehnjährigen las. Katarzyna war alles leichtgefallen, und im Job war sie erfolgreich. Doch alles war viel zu schnell gegangen: Als junge Geschäftsführerin mit dreihundert Angestellten in einem Unternehmen der Biochemiebranche hatte sie plötzlich einen Herzinfarkt erlitten. Mit zweiunddreißig. Herausforderungen gepaart mit Ehrgeiz in einer vernichtenden Kombination.

»Ja, ich weiß, dass du es weißt«, sagte Janna. »Deswegen tut es gut, mit dir zu reden.«

»Was ist im Moment der größte Stress für dich?«

Katarzyna klang wie eine Psychologin, und Janna ärgerte sich fast ein bisschen darüber. In der nächsten Sekunde wurde ihr klar, dass der Ärger nur daher kam, dass die Frage sie zwang, an alles zu denken, was sie unter Druck setzte. Sie konnte nicht mehr fliehen.

»Die Angst, aufzuwachen und nicht zur Arbeit zu gehen.«

Und einen ganzen Tag lang nichts vorzuhaben, dachte sie. Vielleicht sogar eine ganze Woche, den ganzen Rest des Lebens. Was hätte ihr Vater dazu gesagt?

»Was ist daran denn so stressig?« Katarzyna provozierte sie.

»Wer bin ich, wenn ich keine Kriminaltechnikerin bin?«

Dann kam ihr der Gedanke, ob ihr Vater mit diesem Beruf überhaupt zufrieden gewesen wäre.

»Du bist Janna Weissmann«, sagte Katarzyna zynisch.

»Das Stressigste ist, dass ich gar nicht weiß, wer sie ist.«

Janna ballte die Fäuste so sehr, dass sich ihre Fingernägel in die Handflächen krallten. Jetzt überschütteten sie sie: alle Gedanken, die sie sich verboten hatte zu denken. Alle Gefühle, die niemals hochkommen durften. Träume, die vorbeigeflattert waren, um für immer zu verschwinden. Die Erwartungen, die die Hand ihres Vaters in Stein gemeißelt hatte.

»Ich glaube, dass du schon weißt, wer sie ist. Ich weiß ja auch, wer sie ist. Das Problem ist nur, dass du sie einfach nicht rauslässt«, sagte Katarzyna.

Janna biss sich auf die Zunge. Jetzt wollte sie das Gespräch lieber beenden. In die Joggingschuhe steigen, loslaufen und nie wieder stehen bleiben. Katarzyna hatte recht, und das tat weh. Sie kauerte sich auf dem Bett zusammen und hielt das Telefon krampfhaft fest. Bilder von Henna tauchten auf ihrer Netzhaut auf. Sie sah ihre braunen Augen, so traurig und melancholisch. Das lange, gewellte Haar, das ihre nackten

Schultern und Arme bedeckte. Bald konnte sie sich nicht mehr dagegen wehren.

»Es gibt da eine Sache, die …«, setzte sie an, doch die Worte blieben ihr im Hals stecken.

»Was denn?«

»Ach … gar nichts.« Janna legte sich die Hand auf die Augen.

»Du verdienst es, zeigen zu können, wer du bist«, fuhr Katarzyna fort. »Auf alle Vorurteile komplett zu pfeifen.«

»Ja, klar, das ist ja auch total einfach, was?« Janna musste kämpfen, damit ihre Fassade nicht komplett einstürzte.

Katarzyna am anderen Ende der Leitung schwieg. Dann brach es auf einmal aus ihr heraus: »Sieh es als Herausforderung«, sagte sie. »Dein einziger Gegner bist du selbst.«

Jannas Hirn begann zu arbeiten. Sie sammelte alle Gedanken ein, die kreuz und quer durcheinander lagen. Sie fokussierte sich. Ihre Freundin wusste ganz genau, wie sie sie motivieren konnte. Indem Janna es als einen Wettkampf annahm. Sie musste ein Ziel formulieren und dann eine Taktik austüfteln, die sie dorthin brachte. Das Ziel formulierte sie nur für sich selbst. Sich wieder gut zu fühlen. Sich zu trauen zu zeigen, wer sie war. Das war so beängstigend wie nichts Vergleichbares auf dieser Welt, aber sie würde es dennoch schaffen. Natürlich. Und dabei wäre es auch keinesfalls ausgeschlossen, dass sie sogar den Mordfall Henna lösen würde.

***

»Wollen Sie beweisen, dass Sie die besten Kripo-Beamten im ganzen Bezirk sind?«

Johan Rokka sprang auf, die Hände in die Seiten gestützt. Noch immer hatte er einen säuerlichen Geruch in der Nase und ein unangenehmes Stechen und Brennen im Hals. Mit ein paar Schluck Wasser versuchte er, das Gefühl herunterzuspülen.

»Jetzt ist es an der Zeit, dass wir zeigen, was wir draufhaben«, fuhr er fort und schluckte. »Dass niemand anderes besser in der Lage ist, diese Mordfälle aufzuklären.«

Vor ihm saßen Hjalmar Albinsson und Janna Weissmann. Beide starrten auf die Tischplatte. Außerdem waren zwei neue Ermittler bei der Lagebesprechung dabei, denen die beiden Fälle vorgestellt werden sollten. Erik Fagerlund und Bertil Nilsare.

»Ist es Ihr Ernst, dass wir keine Verstärkung bekommen werden?«, fragte Nilsare mit verzweifelter Miene.

»Genau richtig verstanden. Bengtsson sagt Nein.«

»Offenbar weht unter ihrer Führung hier ein neuer Wind. Erzählen Sie mal, was wir bislang wissen.« Er richtete sich auf seinem Stuhl auf.

»Ich nehme an, das meiste, was wir über den Mordfall Henna Pedersen wissen, kennen Sie bereits. Drogen, Dekadenz und einsame Schmetterlinge in einer Kommune treffen auf einen schwedischen Fußballprofi in einem blutigen Brei, um das Ganze mal kurz zusammenzufassen.«

Rokka lief am Kopfende des Tisches auf und ab, während er alle wichtigen Einzelheiten in den Ermittlungen im Mordfall Henna darlegte. Dann wandte er sich an Hjalmar Albinsson:

»Ich habe ein Holzkästchen aus Italien mitgebracht. Was gibt es dazu zu sagen?«

Hjalmar schob seine Brille zurück auf die Nasenwurzel und hielt zwei durchsichtige Plastiktüten in die Luft.

»Ein Umschlag, der einen Poststempel aus Stockholm aufweist«, sagte Hjalmar. »Auf der Briefmarke ist die Sängerin

Eva Dahlgren abgebildet. Das Kuvert enthält einen Scheck über 2000 Euro. Die Unterschrift lautet *Einsamer Schmetterling*.«

»Einer der monatlichen Geldeingänge für Henna. Haben wir die Fingerabdrücke gecheckt?«

»Es gibt drei verschiedene Fingerabdrücke darauf«, sagte Hjalmar. »Hennas, Giulia Theresas und die eines Dritten, der höchstwahrscheinlich die Briefmarke aufgeklebt hat. Diesen Abdruck haben wir nicht in unserem Register.«

»Und was befindet sich in der anderen Tüte?«, fragte Rokka.

Hjalmar hielt sie in die Höhe.

»Ein Stück Holz und ein dünnes Lederbändchen«, sagte er und öffnete den Verschluss. Er holte ein gebogenes Holzteil heraus, legte es vor sich auf den Tisch und spannte das Lederband zwischen seinen Fingern. Dann holte er eine weitere Plastiktüte hervor.

»Das ist das Stück Holz, das wir auf Måns Sandins Grundstück gefunden haben«, sagte er und holte auch das heraus und legte es neben das erste. Sie sahen beinahe identisch aus. Mit beiden Händen schob er die Teile ineinander.

»Das sieht wie der obere Teil eines Herzes aus«, sagte Rokka leise.

»Beide Teile sind von etwas wie einem Bohrer punktiert worden«, erklärte Hjalmar und strich mit dem Zeigefinger über die Holzteile. »Und das Lederband ist aus demselben Material wie das Band, das Henna um den Hals trug, als wir sie fanden.«

»Können wir davon ausgehen, dass das Lederband mit dem Holzanhänger irgendeine Form von Kette darstellt?«, fragte Rokka. »Und warum hatte sie der Täter dabei?«

Janna räusperte sich und schob den Stuhl näher an den Tisch.

»Das … das könnte als Symbol zu deuten sein«, sagte sie vorsichtig. »Er wollte es Henna zurückgeben.«

Rokka bemerkte, dass ihre Stimme fast brach, aber nickte ihr aufmunternd zu.

»Dann gehen wir davon aus, dass der Täter das Holzstück auf dem Weg ins Haus hinein verloren hat und sich dann damit zufriedengeben musste, nur das Lederband um den Hals zu knoten?«, fragte er.

Hjalmar hielt die Holzteile hoch.

»Klingt plausibel. Und wenn es sich hierbei um ein Herz handelt, dann ist anzunehmen, dass es auch noch das untere Stück gibt«, sagte er.

»Das sollte vielleicht auch zurück an Henna gehen …«, sagte Rokka abwartend. »Wenn Sie mich fragen, ist dieser *Einsame Schmetterling* von höchstem Interesse. Immerhin hat Henna das Holzstück und den Scheck im selben Kästchen aufgehoben. Oder was meinen Sie?« Er ließ seinen Blick über die anderen schweifen und blieb an Janna hängen. Er sah ihr kurz in die Augen, dann senkte sie den Blick zur Tischplatte. Rokka dachte, er müsste dringend mal mit ihr über ihren Gesundheitszustand reden.

»Ich kann mal schauen, ob ich bei der Bank noch mehr über den Scheck herausfinde«, schlug Fagerlund vor.

»Super. Und dann möchte ich, dass wir in Sachen Kommunenleben wirklich alles zusammentragen, was es zu wissen gibt.«

Die Kollegen, die am Tisch saßen, hoben die Augenbrauen.

»Das klingt abstrakt und schwammig«, fuhr Rokka fort, »aber ich werde den Gedanken an diesen Übergriff nicht los. Ich habe einen Kontakt, der einiges weiß, wie es früher in diesen Kommunen zuging. Ich würde gern Almén auf ihn ansetzen.«

»Und was haben wir bereits zum Mord an Urban Enström?«, fragte Nilsare.

»Wir wissen etwa genauso viel wie Sie«, begann Rokka. »Pelle Almén und Maria Nilsson sind gerade bei Enströms Mutter und überbringen die Nachricht von seinem Tod«, sagte er und nahm Platz. »Ich hoffe, sie stoßen bald zu uns.«

»Was wissen wir über den Tathergang?«

»Ein Schnitt quer durch die Kehle. Vermutlich mit einem Messer. Janna Weissmann ist der Auffassung, der Täter habe mit der linken Hand geschnitten. Ihre Beurteilung basiert auf der Verteilung des Bluts auf den Fensterscheiben des Wagens und der Schnittführung. Der Schnitt wurde schnell und exakt gezogen. Die Halsschlagader ist gerade durchtrennt worden«, sagte Rokka und sah Janna an, die zustimmend nickte.

»Ein versierter Täter«, erklärte sie. »Wir haben keine Mordwaffe gefunden, aber konnten ein paar Fußabdrücke und einige Haare sicherstellen.«

Rokka lehnte sich zurück und fuhr sich mit den Händen über den Schädel.

»Wir müssen Zeugen von der Trabrennbahn finden«, sagte er. »Morgen früh geben wir eine Pressekonferenz. Unter anderem bitten wir da die Bevölkerung um Mithilfe.«

Nach dieser Besprechung hatte er einen Termin mit Ingrid Bengtsson und Per Vidar Sammeli, um gemeinsam durchzugehen, was sie den Medien mitteilen wollten.

»Ist schon jemand in Enströms Wohnung gewesen?«, fragte Fagerlund.

»Wir hatten vor, sie uns heute Nachmittag anzusehen«, antwortete Rokka.

Da klopfte es an der Tür. Gleich darauf trat Pelle Almén ein, mit ihm Maria Nilsson. Rokka fielen Marias hochrote

Wangen auf, und auch der Blick, mit dem Almén sie ansah, war auffällig. Rokka versuchte, Blickkontakt zu ihm aufzunehmen, doch Almén ignorierte ihn und begann zu erzählen.

»Die Nachricht ist überbracht. Harter Job«, sagte er und sah Maria wieder lange an. Sie lächelte.

Rokka war sich sicher, dass er mit seiner Vermutung richtiglag: Zwischen den beiden lief irgendwas.

»Konntet ihr seiner Mutter ein paar Fragen stellen?«, fragte er.

»Sie hatte keine Ahnung, dass ihr Sohn vorhatte, die Rennbahn zu besuchen, obwohl sie sich ihrer Aussage nach recht nahestanden. Offenbar spielte Urban ziemlich viel. Um hohe Summen.«

»Dann haben wir es vielleicht mit einem Raubmord zu tun?«, überlegte Rokka. »Vielleicht hatte er den richtigen Riecher und ist mit einer Tüte Geld von der Rennbahn gekommen?«

»Wenn man über 30 000 gewinnt, wird kein Bargeld ausgezahlt, dann bekommt man eine Gewinnbescheinigung und muss sie in einer Bank einlösen«, antwortete Almén.

»Menschen sind schon für weniger Geld umgebracht worden«, sagte er. »Ist auf der Gewinnbescheinigung denn irgendeine Form von Identifikation ersichtlich?«

»Der Gewinner muss Name, Adresse und Bankverbindung eintragen«, erklärte Almén. »Und der Vertreter der Spielbank fügt noch ein paar andere Angaben hinzu.«

»Dann ist es also schwieriger für jemand anderen, die Bescheinigung einzulösen?«

»Wenn Urban Enström nun wirklich eine Wettquittung in Hagmyren abgegeben hat«, sagte Almén skeptisch. »Wenn er einen hohen Gewinn gemacht hat, kann er damit auch gewartet haben. Man kann ihn auch bei der Geschäftsstelle der

Trabrenngesellschaft in der Stadt einlösen. Eine Wettquittung ist natürlich eine fette Beute für jemanden, der finanziell in Bedrängnis ist, denn die ist völlig anonym.«

»Klingt wie ein nachvollziehbares Motiv für jemanden, der ihn aus dem Weg räumen will«, sagte Rokka.

»In Urbans Jackentaschen haben wir insgesamt dreizehn Wettquittungen gefunden«, fügte Hjalmar hinzu. »Allerdings kein Gewinn dabei, wir haben sie mit der Trabrenngesellschaft abgeglichen.«

Almén rutschte unruhig auf seinem Stuhl herum und räusperte sich.

»Mir gefallen eure Spekulationen durchaus«, sagte er. »Aber ich habe noch ein paar Infos. Als wir auf dem Rückweg waren, kam über Funk eine Mitteilung. Jemand hat ein Auto im Gebüsch gemeldet, an der Schnellstraße 84, Richtung Ljusdal auf Höhe Djupdal.«

»Und was ist daran so interessant?«, fragte Rokka.

»Der anonyme Anrufer sagte, im Wagen liege ein blutiges Messer«, sagte Maria, »und der Fahrer hing mit dem Gesicht im Airbag.«

»Zwei Kollegen von der Schutzpolizei sind vor Ort«, ergänzte Almén. »Tausend Kronen, dass das Urbans Mörder ist.«

Rokka sah Almén an. Er schien geradezu freudig erregt. Maria und er. Rokka fragte sich, ob sein Kollege wusste, was er da tat. Er durfte gern mit seinen Spekulationen über den Mord richtigliegen, aber was die Beziehung zu Maria betraf, da war Rokka knallhart. Wenn es ihm schwerfiel, etwas zu akzeptieren, war es Untreue. Bei der nächsten Gelegenheit würde er sich Pelle vorknöpfen.

***

Ein dezenter Duft von Rasierwasser schlug Johan Rokka und Hjalmar Albinsson entgegen, als sie die Tür zu Urban Enströms Wohnung öffneten. Sie stampften auf der Fußmatte den Schnee von den Stiefeln. Dann zogen sie blaue Plastikschoner über die Schuhe, stiegen über einen Haufen Reklame und gingen gleich rechts in die Küche. Auf dem Herd stand ein Topf mit eingetrockneten Nudeln, und in der Pfanne lagen noch ein paar angebrannte Scheiben Fleischwurst.

Rokka betrat das Wohnzimmer. Die hellbeigen Wände waren kahl. Staub wirbelte von dem weinroten Samtstoff auf, als er über die Rückenlehne des Ecksofas strich. Daneben stand auf dem Boden ein leerer Karton, auf der Seite war das Logo von Bang & Olufsen zu sehen. An der Wand gegenüber ein Flachbildschirm. Zweiundfünfzig Zoll, stellte Rokka fest, als er einen Blick auf den Karton warf.

Neben dem Fernseher stand ein mahagonifarbenes Bücherregal. Das Holzfurnier war an einigen Stellen lose. Im Regal befanden sich ein paar wenige Bücher und Fotos. Rokka hielt inne, als sein Blick auf eins der alten Bilder fiel: die Fußballjungs von damals. Es war dieselbe Mannschaftsaufnahme, die bei ihm am Kühlschrank hing. Daneben stand ein weiteres Foto, das Rokka ins Auge fiel.

Es musste aus ungefähr derselben Zeit stammen wie das Mannschaftsbild. Vier Personen. Urban Enström und Peter Krantz standen rechts und links von einer jungen Frau, und hinter ihr streckte Victor Bergman den Kopf hoch und machte das Victory-Zeichen. Doch es war die Frau, die Rokkas Aufmerksamkeit auf sich zog. Da wurde Rokka von Hjalmars aufgeregter Stimme aus seinen Erinnerungen gerissen.

»Was sehe ich Blindfisch da?«, rief er aus dem Schlafzimmer.

Rokka ging sofort hinüber. Hjalmar stand da und hielt ein Formular in der Hand.

»Gewinnbescheinigung der Trabrenngesellschaft mbH«, las Rokka laut. *»Ausschließlich für Gewinnsummen über 30 000 SEK. Beträge bis zu 500 000 SEK sind innerhalb von zwei Banktagen verfügbar. Beträge über 500 000 SEK werden nach zweiunddreißig Tagen ausgezahlt.* Unterschrieben am 26. Dezember. Scheiße«, sagte Rokka.

»So könnte man es ausdrücken«, antwortete Hjalmar. »Aber bitte entschuldigen Sie, wenn ich der Auffassung bin, dass eine regelmäßige Anwendung von Schimpfworten ein Anzeichen eines unzureichenden Wortschatzes ist. Ich bin auch der Meinung, dass es einem Mann mit einem offensichtlich so hohen Intelligenzquotienten, wie Sie ihn haben, nicht gut zu Gesichte steht, Ausdrücke wie …«

Rokka sah Hjalmar an und hielt den Zeigefinger vor den Mund. Hjalmar wiederholte die Geste und machte ein paar Schritte zurück.

Urban Enström hatte in der letzten Zeit vielleicht ein gutes Händchen gehabt. Alles schien auf das Motiv Raubmord hinzuweisen. Allerdings war Rokka mit seinen Gedanken immer noch in Enströms Wohnzimmer.

»Ich muss noch mal rüber«, sagte er. »Ich habe auch etwas Interessantes entdeckt. Ich weiß jetzt, wer die Frau in Måns Sandins Lexus war.«

***

Am liebsten wollte Evelina Olsdotter zurück unter die Decke kriechen. Am Abend war sie noch einmal mit den Italienern verabredet. Es war der Tag vor Silvester, aber offenbar passte ihnen jeder beliebige Tag, wenn es ums Ausgehen und Feiern ging. Nach dem heutigen Tag würde die Arbeit an der Messe für einige Tage ruhen. Der Stress der letzten Zeit, den die sinkenden Orderzahlen im Kontrast zu den ständig steigenden Zielvorgaben verursachten, machte sich wieder bemerkbar. Die Messe und die Shows mussten einfach ein Erfolg werden.

Evelina stand auf und ging hinüber ins Badezimmer. Im Spiegel sah sie die dunklen Ringe unter ihren Augen. Kein Concealer der Welt würde sie heute retten können. Sie sehnte sich einfach nach einer Decke und einer Tüte Chips auf dem Sofa vor dem Fernseher. Stattdessen musste sie duschen, sich schminken und in eins der Outfits steigen, die sie dabeihatte. Sich in die attraktive Evelina verwandeln. Die Businesswoman. Evelina, die immer top war, immer lieferte.

Sie streckte den Arm in die Duschkabine und drehte den Wasserhahn auf. Stellte sich dann unter den Duschkopf und ließ sich das Wasser auf den Kopf prasseln. Sie schloss die Augen und sah Måns Sandin vor sich. Sah sein Lächeln. Sein dunkelbraunes Haar. Sie musste an die Zeit denken, als sie noch mit ihrer Hand hindurchgefahren war und es zwischen ihren Fingern spüren konnte. Dann tauchte das Bild von Henna auf. Ihr finsterer Blick.

Evelina drehte den Hahn weiter auf. Henna war kein Problem gewesen, zumindest am Anfang nicht. Eigentlich hatte Evelina sich trotzdem jedes Mal mit Måns getroffen, wenn sie nach Florenz kam. Er war in ihr Hotel gekommen. Natürlich immer im Zusammenhang mit dem Training, und er war auch nie lange geblieben. Aber dennoch. Evelina hatte sich eingeredet, dass sie für jede Minute dankbar sein musste, die sie mit ihm verbringen durfte. Wenn Henna das gewusst hätte!

Manchmal plagte Evelina das schlechte Gewissen, weil sie den Mann einer anderen Frau traf. Einmal hatte sie Måns gefragt, wie er Henna hintergehen könne. Da hatte er geantwortet: »Henna ist eine fantastische Frau. Aber ich habe zugesehen, wie sie meine zwei Kinder zur Welt gebracht hat. Es ist nicht leicht, sie danach noch als sexuelles Wesen zu betrachten.«

Evelina hatte nicht gewusst, was sie darauf antworten sollte. Natürlich war es schmeichelhaft, dass Måns auf *sie* abfuhr. Aber dennoch hatte es ihr das Herz zerrissen. Auch wenn sie immer schon die Befürchtung gehabt hatte, wurde es Fakt, als er diese Worte aussprach: Was Måns und sie verband, war nichts anderes als Lust und Befriedigung.

Da Evelina sich selbst nach eigenen Kindern sehnte, war das frustrierend. Måns war nicht der einzige verheiratete Mann gewesen, mit dem sie sich getroffen hatte, und sie zweifelte langsam daran, dass es überhaupt einen Mann gab, dem es gelang, die eigene Ehefrau als Mutter seiner Kinder *und* als Geliebte zu sehen. Aber vielleicht hätte Måns das in ihr sehen können? Schließlich war sie nicht Henna. Sie hätte sich niemals selbst vergessen. Sie hätte sich weiterhin fit gehalten, Sport gemacht und Make-up aufgelegt, auch wenn sie Kinder bekommen hätte. Und nie hätte sie Sex abgelehnt. Aber Måns hatte das wohl nicht begriffen.

Einmal hatte sie ihn gefragt, ob er Henna wirklich aufrichtig liebe.

»Ich liebe meine Familie«, war seine Antwort gewesen, und dabei hatte er die konkret gestellte Frage elegant umschifft. Sie konnte sich noch erinnern, welche Eifersucht sie empfunden hatte. Sie wollte auch eine Familie. Mit Måns. Und wenn sie ehrlich war, hatte sie nicht nur einmal den Wunsch verspürt, dass Henna plötzlich verschwinden würde.

Sie griff nach dem Duschkopf und drückte ihn fest gegen ihren Körper. Das war entspannend.

Nun war es so, dass es Henna nicht mehr gab. Natürlich

war das traurig für die Kinder. Doch ganz nüchtern betrachtet, gab es nun kein Hindernis in Form einer Ehefrau mehr. Und irgendwann würde Måns aufhören zu trauern. Es würde eine Zeit kommen, in der es vertretbar war, wieder Kontakt aufzunehmen. Evelina drehte den Hahn ab. Ja. Die Zeit würde kommen, und sie würde bereit sein.

***

Pelle Almén warf einen letzten Blick auf das Navi im Volvo, als er mit dem Streifenwagen auf den frisch geschippten Hof abbog. Die »Morgenröte« lag in Ilsbo, etwa zwanzig Kilometer von Hudiksvall entfernt. Die Kommune war in den Siebzigerjahren ins Leben gerufen worden, aber hatte sich seitdem dramatisch verändert.

Im Scheinwerferlicht konnte er sehen, wie ein großes rotes Holzhaus mit weißen Fensterrahmen vor ihm aufragte. Ein typisches Haus für die Landschaft. Dahinter schimmerte ein Nadelwald, dessen Baumwipfel sich vor dem sternenklaren Himmel abzeichneten. Almén ging seine Notizen auf dem Block ein letztes Mal durch, bevor er aus dem Auto stieg. Rokkas Bekannter hatte ihm kurzfristig zugesagt, obwohl es schon spät am Abend war.

Alméns Lungen fühlten sich eisig an, und die Luft, die er ausatmete, blieb wie eine Dampfwolke vor seinem Mund stehen, als er auf das Haus zuging. Bevor er am Eingang war, öffnete sich schon die Tür, und ein Mann in den Dreißigern trat heraus. Rokkas Kumpel. Er hatte langes, aschblondes Haar, das er zu einem Pferdeschwanz zusammengebunden trug.

»Mattias«, sagte der Mann, als er zur Begrüßung die Hand ausstreckte.

Almén hatte keine Ahnung, was er von einer Person, die in einer Kommune lebte, eigentlich erwartet hatte. Doch er stellte fest, dass Mattias nicht gerade nach Flower-Power aussah, wie er dastand in Jeans und Wollpullover.

»Pelle Almén, Polizei Hudiksvall«, sagte Almén und ergriff die Hand des Mannes, ohne seinen Handschuh vorher auszuziehen.

»Kommen Sie rein«, sagte Mattias. »Rokka hat erzählt, Sie möchten wissen, wie es hier in der Kommune in den Achtzigerjahren zuging. Seitdem hat sich eine Menge getan.«

Sie kamen in einen großen Flur mit Dielenboden. Der Flur ging in einen Gang über, an dem sich auf der einen Seite zwei Türen befanden, auf der anderen eine.

»Früher war das anders. Nur offene Türen. Jeder kam und ging und bewegte sich frei von einem Raum in den anderen. Seit wir die Zimmer zu Wohnungen umgebaut haben, gibt es etwas mehr Privatsphäre«, sagte Mattias.

»Wohnen Sie hier schon lange?«, fragte Almén.

»Vor fünf Jahren bin ich hier eingezogen. Aber eine Bekannte der Familie wohnte hier ihr ganzes Leben lang. Leider ist sie vor ungefähr einem Jahr gestorben, doch sie hat einiges erzählt, wie es hier früher zuging.«

»Können wir uns vielleicht irgendwo hinsetzen?«

»Ja, kommen Sie mit«, sagte Mattias und ging voraus. Er steuerte die letzte Wohnungstür an. Sie kamen in einen winzigen Flur, wo Mäntel und Schuhe in einem Haufen auf dem Boden lagen. Dann gingen sie weiter in eine Küche, die in hellen Farben gehalten war. Vor einem großen Sprossenfenster stand ein runder Tisch, dort nahmen sie Platz.

»Und wie lebt es sich heute hier?«, fragte Almén neugierig und versuchte diskret ein paar Brotkrümel wegzuwischen, die vor ihm auf der Tischplatte lagen.

»Wir sind fünf Familien, die hier wohnen. Alle haben kleine Kinder, und wir wechseln uns mit der Betreuung ab. Die meisten von uns sind berufstätig.«

»Sind Sie Selbstversorger?«

»Wir bauen zwar einiges an, aber das meiste kaufen wir ein. Aber natürlich regional«, sagte Mattias. »Vor zwanzig Jahren war das anders.«

»Wie war es da?«

»Da wurde alles vor Ort produziert: Gemüse, Fleisch, Milch … einfach alles«, sagte er. »Damals lebte man in einer Kommune im eigentlichen Wortsinn: gemeinsame Küche. Gemeinsame Schlafzimmer …«

Mattias musste lachen und warf den Pferdeschwanz nach hinten.

»Und der ganze esoterische Überbau, von dem man immer spricht?«

Almén konnte sich an einige Geschichten erinnern, die über die Morgenröte erzählt wurden. Es hieß, alle Bewohner liefen nackt herum und verrichteten irgendwo im Freien ihre Notdurft.

»Die Morgenröte war ein Zentrum für Meditationskurse«, sagte Mattias. »Sowohl Lehrer als auch Schüler kamen aus ganz Schweden hierher, ja, sogar aus der ganzen Welt. Hier wurden neue Trends in den Bereichen Meditation und Therapie vermittelt.«

»Wissen Sie, ob man auch Kriminelle und Drogenabhängige hierhergeholt hat?«, fragte Almén.

Mattias schnaubte und schüttelte den Kopf.

»Das war, soviel ich gehört habe, nur eine ganz kurze Phase. Die Leute in der Kommune haben schnell begriffen, dass es gut gemeint war, aber in der Realität nicht funktionierte. In den Siebziger- und Achtzigerjahren gehörten Drogen allerdings zur Tagesordnung. Offenbar baute man so viel davon an, dass man sich selbst versorgen konnte und sogar noch etwas übrig blieb. Kann ich Ihnen eigentlich etwas zu trinken anbieten?«

Mattias stand auf und ging zum Kühlschrank. Er holte eine Kanne mit Wasser heraus. Darin schwammen ein paar grüne Blätter, weshalb Almén auf das Gefäß starrte, als Mattias zum Tisch zurückkam.

»Das ist nur Minze«, sagte er und lachte. »Möchten Sie ein Glas?«

Almén rutschte auf dem Stuhl hin und her und schüttelte den Kopf.

»Ist Ihnen bekannt, ob in der Zeit, in der hier straffällige Leute untergebracht wurden, gesetzeswidrige Dinge passiert sind?«, fragte er.

»Meine Bekannte erzählte mal von der Misshandlung eines kleinen Jungen. Es war ein Mann, der wegen Drogenbesitzes und anderen Delikten schon früher auffällig geworden war, der sein Leben einfach nicht in den Griff bekam. Das ist inzwischen fast dreißig Jahre her.«

Alméns Herz pochte schneller.

»Wissen Sie, ob der Täter dafür verurteilt worden ist?«, fragte er.

»Das glaube ich kaum. Er musste umziehen, aber ansonsten, denke ich, wurde die Sache nicht an die große Glocke gehängt. Schließlich wollte man das Fiasko der missglückten Eingliederung nicht noch weiter publik machen.«

Mattias schenkte sich ein Glas Wasser ein. Dann führte er es zum Mund und trank hastig große Schlucke.

»Was ist mit dem Jungen passiert?«

»Er und seine Mutter sind offenbar weggezogen, aber wohin, weiß ich nicht.«

Almén saß schweigend da und überlegte. Mattias lenkte das Gespräch auf andere Themen, doch Almén hörte nur noch mit einem Ohr zu. Was Mattias gesagt hatte, passte haargenau zu dem, was Rokka von Carolina in Florenz erfahren hatte. Fast zu gut, als dass es keinen Zusammenhang geben konnte.

Almén warf einen Blick auf die Uhr und entschuldigte sich, dass er aufbrechen müsse. Er bedankte sich bei Mattias für seine Hilfe und ging hinaus zum Wagen. Auch wenn er sich keine großen Hoffnungen machte, würde er im Zentralregister nachfragen und bitten, dass man alles, was über diesen Vorfall dokumentiert war, zur Verfügung stellte. Ein bisschen mehr Substanz hatten sie jetzt immerhin.

Giulia Theresa ist ein wunderbarer Mensch, doch ich glaube, dass auch sie von ihrer Kindheit geprägt ist.

Ein Kind trägt nie die Schuld – wie du siehst, komme ich immer wieder darauf zurück. Das war die einzig brauchbare Erklärung, es hat mir dabei geholfen, die Dinge zu verstehen. Jetzt ist es auch eine brauchbare Entschuldigung für meine eigenen dunklen Gedanken, wenn ich auf des Lebens Messerspitze balanciere. Unsere Kindheit formt uns und begleitet uns immer auf unserem Weg.

Giulia Theresa arbeitete viel. Und wenn sie nicht arbeitete, dann schlief sie, ich kam nicht an sie heran. Und ohne sie wurde es in Florenz immer einsamer. Ich hatte keine andere Wahl, als aus der Einsamkeit mein Zuhause zu bauen, meine Burg mit hohen Mauern.

Doch tief in mir versteckt gab es noch einen Hoffnungsschimmer. Wahrscheinlich war es Großmutter gelungen, einen kleinen Samen der Zuversicht in mir zu pflanzen. Eine Zuversicht, dass der Weg des Lebens auch stabil sein kann, dass er trägt. Trotz allem, was geschehen ist, hatte ich das Gefühl, stärker werden zu wollen, endlich sichtbar zu sein. So stark, dass ich die Liebe wiederfinden würde.

31. DEZEMBER

Ingrid Bengtsson saß bereits am Kopfende des Tisches, als Johan Rokka den Konferenzraum betrat. Per Vidar Sammeli hielt den anderen Kollegen die Tür auf, die nun an diesem frühen Silvesterabend rund um den Tisch Platz nahmen.

»Jetzt möchte ich einen Bericht zur Lage hören«, sagte Bengtsson, und Rokka dachte, dass die Worte noch kratzender aus ihrem Mund kamen als sonst. Sie lehnte sich zurück und verschränkte die Arme. »Rokka, was haben Sie zu sagen?«

»Almén hat einen Mann besucht, der in einer Kommune außerhalb der Stadt wohnt, sie heißt Morgenröte. Er hatte Informationen, die sich mit dem deckten, was ich in Florenz von Hennas Freundin erfahren habe, die Sache mit der Misshandlung eines Kindes. Der Bewohner der Morgenröte erzählte, dass es in den Achtzigerjahren einen derartigen Übergriff bei ihnen gegeben habe. Der Zusammenhang ist etwas weit hergeholt, aber es lohnt sich, dieser Spur nachzugehen.«

»Aber hieß es nicht, dass Henna in einer Kommune in Südschweden aufgewachsen sei?«, fragte Bengtsson und wickelte sich eine Haarsträhne um den Finger.

»Nach dem, was Måns sagte, ja. Aber gemäß dem, was die Freundin erzählt hat, gab es mehrere Wohnorte, von denen wir nichts wissen. Almén wird die Mikrofilme checken und recherchieren, was damals in den Zeitungen stand. Und unser eigenes Archiv natürlich auch durchforsten.«

»Ist das alles?«, fragte Bengtsson.

»Nein. Ich gebe hiermit bekannt, dass ich von nun an keine Paracetamol und keinen Rotwein mehr brauche, um einschlafen zu können. Ich weiß, wer die blonde Frau neben Måns im Auto war.«

»Dann lassen Sie mal hören«, sagte sie, und Rokka konnte nicht umhin, sich über ihren arroganten Tonfall zu ärgern.

»Als ich in Florenz war, habe ich eine Frau gesehen, die mir bekannt vorkam, aber mir fiel ihr Name nicht ein. Groß, blond. Sie saß in einem Restaurant, an dem ich zufällig vorbeikam. Und dann tauchte sie wieder auf, und zwar auf einem alten Foto in Urban Enströms Wohnung. Sie heißt Evelina Olsdotter und stammt aus Hudiksvall. Wenn ich mich recht erinnere, hatte sie vor Ewigkeiten eine Beziehung mit Måns Sandin.«

Rokka musste innerlich grinsen, denn er hatte in Erinnerung, dass es einige gegeben hatte, die Evelina nähergekommen waren, unter anderem Victor Bergman.

»Diese Frau war vorgestern in Florenz. Und am Tag vor Heiligabend soll sie also hier in Hudiksvall mit Måns Sandin im Auto gesessen haben?«, fragte Bengtsson. »Wie sicher können wir sein, dass es sich um dieselbe Person handelt? Es wimmelt nur so von großen blonden Frauen, besonders in seiner Nähe.«

»Ich bin mir absolut sicher. Das hab ich im Uri…«, sagte Rokka und hielt inne. »Und die Verbindung zu Måns Sandin ist ja offensichtlich.«

»Wir arbeiten hier mit klaren Indizien und Beweisen. Nicht mit Bauchgefühl«, entgegnete Bengtsson.

Rokka beschloss, den nächsten Kommentar, der ihm schon auf der Zunge lag, hinunterzuschlucken. Wie auch immer es mit seiner Karriere in Zukunft weitergehen würde, er stellte fest, dass er seine Selbstbeherrschung unter der Chefin Ingrid Bengtsson definitiv verbessert hatte.

»Jedenfalls versuchen wir jetzt, Evelina Olsdotter ausfindig zu machen«, antwortete er. »Sie kann meine Hypothese sicher stützen. Und uns vor allem die Frage beantworten, was sie eigentlich in Måns' Auto zu suchen hatte.«

Bengtsson schüttelte den Kopf und suchte Augenkontakt zu den anderen am Tisch.

»Was haben wir zu dem Mord an Urban Enström?«, fragte sie. »Gibt es eine Verbindung zum Fall Henna?«

»Das sind zwei völlig unterschiedliche Tathergänge«, sagte Rokka. »Deshalb ist unsere zentrale Theorie, dass wir es mit zwei verschiedenen Tätern zu tun haben, auch wenn wir die Hypothese, dass es ein und derselbe Täter war, noch nicht widerlegen können.«

»Und was ist aus dem Auto geworden, das an der Schnellstraße 84 gefunden wurde?«

»Da übergebe ich das Wort an Fagerlund, der sich näher mit dem Wagen beschäftigt hat«, sagte Rokka und hoffte, dass Fagerlund irgendetwas Vernünftiges dazu sagen konnte.

»Die Kollegen von der Schutzpolizei sind nach dem Notruf zur 84 gefahren. Ein Wagen war ins Gebüsch gefahren, direkt in einen Baum. Der Fahrer, ein Mann, war tot. Wir haben ein blutiges Messer gefunden, und außerdem lag eine Lederjacke auf dem Beifahrersitz, aber Papiere trug er nicht bei sich. Ein Handy lag auf dem Fahrzeugboden, leider völlig kaputt.«

Rokka wartete auf Bengtssons Reaktion, doch gerade, als sie den Mund aufmachen wollte, fuhr Fagerlund fort.

»Das Auto ist auf einen gewissen Kenneth Fermwolt zugelassen.«

Rokka presste sich gegen die Rückenlehne.

»Fermwolt?«, brach es aus ihm heraus, und im selben Moment wusste er auch schon, dass er diesen Kommentar noch eine ganze Weile bereuen würde.

»Sie klingen erstaunt. Kennen Sie den Mann?«, fragte Bengtsson.

Diese miese Schlange, dachte Rokka und versuchte mit größter Mühe, seine Gedanken zu verbergen, die nun in seinem Inneren ein Eigenleben führten. Er führte einen Kampf zwischen Gut und Böse. Die Chefin anlügen oder geradeheraus die Wahrheit sagen. Eine Erinnerung an die Bewerbung an der Polizeihochschule kam hoch. Beim Aufnahmegespräch war ihm die Frage gestellt worden, ob es in seinem Bekanntenkreis irgendjemanden gäbe, zu dem er den Kontakt abbrechen müsse, wenn er die Ausbildung begönne. Rokka hatte sich ein überzeugendes Nein abgerungen. Jetzt saß er wieder in der Klemme.

Mist. Er hatte das Gefühl, der Raum würde immer kleiner, als rutschten die Kollegen immer näher an ihn heran. Vor allem eine von ihnen. Er holte einmal tief Luft.

»Ich habe nicht die geringste Ahnung, wer Fermwolt heute ist. Aber es würde mich wundern, wenn wir ihn nicht in irgendeinem unserer Register fänden«, antwortete Rokka.

»Jetzt reicht es mir«, rief Bengtsson aus und schlug mit der Faust auf den Tisch. »Reden Sie Klartext!«

Rokka kniff die Lippen zusammen und warf einen kurzen Blick auf Fagerlund, dann auf Sammeli. Keiner verzog eine Miene. Janna starrte auf die Tischplatte.

»Ich habe Fermwolt vor etwa zehn Jahren kennengelernt«, sagte Rokka und fuhr sich mit der Hand über den Schädel. Er zögerte einen Moment lang, aber begriff, dass es kein Zurück mehr gab. Jetzt würde er nicht davonkommen. Nun musste er Haltung bewahren und klar sagen, was Sache war.

»Eigentlich … sollten nicht wir zwei aufeinandertreffen«, brachte er hervor. »Wir waren damals nur die Bodyguards von zwei anderen Typen. Der, den ich bewachen sollte, war bei den Solentos. Wer der andere war, können Sie sich denken.«

Bengtsson seufzte laut.

»Das wundert mich nicht. Im Moment kann ich diesen Informationen nicht nachgehen. Aber wenn unsere Ermittlungen abgeschlossen sind, kann ich Ihnen versprechen, dass ich mich damit befassen werde«, sagte sie, und es gelang ihr nicht, den Triumph, der in ihrem Blick lag, zu unterdrücken.

Rokka ließ seinen Blick um den Tisch kreisen. Sah den anderen ins Gesicht. Einer rutschte nervös hin und her, andere sahen nach unten. Sollten sie doch denken, was sie wollten, dachte er. Jetzt war es raus. Vermutlich würde Bengtsson nicht weit kommen, wenn sie intern die Frage nach seinen Kontakten zu den Solentos aufwarf. Wie sie die Sache auch drehen und wenden würde, niemals würde sie ihn in irgendeinem Polizeiregister finden.

»Darf ich ein paar interessante Informationen zu Fermwolt mitteilen?«, fragte Janna in dem Moment zaghaft.

»Heraus damit«, antwortete Bengtsson, noch immer mit Verärgerung in der Stimme.

Janna hustete in ihre Ellenbeuge.

»Fermwolts Handy ist bei der Kollision auseinandergebrochen. Aber es ist mir geglückt, es wieder zusammenzufügen und mit der entsprechenden Software zu analysieren. Viele Informationen konnte ich nicht wiederherstellen. Aber einige. Eine der letzten Nummern, die auf seinem Handy angerufen haben, habe ich wiedererkannt. Ich habe mir noch mal den Bericht von Måns Sandins Telefonaten geholt, und da stellte sich heraus, dass das dieselbe unbekannte Nummer war, die bei Måns an Heiligabend gelistet ist.«

Rokka sah Janna an und nickte ihr aufmunternd zu, während ihm einfiel, dass er ganz vergessen hatte, sich bei ihr für die Sportausrüstung zu bedanken. Bei nächster Gelegenheit würde er das tun, und zwar anständig. Aber jetzt bedankte er sich innerlich bei ihr, weil sie die Aufmerksamkeit von seiner Leiche im Keller abgelenkt hatte. Und weil sie etwas herausgefunden hatte, mit dem sie weiterkommen konnten. Janna sah ihn an und wich seinem Blick nicht aus. Rokka entdeckte ein Lächeln in ihren Augen.

***

Er war einer der Ersten bei der Pressekonferenz, die sich setzten. Trotzdem entschied sich Rokka für einen Stuhl in der hintersten Reihe.

Einige Fernsehsender hatten ihre Kameras bereits so aufgebaut, dass sie die beiden Stühle, die vor den Zuhörern standen, fokussierten. Ingrid Bengtsson und Per Vidar Sammeli würden dort Platz nehmen, quasi als Zielscheiben für die Fragebatterien, die schon bald abgefeuert werden würden. Rokka fragte sich im Stillen, ob Bengtsson es nicht durchaus genoss, trotz allem. Er selbst war froh, sich im Hintergrund halten zu können. Eine entspannte, gemütliche Fragerunde würde das nicht werden.

Da sie es noch nicht geschafft hatten, alle Vernehmungen durchzuführen, lautete die Taktik, so wenig wie möglich preiszugeben. Außerdem die Vermutungen, dass es sich bei Enström um einen Mordfall handelte, bis auf Weiteres zurückzuweisen. Spekulationen darüber, dass der Täter derselbe sein könnte, zu unterbinden. Kein Wort darüber zu verlieren, dass es eine Verbindung zwischen den beiden Ermittlungen geben könnte. Die meisten Fragen erwarteten sie zum Fall Henna. Warum hatten sie noch keinen Tatverdächtigen? Warum traten sie mit den Ermittlungen auf der Stelle? Wurde Måns Sandin bedroht?

Bengtsson und Sammeli würden vermutlich gut vorbereitet sein. Sammeli auf jeden Fall.

Allmählich füllte sich der Saal, schließlich sprang die Tür

auf, und das Duo trat ein. Die Kameras der Journalisten liefen auf Hochtouren, und ein Blitzlichtgewitter folgte.

Da haben wir unser eigenes Silvesterfeuerwerk, kam es Rokka in den Sinn.

Bengtsson wirkte noch verkniffener als gewöhnlich, und Sammeli folgte ihr schlurfend und mit gesenktem Kopf. Sie nahmen auf ihren Stühlen Platz, und Bengtsson beugte sich vor zum Mikrofon.

»Herzlich willkommen und Ihnen allen schon einmal ein gutes neues Jahr«, sagte sie und griff nach einem Stapel Papier. »Zuerst werde ich Sie über die Situation informieren, in der wir uns momentan befinden. Im Anschluss haben Sie die Möglichkeit, mir und Staatsanwalt Per Vidar Sammeli Fragen zu stellen. Ich hoffe, Sie sind mit dieser Tagesordnung einverstanden.« Sie warf einen Blick auf ihr Publikum und sah einhelliges Nicken. Dann fing sie an: »Wie Sie wissen, ist eine Person in der Nähe der Hagmyren Trabrennbahn außerhalb von Hudiksvall tot aufgefunden worden. Es gibt Hinweise, die uns veranlasst haben, Ermittlungen einzuleiten. Im Moment ist die Spurensicherung noch am Unglücksort. Mit Ihrer Hilfe möchten wir Zeugen, die sich gestern am späten Nachmittag ab 16 Uhr an der Rennbahn aufgehalten haben, auffordern, sich bei uns zu melden.« Bengtsson legte eine Pause ein und trank einen Schluck Wasser. Sie wollte gerade fortfahren, als ein Journalist von einer der Boulevardzeitungen die Hand hob.

»Sie gehen also von einem Mordfall aus?«

»Unsere Kriminaltechniker sind im Moment vor Ort. Wenn es Hinweise auf einen Mord gibt, wird die Rechtsmedizin verständigt. In ihrem Aufgabenbereich liegt es, die Todesursache festzustellen. Doch erst brauchen wir die Unterstützung der Bevölkerung.«

Bengtsson machte einen guten Job, musste Rokka etwas widerwillig zugeben. Klar und deutlich. Autoritär.

»Warum haben Sie noch keinen Verdächtigen für den Mord an Henna Pedersen?«, fragte eine junge Frau mit Brille, die von einer der großen Tageszeitungsredaktionen kam.

»Was Henna Pedersens Tod angeht, so verfolgen wir parallel mehrere Spuren. Wir sind noch dabei, ihr Leben zu analysieren. Wir sind davon überzeugt, dass der Schlüssel zu dem Verbrechen mit ihrer Vergangenheit zu tun haben muss und weit zurückliegt.«

»Und welche anderen Spuren verfolgen Sie?«

»Wie gesagt, wir glauben, dass wir den Täter in ihrem Bekanntenkreis finden, und prüfen gerade alle möglichen Motive.«

Die junge Redakteurin beugte sich zu der Person, die neben ihr saß, hinüber und begann zu flüstern, dann fuhr sie fort:

»Aus einer Quelle ist uns bekannt, dass Sie personell schlecht ausgestattet sind. Wie wollen Sie es schaffen, zwei Fälle dieser Art mit wenig Personal aufzuklären?«

Rokka musste innerlich grinsen.

»Wir haben die Mitarbeiter, die wir für Hudiksvall brauchen«, antwortete Bengtsson, und trotz dieser heftigen Lüge sah sie erschreckend teilnahmslos aus.

»Denken Sie, dass es sich um ein und denselben Mörder handelt?«

»Wie schon gesagt, wir verfolgen mehrere Spuren. Mit Rücksicht auf die laufenden Ermittlungen kann ich leider nicht weiter ins Detail gehen«, sagte Bengtsson.

Rokka presste die Kiefer zusammen, als er merkte, dass Bengtsson ins Netz gegangen war.

»Dann gehen Sie davon aus, dass es sich bei dem Todesfall

in Hagmyren auch um Mord handelt?« Der Mann von der Abendzeitung biss sofort an.

»Ich wiederhole«, sagte Bengtsson. »Der Todesfall in Hagmyren wird noch untersucht. Und was den Mord an Henna Pedersen angeht, verfolgen wir mehrere Spuren gleichzeitig.«

Rokka fand, dass Bengtsson zu restriktiv war. Es war an der Zeit, den Zuhörern irgendeine Art Information anzubieten, damit sie Ruhe gaben.

»Wir haben gehört, Måns Sandin sei am Tag vor Heiligabend zusammen mit einer anderen Frau gesehen worden. Mit einer Frau aus Hudiksvall«, äußerte sich ein anderer Pressevertreter.

»Solche Fragen stellen Sie bitte der Regenbogenpresse«, antwortete Bengtsson.

»Die Frage ist durchaus relevant«, entgegnete der Journalist und reckte sich. »Eine unbekannte Person, die mit dem Mann des Opfers einen Tag zuvor gesehen wurde, einen Tag vor dem Mord.«

»Das ist Ihre Auffassung.«

Rokka überlegte, was er selbst darauf geantwortet hätte. Gewisse Informationen musste man einfach weitergeben, um es sich mit der Presse nicht ganz zu verderben.

»Was sagen Sie zu der Annahme, dass der Täter es eigentlich auf Måns Sandin abgesehen hatte?«

»Wie gesagt. Wir schließen nichts aus, sondern arbeiten mit verschiedenen Szenarien.« Bengtsson war mehr als deutlich.

»Steht Måns Sandin unter Polizeischutz?«

Bengtsson zögerte. Höchstens eine Zehntelsekunde zu lang, und Rokka fragte sich, ob das außer ihm noch jemand bemerkt hatte.

»Dazu kann ich aufgrund der laufenden Ermittlungen nichts sagen«, erklärte sie.

Rokka wusste, dass Måns Personenschutz abgelehnt hatte. Er würde sich zu eingesperrt fühlen, hatte er argumentiert.

Bengtsson beendete die Pressekonferenz und dankte den Pressevertretern für ihr Interesse. Stimmengewirr brandete auf. Rokka erhob sich und ging zur Tür. Eine Fernsehjournalistin heftete sich Bengtsson an die Fersen, dicht gefolgt von einem Kameramann. Es war dieselbe Frau, die Janna und ihn bereits neulich angesprochen hatte.

»Frau Bengtsson, noch kurz zu einem anderen Thema: Wie lautet Ihr Kommentar zu den Spekulationen, die in der letzten Zeit um Manipulationen bei Trabrennen laut geworden sind?«

Rokka hielt die Luft an und beobachtete Bengtsson, die stehen geblieben war und sich zu der Frau mit dem Mikrofon umgedreht hatte.

»Das hat mit unseren Ermittlungen nicht das Geringste zu tun, und ich habe keine weiteren Kommentare.«

Rokka erkannte in ihrem stahlharten Blick einen Unruheschimmer, ein Glitzern, das schnell wieder aus ihren Augen verschwand. Aber er konnte es sich auch ebenso gut eingebildet haben.

»Dann haben Sie Kenntnis davon, dass spekuliert wird?«, fragte ein anderer Journalist.

»Zum heutigen Zeitpunkt liegen der Polizei dazu keine Erkenntnisse vor, deshalb kein Kommentar.«

Mit einer diskreten Handbewegung stoppte der Kameramann die Aufnahme. Bengtsson machte auf dem Absatz kehrt und eilte in Richtung Tür, so schnell, wie ihre kurzen Beine es erlaubten.

***

Direkt nach der Pressekonferenz verzog sich Johan Rokka zum Kaffeeautomaten. Während er darauf wartete, dass die anderen die Konferenz verließen, sortierte er die Kaffeebecher in drei gleich hohe Stapel und dachte über den Stand der Ermittlungen nach. Abgesehen von seinem Geständnis hatten sie wirklich einen kleinen Durchbruch erzielt: eine unbekannte Telefonnummer, die eine Verbindung zwischen Måns Sandin und Kenneth Fermwolt herstellte, seinem eigenen Gegenspieler.

Rokka füllte sich einen Becher bis zum Rand und hielt die Luft an, während er den nahezu ungenießbaren Kaffee hinunterschluckte. Es war an der Zeit, nach Hause zu gehen. Am Abend war er mit Angelica verabredet, und vorher musste er duschen. Er sah sich um. Die Letzten schienen gegangen zu sein, es war still. Die Journalisten waren nun unterwegs zu ihren PCs, um ihr Bild von der Wirklichkeit niederzuschreiben. Rokka ertappte sich dabei, dass es ihm davor graute, was er morgen wohl in der Zeitung zu lesen bekam.

Plötzlich hörte er sie, die kurzen, schnellen Schritte, die kein Linoleumboden der Welt zu dämpfen vermochte. Ganz offensichtlich war Ingrid Bengtsson noch da. Rokka sah hinüber zur Tür. Sie stand auf der Schwelle, das Handy in der Hand. Hektisch tippte sie mit den Fingern auf dem Display herum. Dann ging sie in den Flur hinaus, ohne den Blick zu heben. Als sie plötzlich aufsah, schaute sie Rokka direkt in die Augen. Eine Millisekunde, dann drehte sie um und ging in die entgegengesetzte Richtung. Da konnte er sich nicht mehr beherrschen.

»Frau Bengtsson, ich muss mit Ihnen reden«, rief er ihr hinterher.

Die energischen Füße legten einen Gang zu.

Rokka rannte ihr hinterher und legte ihr die Hand auf die Schulter, um ihr Tempo zu drosseln.

»Was hatte das mit den manipulierten Trabrennen auf sich?«, fragte er. »Wissen Sie etwas, worüber ich informiert sein sollte? Könnte es für die Ermittlungen wichtig sein?«

Sie hielt abrupt an und drehte sich zu ihm um.

»Sie waren doch selbst auf der Pressekonferenz und haben gehört, was ich gesagt habe. Es ist nichts aktenkundig, es sind nur Gerüchte.«

»Aber ...«, setzte Rokka an und merkte zu seiner Verwunderung, dass ihm die Worte im Hals stecken blieben.

»Das sind reine Spekulationen, es gibt keinerlei konkrete Hinweise«, sagte Ingrid Bengtsson.

»Ich finde nur, wir könnten auf ein paar Fragen besser vorbereitet sein«, sagte er und warf die Arme in die Luft. »Und den Medien gegenüber auch etwas offener auftreten. In gewisser Weise sind wir immerhin von ihnen abhängig.«

Ingrid Bengtsson kam noch einen Schritt näher.

»Das finden Sie, okay. Ich kann Sie nicht davon abhalten, eine eigene Meinung zu haben. Aber behalten Sie sie für sich. Welche Informationen wir nach draußen geben, entscheide ich. Wenn Sie ein Problem damit haben, dann habe ich auch ein Problem. Ein Problem, das ich mit einem Knopfdruck auf ›Senden‹ lösen kann.« Demonstrativ drückte sie mit dem Zeigefinger auf ihr Handy, dann stiefelte sie davon.

Rokka blieb im Flur zurück und sah, wie sie die Drehtür weiter hinten passierte. Eine widerwärtige Gewissheit stieg in ihm auf. Obwohl er keine Zeit zu verschwenden hatte, musste er herauskriegen, warum sie so unter Druck war. Damit er eine Chance hatte, als Polizist zu überleben.

Er leerte seinen Kaffeebecher, warf ihn weg und ging hinüber zur Treppe, die ins untere Stockwerk führte. Da unten befand sich der Umkleideraum mit den Schränken, in denen sie ihre Ausrüstung und die Dienstwaffen verwahrten. Auch wenn er keine Uniform trug, hatte er die Angewohnheit, sich umzuziehen, bevor er nach Hause ging. Das taten andere auch. Die Rolle ablegen.

Er schloss den Spind wieder und warf sich seine schwarze Tasche über die Schulter. Als er in den Flur kam, bemerkte er, dass die Tür zum Damenumkleideraum einen Spalt offen stand. Er blieb stehen und erkannte durch die fünfzig Zentimeter breite Öffnung einen nackten Frauenkörper. Jannas Körper.

Sie drehte sich ein Stück und stand nun mit dem Rücken zu ihm. Mit einer Hand zog sie die Träger ihres BHs über die Schultern. Rokka konnte seinen Blick nicht abwenden. Sie war enorm durchtrainiert. Schmale Taille, muskulöser Rücken. Sein Blick blieb an einem Tattoo hängen, das sie auf der rechten Schulter hatte. Ihm gefielen Tattoos, und dieses schien ein richtig gutes zu sein. Auf die Entfernung konnte er nicht genau erkennen, was es war, doch es war symmetrisch mit zwei größeren Teilen und zwei kleineren. An der einen Seite befand sich ein zierlicher Schriftzug. Er blinzelte und versuchte, ihn zu entziffern. Genau in dem Moment drehte Janna ihren Kopf. Ihre Augen trafen seine. Die Überraschung in ihrem Blick verwandelte sich auf der Stelle in Angst und Abscheu in einer höchst unangenehmen Mischung. Sie griff nach einem Handtuch, machte ein paar schnelle Schritte in Richtung Tür und knallte sie zu.

Rokka blieb stehen und starrte auf die geschlossene Tür vor ihm. Es war nicht seine Absicht gewesen zu spannen, aber das Tattoo war ihm ins Auge gefallen, und da hatte er nicht wegsehen können. Was passierte jetzt wohl? Heute war sein siebter Tag im neuen Job, und man konnte nicht direkt sagen, dass er Sympathiepunkte sammelte.

Er versuchte noch einmal, seinen Freund Victor anzurufen, aber wieder sprang nur Telias automatische Mailbox an. Dieses Mal teilte sie mit, diese Nummer sei nicht vergeben. Was führte Victor eigentlich im Schilde?

***

Die Tropfen, die ihm auf die Knie fielen, hatten Körpertemperatur. Je mehr Måns Sandin sich anstrengte, desto mehr wurden es. Sie fielen im Takt zum Metallica-Song, der aus den Lautsprechern dröhnte.

Die Spiegelwand gegenüber reflektierte die Konturen eines Mannes, der in seinen besten Jahren sein sollte. Der Kraft genug haben müsste, die Pedale im Kreis zu bewegen, immer und immer wieder, trotz des Widerstands, den sein Intervallprogramm vorgab. Doch der Mann, der innerhalb der Konturen erkennbar war, gab ein völlig anderes Bild ab.

Es war Silvester. Schon lange hatte er nicht mehr trainiert. Er hatte die Hoffnung gehabt, dass der Besuch im Fitnessstudio die Gedanken sortieren und schließlich zerstreuen würde. Es einfacher machen würde, mit ihnen klarzukommen. Aber nach einer Stunde auf dem Ergometer konnte er nur feststellen, dass die einzige Folge seiner Anstrengung war, dass ihm bewusst wurde, wie weit er sich von seiner früheren Form entfernt hatte. Nicht nur die Waage zeigte den Verfall an. Er minimierte den Widerstand und ließ die Beine den immer leichter werdenden Bewegungen der Pedale folgen. Mit einem Handtuch wischte er sich den Schweiß von der Stirn.

Das Fitnessstudio war leer. Er hatte vom Inhaber, einem Freund seit Kindertagen, einen Schlüssel bekommen. Auf die Art konnte Måns trainieren, wann er wollte, zu Zeiten, zu denen sonst niemand da war. Das Studio war brandneu. Es war mit allem ausgestattet, was er brauchte, und es war sauber und schön. Die Putzfrau war gerade da gewesen.

Måns sah sich um. Wie viele Fitnessstudios mochte er in den vielen Jahren gesehen haben? Eigentlich waren diese Trainingsanlagen völlig identitätslos. Sie konnten quasi überall auf der Welt sein. Doch jetzt war er zu Hause in Hudik.

Zu Hause, dachte er dann. Würde diese Stadt jemals wieder ein Zuhause für ihn sein?

Er stieg vom Fahrrad und ging weiter nach hinten in den Raum, wo die Geräte für das Brustmuskulaturtraining standen. Er nahm auf einem Sitz Platz und umfasste die Handgriffe, die er nach vorn drücken musste. Einmal tief Luft holen, dann fing er an. Das Gewicht war an der Grenze dessen, was er bewältigen konnte, und es fiel ihm schwer, die Hände nach vorn zu bewegen. Die Musik im Lautsprecher konnte ihn nicht besonders motivieren.

Plötzlich hörte er ein Geräusch, das sich in James Hetfields lauten Gesang mischte. Es klang wie eine Tür, die geöffnet wurde und wieder ins Schloss fiel.

Måns sprang vom Gerät, völlig unter Strom. Er war jetzt definitiv nicht mehr allein im Fitnessstudio. Wer war das? In der Tasche seiner Shorts fand er die Fernbedienung für die Stereoanlage. Als er die Lautstärke gedrosselt hatte, hörte er Schritte. Jemand betrat den Flur, der vom Empfang zu den Geräten führte. Von seinem Standort ganz weit hinten konnte Måns den Eingangsbereich nicht einsehen.

»Wer ist da?«, fragte Måns mit energischer Stimme.

Die Schritte hielten kurz an, dann waren sie wieder zu hören. Keine Antwort. Durch das Gestänge der Hantelbank sah er eine Figur, die sich bewegte. War die Putzfrau noch einmal zurückgekommen? Sein Freund, dem das Studio gehörte, hatte erwähnt, dass das Reinigungspersonal nicht Schwedisch sprach.

»Hallo!«, versuchte es Måns noch einmal, bevor er sich in Richtung Eingang in Bewegung setzte. Je näher er kam, desto deutlicher erkannte er die Person, die zu Besuch gekommen war. Er blieb mit ein paar Metern Abstand vor einem Mann stehen, der wie immer in einem maßgeschneiderten Anzug unterwegs war. Es war an der Zeit, zur Sache zu kommen.

»Was wollen Sie?«, fragte Måns.

»Zuerst möchte ich Ihnen mein Beileid aussprechen. Henna war eine fantastische Frau«, sagte der Mann.

»Kommen Sie extra her, um mir das mitzuteilen?«, fragte Måns. »Dann kann ich Ihnen sagen, dass Sie sich besser sofort aus dem Staub machen.«

»Ich habe von Ihnen seit Heiligabend nichts mehr gehört«, sagte der Mann. »Sie antworten weder auf Anrufe noch SMS. Was sollte ich tun?«

Måns suchte nach einer passenden Ausrede.

»Ich kriege viele Anrufe von unbekannten Nummern. Aus nachvollziehbaren Gründen kann ich nicht jedes Gespräch annehmen. Ich gehe davon aus, dass Sie Ihre Nummer regelmäßig wechseln?«

»Das kann schon sein. Ich will nur, dass Sie wissen, dass ich Sie im Auge behalte.«

Måns hob die Wasserflasche und nahm einen Schluck.

»Mir gefällt Ihr Ton nicht«, sagte er dann. »Als wir uns zu Weihnachten unterhalten haben, klangen Sie sehr viel freundlicher. Ich dachte, Sie hätten verstanden, dass ich nicht mehr dabei bin.«

Der Mann im Anzug kam einen Schritt näher.

»Ihr Kontakt zur Polizei macht mir Sorgen. Ich frage mich, ob ich deutlich genug war.«

»Die Polizei und ich unterhalten uns nur über Hennas Tod, sonst nichts. Aber wenn Sie mich nicht in Ruhe lassen, muss ich unsere Gesprächsthemen vielleicht erweitern«, entgegnete Måns.

Der Mann sah ihn enttäuscht an, doch bevor er sich umdrehte und ging, hob er mahnend den Zeigefinger.

Måns sah ihm hinterher, bis die Tür hinter ihm ins Schloss fiel. Dann griff er zur Fernbedienung und drehte die Lautstärke wieder auf. In seinem Kopf arbeitete es auf Hochtouren.

***

Rokka zog den Stuhl zurück und hängte seine Jacke über die Rückenlehne. Er setzte sich so, dass er den Eingang des Restaurants im Blick hatte. Er war mit Angelica zum Abendessen verabredet, bevor sie auf eine Silvesterfeier gehen würde, zu der sie eingeladen war. Was ihn anging, würde die Feierei dieses Jahr ausfallen. Die Ermittlungen gingen vor. Er hielt sich die Ergebnisse noch einmal vor Augen.

Zunächst einmal waren da die beiden unbekannten Telefonnummern.

Die eine Nummer stand in Zusammenhang mit Henna und dem Mann, der den Winterdienst machte, Sivert Persson. Der Besitzer der anderen Nummer hatte sowohl Måns Sandin als auch Kenneth Fermwolt angerufen. Und von Fermwolt konnte es eine Verbindung zu Urban Enström geben, wenn sich herausstellte, dass Fermwolt ihn umgebracht hatte.

Aber was hatte Evelina Olsdotter mit alldem zu tun?

Vielleicht konnten sie mehr in Erfahrung bringen, was bei dem Übergriff in der Kommune damals geschehen war?

Und wie sollten sie den Einsamen Schmetterling finden?

Er fuhr sich mit der Hand über den Schädel und spürte Schweiß durch die kurzen Stoppeln. Kaum etwas lief nach seinen Vorstellungen. Erst verschaffte er Bengtsson einen Elfmeter, indem er in der Sache mit den Solentos ehrlich gewesen war. Dann drängte er sie in die Enge. Danach stand er wie angewurzelt da und beobachtete Janna beim Umziehen. Und jetzt war sie unauffindbar. Sie war spurlos verschwunden. Sicherlich schützte Janna ihr Privatleben sehr. Aber die Ermittlungen stehen und liegen und die anderen im Stich zu lassen, nur weil sie fand, dass er zu viel nackte Haut gesehen hatte? Das passte nicht zu der Janna, die er kennengelernt hatte. Aber was hatte das alles zu bedeuten? Er verstand überhaupt nichts. Wie auch immer. Er fasste seine Situation zusammen: zwei Morde aufklären ohne jegliche Unterstützung seiner Chefin und mit minimaler personeller Ausstattung. Das bedeutete, am Rande der eigenen Kräfte zu arbeiten.

Im Restaurant befanden sich nicht viele Gäste. Das Servicepersonal war gerade dabei, die Tische mit weißen Tischtüchern und Geschirr für ein Mehr-Gänge-Menü einzudecken. Silvesterabend in Hudiksvall. Rokka sah durchs Fenster. An einem Drahtseil hingen drei Lampen zwischen den Häusern und erhellten die Umgebung mit ihrem gelblichen Licht. Ein Auto bog um die Ecke und kam vorgefahren. Direkt vor dem Restaurant geriet es ins Rutschen und schlitterte nur haarscharf an der Wand vorbei, an der Rokka saß. In der letzten Sekunde konnte der Fahrer noch reagieren und kämpfte dann um die Kontrolle über seinen Wagen. Rokka verfolgte das Auto und stellte erleichtert fest, dass es dem Mann am Steuer am Ende gelang, wieder Herr über sein Fahrzeug zu werden.

Ein Windzug fuhr ihm durchs Gesicht, als die Eingangstür aufsprang und Angelica hereinkam. Sie sah sich einen Moment lang um, und Rokka genoss diesen Augenblick, indem er sie einfach nur ansah. Sie kam auf seinen Tisch zu und setzte sich. Rokka bemerkte eine gewisse Unruhe in ihrem Blick.

»Wie siehst du denn aus? Ist etwas passiert?«, fragte Angelica.

»Was ist nicht passiert?«, seufzte Rokka. »Eine meiner Mitarbeiterinnen ist spurlos verschwunden, und ich darf wahrscheinlich auch gleich verschwinden, wenn die Fälle gelöst sind. Wenn sie jemals gelöst werden«, sagte er und sank in sich zusammen.

Angelica legte den Kopf zur Seite und hielt ihm die Hände entgegen.

»Vielleicht kann ich dich ein bisschen aufmuntern. Ich habe nämlich was zu erzählen«, sagte sie aufgekratzt.

Rokka lächelte sie an. Sie wusste ganz genau, wie sie ihn auf andere Gedanken brachte.

»Dann mal heraus mit der Sprache«, sagte er und richtete sich auf.

»Ich habe mich entschieden. Ich gehe nicht nach Buenos Aires zurück«, sagte sie und beugte sich gleichzeitig über den Tisch, um ihm über die Wange zu streichen.

Rokka erstarrte und lehnte sich zurück.

»Aber … es steht doch fest, dass du fliegst, mit deinen Cousins ist doch alles abgesprochen, dachte ich«, sagte er und griff nach seinem Glas Wasser.

»Aber ich will nicht von dir fort. Ich muss unentwegt an dich denken. Ich will mit dir zusammen sein. Wenn ich jetzt nicht bleibe, werde ich es vielleicht bereuen«, sagte sie und fasste ihn fest an den Handgelenken.

Nie hätte er gedacht, dass sie ihr Verhältnis so einordnen würde. Sie war schließlich neunzehn und auf dem Weg, die Welt zu entdecken.

»Angelica«, sagte er und bemühte sich, ernst und erwachsen zu klingen. »Ich will nicht, dass du meinetwegen auf irgendetwas verzichtest.« Ein Anflug von Panik machte sich bemerkbar, und hinter den Schläfen pochte es. Worauf hatte er sich da eingelassen? Er mochte sie. Aber doch nicht so. Oder vielleicht doch? Und wie hatte sie sich überhaupt in ihn verlieben können?

Angelica starrte ihn an.

»Du bist wirklich ein Feigling, ein jämmerlicher Feigling. Du hast Angst davor, dich zu verlieben. Angst vor einer Beziehung«, sagte sie, und ihre Augen funkelten vor Wut. »Seit der Zeit im Gymnasium hast du auch keine längere Beziehung mehr gehabt, das hast du ja selbst gesagt.«

Rokka wurde langsam übel, seine Handflächen wurden schweißnass. Am liebsten wäre er einfach aufgestanden und hätte das Lokal verlassen. Hätte alles stehen und liegen gelassen und wäre abgehauen. Weit, weit weg. Er versuchte, sich zu sammeln.

»Du musst nicht denken, dass ich dich nicht mag. Das tue ich. Wie verrückt«, begann Rokka.

»Aber …«, sagte Angelica.

Rokka fasste einen Entschluss.

»Richtig. Es gibt ein Aber. Du bist zu jung. Mit dir kann ich mir keine Zukunft vorstellen«, sagte er und wartete auf ihre Reaktion. Einundzwanzig, zweiundzwanzig …

Der Stuhl kippte um, als Angelica aufsprang. Sie griff nach ihrer Handtasche und der Jacke und rannte aus dem Lokal. Rokka ließ sich auf dem Stuhl nach hinten fallen. Mit voller Wucht rammte er seinen Hinterkopf an die Wand.

19. SEPTEMBER

Ja, ich habe die Liebe gesucht.

Hast du sie gefunden, Bruderherz?

Die Liebe überwindet alles. Amor vincit omnia.

Man sagt das so, aber stimmt es auch? Ich weiß es nicht.

Ich war wirklich verliebt. Eine tiefe Liebe, doch sie hielt nur eine Woche.

Es war eine Liebe zu einer Frau, und sie war der schönste Mensch, dem ich je begegnet bin. Schrecklich einsam in einer Welt aus Vorurteilen. Es gab keinen Platz für sie, sich zu entfalten und sie selbst zu sein.

Vielleicht hätte diese Liebe alles überwunden. Ich habe es nie erfahren, denn ich verschwand. Habe es einfach nicht geschafft, auch wenn mein Herz mir sagte, ich solle sie nicht aufgeben.

Sie hat sich an mir die Finger verbrannt. Trotzdem zeigte sie eine unglaubliche Größe.

»Danke für jede Sekunde. Danke für jede Minute und Stunde in dieser Woche. Danke, dass ich die sein durfte, die ich bin.« Das hat sie mir später geschrieben.

Sie glaubte an mich, aber wusste, dass ich kein Geld hatte.

Geld, Geld. Es macht uns Menschen nur kaputt.

Aber hier und dort habe ich es doch gebraucht.

Und jeden Monat hat sie mir Geld geschickt. Bis sie begriff, dass das Finanzielle kein Problem mehr war. Bis ich Måns kennenlernte.

Jeden Tag denke ich an sie. An meinen einsamen Schmetterling.

Johan Rokka war ein Loser. Das redete er sich zumindest ein, als er mit der Fernbedienung in der Hand dahockte. Auch wenn er derjenige gewesen war, der auf Abstand zu Angelica gegangen war, blieb immer noch die Tatsache, dass er jetzt hier auf dem Sofa saß, in Unterhosen und einem verschwitzten T-Shirt. Allein. Am Silvesterabend. Angelica hatte recht, er hatte schon lange keine Beziehung mehr gehabt. Und er war genau der Feigling, für den sie ihn hielt. Feige, wenn ihm jemand zu nahekam.

Verdammt, Fanny, dachte er und schloss die Augen. Ich komme nicht vom Fleck, es klappt nicht. Selbst wenn ich wollte.

Angelica hatte seinetwegen ihre Träume aufgegeben, und damit war er nicht klargekommen. Oder log er sich selbst in die Tasche? Er versuchte sich einzureden, dass er mehr wollte, etwas Beständiges, etwas Sicheres. Und was machte Angelica eigentlich, wenn sie nicht mit ihm zusammen war?

Er schaltete auf einen anderen Sender um, um sich eine Weile mit den Nachrichten zu beschäftigen. Zum ersten Mal ging es nicht um den Mord an Henna. Unruhen in Gaza waren heute der Aufmacher. Der Gazastreifen. Wie oft hatte er dieses Wort nicht schon gehört? Ohne zu wissen, was die Unruhen für die Menschen, die in der Region lebten, eigentlich genau bedeuteten. Tragischerweise gehörte der Konflikt zu den Themen, die ihm einfach zu viel waren, mit denen er sich nicht auseinandersetzte und die er gar nicht erst zu verstehen versuchte.

Sein Magen fühlte sich frustrierend leer an, wie immer um diese Tageszeit. Rokka ging in die Küche. Bevor der Sport losging, konnte er sich noch schnell ein Brot machen, das er überreichlich mit Fleischwurst belegte. Die Kalorien würden seine Lage nicht noch schlimmer machen, als sie ohnehin schon war. Außerdem hatte er sich das verdient. Ein kleines Trostpflaster. Als er fertig war, griff er nach seinem Handy und sah nach, ob der Klingelton angeschaltet war. Keine Nachrichten. Keine Angelica. Was hatte er auch erwartet?

Die Erkennungsmelodie der Sportsendung war zu hören, und Rokka nahm sein Brot und eine Packung Milch und spazierte ins Wohnzimmer. Im ersten Bericht ging es um die National Hockey League. Die Gewerkschaft der Spieler drohte offenbar damit, am Neujahrstag alle Spieler zum Streik aufzurufen. Ein schwedischer Spieler von den Chicago Blackhawks gab ein Statement ab. Dann folgte eine längere Reportage über die Stars der schwedischen Leichtathletikszene aus dem Trainingslager in Südafrika.

Es war fünf Jahre her, dass er selbst in Südafrika gewesen war. Er sehnte sich zurück. Eine Freundin von ihm verbrachte dort jeden Winter, und er hätte sie jederzeit besuchen können. Vielleicht konnte er einmal runterfliegen, wenn die Ermittlungen abgeschlossen waren. Er seufzte. Obwohl er gerade eine Woche hier war, wollte er am liebsten schon wieder weg.

Im Fernsehen wurde nun von den aktuellen Ergebnissen der Pferderennen berichtet. Trab. Rokka liebte Sport, aber für Trabrennen konnte er sich beim besten Willen nicht erwärmen. Was war das Faszinierende daran, wenn eine Horde Pferde immer wieder im Kreis lief? Er schob die Sofakissen zurecht, drosselte die Lautstärke und lehnte sich auf dem Sofa zurück. Dann nahm er sein Smartphone in die Hand und checkte die Facebook-Seite. Er hatte in der letzten Zeit nicht viel gepostet. Er scrollte schnell alle Fotos seiner Freunde durch, die silvesterfeierlich abgelichtet waren, bevor er wieder auf den Fernsehbildschirm sah.

Jetzt lief ein Interview mit einem Fahrer, der offenbar gerade ein Rennen mit seinem Pferd gewonnen hatte. Die Journalistin versuchte, ihre Fragen zu stellen, während sie gleichzeitig neben Pferd und Sulky herrannte. Das Ganze wirkte etwas unentspannt, fand Rokka. Der Fahrer beantwortete die Fragen, doch plötzlich schlug er der Journalistin das Mikrofon aus der Hand und gab dem Pferd die Peitsche. Das Tier beschleunigte, und das Gespann verschwand.

Was ist jetzt passiert? dachte Rokka und drehte den Ton wieder lauter, doch es war zu spät. Im nächsten Bericht ging es um die amerikanische Golftour. Wenn er es vor dem Einschlafen noch schaffte, würde er den Sport noch mal online checken.

1. JANUAR

Ein neuer Tag, ein neues Jahr.

Ganz vorsichtig lief Johan Rokka auf dem Bürgersteig, um nicht auszurutschen. Die Müdigkeit fühlte sich an wie ein enger Helm, den er auf dem Kopf trug. Das dramatische Zusammentreffen mit Angelica am gestrigen Tag war nicht das Einzige, was ihn vom Schlafen abgehalten hatte. Janna war spurlos verschwunden. Mehrere Kollegen hatten versucht, sie anzurufen, jedoch erfolglos.

Hjalmar Albinsson, der ihr engster Kollege war, war sogar zu ihr nach Hause gefahren und hatte an die Tür geklopft. Doch alles war abgeschlossen und verriegelt. Natürlich war sie in den letzten Tagen krank gewesen. Sogar ernsthaft krank, wie es aussah. Aber nicht so sehr, dass sie sich nicht irgendwie hätte melden können. Bald mussten sie Verstärkung holen und nach ihr suchen. Eine Weile machte Rokka sich selbst dafür verantwortlich, dass sie verschwunden war. Sie hatte es sich zu Herzen genommen, dass er sie nackt gesehen hatte, dachte er. Aber warum musste sie gleich vom Erdboden verschwinden?

Gerade als die Polizeistation vor ihm auftauchte, hörte er seinen Klingelton. Es war Fatima Voix vom Empfang. Ihm kam der Gedanke, dass sie wirklich ein fleißiges Bienchen war. Immer bei der Arbeit.

»Wir müssen ihn abtransportieren, hat der Anrufer gesagt. Er steht im Weg«, berichtete Fatima atemlos. Rokka konnte die Absätze ihrer Stiefel auf dem Linoleumboden der Polizeiwache hören.

»Okay, okay. Was genau muss weg?«, fragte Rokka.

Fatima war immer ganz enthusiastisch und wollte bei den Ermittlungen helfen, wie sie nur konnte, doch sie hatte die

Angewohnheit, von hinten anzufangen, wenn sie etwas erzählte.

»Ein Jäger hat angerufen und von einem Traktor mit Schneepflug berichtet, den jemand auf seinem Grund und Boden abgestellt hat. Er steht im Weg. Suchen wir denn nicht einen Schneepflug?«

Rokkas Herz machte ein paar Extrasprünge.

»Hat er noch mehr gesagt?«, fragte er.

»Nur, dass wir kommen und das Ding entfernen sollen«, sagte Fatima. »Er hat ihn bemerkt, als er mit dem Hund draußen war. Er hat genaue Koordinaten vom GPS-Sender des Hundes übermittelt.«

»Sie sind ein Schatz! Sagen Sie dem Jäger, dass wir kommen und einen Blick auf den Schneepflug werfen, bevor er seinen ersten Morgenfurz gelassen hat«, antwortete er und beendete das Gespräch.

Noch hatten sie nicht verloren. Früher oder später würde der Täter einen Fehler machen. Das wusste er. Oder warum eigentlich nicht die Täterin? Er öffnete die Tür zur Polizeistation. Es war an der Zeit, sich auf die Suche nach Evelina Olsdotter zu machen.

***

Evelina Olsdotter hatte nicht widerstehen können, Manuel Battista anzurufen, als sie am Morgen erwachte. Er war sofort gekommen. Als hätte er nichts Besseres zu tun, als auf ihr Zeichen zu warten.

Jetzt lagen sie Seite an Seite in ihrem Hotelbett. Sie drehte sich zu ihm um. Er war nackt und hatte die Arme über dem Kopf ausgestreckt, die Augen geschlossen. Das schlechte Gewissen angesichts dessen, was sie Johannes antat, war dieses

Mal nicht mehr ganz so groß, auch wenn es sich bemerkbar machte. Sie dachte unterschwellig an das Medikament, das Manuel dabeigehabt hatte, und ihr kam die Idee, ihn danach zu fragen. Doch stattdessen fuhr sie mit ihrem Zeigefinger ganz leicht und kitzelnd über Manuels Seite. Er versuchte, sich wegzudrehen, während er gleichzeitig in Lachen ausbrach. In der nächsten Sekunde warf er sich auf sie und kitzelte sie von oben bis unten durch, bis sie schrie und ihn anflehte aufzuhören.

Sie sahen sich an, bis das Lachen abebbte und zu einem stillen Lächeln wurde. Manuel beugte sich über ihr Gesicht und berührte ihre Lippen. Langsam schob er seine Zunge in ihren Mund, und als sie seinen Kuss erwiderte, bemerkte sie kurz einen Hauch von Minzgeschmack. Vorsichtig knabberte er an ihren Lippen und bewegte seine Zunge dann an ihrem Hals über die Haut hinunter zu ihren Brüsten.

Was hatte dieser Mann, dass er sie dermaßen anzog? Dass sie immer mit ihm schlafen wollte? Alle moralischen Bedenken wurden nichtig, sobald sie sich mit ihm vereinigte. Als er an ihrer Brustwarze saugte, spürte sie, wie die Muskeln zwischen ihren Beinen zu pochen begannen, also legte sie ihm die Hände auf die Schultern und schob ihn nach unten. Dann ließ sie sich forttragen, gemeinsam mit Manuel, in eine andere Welt.

Nachdem sie erneut miteinander geschlafen hatten, fiel Manuel über ihr zusammen. Sie horchte auf sein Herz, das auf ihr schlug, und hatte das Gefühl, als falle sie direkt durch das Bett nach unten. Sie verschwand, gemeinsam mit ihm.

Evelina musste eingeschlafen sein. Sie erwachte davon, dass Manuel sich im Bett aufsetzte. In ihrem Kopf brummte es, und einen Moment lang hatte sie keine Ahnung, wo sie sich befand. Manuel warf einen Blick auf ihr Handy, das neben ihnen im Bett lag. Als der Nebel in ihrem Kopf sich lichtete, hörte sie das Klingeln auch. Das Display zeigte eine unterdrückte Rufnummer an. Sie wollte nicht abnehmen und drückte das Gespräch weg.

»Hallo«, erklang da eine Stimme aus weiter Ferne. »Bin ich richtig bei Evelina Olsdotter?«

Evelina hielt die Luft an und begriff, dass sie aus Versehen auf *Annehmen* gedrückt hatte.

Hinter ihr bewegte sich Manuel.

»Cosa c'è?«, sagte er und schaute sie fragend an.

Evelina machte ihm ein Zeichen, still zu sein, und reckte sich nach dem Handy, um es ausschalten zu können.

»Hallo«, sagte die Stimme noch einmal. »Hier spricht Johan Rokka von der Polizei Hudiksvall.«

***

Johan Rokka klemmte sich das Handy ans Ohr. Was tat sie da gerade? War das ein Spanier oder ein Italiener, den er im Hintergrund gehört hatte? Ihm war klar, dass Evelina Olsdotter nicht die geringste Lust haben würde, sich anzuhören, was er zu sagen hatte. Na gut. Einfach noch mal probieren. Auf Rokkas To-do-Liste stand noch eine andere wichtige Nummer. Es war viel Zeit vergangen, seit er zuletzt Grund gehabt hatte, ihre Nummer einzutippen, aber jetzt war es so weit.

»Johan Rokka, das ist aber lange her«, antwortete eine Frauenstimme. »Wo hat es dich denn hinverschlagen?«

Ein wohliges, warmes Gefühl machte sich in seiner Brust breit. Annelie. Seiner Meinung nach war sie die Beste bei Telia in der Abteilung für Spezialermittlungen, und sie hatte ihm schon unzählige Male sehr geholfen. Annelie war wegen eines Studienaufenthaltes in Washington beurlaubt gewesen, aber jetzt war sie zurück. Vielen Dank, Telia, dachte Rokka erleichtert.

»Du, im Moment bin ich in Hudiksvall«, sagte er. »Aber nächstes Mal rufe ich vielleicht von Bora Bora an, wer weiß.«

»Das würde mich nicht wundern. Wie kann ich dir helfen?«, fragte Annelie, und es war fast zu hören, wie ein Lächeln über ihr Gesicht huschte.

Rokka erklärte ihr, was er brauchte.

»Das Schlitzohr benutzt konsequent nur Prepaid-Karten, und wir haben ein paar Nummern, die für die Ermittlungen äußerst wichtig sind. Bis jetzt habe ich noch keine brauchbaren Informationen herausbekommen. Offenbar ist er ein Profi, keine Spuren zwischen Telemasten und Datenbanken zu hinterlassen. Aber ich gebe nicht auf, bevor ich dich konsultiert habe.«

»Wie kommst du auf die Idee, dass ich etwas kann, was meine Kollegen nicht können?«

»Weil ich weiß, dass es so ist«, antwortete Rokka. »Du bist auf jeden Fall schneller.«

»Gib mir mal die Nummern. Ich kann nichts versprechen, aber natürlich sehe ich mal nach.«

Annelie ließ in ihm stets das brutale Gefühl aufkommen, dass jede Technologie, die komplizierter war als die Fernbedienung seines Fernsehers, sein Vorstellungsvermögen übertraf. Er redete sich selbst gern ein, dass das nur auf Desinteresse beruhte und nichts anderem.

»Hiermit beauftrage ich dich, in jeder 1 und 0 herumzuschnüffeln, die die Halunken da draußen hinterlassen haben«, sagte er und las ihr die Telefonnummern vor.

Rokka wusste, dass es für Annelie ein besonderer Ansporn war, wenn sie sich ein bisschen mehr anstrengen musste. Und

Annelies »etwas mehr anstrengen« konnte für jede andere Person eine schier unmenschliche Anstrengung bedeuten.

»Ich tue mein Bestes, aber ich verspreche nichts«, sagte sie.

Rokka grinste. Er wusste genau, dass sie sich wieder melden würde und dann wichtige Informationen für ihn hätte.

Als er das Gespräch beendet hatte, vibrierte sein Handy wieder. Eine SMS. Von Janna. Ihm lief ein Schauer über den Rücken.

Ich habe ein paar Dinge zu erledigen. Bin ein paar Tage weg. Sie müssen sich keine Sorgen machen. Tut mir leid.

***

»Wir sind sehr dankbar, dass Sie heute zu uns kommen konnten«, sagte Johan Rokka, als er und Pelle Almén sich auf der einen Seite des Tisches im Vernehmungsraum niedergelassen hatten.

Er zwang sich, die Gedanken an Janna zu verdrängen. Er machte sich Sorgen, auch wenn sie extra geschrieben hatte, dass er das nicht tun müsse.

»Kein Problem«, sagte der Mann, der auf der anderen Seite saß. »Das Gerücht geht um, dass Enström ermordet wurde. Man will ja gern helfen, wenn es möglich ist.«

Rokka betrachtete den Zeugen von oben bis unten. Er hatte einen Strickpullover und Jeans an, die sich vermutlich bald selbst auf den Weg zur nächsten Waschmaschine machen würden. Auf dem Kopf trug er eine Pelzmütze. Vermutlich befand sie sich seit letztem Herbst an dieser Stelle, als das Thermometer unter die Null-Grad-Linie gesunken war.

»Wie oft halten Sie sich in Hagmyren auf?«, fragte Almén.

»So oft ich kann«, sagte der Mann überzeugend.

»Haben Sie auch Enström oft dort gesehen?«

»Ja, ein paarmal sind wir uns begegnet. In Hagmyren und Bergsåker und Bollnäs. Und letzten Sommer beim Gävle-Trabrennen.«

Der Mann nahm seine Finger zu Hilfe, als er alle Trabrennbahnen der Gegend aufzählte.

»Wissen Sie, ob er oft gewann?«, fragte Rokka.

»Enström hat viel Ahnung von Pferden. So viel kann ich Ihnen sagen. Am zweiten Weihnachtstag hat er ja dreihundert Riesen abgeräumt«, sagte der Mann. »Wie stolz er da war!«

Das Bild von der Gewinnbescheinigung, die sie bei Enström in der Wohnung gefunden hatten, flackerte durch Rokkas Kopf.

»Ist Ihnen aufgefallen, dass er sich vorgestern mit einem Unbekannten an der Rennbahn unterhalten hat?«, fragte Almén.

Der Mann lehnte sich zurück und begann, auf seinem Stuhl zu kippeln, während er gleichzeitig eine Dose Snus herausholte und fluchte, als er feststellte, dass sie leer war.

»Er hat sich mit allen unterhalten, so wie immer. Er war ein bisschen redselig, wenn Sie meine Meinung wissen wollen«, antwortete der Mann.

»Die Security-Leute, mit denen wir gesprochen haben, haben erzählt, dass sie einen Betrunkenen rausgeschmissen haben, der Enström zu nahe kam«, fuhr Almén fort und legte nach kurzem Zögern seine Snusdose auf den Tisch. Der Mann strahlte.

»Ja, das habe ich gesehen. Ich stand hinter Enström an der Spielkasse. Er hatte mit Good Enough Geld gewonnen. Und wenn Sie mich fragen, war das kein Kleingeld, obwohl er das dem Großen Spieler nicht sagen wollte.«

»Dem Großen Spieler?«

»Ja, der Große Spieler trinkt immer. Besonders wenn er nicht gewinnt. Aber eigentlich ist er ungefährlich.«

»Glauben Sie, dass Enström echte Feinde hatte?«, fragte Rokka.

Der Blick des Mannes verdunkelte sich, und er beugte sich vor.

»Eine Sache sollten Sie wissen«, fing er an. »Es gibt viele Typen beim Trabrennen, die reden, als seien sie Experten. Enström war so einer. War fast ein bisschen überheblich und eingebildet.«

No shit, dachte Rokka.

»Könnten Sie sich denn vorstellen, dass sich jemand über Enström so sehr geärgert hat, dass er meinte, ihn umbringen zu müssen?«, fragte er dann.

»Keine Ahnung. Aber wenn man die großen Gewinne abräumt, dann sollte man sich hüten, das herumzuposaunen. Neid ist gefährlich«, sagte der Mann.

»Wann haben Sie Hagmyren verlassen?«

»Ich war bis zum letzten Rennen da. Ich habe versucht, die verlorenen Spiele wettzumachen«, sagte er und zuckte hilflos mit den Schultern.

»Ist Ihnen an diesem Abend noch irgendetwas aufgefallen, irgendwas Außergewöhnliches?«

»So langsam verstehe ich Ihre Gedanken. Ja, ich habe tatsächlich einen Typen gesehen, der sowohl unten an der Ziellinie als auch an der Spielkasse nah bei Enström stand.«

Rokka beugte sich vor.

»Wissen Sie, wer das war?«

»Nein, ich hab den Mann noch nie gesehen. Er war bestimmt zum ersten Mal beim Trabrennen.«

»Wie kommen Sie darauf?«

»Er stand da und telefonierte, mit dem Rücken zur Ziellinie. Und später an der Spielkasse war er irgendwie auffällig weit weg, er war bestimmt nicht auf dem Weg, um seinen Gewinn abzuholen, wenn Sie verstehen, was ich meine.«

»Können Sie eine Personenbeschreibung abgeben?«

Der Mann dachte nach.

»Er war ungewöhnlich klein. Klein, aber breitschultrig, er kam mir kräftig vor. Und er trug eine Lederjacke, glaube ich.«

Ein stiller, für Außenstehende unmerklicher Blickkontakt. Rokka und Almén waren sich wortlos einig. Die Beschreibung passte exakt auf Kenneth Fermwolt.

***

Evelina Olsdotter presste den Rücken ans Bettgestell. Manuel war gegangen. Er verstand nicht, warum sie plötzlich allein sein wollte, aber als sie angefangen hatte zu schreien und den Tränen nahe war, hatte er sich auf den Weg gemacht. Noch einmal hörte sie die vertraute Stimme auf ihrer Mailbox ab.

»Hallo, Evelina. Hier spricht Johan Rokka von der Polizei Hudiksvall. Bei den Ermittlungen zu einem Fall ist dein Name gefallen, und ich hätte deswegen ein paar Fragen an dich. Reine Routine. Es wäre super, wenn du mich so schnell wie möglich zurückrufen könntest. Danke und tschüss!«

Reine Routine, dachte sie. Das konnte doch wohl nicht bedeuten, dass man sie irgendeiner Sache verdächtigte? Oder doch?

Johan Rokka. Sie hatte ihn gesehen, als sie da im Restaurant gesessen hatte. Sie hatte ihn wiedererkannt, aber gehofft, dass er nicht mehr wusste, wer sie war. War er Polizist? Das hätte sie nie gedacht. Wie auch immer fügten sich die Puzzleteile ineinander. Irgendwie mussten sie herausgefunden haben, dass sie zu Måns Kontakt hatte.

Sie war kurz davor, in Panik auszubrechen. Sie musste Johan Rokka gleich anrufen, andernfalls würde er es garantiert wieder versuchen. Aber erst musste sie jemanden um Rat fragen. Doch wen? Johannes? Sie wählte seine Nummer, ohne nachzudenken. In der Karibik war es ja mitten in der Nacht, doch das war jetzt egal. Der Freiton erklang. Einmal, zweimal, dreimal. Plötzlich hörte sie ein Knacken.

»Evelina?«, fragte Johannes. Seine Stimme war vor dröhnender Musik und lachenden Menschen kaum zu hören.

Evelina saß still da, das Telefon ans Ohr gepresst. Sie hatte keine Ahnung, was sie sagen sollte. Dann hielt sie das Telefon vor sich in die Luft. Starrte es an.

»Hey, Evelina, bist du dran?«

Mit einem Knopfdruck war das Gespräch beendet. So hatte sie sich das nicht vorgestellt. Heiße Tränen rannen ihr über die Wangen. Noch nie hatte sie sich so allein gefühlt. Noch niemals so hilflos.

Lange Zeit saß sie da, an die Wand gelehnt. Plötzlich vibrierte das Telefon in ihrer Hand. Unterdrückte Nummer. Mit der Rückseite ihrer Hand wischte sie sich die Tränen weg, dann richtete sie sich auf. Jetzt konnte sie es genauso gut hinter sich bringen.

»Evelina Olsdotter«, antwortete sie mit belegter Stimme und zog die Beine zum Körper.

»Johan Rokka, Polizei Hudiksvall. Entschuldige die Störung, Evelina, aber bei einer laufenden Ermittlung sind wir auf deinen Namen gestoßen, und ich hätte da ein paar Fragen an dich.«

Evelina saß mucksmäuschenstill da. In ihrem Kopf drehte sich alles, und sie vergaß fast zu atmen.

»Hallo, bist du noch dran?«

»Ja«, sagte Evelina leise. »Was hat das zu bedeuten?«

»Das heißt, dass wir glauben, dass du über Informationen verfügst, die für unsere Arbeit wichtig sein können.«

Sie suchte fieberhaft nach einer Ausrede. Nach einem triftigen Grund, um das Gespräch beenden zu können.

»Welche Informationen sollen das sein?«

»Wir haben Grund zu der Annahme, dass du am Tag vor Heiligabend mit Måns Sandin in Hudiksvall zusammen warst. Stimmt das?«

Evelina fluchte innerlich und schluckte. Sie hatten sich in der Woche vor Weihnachten einige Male getroffen, und sie waren wie immer sehr vorsichtig gewesen. Trotzdem hatte sie jemand gesehen. Dann musste diese Person auch bemerkt haben, dass sie Streit gehabt hatten. Vielleicht hatte sie es sogar gehört. Sie wartete einen Moment, bevor sie antwortete.

»Das ist richtig. Ich habe Måns am Tag vor Heiligabend gesehen.«

»Was habt ihr gemacht?«

»Wir haben in seinem Auto gesessen und geredet. Mehr nicht.«

Sie versuchte, so korrekt und konkret wie möglich zu sein, ohne mehr als das absolut Notwendige preiszugeben.

»Unser Zeuge hat ausgesagt, dass ihr Meinungsverschiedenheiten hattet. Als du gegangen bist, hast du die Wagentür zugeschlagen. Stimmt das?«

Evelina holte tief Luft.

»Ja, das stimmt.«

»Worum ging es da?«

Sie verfluchte sich selbst, dass sie sich diesen Schlamassel eingebrockt hatte.

»Måns und ich hatten ein Verhältnis. Aber ich wollte mehr als er.«

»Und du bist wütend geworden und gegangen?«

»So könnte man es ausdrücken.«

»Was hast du an Heiligabend zwischen 15 und 17 Uhr gemacht?«

Evelina schloss die Augen und lehnte den Kopf an die Wand.

»Ich habe Weihnachten mit meinem … meinem Freund im Haus meiner Mutter in Hudiksvall gefeiert.«

Er musste ja nicht unbedingt wissen, dass Schluss ist, dachte Evelina. Oder dass zumindest *demnächst* Schluss sein würde.

»Hast du das Haus zwischendrin verlassen?«

Sie schluckte und räusperte sich.

»Nein, wir waren den ganzen Tag bei ihr zu Hause.«

»Können deine Mutter oder dein Freund das bezeugen?«

Evelina hielt die Luft an. Ihr Magen zog sich zusammen. Sie schluckte schwer und versuchte, ruhig weiterzuatmen. Ihre Mutter war an Heiligabend bei einer Freundin, die alleine lebte, zum Essen eingeladen gewesen und erst spät nach Hause gekommen. So unangenehm es war, es blieb nur eine Person übrig. Evelina räusperte sich und fasste sich ein Herz.

»Ja … Johannes kann das bezeugen.«

»Gut. Dann nehmen wir Kontakt zu ihm auf. Wie du sicher weißt, ist Måns' Frau tot aufgefunden worden, deshalb brauchen wir alle Informationen, die wir kriegen können, um den Fall aufzuklären. Hat sich Måns dir gegenüber über Henna geäußert?«

Es gab ihr einen Stich, als er ihren Namen aussprach.

»Er hat nur gesagt, dass es ihr schlecht ginge. Dass er sich jetzt mehr um sie kümmern wolle. Er meinte, dass er die Familie vernachlässigt habe. Er hatte ein ziemlich schlechtes Gewissen.«

»Du weißt bestimmt, dass ich auch aus Hudiksvall komme«, sagte Rokka. »Ich habe in Erinnerung, dass ihr vor Jahren schon mal zusammen wart. Darf ich fragen, wie lange zwischen euch schon etwas lief?«

»Seitdem haben wir uns hin und wieder gesehen, ja, wahrscheinlich sind das jetzt fünfzehn Jahre. In manchen Jahren haben wir uns häufiger gesehen, in anderen seltener.«

»Danke für deine Hilfe. Wenn wir noch mehr Fragen an dich haben, melde ich mich wieder.«

Evelina beendete das Gespräch. Sie blieb sitzen und starrte in die Luft. Jetzt musste sie sich überlegen, wie sie Johannes darüber informieren sollte. Sie wollte nicht, dass die Polizei ihr zuvorkam. Noch einmal rief sie seine Nummer auf und wartete darauf, dass die Verbindung hergestellt wurde.

»Johannes' Telefon, hier spricht Madelene«, erklang eine fröhliche Stimme.

»Danke«, sagte Evelina und drückte das Gespräch weg. Sie stand auf und zog sich eine Jeans und einen Pullover an. Sie würde auch alleine klarkommen.

***

Birk Pedersen trat aus der Tür des Hauses Nummer sechs in der Via Santa Monaca. Erst sah er in die eine Richtung, dann in die andere, danach erst ging er weiter. Es war schon nach zehn Uhr am Vormittag, doch auf den Straßen von Florenz herrschte noch gähnende Leere. Die Luft war rau und kalt, aber immerhin frischer als in der Jugendherberge. Er blieb stehen, um einige Male tief Luft zu holen, bevor er den braunen Rucksack über die Schulter warf, die Straße überquerte und in Richtung Innenstadt lief. Es war an der Zeit, sein Vorhaben zu erledigen, damit er wieder nach Hause fahren konnte.

Die Bank zu finden war nicht sehr schwer. Henna hatte eine kurze Wegbeschreibung verfasst und sie zusammen mit dem Schlüssel in einen Umschlag gelegt. Als er vor Ort war, drückte er mit beiden Händen gegen die Glastür, um sie zu öffnen. Im Eingangsbereich traf er auf zwei Männer im Mantel und machte schnell einen Schritt zur Seite, dann ging er an der Wand entlang zu dem Raum, in dem die Bankberater hinter ihren Glasschaltern saßen.

Es dauerte einen Moment, bis er begriff, wie hier das Anstehen funktionierte oder besser gesagt, wie man sich zu verhalten hatte, wenn keine Schlange da war. Offenbar gab es einen stillen Konsens unter denen, die darauf warteten, an die Reihe zu kommen.

Nach einer halben Stunde bemerkte Birk, dass sich die Blicke auf ihn richteten, also wagte er sich vor an einen freien Schalter. Es gelang ihm, sich verständlich zu machen, und er wurde an einen Herrn im Anzug verwiesen, der ihn in eins der hinteren Zimmer führte. Sie passierten eine mit ID-Code verschlüsselte Tür und stiegen eine Steintreppe hinunter. Nach zwei weiteren Sicherheitstüren standen sie in einem Raum mit gewölbter Decke.

Birk ließ seinen Blick schweifen. Hier war nur noch schummriges Licht, und es war bedeutend kälter als oben im Erdgeschoss. Der Keller war mit vielen Reihen Schließfächern bestückt. Der Schlüssel, den er von Henna bekommen hatte, gehörte zum Fach Nummer dreizehn. Birk hielt ihn dem Mann hin, der freundlich nickte und dann die hintere Schrankreihe ansteuerte. An einer Reihe blieb er stehen und machte ein Zeichen, dass er hier richtig sei.

Birk ging den Nummern nach, und nach ein paar Metern fand er das richtige Fach. Es war in der untersten Reihe, sodass er sich hinhocken musste, um den Schlüssel ins Schloss schieben zu können. Zwei Umdrehungen, dann sprang die kleine Türklappe auf. Doch da im Raum so wenig Licht war, konnte er nicht erkennen, was sich in dem Fach befand. Er schob seine Hand hinein und tastete nach dem Gegenstand. Das Fach war tief, daher strich er an den Wänden entlang, bis er ganz hinten etwas zwischen die Finger bekam. Es schien ein Buch zu sein. Er fasste danach und zog es heraus.

Er hatte recht, es war ein Buch. Der Umschlag war aus braunem Leder, auf dem Cover war eine Lilie abgebildet. Birk dankte dem Bankangestellten und verließ den Tresorraum. In der Eingangshalle der Bank schlug er das Buch auf und strich mit der Hand über die Seiten. Dann setzte er sich auf den Boden und begann zu lesen.

***

Plötzlich war die Luft milder geworden. Nicht viel, aber es war spürbar. Die wechselnden Temperaturen hatten dazu geführt, dass die schneebedeckten Gehwege vereisten und glatt waren, noch war keiner dazu gekommen, mit Sand zu streuen.

Angelica Fernandez ging so schnell sie konnte in ihren Stiefeln mit den hohen Absätzen die letzten Meter zum Café. Sie zitterte vor Kälte und zog die schwarze, dünne Lederjacke noch enger um ihren Körper, während sie die kleine Treppe im Laufschritt nahm und durch die Tür huschte.

Ihre Freundin Petra saß bereits an einem der Tische und wartete auf sie mit einer großen Tasse in der Hand.

Sie ließ ihren Blick durch das Lokal gleiten. Es war fast leer, von einer älteren Dame abgesehen, die allein an einem Fenstertisch saß. Nach den Silvesterfeiern waren die Menschen noch nicht aufgewacht, dachte sie.

»Einen großen Caffè Latte«, sagte Angelica leise. Ihre Stimme zitterte. »Mit doppeltem Espresso.« Dann ging sie zu dem Tisch, an dem ihre Freundin saß. Petra stand auf, um sie zu umarmen.

»Ich mache mir Sorgen. Erzähl mal, was ist los?«, flüsterte Petra und setzte sich wieder.

»Er will mich nicht wiedersehen«, sagte Angelica und nahm gegenüber Platz. »Es ist völlig egal, was ich sage, er hat sich entschieden.« Sie fing an zu schluchzen.

»Das ist vielleicht gut so«, sagte Petra. »Ich meine, er ist ja fast vierzig.«

»Ja, aber er ist so toll. Anders als die anderen. Er bringt mich zum Lachen. Er gibt mir Geborgenheit. Bei ihm habe ich das Gefühl, ich bin die schönste Frau der Welt.«

»Aber er ist doch nicht der Einzige, der dich hübsch findet, Angelica. Jetzt reiß dich mal zusammen!«

»Ich werde nie wieder jemanden wie ihn kennenlernen«, sagte Angelica enttäuscht.

Sie saß eine Weile still da und sah ängstlich zu der alten Dame hinüber, die die Einzige war, die eventuell hören konnte, was sie erzählte.

»Dann ist da noch was. Dieser andere, du weißt schon«, flüsterte sie.

»Ich dachte, du hättest mit ihm Schluss gemacht«, zischte Petra.

»Ja, klar hab ich das. Aber er ruft wieder an. Kapiert es einfach nicht.«

Angelica hörte selbst, wie hysterisch sie klang.

»Genau wie du«, sagte Petra scharf und verzog die Mundwinkel zu einem Lächeln.

Angelica hielt ihre Kaffeetasse krampfhaft fest.

»Das ist nicht komisch, ich habe Angst. Schreckliche Angst«, sagte Angelica. »Er sagt, dass er nicht mehr leben will, wenn er nicht mit mir zusammen sein kann.«

»Ach, das ist blödes Gerede, der droht dir nur«, sagte Petra.

»Aber stell dir vor, er tut sich was an!«

Angelica hielt sich die Hände vors Gesicht.

»Du kannst dich doch nicht weiterhin mit ihm treffen, weil er dich unter Druck setzt«, entgegnete Petra.

»Als wir uns zuletzt gesehen haben, an Heiligabend, da war er so merkwürdig.«

»Ihr habt euch an Heiligabend gesehen? Ich dachte, du wolltest zu Hause mit deinen Eltern feiern?«

Die ältere Dame drehte den Kopf zu ihnen um. Angelica beugte sich vor und flüsterte: »Das wollte ich ja auch. Aber nach der Disney-Sendung kam eine SMS von ihm. Er wollte mich sehen. Ich habe ihm gesagt, wir könnten uns im Zimmer im Stadshotel treffen. Bei der Gelegenheit wollte ich ihm sagen, dass ich es ernst meine, dass meine Entscheidung steht.«

»Und er wollte das nicht?«

»Nein, aber es war nicht nur das. Ich hatte das Gefühl, dass er irgendwie unter Drogen stand. Er war schweißnass und faselte etwas von seiner Mutter. Dass sie da, wo sie jetzt sei, nicht mehr allein sein müsse.«

»Was hat er denn damit gemeint?«

»Woher soll ich das wissen? Er hat dann nichts mehr gesagt, ist einfach gegangen. Total merkwürdig war das.«

Petra schlug mit den Handflächen auf den Tisch und sah sie scharf an.

»Du, Angelica. Glaubst du, er könnte irgendwas mit dem Mord zu tun haben? Kam mir gerade so in den Sinn«, sagte Petra leise.

»Er? Das kann ich mir nicht vorstellen … Glaubst du das etwa?«, fragte Angelica. Ihre Stimme zitterte.

»Vielleicht solltest du mal mit der Polizei sprechen?«

»Ich will Johan nicht noch einmal anrufen und ihm komische Sachen erzählen, die ich selbst nicht einordnen kann.«

»Es wird in Hudik doch noch andere Polizisten als Johan geben?«

»Ja schon, aber hast du eine Ahnung, wie klein diese Polizeistation ist? Johan sagt immer, dass sie viel zu wenige Leute haben und dass jeder sich um alles kümmert. Es wird fünf Sekunden dauern, bis jeder weiß, dass die kleine Angelica wegen jedem Scheiß anruft. Johan würde sicher denken, dass ich nur angerufen habe, um Kontakt zu ihm aufzunehmen.«

»Tja, dann musst du machen, was du willst.«

»Und ich will nicht«, sagte Angelica und verschränkte demonstrativ die Arme vor der Brust.

***

»Hier drüben war es, da fing sie an zu bellen«, sagte der Jäger. Er streichelte seiner Hündin über den Rücken und drehte sich zu Rokka und Hjalmar um, die im Auto saßen. »Ich war mir sicher, dass da ein angeschossener Elch oder so was lag, aber dann habe ich den Traktor entdeckt.« Er zeigte aufgebracht zu einem dichten Wäldchen hinüber. Die Hündin schnüffelte intensiv im Schnee und zog an der Leine, um vorwärtszukommen.

Rokka kurbelte die Scheibe weiter herunter und blickte aus dem Fenster. Trotz der genauen GPS-Daten war es ihnen nicht leichtgefallen, die Position über die schmalen Waldwege zu erreichen. Dass jemand der Meinung sein konnte, dass ein Traktor hier draußen in der Wildmark irgendwem im Weg stehen könnte, überstieg seine Vorstellungskraft, aber vermutlich war das Ansichtssache.

Sie stiegen aus und folgten dem Jäger hinunter in den Graben und dann in den Wald hinein. Rokka stützte sich auf eine Schneeschaufel. Jeder Schritt schmerzte im Kreuz. Durch das Dickicht von Fichten und Espen waren allmählich die Konturen eines eingeschneiten Traktors zu erkennen.

»Ich verstehe immer noch nicht, wie Sie den gefunden haben. Hier ist doch kein typisches Naherholungsgebiet, wenn Sie mich fragen«, sagte Rokka.

»Das Gelände hier ist optimal für Spurentraining«, antwortete der Jäger.

Jeder nach seiner Fasson, dachte Rokka.

Sie stiegen das letzte Stück über schneebedeckte Äste und kamen zum Traktor. Hjalmar musterte ihn kurz, bevor er zur Schneeschleuder ging. Er fuhr mit der Hand über das Blech, und unter dem Schnee kam die rote Farbe zum Vorschein. Dann stellte sich Hjalmar ein paar Meter hinter das Gefährt und betrachtete es.

»Ich bin mir ziemlich sicher«, sagte er. »Die Spurbreite ist beträchtlich schmaler als bei dem Traktor, den wir bei Henry Gustavsson gefunden haben.«

Er holte einen Zollstock aus der Jackentasche und klappte ihn aus. Dann hielt er ihn an die Hinterreifen.

»Die Differenz beträgt sieben Zentimeter. Vermutlich war das die Maschine, die bei Gustavsson fehlte, und die kann wirklich an Heiligabend auf Måns Sandins Grundstück gewesen sein«, sagte er und ging auf die andere Seite zur Fahrertür.

»Jetzt müssen wir nur noch Spuren sichern. Soweit wir es schaffen, bis es dunkel wird«, sagte Rokka.

»Ich hole das Werkzeug«, sagte Hjalmar. »Fassen Sie jetzt

nichts an«, wandte er sich an den Jäger und stapfte durch den Schnee zurück in Richtung Auto.

Rokka sah zu dem Jäger hinüber. Er stand breitbeinig da und hielt die Leine, die ein ganzes Stück in den Wald hineinreichte, mit beiden Händen fest. Der Hund bellte ununterbrochen und sprang vor und zurück. Er riss geradezu an der Leine.

»Sie können gehen, wenn Sie möchten«, sagte Rokka, doch er hatte nicht den Eindruck, dass der Jäger ihn hörte.

Hjalmar war schnell zurück und begann, den Schnee von der Tür des Traktors abzubürsten. Er fasste an den Türgriff und zog, doch nichts bewegte sich.

»Glauben Sie, dass wir diese Tür mit vereinten Kräften aufbrechen könnten?«, fragte Hjalmar und schob sich die Brille auf die Nasenwurzel.

Rokka machte einen Schritt vor und schob Hjalmar freundschaftlich zur Seite. Mit einem kräftigen Ruck riss er die Tür auf. Hjalmar stieg auf die unterste Treppenstufe und beugte sich in die Fahrerkabine hinein. Die hinteren Fenster des Traktors fehlten, und das Fahrerhäuschen war voller Schnee.

»Na toll«, sagte er und begann, den Schnee wegzufegen.

»Hier werden wir kaum noch Fußabdrücke finden, aber ich möchte die Fußmatten auf die Wache mitnehmen.«

Kurz darauf war er zur Gummimatte abgetaucht. Er griff an eine Ecke und klappte sie um. Plötzlich stockte er mitten in der Bewegung und beugte sich vor.

»Darunter liegt etwas«, sagte Hjalmar und schob den Arm unter die Matte. Dann zog er seinen Fund hervor.

»Ta-da!«, rief er und drehte sich zu Rokka um. Die Siegessicherheit in seiner Stimme wurde schlagartig weniger, als er sah, was er in der Hand hielt. Etwas Weißes und Haariges.

»Was sehe ich da?«, rief Hjalmar aus.

»So Gott will, ist das der erste Fehler des Täters«, sagte Rokka.

»Der Bart des Weihnachtsmanns.« Hjalmar konnte sich das Lachen kaum verkneifen.

»Wie bitte kann man so bescheuert sein?«, fragte Rokka. »Das enttäuscht mich jetzt sehr.«

»Sprechen Sie nicht so abwertend von unserem Täter«, antwortete Hjalmar und lachte. »Vielleicht hatte er vor, den Bart bei einer anderen Gelegenheit mitzunehmen, und dann ist er unterbrochen worden.«

»Vermutlich«, sagte Rokka.

»Hallo! Sie müssen hierherkommen!«, schrie der Jäger aus der Ferne.

Rokka und Hjalmar sprangen eilig aus dem Traktor. Mittlerweile war es dunkel geworden, und sie konnten den Jäger mit seinem Hund nur noch schemenhaft erkennen.

»Was gibt es?«, rief Rokka, als sie näher kamen.

»Da drunter muss irgendetwas sein«, erklärte er. »Der Hund würde sonst nicht derart anschlagen.«

Der Hund scharrte mit den Vorderpfoten im Schnee, dann fuhr er mit der Nase über die Erde und schnüffelte. Dann grub er weiter. Immer und immer wieder wiederholte er dieselbe Prozedur.

Rokka griff zu seiner Schaufel und begann mit der Arbeit. Die obere Schneeschicht war locker und leicht zu entfernen. Der Hund bellte immer wilder. Je tiefer Rokka grub, desto kompakter und vereister war der Schnee. Auch wenn der Spaten ein massives und scharfes Blatt hatte, konnte Rokka am Ende nur kleine Eisstücke weghacken.

»Ist da nichts drunter?«, fragte Hjalmar.

Die Dunkelheit erschwerte ihnen die Sicht. Rokka hockte sich hin und schaute in das Loch. Ja, irgendetwas schimmerte durch den Schnee hindurch. Dünnes, blaues Plastik. Er reckte sich vor, und als er ein Stück Kunststoff zwischen Zeigefinger und Daumen zu fassen bekam, zog er. Das Plastik riss, und Rokka stand da mit dem Stück in der Hand. Hjalmar beleuchtete ihren Fund mit seiner Taschenlampe.

»Sieht aus wie ein Plastiksack«, sagte er. »Und zwar ein Müllsack. Wir brauchen besseres Werkzeug und mehr Licht, um ihn auszugraben. Nichts gegen Sie, Rokka, aber wir müssen einen Kollegen rufen, der über eine sehr gut entwickelte Physis verfügt. So schnell wie möglich.«

Doch in Rokkas Kopf drehte sich bereits alles, die Fantasie ging mit ihm durch.

19. SEPTEMBER

Dann habe ich Måns kennengelernt, meinen Måns.

Er ist einer der besten Fußballspieler der Welt, weißt du das eigentlich?

Ich weiß, dass es merkwürdig scheint, dass wir beide ein Paar wurden. Aber als wir uns zum ersten Mal trafen, hatte ich nur die Geborgenheit vor Augen. Ich war ein schwacher kleiner Vogel, der ein Nest fand, ganz oben im Baum.

Er war natürlich attraktiv. Und er war ruhig. Und aus Schweden kam er auch.

Wir waren zwei verschiedene Welten, die sich fanden.

Bodenständige schwedische Tradition trifft chaotische dänische Bohème.

Ihm hatte es in seiner Kindheit an nichts gefehlt, und das wollte ich an meine Kinder weitergeben. Denn Kinder wollte ich. So viele wie möglich.

Doch dann war da die Sache mit dem Fußball. Ich hatte nicht ein einziges Spiel gesehen, bevor ich Måns kennenlernte. Das war eine neue Welt, waren ganz andere Lebensbedingungen. Und für mich eine große Veränderung.

Ich passte mich an, so wie ich es gewohnt war. Wurde die beste Spielerfrau von allen.

Verständnisvoll. Aufopfernd. Eine Leibeigene?

Als Gegenleistung durfte ich mich mit meiner Malerei beschäftigen, so viel ich wollte, und ich bekam meine Kinder.

Und vor allem bekam ich die Geborgenheit.

Nichts Böses sollte wieder in meine Nähe kommen können.

So hatte ich mir das zumindest vorgestellt.

»Evelina Olsdotters Lebensgefährte hat ihr Alibi für den Weihnachtsabend bestätigt«, sagte Johan Rokka und sah die Kollegen an. Ingrid Bengtsson war zur Polizeistation nach Gävle gefahren, ansonsten waren alle anwesend, um den Stand der Ermittlungen zu besprechen und allen neuen Hinweisen nachzugehen.

»Wie beurteilen Sie dieses Alibi?«, fragte Per Vidar Sammeli.

»Scheint in Ordnung zu sein«, sagte Rokka und legte die Unterlagenstapel vom Fall übereinander. Er hatte Evelinas Freund selbst angerufen und ihn mit den Informationen überrascht. Doch offenbar hatte er schon eine Ahnung gehabt. Das Alibi gab er ihr, ohne zu zögern.

»Haben wir irgendetwas von Janna gehört?«, fragte Almén.

Rokka bemerkte seinen besorgten Blick, und da fiel ihm wieder ein, dass da noch eine Sache war, über die er mit ihm reden musste.

»Ja. Sie hat mir eine SMS geschickt«, sagte Rokka. »Ihr scheint es so weit gut zu gehen, aber sie wird noch ein paar Tage fehlen. Ich denke, wir sollten sie in Ruhe lassen.« Er seufzte und strich sich mit der Hand über die Haarstoppeln.

»Was haben wir jetzt eigentlich?«, fragte Sammeli. »Ein Fahrzeug, das vermutlich dem Täter gehört, und ein Stück Plastiksack, weshalb nun die Spurensicherung in der Wildmark herumgräbt. Außerdem Måns' Geliebte, die das bestätigt, was wir bereits wissen: dass es Henna schlecht ging.«

»Stimmt. Was Urban Enström angeht, haben wir einen Verdächtigen. Mit großer Wahrscheinlichkeit war es Kenneth Fermwolt, der jetzt tot ist«, sagte Rokka. »Wir warten noch auf die Ergebnisse der Blutbildanalyse, die jeden Moment hier sein müsste. Wir gehen davon aus, dass sie beweist, dass

Urban Enströms Blut an Fermwolts Jacke klebte und an dem Messer, das wir im Auto gefunden haben.«

»Haben Sie neue Informationen über unsere unbekannten Telefonnummern?«, fragte Sammeli.

»Ich warte auf Nachricht von meiner Kontaktperson bei Telia«, sagte Rokka.

»Sonst noch was? Was ist mit diesem Einsamen Schmetterling?«

»Wir konnten keine weiteren Spuren finden«, antwortete Rokka. »Fagerlund hat alles getan, was er konnte, um mehr über diesen Scheck in Erfahrung zu bringen, leider ohne Erfolg. Aber jetzt werden Måns' Kinder befragt. Wir hoffen, dass wir von ihnen neue Informationen bekommen. Im Moment begnügen wir uns mit dem, was wir haben.«

Rokka stand auf und wandte sich an Almén.

»Ich muss mit dir reden«, sagte er.

Die anderen verließen den Konferenzraum. Almén sah Rokka aufmerksam an.

»Ich habe den Eindruck, dass du deine Triebe nicht ausreichend unter Kontrolle halten kannst«, sagte Rokka und stemmte die Hände in die Seiten.

Almén sah betreten zu Boden.

»Du weißt, was ich von solchen Dingen halte«, fuhr Rokka fort und hob den Zeigefinger. »Ich weiß nicht, ob ich mich beherrschen kann, wenn mir deine Frau über den Weg läuft.«

»Mensch, Rokka«, sagte Almén. »Ich kann einfach nicht widerstehen. Ich bin zu müde, zu fertig. Bin diesen Alltag so leid. Das ständige Warten, dass Sofia wieder schwanger wird. Bin Sofias deprimierte Stimmung leid. Im Moment hält mich nur der Job aufrecht. Und Maria. Ich bin doch auch nur ein Mensch.«

»Ich verstehe, was du meinst. Aber ich bin nicht deiner Meinung«, sagte Rokka. »Regel das!«

Almén sah ihn resigniert an. Seufzte.

»Ich weiß ja, dass du recht hast. Mit allem. Aber es ist verdammt noch mal nicht leicht. Gib mir ein bisschen Zeit.«

Rokka legte Almén den Arm auf die Schulter und schob ihn vor sich her in Richtung Personalkantine.

Dort drüben war die Stimmung gut, auch wenn der große Durchbruch noch auf sich warten ließ. Vor dem Kaffeeautomaten bildete sich eine Schlange, und die Kollegen plauderten miteinander. Auf dem Fernsehbildschirm an der Wand wurde gerade das folgende Nachrichten- und Sportprogramm angesagt.

»Genau!«, rief Pelle Almén aus. »Hat jemand kürzlich Sport gesehen? Da ging's auch um Trabrennen, ein Fahrer hat der Journalistin das Mikro aus der Hand geschlagen.«

Rokka drehte sich blitzschnell um. Er hatte völlig vergessen, sich diesen Programmpunkt hinterher noch einmal anzuschauen.

»Ich hab's auch gesehen. Aber ich habe nicht gehört, was die Journalistin ihn gefragt hat.«

»Sie hat erst eine Menge Fragen zur Leistung des Pferdes gestellt«, antwortete Almén. »Dann fragte sie wie aus heiterem Himmel, was der Fahrer dazu meine, dass in letzter Zeit immer wieder über manipulierte Trabrennen spekuliert wird.«

»Und da ist der Fahrer ausgeflippt?«, fragte Rokka und fuhr sich mit der Hand über die Bartstoppeln. »Was bedeuten denn manipulierte Trabrennen? Erkläre es jemanden, der null Ahnung hat! Ich hasse Trabsport.«

»Zum Beispiel, dass die Fahrer verabreden, wer gewinnt«, sagte Almén und verschränkte die Arme.

»Und wer verdient daran?«

»Derjenige oder diejenigen, die Geld auf den Gewinner setzen. Wer hat nicht Lust, große Summen Geld auf ein Pferd zu setzen, bei dem man schon weiß, dass es gewinnen wird?«

Da sprang die Tür auf, und alle verstummten. Fagerlund kam mit Måns und seinen Kindern im Schlepptau herein. Der Kollege schüttelte diskret den Kopf, als er Rokka ansah. Also kein Erfolg bei der Befragung.

Måns nickte Rokka zu, als sie vorbeigingen. Plötzlich riss sich das kleine Mädchen von der Hand des Vaters los.

»Papa, Papa!«, rief sie und zeigte auf den Fernseher. »Der Onkel spricht wie der Weihnachtsmann.«

Alle starrten gespannt auf den 14-Zoll-Bildschirm, der an der Wand hing. Die Nachrichten hatten begonnen, und die Stimme des beliebten Sprechers, Bengt Magnusson, erfüllte den Raum.

»Was meinst du?«, fragte Måns gleich und hockte sich neben seine Tochter, die plötzlich ganz schüchtern wurde und sich die Hände vors Gesicht hielt.

»Es war wohl alles etwas viel für sie«, sagte Rokka. »Melde dich, wenn sie noch etwas erzählt.«

Måns nickte und nahm seine Tochter auf den Arm. Mit dem Sohn an der anderen Hand ging er hinaus.

Alle sahen sich an und begannen zu tuscheln.

»Bengt Magnusson spricht wie der Weihnachtsmann«, sagte Rokka leise vor sich hin. »Bengt Magnusson spricht wie der Mörder.«

***

Direkt neben dem Eingang von Evelina Olsdotters Hotel befand sich eine kleine Kaffeebar. Wenn man es eilig hatte, konnte es vorkommen, dass man sie einfach übersah.

Evelina war dort einmal aus Versehen gelandet, als sie in Hektik ins Hotel zurückwollte und die Eingänge verwechselt hatte. So hatte sie ihr Lieblingscafé entdeckt.

»Einen caffè macchiato bitte«, sagte sie zu dem Barista, als sie die Tür hinter sich schloss und an die Theke trat. Er nickte still und setzte die Maschine sofort in Gang.

Sie stützte sich auf der Bartheke auf. Noch immer zitterten ihre Beine. Es war erniedrigend gewesen, von der Polizei angerufen zu werden. Nicht dass Johan Rokka unfreundlich gewesen wäre. Aber aus irgendeinem Grund hatte sie einen Wahnsinnsrespekt vor Uniformen. Sie war so ein Mensch, der sofort anfing, sich selbst zu überprüfen, sobald auch nur in der Ferne ein Polizist auftauchte. In eine Mordermittlung verwickelt zu sein, war nichts für sie. Ihr Wissen, dass sie unschuldig war, spielte gar keine Rolle. Sie war dankbar, dass es ihr erspart geblieben war, aufs Polizeirevier vorgeladen zu werden. Sie hatte die Fragen schließlich am Telefon beantworten können.

Die Tasse mit einem einfachen Espresso und ein paar Tropfen Milch leerte sie in zwei Zügen. Schon war sie viel wacher. Es konnte wohl kaum das Koffein gewesen sein, das so schnell wirkte, aber sie spürte, dass eine gewisse Konzentration zurückkehrte.

Sie strich ihr Haar nach hinten, griff nach der Handtasche aus geflochtenem Leder und ging wieder hinaus. Als sie einen Schritt auf den Gehweg machte, verspürte sie plötzlich einen Stich im Unterbauch. Sie hielt inne. Ein intensiver Schmerz hielt ein paar Sekunden lang an, bevor er langsam wieder abebbte. Das war ein Schmerz, den sie nicht kannte.

Ähnlich wie Menstruationsschmerzen, aber dann auch wieder nicht. Als sie nachdachte, fiel ihr ein, dass ihre Regel eigentlich schon vor ein paar Tagen hätte kommen sollen. Einen Moment lang spielte sie mit dem Gedanken, ins Hotel zurückzugehen, um sich mit Schmerztabletten zu versorgen. Dann kam ihr wieder in den Sinn – und diesmal mit dem starken Gefühl von Unwirklichkeit und Hoffnung: Ihre Tage hätte sie eigentlich vor ein paar Tagen bekommen müssen. Måns. Die Woche vor Weihnachten. Wenn da … Beinahe versagten ihre Beine, und sie stützte sich mit der Hand an der Hausfassade ab. Ein kurzer Blick auf ihre Armbanduhr, und sie wusste, dass sie spät dran war. Sie beschleunigte ihre Schritte, dann begann sie die Straße hinunterzurennen.

Später am Tag stand der finale Probendurchgang für die Modenschau an. Das war die letzte Möglichkeit, Korrekturen vorzunehmen, was Kleidung und Inszenierung anging. Die Angst, den hohen Erwartungen nicht zu genügen, war ein ständiger Begleiter.

Vor einem Zebrastreifen blieb sie stehen. Mit wütendem Blick sah sie den Autos und *motorini* hinterher, die nicht die geringsten Anstalten machten, sie über die Straße zu lassen.

Durch den Straßenlärm hörte sie ein Piepen aus ihrer Tasche. Eine Nachricht. Sie fuhr mit der Hand hinein und holte ihr Handy heraus, während sie gleichzeitig rechts und links schaute. Wenn sie sich jetzt beeilte, schaffte sie es vor dem nächsten Auto. Sie flitzte los, aber als sie auf ihr Telefon schaute, blieb sie wie angewurzelt stehen.

Kapierst du es nicht? Ich sage es noch einmal. Hättest du dich für mich entschieden, wäre das nie passiert.

Mit einem Mal ging ihr ein Licht auf. Die SMS von der unbekannten Nummer waren keine Irrläufer. Sie galten ihr, und sie musste unbedingt die Polizei verständigen.

Sie sah auf und konnte gerade noch den Wagen erkennen, der viel zu schnell auf sie zukam. Er rammte sie auf Kniehöhe, und sie wurde auf die Motorhaube geschleudert.

In den folgenden Sekunden zogen Erinnerungen vor ihrem inneren Auge vorbei. Eigentlich wusste sie alles noch ganz genau. Auf diesem entsetzlich lehmigen Acker hatte alles begonnen.

Evelina lag kurz auf der Motorhaube, doch als der Fahrer bremste, rutschte sie herunter und fiel auf die Straße. Alles wurde schwarz.

***

Måns Sandin ließ sich in einem der Ledersessel im Wohnzimmer seines Elternhauses nieder. Es war ein gemütliches Zuhause. Nicht zu kostspielig – die Einrichtung stammte aus den Neunzigerjahren –, aber warm und heimelig. Schon einige Male hatte er den Eltern angeboten, eine komplette Renovierung zu übernehmen. Er hatte sie auch mit einem Grundstück am Meer in der Nähe seines Hauses in Skålbo überrascht und Unterlagen eines Bauunternehmers beigelegt, der schon für den ersten Spatenstich bereitgestanden hätte. Doch sie hatten alle Angebote, die Måns gemacht hatte, immer wieder abgelehnt. Sie wollten in ihrem Häuschen in Forsa wohnen bleiben. Da hatten sie schon immer gewohnt, und eine Renovierung war auch nicht nötig. Måns konnte sie verstehen, trotz allem. Auch wenn sich sein Leben mit der Karriere als Profifußballer verändert hatte, hieß das ja nicht, dass ihr Leben sich auch zwangsläufig ändern musste.

Måns betrachtete den klobigen Plasmabildschirm, der an der Wand montiert war. Es war sicher schon zehn Jahre her, dass er ihn den Eltern gekauft hatte. Damals waren sie die Einzigen in der ganzen Straße mit so einem modernen Fernseher gewesen. Jetzt besaßen die meisten Nachbarn beträchtlich schlankere Modelle.

Jedes Mal, wenn er mit teuren Geschenken nach Hause kam, hatten sie den Kopf geschüttelt und gesagt, dass das doch nicht nötig sei. Aber wie oft sie ihm auch das Gegenteil versicherten, er spürte, dass er in ihrer Schuld stand. Nur dank ihrer Unterstützung hatte er so viel Erfolg gehabt. Immerhin waren sie diejenigen gewesen, die ihn zu allen Fußballtrainings und Spielen chauffiert hatten. Sie hatten unermüdlich hinter dem Haus gestanden und Torwart gespielt, stundenlang. Bei Regenwetter und Sonnenschein.

Seit gut einer Stunde schliefen die Kinder, es war erstaunlich leicht gewesen, sie ins Bett zu bringen. Seine Eltern waren über Neujahr zu Freunden nach Sundsvall gefahren. Sie brauchten ein paar Tage Erholung, und er hatte ihnen versichert, dass er mit den Kindern auch allein zurechtkäme. Bald würden sie sich gemeinsam um Hennas Beerdigung kümmern. Måns wurde klar, dass er daran bislang überhaupt noch nicht gedacht hatte. Er musste Birk kontaktieren. Vielleicht konnte die Polizei ihm helfen, sie hatten ihn ja schon informiert. Carolina wollte mit Sicherheit auch zur Beerdigung kommen. Am nächsten Tag würde er sie anrufen.

Mit den Fingern trommelte er auf der Armlehne des Sessels. Es war noch nicht spät, und er hatte noch den ganzen Abend vor sich. Weggehen konnte er nicht, denn er hatte keinen Babysitter. Vielleicht konnte er jemanden einladen, der ihn in Forsa besuchte? Der auch gleich ein Take-away-Essen mitbrachte?

Auf dem Couchtisch vor ihm stand ein Glas mit dickem

Boden, voll mit Whisky. Er liebte das stechende Gefühl im Mund, ein paar Sekunden bevor er das kalte, rauchige Getränk hinunterschluckte. Es war ihm bewusst, dass sein Konsum seit Hennas Tod gestiegen war, doch das half ihm zweifellos zu entspannen, und er brauchte das.

Er hob das Glas und führte es an die Lippen. Er neigte es, bis die gelbliche Flüssigkeit seinen Mund gefüllt hatte, dann schluckte er. Drei Schlucke aufeinander, dann stellte er das Glas wieder ab. Dem Brennen im Hals folgte ein Schwirren in seinem Kopf.

Er lehnte sich zurück und holte einige Male tief Luft. Das Display seines Handys blinkte auf. Eine SMS von Manuel Battista, der fragte, ob er noch wach sei. Er müsse reden. Måns musste auch mit seinem ehemaligen Mannschaftskameraden reden. Wie es in Italien eigentlich lief. Er würde dem kleinen Rauschzustand etwas Zeit geben, sich zu legen, dann würde er Manuel anrufen. Als er die Augen schloss, spürte er, wie sich seine Muskeln entspannten und er langsam wegdämmerte. Ein extrem schönes Gefühl.

Er zuckte zusammen, als er das Geräusch hörte. Er musste eingeschlafen sein. Ein rascher Blick auf die Uhr. Schon Mitternacht. Als er sich aus dem Sessel erhob, glaubte er, der Boden gebe unter ihm nach. Er machte ein paar Schritte zur Seite, um sein Gleichgewicht wiederzufinden. Da erklang das Geräusch noch einmal. Ein Geräusch, als versuchte jemand, die Tür zu öffnen.

Er ging zur Treppe, die ins Erdgeschoss führte, und hielt inne. Lauschte kurz, dann setzte er seinen Fuß sachte auf die oberste Treppenstufe. Jetzt war es deutlich zu hören. Jemand drückte die Türklinke an der Eingangstür nach unten. Eine Sekunde voller Schrecken verging, bis derjenige den Türgriff wieder losließ. Die Tür war abgeschlossen.

Måns bewegte sich dicht an der Wand entlang und schlich bis in die Waschküche. Dort schaute er aus dem Fenster. Ein dunkler Schatten rannte davon. Keine Chance, zu erkennen, wer es war, aber ihm war klar, dass sie es ernst meinten. Er sank vor dem Wäschetrockner zu Boden. Es war wohl an der Zeit, seinen Stolz hinunterzuschlucken und dem Personenschutz zuzustimmen.

»Wir haben mit einem Kollegen von Ihnen gesprochen. Ein Typ von der Polizeibehörde, ein richtiger Blödmann, wenn Sie mich fragen.« Johan Rokka hörte dem Mann, der am anderen Ende der Leitung sprach, zu, während er sich von seinem Bürostuhl erhob und die Tür schloss. Der Anruf kam von einer unbekannten Nummer, und hätte er gewusst, wer der Anrufer war, hätte er das Gespräch nicht angenommen.

»Er besaß einfach kein Fingerspitzengefühl«, fuhr der Mann fort. »Hat nach Måns Sandins Frau gefragt. Ob wir irgendwas mit dem Mord zu tun hätten. Er hat keine Ahnung. Was wir mit Sandin zu tun hatten, ist längst vom Tisch.«

Rokka setzte sich wieder und überlegte, ob er dazu etwas sagen sollte und vor allem was.

»Aha …«, brachte er schließlich hervor.

Solentos, dachte er. Ein warmes Gefühl der Nostalgie machte sich in seinem Brustkorb breit, doch er wurde schnell wieder in die Wirklichkeit zurückgeholt. Ins Jetzt.

»Uns war klar, dass Sie Probleme haben, deshalb wollten wir persönlich mit Ihnen sprechen«, sagte der Mann.

Rokka saß noch immer schweigend da, aber der Mann am anderen Ende der Leitung fuhr fort: »Rein zufällig sind uns ein paar Dinge über Måns Sandin bekannt. Dass er Geschäfte mit einer bestimmten Person macht. Einem Mann in 'nem verdammt eleganten Anzug. Der Anzugtyp hat nicht begriffen, wie die Spielregeln bei uns sind. Welche Spielfeldhälfte unsere und welche seine ist. Jetzt ist es an der Zeit, dass er es versteht. Deshalb bietet es sich an, ein bisschen zu plaudern.«

Rokka lauschte gespannt und versuchte immer noch zu verstehen, warum Solentos ihn anrief. Er dachte darüber nach, das Gespräch zu beenden, denn er war sich nicht sicher, was er mit der Information anfangen sollte. Aber die Neugier war stärker.

»Wir denken, Sie sollten sich Måns Sandin gründlich vornehmen«, sprach der Mann weiter. »Und auch Ihren großen Häuptling. Es geht ums Spielen. Trabrennen. Fette Kohle. Wir wissen, dass die italienische Polizei sich freuen würde, wenn Sie anrufen und sich mit ihnen über Fußball unterhalten würden. Måns war *wirklich* so gut, dass er allein Spiele entscheiden konnte. Den Namen des Mannes im Anzug bekommen Sie auch, aber auf einem anderen Weg. Und wissen Sie was, wir mögen Sie.«

»Ich schätze es wirklich sehr, dass Sie sich bei mir melden, aber ich möchte Sie bitten, mich nicht wieder anzurufen«, sagte Rokka und schluckte.

Es wurde still in der Leitung. Das Gespräch war beendet. Was hatte der Mann da eigentlich gesagt? Spiel. Trabrennen. Fußball. Langsam nahm eine Hypothese in Rokkas Kopf Form an. Aber konnte Måns Sandin wirklich in so etwas verwickelt sein?

Sein Handy gab noch einen Signalton von sich, und er linste auf das Display. Eine SMS von einer Nummer, die ihm fremd war.

Vladimir Katenovic. Viel Glück.

So schnell er konnte, rief er Almén an.

***

Janna Weissmann musste das Gaspedal mit dem rechten Fuß nur leicht antippen, damit die fast fünfhundert PS den nächsten Gang fanden. Sie wurde in ihrem Fahrersitz nach hinten gepresst, und als sie das Gaspedal wieder losließ, wurde ihr Körper wieder nach vorn bewegt.

Schon um fünf Uhr morgens war sie auf die E4 in Richtung Süden gefahren. Es war völlig verrückt, aber sie hatte getan, was Katarzyna ihr geraten hatte. Hatte alles stehen und liegen gelassen und war gegangen. Als Rokka sie in der Umkleidekabine beobachtet hatte, war er ihr zu nahe gekommen. Im Moment brachte sie es noch nicht fertig, darüber zu sprechen. Er würde es verstehen, das spürte sie irgendwie. Doch zuerst musste sie die Kraft dafür sammeln.

Argento lag in seinem Katzenkäfig auf dem Rücksitz. Es war selbstverständlich, dass sie den Kater mitnahm, aber sie hatte sich selbst das Versprechen gegeben, dass dies seine letzte Reise werden würde.

Das graue Steinhaus stand im Germaniaväg im noblen Stockholmer Vorort Djursholm. Als sie angekommen war, fuhr sie auf den Gehweg und hielt hinter der Hecke, die das Grundstück umsäumte. Vor den hohen Fenstern hingen rote Gardinen, und große Weihnachtssterne verbreiteten warmes Licht. Trotzdem spürte sie die Kälte kommen.

Sie dachte zurück an das, was sich damals hinter diesen Fenstern und Mauern abgespielt hatte. Die Schulferien hatte sie hier verbracht. Während der vornehmen Abendessen sollte sie erzählen, was in den letzten Wochen im Internat geschehen war. Was sie gelernt hatte. Welche Leistungen sie bei den Prüfungen gebracht hatte. Welche Noten da standen. Vater hatte immer eine Belohnung bereitgehalten, wenn sie gut abgeschnitten hatte, aber wenn sie einmal nicht Klassenbeste geworden war, hatte er sie heruntergeputzt. Wozu er allerdings selten Grund hatte. Meist hatte sie die Belohnung bekommen, gefolgt von einem ausführlichen Monolog, wie wichtig das Lernen sei.

Auf ihre Schule ging die Zukunft Schwedens. Europas. Die Spitzen der Wirtschaft, die ein unschätzbares soziales Netzwerk ausmachten. Zumindest beschrieb ihr Vater es so. Das alles war ihr selbst unsäglich zuwider, doch sie nickte höflich, um sich weitere Ermahnungen zu ersparen.

Wenn die Feiertage vorbei waren, war es wieder so weit. Die Pflicht rief, und die Eltern verabschiedeten sie förmlich, bevor sie in ihre Schule nach Värmland zurückchauffiert wurde.

Janna hielt es nicht länger aus, das Gefängnis ihrer Kindheit anzuschauen, und mit einem energischen Tritt aufs Gaspedal fuhr sie wieder los in Richtung Autobahn. Ihr nächstes Ziel lag noch weiter südlich.

Nach zwanzig Minuten bog sie von dem stark befahrenen Nynäsväg ab und folgte der Beschilderung. Sie tuckerte über eine Straße, die zum Waldfriedhof führte, rechts und links gesäumt von hohen Mauern.

Sie war erstaunt, wie riesig das Gelände war, und obwohl sie noch im Wagen saß, konnte sie deutlich spüren, wie sich Stille und eine friedliche Stimmung ausbreiteten. Auf eine große Wiese folgte ein lichter Kiefernwald. Zwischen den Bäumen sah Janna Laternen, die die Grabsteine, die in langen Reihen standen, beleuchteten. Der Schnee lag wie eine dicke Decke über der Erde. Hier mussten irgendwo die Gräber ihrer Eltern sein, aber sie hatte nicht die geringste Ahnung, wo. Sie hatte sie auf ihrem letzten Weg nicht begleitet. Das schlechte Gewissen versetzte ihr einen Stich, doch sie ignorierte ihn.

Dann sah sie Schilder, die zu einem Informationszentrum führten. Es bestand aus vier kleinen Gebäuden, die alle ein grünes, spitzes Dach hatten. Bei ihrem Anblick musste sie an kleine Hexenhäuschen denken. Sie stieg aus und ging zu einer der Türen. Sie klopfte ein paarmal, und es dauerte nicht lange, da quietschten die Scharniere, und die Tür wurde geöffnet.

Janna sah hinunter auf den Mann, der vor ihr stand. Er trug einen braunen Ledermantel und einen Filzhut, der die Augen verbarg, als er zu ihr aufsah.

»Wie kann ich Ihnen helfen?«, fragte er.

Seine Stimme klang warm, und sonderbarerweise wurde Janna ganz ruhig.

»Ich suche ein Grab. Ich bin zum ersten Mal hier«, erklärte sie.

»Wissen Sie den Namen der Person?«

Janna schluckte. Es setzte ihr zu, die Namen der Personen auszusprechen, die ihr eigentlich am nächsten hätten stehen müssen.

»Der Personen, die beerdigt sind«, sagte sie leise. »Nima und Wolfgang Weissmann.«

»Wissen Sie, wann sie beerdigt wurden?«

Janna schloss kurz die Augen. Sie dachte nach. Fünf Jahre war es her, dass ihr Vater gestorben war, zwei Jahre nach ihrer Mutter. Er war vor Trauer eingegangen, das wusste sie. Seit fünf Jahren gab es nur noch sie. Fünf Jahre Einsamkeit, doch ebenso fünf Jahre Freiheit – Freiheit, mit der sie nicht hatte umgehen können.

»Vor sieben und fünf Jahren«, antwortete sie.

»Können Sie mir die Namen aufschreiben?«, fragte der Mann und ging zu seinem Schreibtisch weiter hinten im Raum. Er reichte Janna einen Bleistift und einen kleinen Zettel. Mit zitternder Hand schrieb sie die Namen ihrer Eltern nieder.

Der Mann setzte sich auf seinen Bürostuhl und rutschte näher an seinen Computer, der auf dem Tisch stand. Er öffnete einen Browser und tippte mit dem Zeigefinger eine Adresse ein. Er schielte auf den Zettel und schrieb mit demselben Finger die Namen ins Suchfeld. Nach einem Klick auf *Enter* erschien eine andere Seite, und der Mann beugte sich näher an den Schirm.

»Das Grab liegt im Bereich 14B, es hat die Nummer 315«, sagte der Mann. »Ich kann es Ihnen hier auf der Karte zeigen.« Er ging zu einer Karte, auf der alle Sektionen und Wege eingezeichnet waren. Janna merkte sich die Wegbeschreibung, bedankte sich für seine Hilfe und ging zur Tür hinaus.

Sie lief eilig den Weg hinunter und bog an der dritten Kreuzung rechts ab. Nach ein paar Metern schon war sie da.

Der Grabstein war etwa einen Meter hoch und sicherlich ebenso breit. Janna trat an den Stein heran und befreite ihn vom Schnee. In geschwungenen, mit Goldfarbe ausgefüllten Buchstaben standen darauf ihre Namen geschrieben. Ihre Mutter Nima. Tochter eines jordanischen Konsuls. Sie hatte ihren Vater in den Siebzigerjahren auf einen Kongress in Stockholm begleitet. Dort hatte sie Wolfgang Weissmann kennengelernt. Wolfgang hatte den Blick nicht mehr von der hübschen jungen Dame abwenden können, und mit seiner Zielstrebigkeit hatte er keine Ruhe gegeben, bevor es ihm gelungen war, sie zum Essen auszuführen.

Wolfgang hatte Nimas Vater mit seinem strebsamen Aufstieg von der Ostberliner Arbeiterklasse in ein Imperium der Pharmaindustrie imponieren können. Somit hatte er den Segen ihres Vaters, wenn der so fleißige Ostdeutsche sich mit seiner Tochter verabredete.

Janna hatte die Geschichte des Kennenlernens ihrer Eltern unzählige Male von ihrem Vater gehört. Wolfgang hatte sich dann für Stockholm als Familiensitz entschieden, und dank ihrer vielen Kontakte war Nima Jordaniens neue Konsulin in Schweden geworden. Hier lagen sie nun unter der Erde, dicht nebeneinander.

»Es ist nicht leicht, der eigenen Vergangenheit zu begegnen, habe ich recht?«

Janna drehte sich hastig um. Da stand der kleine Mann aus dem Wachhäuschen. Er schob den Hut nach hinten, sodass sie seine Augen sah. Sein Lächeln war warm. Janna nickte langsam.

»Entschuldigen Sie, wenn ich störe«, sagte der Mann etwas verlegen.

»Kein Problem«, antwortete Janna und staunte darüber, wie gut ihr die Anwesenheit des Mannes tat.

»Bei meiner Arbeit habe ich viel mit Trauer zu tun«, sagte er. »Aber noch nie ist mir so viel Einsamkeit begegnet wie in Ihren Augen.«

Davon wissen *Sie* doch wirklich nichts, dachte Janna und sah zu Boden. Doch dann schaute sie wieder auf, als sie spürte, dass da etwas war, das ihr Inneres dazu bewegte, sich zu öffnen.

»Ich heiße Bertil Mårtensson.« Der Mann hielt ihr die Hand hin.

»Janna Weissmann«, sagte sie und zitterte, als sie seine warme Hand schüttelte.

»Es fällt einem schwer, etwas loszulassen, das man nie hat festhalten können«, sagte er und hielt ihre Hand noch einen Moment lang. »Ich möchte, dass Sie daran denken.«

Er sah ihr eindringlich in die Augen, sodass Janna den Blick nicht abwenden konnte. Da stand sie, ihre Hand in seiner, und zitterte, während sich die Wärme seiner Hand auf ihren Arm ausbreitete und weiter in ihren Körper strahlte. Solch eine Geborgenheit hatte sie noch nie erlebt, und in ihrem Inneren hallten seine Worte wider. Sie bedeuteten in ihrer Einfachheit so viel und trafen direkt ins Herz.

Langsam begannen die Tränen zu fließen. Sie ließ den

Mann los und wandte ihm den Rücken zu. Die Arme um ihren Körper geschlungen, stand sie da und weinte immer heftiger.

»Mit den Tränen kommt die Befreiung«, sagte der Mann und setzte sich in Bewegung. Janna wollte ihn erst bitten, noch zu bleiben, doch dann ließ sie es sein. Sie drehte sich ein letztes Mal zum Grabstein um, bevor auch sie diesen Ort verließ. Die Schritte zurück zum Parkplatz fielen ihr leicht.

***

»Die Sache mit den manipulierten Trabrennen lässt mich einfach nicht los«, sagte Johan Rokka und klopfte mit dem Kuli auf die Schreibtischplatte.

Pelle Almén saß ihm gegenüber, zurückgelehnt und mit verschränkten Armen. Er hatte sich im Polizeigebäude aufgehalten und war sofort gekommen, als Rokka ihn angerufen hatte.

»Lass hören«, sagte Almén.

»Enström hat Geld auf ein Pferd mit unheimlich hoher Quote gesetzt, nicht wahr?«

»Stimmt.«

»Und nach dem, was unser Freund mit der Pelzmütze sagt, der hinter Enström an der Kasse stand, war er auf dem Weg, einen Batzen Geld abzuholen, nachdem das Pferd gewonnen hatte.«

»Völlig korrekt.«

»Vorausgesetzt, Enström wusste, dass das Rennen manipuliert war … er wusste, dass das Pferd gewinnen würde, und deswegen traute er sich, einen so hohen Spieleinsatz zu machen?«

»Und dass er deswegen umgebracht worden ist, meinst

du?« Almén sah skeptisch aus. »Das klingt eher unwahrscheinlich, wenn du mich fragst. Da ist doch Raubmord das näherliegende Motiv, so wie meist.«

Rokka stand auf und stemmte die Hände in die Hüften.

»Aber wenn er riskierte, etwas zu verraten, das viel bedeutsamer war als die manipulierten Trabrennen?«

»Dann bin ich deiner Meinung.« Almén sah Rokka neugierig an.

»Du alter Schutzpolizist. Man kann es kaum glauben, aber jetzt stehst du ja mit einem Fuß schon in der Polizeibehörde. Wenn ich dich bitte, einen Mann namens Vladimir Katenovic zu überprüfen, auch der ›Mann im eleganten Anzug‹ genannt …«, sagte Rokka. »Finde heraus, ob der seine Kleidung in Italien kauft.«

»Katenovic. Kommt mir bekannt vor«, sagte Almén. »Wenn ich mich recht erinnere, hat er irgendwann vor ein paar Jahren wegen Wirtschaftskriminalität gesessen. Woher hast du diesen Namen? Und was hat Italien damit zu tun?«

Rokka schüttelte den Kopf und machte eine Geste, dass ihm kein Wort über die Lippen käme.

»Wenn ich sage, dass Måns Sandin seine Finger im Spiel hat?«, sagte er dann.

»Jetzt raus mit der Sprache, hast du einen Tipp bekommen?«

Rokka schüttelte den Kopf und fuhr fort: »Glaubst du, der große Häuptling interessiert sich für Trabrennen?«

Almén zog die Augenbrauen hoch und hob die Schultern.

»Du meinst den Bezirkspolizeidirektor? Keine Ahnung, aber ich erinnere mich, dass er vor ein paar Jahren einen spektakulären Fall auf dem Tisch hatte. Einer der besten Fahrer Schwedens, Fredrik Strömlund, war wegen Tierquälerei angezeigt worden. Man begann zu ermitteln, aber soweit ich mich erinnern kann, wurde die Untersuchung aus Mangel an

Beweisen eingestellt. Da es sich nicht gerade um ein Kapitalverbrechen handelte, wollte man nicht noch mehr Personal mit dem Fall beschäftigen.«

Rokka nickte zufrieden.

»Ich bin mir sicher, dass Vladimir Katenovic der gemeinsame Nenner in unseren Ermittlungen ist.«

»Wie meinst du das?«

»Vladimir Katenovic ist der Kopf hinter den Manipulationen beim Trabrennen. In Schweden zumindest. Dann gibt es in Italien auch noch jemanden. Aber das ist wesentlich größer, und dort geht es um Fußball.«

»Ich verstehe immer noch nichts, aber sprich weiter«, sagte Almén.

»Ich bin mir sicher, dass die unbekannten Handynummern Vladimir Katenovic gehören. Dass er Måns an Heiligabend angerufen hat, dieses Gespräch, an das er sich nicht erinnern kann – oder nicht erinnern will. Das Gespräch, das *wirklich* der Auslöser dafür war, dass er zu spät nach Hause kam. Und dass Katenovic Kenneth Fermwolt direkt vor dem Mord auf der Trabrennbahn anrief.«

»Du bist gar nicht so dumm, wie du aussiehst.«

»Hast du vielleicht Lust, die Ermittlungen des Bezirkspolizeidirektors für mich zu checken?«

»Natürlich, ich werfe mal einen Blick auf das, was die Datenbank hergibt«, sagte Almén und stand auf.

Gleichzeitig klingelte Rokkas Handy, und Hjalmar Albinssons fröhliches Gesicht erschien auf dem Display.

»Leider muss ich unsere Befürchtungen bestätigen«, sagte er, als Rokka das Gespräch annahm.

»In Sachen Plastikfolie?«, fragte Rokka und aktivierte die Lautsprecherfunktion. Almén kam näher.

»Jemand hat sich die Mühe gemacht, einen Mitmenschen

in kleine Stücke zu zerlegen und in einundzwanzig Plastiksäcke zu verpacken.«

»Und um welche arme Seele handelt es sich?« Almén seufzte und ließ die Arme hängen.

***

»Verdammt«, fluchte Johan Rokka, als er die Wagentür öffnete und die zehn Zentimeter hohe Neuschneeschicht, die auf dem Autodach gelegen hatte, direkt auf den Fahrersitz rutschte, auf den er sich gerade setzen wollte. Er tat, was er konnte, um das Polster vom Schnee zu befreien, bevor er einstieg, aber die Nässe drang dennoch schnell durch die Hose bis auf die Haut. Er ließ den Motor an und stellte die Sitzheizung auf Maximum. Da klingelte sein Handy. Wieder Pelle Almén.

»Gib's zu, du kriegst einfach nicht genug von mir«, sagte Rokka und musste grinsen.

»Wir haben Henry Gustavsson endlich erreicht. Seit dem 23. Dezember ist er in San Agustín auf Gran Canaria. Seine Kinder haben ihn und seine Frau mit der Reise überrascht.«

»Er hat also an Heiligabend keinen Schnee in Skålbo geräumt«, sagte Rokka und sah sich selbst im Rückspiegel an.

»Nein, definitiv nicht«, bestätigte Almén.

Rokka hörte zwei Signale in der Leitung und warf einen Blick aufs Display.

»Jetzt ruft Annelie von Telia an, da muss ich rangehen«, sagte er und drückte Almén weg. Als er das Gespräch annahm, hörte er schnelles Atmen.

»So! Ich glaube, ich hab jetzt das, was du brauchst«, sagte Annelie. »Die eine Prepaid-Karte ist absolut nicht zu identifizieren, nichts hat funktioniert. Die Sim-Karte ist in verschiedenen Handys benutzt worden und keine der IMEI-

Nummern hat uns irgendwie weitergebracht.« Sie las die Ziffern der mittlerweile bekannten Telefonnummer vor, die, die vermutlich Vladimir Katenovic gehörte.

»Diese Nummer führt zu einem absoluten Profi, ich glaube, den haben wir bereits«, sagte Rokka. »Und was ist mit der anderen?«

»Der Benutzer der zweiten Prepaid-Karte war nicht ganz so gerissen.«

Rokka versuchte sich den Täter vorzustellen, wie er einen Monat vor Weihnachten bei Henna Pedersen angerufen hatte und dann später bei Sivert Persson, wobei er vorgegeben hatte, Henry Gustavsson zu sein.

»Erklär es so, dass ein Idiot wie ich es auch versteht«, sagte Rokka und parkte den Wagen langsam vor seinem Haus.

»Eine Prepaid-Karte muss ja mit Geld aufgeladen werden. Diese Karte ist nur ein einziges Mal geladen worden. Über einen Computer. *Big mistake.*«

»Erzähl weiter.«

»Die Transaktion wurde am 20. Dezember von einem Laptop aus vorgenommen. Ich habe jetzt euren Job gemacht und die IP-Adresse des Computers gecheckt. Sie war an unseren Server über ein drahtloses Netzwerk angeschlossen.«

»Und das soll uns weiterhelfen?« Rokka fuhr sich mit der Hand über die Bartstoppeln.

»Ihr habt unglaubliches Glück. Das Netzwerk wird nämlich von uns betrieben«, fuhr Annelie fort. »Und jeder, der ein Passwort hat, kommt hinein.«

»Heißt das, du hast eine Adresse für mich?«, fragte Rokka.

»Sehr gut, du bist immerhin kein hoffnungsloser Fall. Du bekommst eine Adresse.«

Rokka wagte kaum zu atmen. Wenn sie einen Standort hatten, mit dem sie die Telefonnummer in Verbindung bringen konnten, dann war das bislang definitiv der größte Erfolg in ihren Ermittlungen.

»Wir stellen dieses Netzwerk Brittas Konditorei in der Storgata 195 in Hudiksvall zur Verfügung«, sagte Annelie.

Rokka seufzte tief.

»Du meinst, jemand hat eine Prepaid-Karte mithilfe eines Computers geladen, der sich in einem Café in der Storgata in Hudiksvall befunden hat?«, fragte er enttäuscht.

»Ja, genau«, antwortete sie.

»Aber es gibt doch Unmengen von Kunden in einem Café, die den Computer benutzt haben könnten«, stellte Rokka ernüchtert fest.

»Ja, aber nur einer von ihnen hat diese Transaktion über unseren Server getätigt«, sagte Annelie.

Rokka konnte sie vor sich sitzen sehen, wie sie ihr Handy in der Hand hielt und triumphierend lächelte, wie es ihre Art war.

»Und wie sollen wir nun herausfinden, wer …«

Rokka dachte laut.

»Das überlasse ich gerne dir«, sagte Annelie. »Ein heißer Tipp wäre, das Café aufzusuchen und zu fragen, ob sie sich an jemanden erinnern, der an diesem Tag mit einem Laptop dort gehockt hat.«

»Ja klar. Aber wie groß ist die Chance? Würdest du dich an jemanden erinnern, der einen Laptop dabeihatte?«

»Ja, Rokka, ich würde mich erinnern«, sagte sie.

Natürlich, dachte er und schüttelte den Kopf.

***

Ein paar Stunden später lag Johan Rokka im Bett und spielte in Gedanken verschiedene Szenarien durch. Endlich waren sie so weit gekommen, dass sie einen Standort hatten. Mit großer Wahrscheinlichkeit hatte sich eine für die Ermittlungen wichtige Person am 20. Dezember in diesem Café aufgehalten. Aber wie sollten sie jetzt weiterkommen?

Er drehte sich in die Seitenlage. Sein Rücken ließ keine andere Art aufzustehen zu. Sobald die Ermittlungen abgeschlossen wären, würde er sich darum kümmern. Er hatte zwar früher auch schon gesagt, dass er wegen seines Rückens etwas unternehmen müsse, und war nicht dazu gekommen, aber jetzt war es schlimmer als je zuvor. Es war ihm klar, dass seine Rückenprobleme besonders damit zusammenhingen, dass er keinen Sport mehr machte.

Ein plötzliches Leeregefühl im Magen animierte ihn aufzustehen und in die Küche zu gehen. Er ärgerte sich über sich selbst, dass er es nie lassen konnte, abends noch zu naschen. Er sah hinunter auf seinen Bauch und versuchte die Warnung seines Freundes, wie gefährlich dieses Bauchfett sei, zu verdrängen. Bauchfett, das war etwas, das ältere Männer betraf. Sein Freund hatte gemeint, dass er immer wieder neue Ausreden fand, aber aufzuhören, ungesundes Zeug zu essen, war für ihn genauso schwer wie gegen diese Rückenprobleme anzugehen.

Im Kühlschrank lag immer noch ein Stück von dem Weihnachtsschinken, den er zwischen den Jahren eingekauft hatte. Er schmierte sich vier Schinkenbrote mit süßem Senf. Sie schmeckten wunderbar. Dann kippte er sich einen halben Liter Milch in den Hals und wurde selbst von dem Gedanken überrascht, dass er sich eigentlich nach jemandem sehnte, der ihn davon abhielt, direkt aus der Packung zu trinken.

Als er alles in den Kühlschrank zurückstellte und die Tür schloss, hielt er inne. Er betrachtete die Fotos, die am Kühlschrank hingen. Sein Blick blieb an dem Mannschaftsbild hängen, auf dem die Jungs aufgereiht standen. Irgendetwas war an dem Bild, über irgendetwas war er gestolpert.

Plötzlich wusste er es, und die Erkenntnis pochte in seinem Kopf im Takt mit seinem Pulsschlag. Er warf den Rest des letzten belegten Brotes in den Mülleimer und ging, so schnell es sein Rücken zuließ, hinüber ins Schlafzimmer, wo sein Handy lag. Er setzte sich aufs Bett und suchte die Nummer von Annelie heraus.

»Du schon wieder, Rokka?«, fragte Annelie, als sie nach dem ersten Klingeln abnahm.

»Du, dieses drahtlose Netzwerk, über das wir gesprochen haben, wie stark ist das? Ich meine, kann man darin nur surfen, wenn man im Café sitzt?« Rokka verhaspelte sich beinahe.

»Wenn man Glück hat, hat man auch in einem der umliegenden Gebäude Empfang, vorausgesetzt, die Wände sind nicht allzu dick. Hast du etwas Spezielles im Sinn?«

»Es ist also genauso gut möglich, dass man in der Wohnung darüber hockt, wenn die Bedingungen günstig sind?«, fragte Rokka und spürte, wie ihm flau im Magen wurde.

»Absolut. Wenn du den Netzwerkschlüssel hast. Das geht vielleicht nicht genauso schnell, wie wenn du direkt am Router sitzt, aber es ist absolut im Bereich des Möglichen«, sagte Annelie.

Rokka beendete das Gespräch und legte das Handy aufs Bett. Er ließ die Arme schlapp herunterhängen und starrte geradeaus. Sein Herz schlug wieder langsamer, und alles um ihn herum war still. Die Gefühle übermannten ihn, erst die Traurigkeit, dann kam Wut auf und schließlich Enttäuschung. Er machte einen letzten Versuch, eine andere Erklärung dafür zu finden, doch so ungern er es auch zugab, alles deutete darauf hin, dass er einen der Mörder kannte.

19. SEPTEMBER

Nichts Böses sollte mehr in meine Nähe kommen.

Es ging eine Weile gut, und ich habe wirklich geglaubt, dass es so war.

Bis jetzt. Jetzt ist es nur noch ein paar Monate hin, bis wir nach Hudiksvall umziehen werden.

Der Herbst hat in Florenz Einzug gehalten, und er macht mich schwermütig. Mehr als je zuvor.

Måns weiß nichts von den Medikamenten. Ich will sie absetzen, aber ich schaffe es nicht. Ich zittere. Kann nicht schlafen. Brauche immer mehr.

Nicht einmal Wein zeigt noch eine Wirkung, ich trage eine ständige Unruhe in mir. Måns ist weg. Wieder mal weg.

Es gibt viel zu regeln für den Umzug, sagt er, aber ich weiß nicht, was ich glauben soll.

Wenn ich mehr Kraft gehabt hätte, hätte ich vielleicht verstanden, was mit ihm geschieht. Mit uns. Aber ich habe keine Kraft mehr. Ich sehne mich fort.

Vielleicht wird es in Schweden besser. Im Moment will ich nur vergessen. Das vergessen, wovon Måns nichts weiß.

Denn jetzt ist es geschehen. Das Böse hat mich wiedergefunden.

Aber dass das Böse durch ihn zu mir kommen würde, das hätte ich nie gedacht. Natürlich gibt es eine Erklärung. Aber ich sage es noch einmal:

Ein Kind ist niemals schuld.

Staatsanwalt Sammeli nahm nicht ab, als Johan Rokka ihn anrief. Rokka wollte eine schnelle Entscheidung über eine Hausdurchsuchung. Sie hatten keine Zeit, länger zu warten, das fand zumindest er.

Auch Hjalmar Albinsson ging nicht ans Telefon. Rokka hätte gern jemanden dabeigehabt, wenn er diesen Besuch machte, am liebsten einen Techniker, aber jetzt musste er allein zurechtkommen. Was er nun vorhatte zu tun, war ein grober Verstoß gegen die Dienstvorschriften, aber das war ihm egal.

Er quälte sich aus dem Bett und griff nach seiner Lieblingshose, der Trainingshose mit den drei weißen Streifen an der Seite. Nicht ganz ohne Mühe stieg er mit den Beinen hinein und zog sie hoch. Das Adrenalin wollte mehr, als sein Körper zu leisten bereit war, und er bewegte sich hinkend in den Flur. Mitten in dieser ernsten und traurigen Situation brach er plötzlich in Lachen aus, als ihm einfiel, wie er einmal vergessen hatte, die blaue Hose seiner Uniform anzuziehen, als er zu seiner Schicht in der Bezirkseinsatzzentrale kam. Dort herrschten strenge Vorschriften, was das Tragen der Uniform anging. Antiquiert und lächerlich, denn die Beamten saßen an ihren Computern und hatten mit der Bevölkerung nur via Telefon Kontakt. Es war nicht immer gut angekommen, wenn er das Polohemd der Polizeiuniform und die ziemlich legere Adidas-Hose trug, doch Rokka selbst hatte sich damit sehr wohlgefühlt.

Im Flur stieg er in die Joggingschuhe, ohne sie zu binden. Weit hatte er nicht zu laufen. Er ging die Storgata hinunter und bog dann links ab. Vor dem rosafarbenen Haus mit den weißen Fensterrahmen hielt er an. Er schielte nach oben, bevor er über die Schneeberge stieg, um die Ecke bog und dann den Innenhof betrat.

Es sah alles so aus wie damals, als er zuletzt hier gewesen war, vor gut fünfundzwanzig Jahren. Doch da hatte die Sonne geschienen, da hatten Gartenmöbel auf der Wiese im Hof gestanden, und er und noch ein paar andere verschwitzte Fußballkameraden waren dort gewesen und hatten Limonade getrunken und frisch gebackene Zimtschnecken gegessen.

Jetzt war die schiefe Treppe an der Außenseite des Hauses von Schnee bedeckt. Hinter den Fenstern der Dachwohnung im dritten Stock war es dunkel. Auch wenn es die normalste Sache der Welt gewesen wäre, war Rokka noch nie dort oben gewesen. Keiner der Fußballer war da oben gewesen. Sie hatten sich darüber gar keine Gedanken gemacht, dass keiner hineindurfte. Sie hatten sich damit zufriedengegeben, ein bisschen Energie zu tanken, bevor es mit dem Fußball weiterging.

Der Schnee am Geländer kühlte seine Hand, als er Schritt für Schritt die Treppe erklomm. Es knackte und wackelte, und wieder einmal kam ihm der Gedanke, wie blöd er war. Er sollte hier wirklich nicht allein unterwegs sein.

In diesem Moment vibrierte sein Handy in der Tasche. Hjalmar Albinsson.

»Ich habe gesehen, dass Sie angerufen haben«, sagte er. »Ich schamponierte mich gerade unter der Dusche, als Sie anriefen.«

Schamponierte, aha, dachte Rokka und hielt inne. Wer bitte schön benutzte solche Ausdrücke? In der nächsten Sekunde versuchte er, das Bild von dem duschenden Hjalmar wieder loszuwerden, das automatisch vor seinem inneren Auge aufflackerte.

»Hören Sie, ich stehe hier gerade im Innenhof der Storgata 195 und fühle mich etwas einsam«, sagte er. »Können Sie herkommen?«

»Mit dem Wagen bin ich in etwa sechs Minuten vor Ort.«

Rokka blieb noch vor der Tür stehen und starrte auf das Namensschild, das mit einer verrosteten Schraube neben der Tür befestigt war und schief hing. Dann warf er einen Blick in den Himmel über dem Hausdach. Er schloss die Augen und wurde wieder von Erinnerungen überschwemmt. Wehmut machte sich breit, und er schluckte. Dann sah er wieder herunter auf das Namensschild.

Entschuldigung, aber ich kann nicht anders, dachte er.

***

Angelica Fernandez schlug die Daunendecke zur Seite und setzte die Füße auf den Boden. Der Teppich kitzelte an den Fußsohlen, und sie zog sie noch einmal hoch ins Bett. Bis auf das Licht von der Stehlampe neben dem Bett war es dunkel in ihrem Zimmer. Von ihrer Freundin, die an der Bar arbeitete, hatte sie Schlaftabletten bekommen und damit nun ein paar Stunden Ruhe gefunden.

Ihr Magen knurrte, und sie streckte die Hand nach einem halb gegessenen Daim aus, das auf dem Nachttisch lag. Nach dem knirschend süßen Riegel ging es ihr schon viel besser. Sie griff nach einer Flasche Coca-Cola, die auf dem Boden stand. Zwar war kein Verschluss darauf, und sie wusste auch gar nicht, wem die Flasche gehörte, aber das war ihr egal. Mit wenigen Schlucken trank sie sie leer.

Sie legte sich wieder auf den Rücken und sah an die Decke. In der Etage über ihr lief ein Fernseher. Stimmen und Lachen von einer bekannten Comedy-Sendung waren zu hören und bewirkten, dass sie sich nicht mehr ganz so einsam fühlte. Dankbar dachte sie an ihre Freundin, die ihr das Zimmer im Hotel zur Verfügung gestellt hatte, weil sie wusste, wie anstrengend es sein konnte, bei den Eltern zu wohnen. Hier im Hotel musste Angelica sich nicht das Gerede ihrer Mutter anhören, wenn sie ihren Teller nicht leer aß, und dass sie sich viel zu stark schminkte oder viel zu wenig anzog. Und dann ihr Vater. Er hätte sofort gemerkt, dass es ihr nicht gut ging, und sie nicht in Ruhe gelassen, bis sie ihm von ihrem Liebeskummer erzählt hätte. Aber im Moment wollte sie nur allein sein.

Angelica griff zu ihrem Handy und begann, eine Nachricht zu schreiben. Ihre Freundin hatte mehrmals angerufen und SMS geschrieben, um zu fragen, wie es ihr ging. Angelica musste ihr antworten, um sie zu beruhigen.

Ich überleb's. Danke, dass ich hier sein darf, schrieb sie. Als die Nachricht verschickt war, steckte sie sich die Kopfhörer ins Ohr und klickte ihre Playlist mit Housemusik an. Sie schloss die Augen und ließ sich von den elektronischen Klängen treiben. Jetzt wollte sie einfach nur allein sein mit ihrem Kummer.

Angelica musste noch einmal eingeschlafen sein. Ein Blick auf die Uhr bestätigte das. Sie sah sich im Zimmer um. Lauschte. Der Fernseher über ihr war verstummt. Sie zog die Kopfhörer aus den Ohren und legte sie auf den Nachttisch. Es war noch immer dunkel draußen, und es würde noch dauern, bis die Sonne aufging. Sie zog die Bettdecke fester um den Körper.

Johan Rokka, dachte sie und sah sein sexy Lächeln vor sich. Warum hast du so viel Angst?

Ein Geräusch, das aus dem Flur kam, schreckte sie auf. Es klang wie eine Tür, die zugeschlagen wurde. Sie lauschte, doch es war wieder still. Schön. Sie griff zur Fernbedienung und schaltete den Fernseher an. Auf einem der Spielfilmkanäle lief der letzte Teil einer Vampir-Trilogie. Angelica hatte ihn schon gesehen und zappte weiter, bis sie an einer amerikanischen Talkshow hängen blieb. Nach einer Weile wurde sie bei einem Interview mit einem bekannten Komiker von den künstlich unterlegten Lachsalven mitgerissen. Doch dann kreisten wieder die Gedanken durch ihren Kopf.

Johan. Oft hatten sie sich nicht getroffen, aber das, was er in ihr auslöste, hatte sie noch nie zuvor gespürt. Er war erfahren. Sah gut aus. War ein bisschen verrückt. Und jetzt war Schluss. Sie hatte ihre Reise nach Argentinien gecancelt. Natürlich hätte sie trotzdem fliegen können, aber jetzt hatte sie sich darauf eingestellt, in Schweden zu bleiben. Doch was sollte sie hier tun? Bei ihrem Vater arbeiten? Niemals. In Stockholm vielleicht? Kellnerjobs gab es dort auch.

Ein paar Programme rauschten vorbei, als sie wieder auf die Fernbedienung drückte. Doch nichts konnte sie wirklich fesseln, also legte sie den Kopf zurück aufs Kissen und versuchte, sich zu entspannen. Zu schlafen.

Plötzlich erklang das Geräusch noch einmal. Eine Tür, die zugeschlagen wurde. Sie saß mit einem Mal kerzengerade im Bett und lauschte. Erst Stille. Dann hörte sie Schritte. Immer deutlicher. War jemand auf dem Weg zu ihr? Sie hielt die Luft an. Wer konnte das bloß sein? Simon von der Bar? Nein, keiner ihrer Freunde käme zu ihr, ohne sich vorher zu melden. Rokka vielleicht? Reines Wunschdenken. Das war aus und vorbei. Die letzte Alternative verdrängte sie. *Er* war es sicher nicht, das durfte einfach nicht sein.

Angelica stieg aus dem Bett und schlich auf Zehenspitzen zur Tür. Sie hielt das Ohr daran. Stille. So blieb sie stehen, bis ihre Atmung sich wieder beruhigt hatte. Plötzlich erzitterte die ganze Tür von einem lauten Klopfen. Angelica fuhr zusammen und wich ein paar Schritte zurück. Sie stand mucksmäuschenstill da. Nie im Leben würde sie die Tür öffnen. Sie hatte sie doch hoffentlich auch abgeschlossen?

Es war zu spät, um sich zu vergewissern. Wieder Klopfen. Diesmal noch lauter. Angelica starrte auf die Türklinke. Sie würde nie genug Kraft haben, sich dagegenzustemmen, wenn jemand mit Gewalt hereinwollte. Sie suchte das Zimmer ab, konnte aber nichts finden, das sie unter den Türgriff schieben konnte. Er knirschte und bewegte sich langsam nach unten. Sie schluckte. Schloss die Augen und bat still, dass der Griff wieder nach oben gehen würde, wenn der Riegel im Türschloss das Öffnen verhinderte. Doch stattdessen klickte es, und die Tür wurde behutsam geöffnet. Sie sah sofort, wer es war. Es war zu spät.

***

Es dauerte exakt sechs Minuten, bis Johan Rokka Hjalmar Albinsson durch den Schnee im Innenhof stapfen sah.

»Da scheint niemand zu Hause zu sein«, sagte er, als Hjalmar die Treppe hinaufkam. »Ich möchte, dass wir in die Wohnung gehen und nach Beweisen suchen. Gefahr im Verzug.« Der schöne alte Polizeijargon bot sich hier an.

»Wenn Sie der Meinung sind, dass das Risiko besteht, dass unser Täter herkommt und Beweise entfernt, dann haben Sie natürlich meine Unterstützung«, sagte Hjalmar und sah Rokka über sein Brillengestell hinweg in die Augen.

Rokka nahm sein Handy in die rechte Hand und schlug mit einem energischen Schlag die Fensterscheibe der Tür ein. Die scharfen Glaskanten rissen an dem Ärmel seiner Jacke, als er mit dem Arm hineinfuhr. Mit einem Klick öffnete er das Türschloss und drückte die Klinke hinunter.

Kühle, muffige Luft schlug ihnen entgegen, als sie in den Flur traten. Auf dem Boden lag eine braune Kunststofffußmatte, und an den Wänden klebte orangefarbene Tapete mit Medaillons.

»Was vermuten Sie denn hier zu finden?«, fragte Hjalmar.

»Eine Menge Geschichte, denke ich«, antwortete Rokka kurz angebunden.

Sie gingen durch die Wohnung, die offenbar unbewohnt war. Der Kühlschrank war ausgeschaltet, die Tür stand offen.

Im einzigen Schlafzimmer stand ein gemachtes Bett. Auf dem Nachttisch sahen sie das Foto einer Frau. Rokka schloss die Augen und schluckte. Christina Krantz. Es war Sommer, sie stand auf einem Hof. Im Hintergrund war ein großes Holzhaus zu erkennen, umgeben von Laubbäumen. Die Farben des Bildes waren verblasst, doch verrieten noch immer die leuchtend rote Fassade des Hauses mit seinen weißen Fensterrahmen und die grüne, batikgefärbte Bluse, die Christina trug. Im Arm hielt sie einen kleinen Jungen, der ganz offenbar nicht mit aufs Bild wollte. Seine dunklen, lockigen Haare standen in alle Richtungen ab, und er verzog den Mund.

»Ich bin mir ziemlich sicher, wo dieses Bild aufgenommen worden ist«, sagte Rokka, hob den Rahmen hoch und setzte sich langsam aufs Bett. Er starrte das Foto an. Allmählich begann er zu verstehen, während ihn gleichzeitig eine große Traurigkeit übermannte.

»Die Morgenröte?«, fragte Hjalmar. »Dieses alte Gutshaus, das sie jetzt zu einzelnen Wohnungen umgebaut haben?«

Rokka nickte und stellte das Bild zurück auf den Nachttisch.

»Henna konnte die Kommunen als kleines Kind sicherlich

kaum auseinanderhalten. Ich glaube, sie hat in der Morgenröte gewohnt und war dort, als der Übergriff geschah.«

Und das Opfer war Peter, dachte er und verspürte Schuldgefühle.

Peter Krantz. Peter. Der Weihnachtsmann. Der mit der tiefen Stimme. Was haben sie eigentlich mit dir gemacht?

»Peter wollte uns nie mit nach Hause nehmen, als wir klein waren«, sagte Rokka. »Ich glaube, er schämte sich für seine einfache Herkunft.«

Rokka drehte sich zu Hjalmar um. Sein Kollege, der nicht aus Hudiksvall stammte, wusste nicht, wie man auf die, die damals in der Kommune wohnten, herabgesehen hatte. All die Vorurteile, die kursierten. Wie sie zu Außenseitern wurden.

»Wir haben die, die auf unsere Schule gingen, richtig gemobbt«, sagte Rokka, und seine Stimme brach. »Wir haben gesagt, sie stinken nach Scheiße, und sie durften in der Pause nie mitspielen. Aber eigentlich pervers ist, dass Peter selbst so einer war, der andere gemobbt hat, sogar er. Ich hatte nicht die geringste Ahnung, dass er in der Kommune gewohnt hat.«

Rokka stand auf und ging ans Fenster. In seinem Magen grummelte es, und Tränen traten ihm in die Augen.

»In der Fünften kam er in meine Parallelklasse. Keiner hat gefragt, wo er herkam. Er war der Beste im Fußball. Peter Krantz' Mutter heißt Christina. Sie hat ihr Geld als Putzfrau in einem Seniorenheim in der Nähe unserer Schule verdient.«

»Es deutet vieles darauf hin, dass Christina schon eine Weile nicht mehr zu Hause gewesen ist«, sagte Hjalmar und sah sich um.

Sie gingen zurück in den Flur. An einer Seite befand sich ein Einbauschrank. Seine Türen waren mit derselben Tapete verkleidet wie die Wände. Rokka fasste an einen der gelblichen Glasknöpfe und zog eine Tür auf. Dahinter stand ein Staubsauger, zusammen mit einem Eimer und einem Wischmopp. In einem Fach ganz oben im Schrank lagen Rollen mit Plastiksäcken. Blaue Plastiksäcke.

Hjalmar sah Rokka vielsagend an und nahm ein paar Rollen herunter. Er betrachtete sie eingehend.

»Die hier dürfen uns auf die Wache begleiten. Und wir schicken jemanden her, der die Wohnung versiegelt.«

Rokka stand schweigend da und sah zu, wie Hjalmar die Rollen aus dem Schrank nahm, eine nach der anderen.

***

Angelica Fernandez wich noch ein paar Schritte zurück. Er würde hereinkommen, das stand fest. Doch zuerst blieb er in der Tür stehen und musterte sie.

»Ich habe gehört, dass du lieber mit dem Bullen vögelst als mit mir«, sagte er, und seine dunkle Stimme hallte im Flur wider. Er schaute sich um, dann betrat er das Hotelzimmer und schloss die Tür.

»Zwischen Rokka und mir läuft nichts, falls du das meinst«, sagte Angelica in der Hoffnung, dass ihn das beruhigen würde. Sie hatte keine Ahnung, woher er von ihr und Johan wusste.

»Warum höre ich dann die Leute über euch reden?«

Seine Augen waren weit aufgerissen. Er ging auf Angelica zu, und sie wich zurück, bis sie an die Wand stieß. Jetzt konnte er mit ihr machen, was er wollte. Sie musste einen Ausweg finden.

»Peter. Ganz ehrlich. Ich weiß es nicht«, sagte Angelica kühl.

»Es macht mich wütend, wenn ich mir solchen Scheiß anhören muss, kapierst du das nicht? Du gehörst mir«, sagte er. Seine Stimme zitterte vor Wut.

»Ich gehöre niemandem. Und jetzt hau ab«, zischte sie und boxte ihn.

Ihr Angriff überrumpelte ihn, und das war ihre Chance. Mit ein paar schnellen Schritten rannte sie zum Bett und griff nach ihrem Handy. Er stand einen Moment noch da, dann kam er hinter ihr her.

»Leg das Handy wieder hin!«, brüllte er und hob drohend den Arm.

»Ich rufe die Polizei, wenn du nicht sofort verschwindest!«

»Du blöde kleine Bullenschlampe«, flüsterte er. »Niemanden wirst du anrufen. Und schon gar nicht den Typen, mit dem du im Bett warst.« Er machte eine schnelle Bewegung und schlug ihr das Telefon aus der Hand.

»Was ist eigentlich dein Problem?«, fragte Angelica. »Was verstehst du nicht?«

»Ich glaube, du bist diejenige, die etwas nicht versteht«, sagte er. »Wenn ich dich nicht bekomme, wird dich auch kein anderer kriegen!« Peter sah sie scharf an. Im nächsten Augenblick schleuderte er ihr Handy mit Wucht gegen die Wand.

»Was ist mit euch Frauen eigentlich los«, fuhr er fort und sah Angelica mit einem irren Gesichtsausdruck an. »Zuerst seid ihr da. Dann verschwindet ihr, immer dann, wenn man euch am meisten braucht. Das war immer so. Das hat mit meiner sogenannten Mutter angefangen, und dann ging es immer so weiter.«

Als er einen Schritt auf sie zu machte, kam Panik in ihr auf. Er meinte es wirklich ernst. Sie würde nicht davonkommen. Mit einem Mal verstand sie es. Wenn Petra nun wirklich recht gehabt hatte? Wenn Peter etwas mit dem Mord in Skålbo zu tun hatte? Weiter kam sie mit ihren Gedanken nicht, denn er schubste sie mit beiden Händen. Sie fiel nach hinten und schlug mit dem Schädel auf dem Kopfteil des Bettes auf. Der Schmerz, der sie sofort überkam, war heftig, doch sie biss die Zähne zusammen. Peter beugte sich über sie und hielt ihre Handgelenke fest. Ihm stand die Wut ins Gesicht geschrieben.

»Bitte Peter. Tu mir nicht weh.«

»Halt die Klappe und bleib still liegen!«

Sie sah noch, wie Peter nach einem der Kissen griff. Im nächsten Moment presste er ihr den weichen Stoff aufs Gesicht. Gleichzeitig wurde der Griff um ihre Handgelenke lockerer. Sie musste etwas tun. Das war ihre letzte Chance. Mit aller Kraft, die sie aufbringen konnte, rammte sie Peter ihr Knie in den Schritt.

***

Rokka begleitete Hjalmar Albinsson durch den Flur hinüber zum Gang, in dem die Kriminaltechniker saßen. Ganz hinten befand sich ein kleinerer Besprechungsraum, und auf der einen Seite gab es zwei Zimmer, in denen die Techniker ihre Analysen machten. Für einen Pausenraum hatte es nicht mehr gereicht, aber immerhin stand ein Kaffeeautomat an der Wand im Flur. Rokka griff nach einem Pappbecher und stellte ihn in den Automaten.

»Wären Sie so freundlich und würden mir auch einen Kaffee organisieren?«, fragte Hjalmar, als er in den Laborraum vorging. Er drückte auf einen Schalter, und auf einmal sprangen die grellen Leuchtstoffröhren an der Decke an, während sich gleichzeitig der Raum mit Musik füllte. Rokka kam das Lied bekannt vor.

»Ganz ehrlich, so was hören Sie sich an?«, fragte Rokka. Er

nahm seine graue Zipfelmütze vom Kopf und schüttelte die Schneeflocken, die sich darin verfangen hatten, ab. »Das ist doch wohl Kikki Danielsson?«

»Korrekt. *Good vibes.* Beim European Song Contest 1985«, antwortete er. »Für mich der vollendete Schlager. Ingela Forsman und Lasse Holm. Drei Minuten und sechs Sekunden lang, und vor dem letzten Refrain kommt der Wechsel in die andere Tonart genau richtig. Und dann Kikki, einzigartig!« Hjalmar stand da mit geschlossenen Augen und dirigierte mit den Armen im Takt zur Musik.

»Danke, jetzt weiß ich Bescheid«, sagte Rokka und hielt ihm den Kaffeebecher hin.

Der brennende Schmerz im Magen kam bereits beim ersten Schluck. Wahrscheinlich hatte er seine Magenschleimhaut schon ruiniert. Dann machte eine Tasse mehr oder weniger für seine Magensäure wohl auch keinen Unterschied. Hjalmar hingegen schien einen Magen aus Panzerstahl zu haben. Wenn Rokka sich zehn Tassen am Tag hinunterkippte, waren es bei seinem Kollegen mindestens doppelt so viele.

In Rokkas Hosentasche vibrierte es, als er versuchte, die letzten Tropfen aus seinem Becher zu locken. Er nahm sein Handy in die Hand und stellte fest, dass er die Nummer nicht kannte. Vermutlich ein Journalist. Er spielte kurz mit dem Gedanken, das Gespräch anzunehmen, doch stattdessen schaltete er die Vibration aus und ging ins Labor.

Hjalmar arbeitete schnell und systematisch, während Rokka neben ihm stand. Es klang wie ein Peitschenknall, als Hjalmar einen Sack aus der Wohnung von Christina Krantz von der Rolle riss. Der untere Teil des Sacks landete unter dem Mikroskop, das auf der Tischplatte stand. Hjalmar fuhr mit der Kuppe seines Zeigefingers über die Kante, um sie glatt zu streichen. Danach nahm er das kleine Stück Kunststoff, das sie im Wald gefunden hatten, und platzierte es beeindruckend sicher genau daneben.

»Ich hoffe, Sie teilen meine Erwartung«, sagte er, ohne den Blick vom Vergrößerungsglas des Mikroskops abzuwenden.

»Ich bin gespannt.«

»Alle Plastiktüten, die von derselben Rolle stammen, weisen immer dasselbe einzigartige Muster auf. Wussten Sie das nicht?«

»Das habe ich mal in einem Kurs auf der Polizeihochschule gehört, aber Sie können mich gerne auf den neuesten Stand bringen.«

»Auf dem Material finden wir sehr feine Linien, die bei der Herstellung entstehen«, sagte Hjalmar und stellte die kleinen Rädchen nach, die die Schärfe der Linse justierten. »In polarisiertem Licht erkennt man sie.«

»Cool.«

Rokka schielte auf sein Handy. Das Display leuchtete auf. Wieder dieselbe Nummer.

Sie lassen nicht locker, dachte er.

»Schauen Sie sich das mal an«, sagte Hjalmar und machte Rokka Platz, der sich an der Tischkante abstützen musste, um sich hinsetzen zu können. Rokka beugte sich über die Linse des Mikroskops und sah hindurch. Er konnte die Linien ganz deutlich erkennen. Sie waren unterschiedlich dick, und daher war es schnell zu sehen, dass sie von einem Sack zum anderen liefen.

»Die Plastiksäcke, die im Schnee lagen, stammen von derselben Rolle, die wir bei Peter Krantz' Mutter zu Hause gefunden habe«, sagte Rokka langsam.

»Korrekt«, antwortete Hjalmar. »Der Schneepflug, die Geldtransaktionen aufs Handy, die Plastiksäcke. Rufen Sie Sammeli an, damit wir einen Haftbefehl bekommen.«

Er stellte sich Rokka gegenüber, die Hände in die Seiten gestemmt.

Rokka stand betrübt da und schluckte.

»Das mache ich gleich«, sagte er und griff nach seinem Telefon. Da sah er, dass zehn verpasste Anrufe von derselben Nummer angezeigt wurden. Zwei Nachrichten auf der Mobilbox. Er würde sie sofort abhören. Doch zuerst der Staatsanwalt.

Ein Kind ist niemals schuld. Ich kann das nur immer wieder schreiben.

Das Böse hatte mich gefunden, und mir wurde klar, dass ich nicht davonkommen würde.

»Ach, hier bist du also«, sagte er zu mir.

Das Böse war auch ein Freund von Måns.

Ein Zufall. Oder Ironie des Schicksals?

Ich verstand nicht, wie das alles miteinander zusammenhing, doch ich wehrte mich auch nicht.

Das Medikament, das ich bekommen hatte, löschte alles aus. Die Höhen und die Tiefen.

Ich merkte, dass Måns keine Ahnung davon hatte, dass wir uns kannten, und ich habe auch kein Wort gesagt.

Ich wollte ihm nicht die Freude verderben, er war so aufgekratzt. Wie immer, wenn er Besuch von Freunden hatte.

Bei den Heimspielen bekamen seine Freunde immer die besten Plätze. Hinterher ging man noch in der Stadt etwas essen, vielleicht auch in Nachtclubs. Für die Besten nur das Beste, sagte er immer.

Dann hatte Måns ein Auswärtsspiel, er fuhr fort und ließ uns daheim. Ein paar Tage war er fort, und da passierte es.

Die Fröhlichkeit war plötzlich verschwunden, und das Böse verschaffte sich Platz.

Ich geriet in Panik, aber brachte es nicht fertig zu fliehen.

»Måns will mir kein Geld leihen. Steckst du dahinter?«, fragte er mich.

Er ließ durchblicken, dass er Spielschulden hatte, er war verzweifelt.

Ich versuchte, ihm klarzumachen, dass ich damit nichts zu tun hatte.

»Irgendeinen Grund muss er ja haben«, schimpfte er dann. In seiner Stimme lag blanke Wut. »Ich kann mir kaum vorstellen, dass ihr kein Geld mehr habt.«

Diese Worte kamen aus seinem Mund, und ich konnte es nicht fassen. Der kleine Junge. Unser Freund. In dem Körper eines bösen Erwachsenen.

»Du bist noch genauso hübsch wie damals, als wir klein waren«, sagte er dann und kam näher.

Mir wurde schwarz vor Augen, als er mich anfasste.

»Måns holt sich immer noch das, was mir gehört. Es ist an der Zeit, dass ich etwas zurückbekomme.«

Ich glaube, wenn ich mich ihm widersetzt hätte, wäre es da schon mit mir aus gewesen. Doch trotz der Gleichgültigkeit, mit der ich mein Leben betrachtete, besaß ich noch einen letzten Funken Überlebenswillen. Deshalb ließ ich ihn gewähren.

Ein Leben lang habe ich mir vorgeworfen, dass ich keine Hilfe geholt habe an jenem Tag im Erdkeller. Aber vielleicht wird mir das jetzt vergeben?

»Du wirst mich dafür lieben«, sagte Pelle Almén, als Rokka das Gespräch annahm.

»Das wird sich noch zeigen«, sagte Rokka.

Er saß auf einem Stuhl vor der Kochnische und betrachtete den leeren Raum. Hjalmar Albinsson war nach Hause gefahren, aber Rokka wollte warten, bis Almén zur Polizeistation gekommen war. Sie würden sich gemeinsam auf die Suche nach Peter Krantz begeben.

»Zwei Dinge«, sagte Almén. »Als Erstes dieser Übergriff in der Morgenröte. Ich habe die Mikrofilme bei der Hudiksvall Zeitung und im Hälsingekurier durchgeschaut, die beiden Blätter, die höchstwahrscheinlich darüber berichtet haben.«

»Und du hast nichts gefunden?«

»Nein, nichts. Vielleicht war es so, wie dein Bekannter in der Morgenröte es beschrieben hat, dass diese Geschichte vollkommen unter den Teppich gekehrt worden ist.«

»Und was hast du sonst noch?«

Almén räusperte sich. Siegesgewiss.

»Ja, diese Sache ist etwas pikant. Ich habe in der Polizeidatenbank nachgeforscht, was über die Ermittlungen gegen den Trabrennfahrer zu finden ist«, sagte Almén. »Nicht nur der jetzige Bezirkspolizeidirektor hat diesen Fall bearbeitet … sondern auch eine gewisse Ingrid Bengtsson.«

Rokka horchte auf.

»Verdammt! Und die Informationen waren nicht verschlüsselt?«

»Nein, ich habe mich auch gewundert. Aber wenn du mich fragst, fehlt da einiges. Der Fahrer, der verdächtigt wurde, heißt wie gesagt Fredrik Strömlund. Einer seiner Angestellten hat behauptet, er würde seinen Pferden ein leistungssteigerndes Mittel spritzen, ein Präparat, das die Bildung von Milchsäure unterdrückt. Myo-inositol trispyrophosphate heißt es. Es wirkt 48 Stunden nach der Injektion. Nach Aussagen des Angestellten haben ein paar Pferde das nicht überlebt, ihr Herz hat der Belastung nicht standgehalten.«

»Und wie weit ist man mit den Ermittlungen gekommen?«

»Zur Vernehmung tauchte die Person, die Anzeige erstattet hatte, nicht auf. Sie war nicht mehr ausfindig zu machen. Daraufhin sind die Untersuchungen aus Mangel an Beweisen eingestellt worden.«

Rokka hörte gespannt zu.

»Und damit nicht genug. Ich habe eine Suche im Register des Schwedischen Trabrennsports über schwedische Trabrennpferde aufgegeben.«

»Meine Güte, ist das aufregend!« Rokka fragte sich, ob es etwas Langweiligeres geben könne als ein Register über Rennpferde. Wohl kaum.

»Immer mit der Ruhe. Ich habe nach dem Bezirkspolizeidirektor gesucht. Er ist an drei Rennpferden beteiligt. Eins der Pferde starb im vergangenen Jahr, gerade vier Jahre alt. Keins seiner Pferde war besonders erfolgreich. Sie haben nur ganz wenige Rennen gewonnen.«

»Und was ist daran so interessant?«

»Immer dann, wenn die Pferde gewonnen haben, wurden mindestens zwanzigfache Summen gesetzt.«

»Genau wie bei Good Enough«, sagte Rokka. »Ich werde hier langsam zum Trabrennexperten.«

»Genau«, sagte Almén. »Und ich glaube zu wissen, wie sie das gemacht haben. Die Fahrer haben die Form der Tiere verschleiert. Wenn sie ihre Bestform erreicht haben, hat man ihnen eine Injektion gegeben, und dann hat man sie bis an die Leistungsgrenze gepeitscht. Nur der engste Kreis rund um den Stall wusste Bescheid und hat Unsummen gewettet und auch gewonnen.«

»Verstehe«, sagte Rokka. »Aber werden denn vor oder nach den Trabrennen keine Dopingproben genommen?«

»Doch, wenn die Leistung eines Pferdes stark von seiner üblichen Form abweicht.«

»Aber die Ergebnisse, die du recherchiert hast, müssten doch von den üblichen Ergebnissen abweichen? Mensch, das wird immer interessanter.«

»Absolut, und ich bin der Sache auf den Grund gegangen. Als die Pferde des Bezirkspolizeidirektors gewonnen haben, wurden keine Dopingtests gemacht. Ebenso wenig als Wait 'til you win und Good Enough gewonnen haben. Und jetzt rate mal, welcher Fahrer die Pferde des Bezirkspolizeidirektors trainiert?«

»Fredrik Strömlund«, sagte Rokka langsam. »Aber wie kann es sein, dass man keine Tests gemacht hat?«

»Du musst wissen, dass die großen Trabrennfahrer richtig viel Macht ausüben. Gib dem, der die Proben nimmt, ein paar Tausender, und die Sache ist geritzt«, sagte Almén.

»Kein Wunder, dass dem Bezirkspolizeidirektor viel daran lag, die Untersuchungen einzustellen. Und Bengtsson wusste vermutlich Bescheid«, kombinierte Rokka.

»Höchstwahrscheinlich«, antwortete Almén.

»Und was ist mit Måns Sandin?«

»Über ihn habe ich im Register des Schwedischen Trabrennsports nichts finden können. Er kann trotzdem Besitzanteile an einem Pferd halten, doch in dem Fall müsste er an einem Unternehmen beteiligt sein, das Pferde besitzt. Er möchte mit seinem Namen bestimmt nicht hausieren gehen. Aber um das genau zu recherchieren, braucht man etwas Zeit.«

Konnte einer wie Måns Sandin wirklich in solche dunklen Geschäfte verwickelt sein? fragte sich Rokka.

»Und was hat Urban Enström damit zu tun?«, fragte er. »Wusste er, was da lief, oder hat er nur zufällig Wind davon bekommen und ein bisschen zu viel geredet?«

»Ganz ehrlich, ich würde Letzteres vermuten.«

Ein Gedanke nach dem anderen formierte sich in Rokkas Kopf. Seine Hypothese wurde untermauert, was ihn zufriedenstellte. Bengtssons Motiv, warum sie die Ermittlungen im Todesfall Urban Enström mindestens erschwerte, war offensichtlich. Wenn die Vorhaben des Bezirkspolizeidirektors entlarvt würden, bedeutete das das Ende ihrer Karriere.

Rokka holte tief Luft, und bevor sie das Gespräch beendeten, stimmte er Almén zu: »Du hattest recht, für all das liebe ich dich tatsächlich.«

***

Wenn jemand bemerkte, wie langsam der Streifenwagen die Drottninggata hinauffuhr, hätte er diesen Einsatz wahrscheinlich für eine routinemäßige Kontrolle gehalten.

Meterhohe Schneeberge säumten die Straßen, und viele Autos, an denen sie vorbeikamen, mussten in schweißtreibender Knochenarbeit wieder ausgegraben werden. Johan Rokka war erstaunt darüber, wie sehr dieses Wetter das Leben lahmlegte. Kein Mensch war zu sehen. Es war zwar schon spät, aber trotzdem.

Pelle Almén bremste an einer Kreuzung am See Lillfjärden. Als sie weiterfahren wollten, drehten die Reifen durch, und sie kamen nicht mehr vom Fleck.

Rokka seufzte.

»Ich habe es so dermaßen satt, in einem Land zu wohnen, in dem es sechs Monate im Jahr Eiskristalle regnet!«

Almén lachte laut, dann legte er den zweiten Gang ein, und

die Spikes fanden Halt. Im nächsten Moment war ihnen der Ernst der Lage wieder bewusst: Sie hatten keine Ahnung, wo Peter Krantz sich befand. Die Prepaid-Karte, die er benutzt hatte, war gesperrt, und seit Heiligabend hatte er sich nicht mehr ins Mobilnetz eingewählt. Sie hatten versucht, seine Mutter zu finden, doch ohne Ergebnis. Sein Vater war bereits seit zehn Jahren tot. Kontakt zu Freunden oder Bekannten aufzunehmen erschien ihnen viel zu riskant, schließlich könnten sie ihn dann warnen. In erster Linie würden sie seine Wohnung beschatten. Peter wohnte in der Sundsesplanade, in der Nähe des Stadtmuseums von Hudiksvall.

Nach langer Zeit versuchte Rokka einmal wieder, sich bewusst zu entspannen. Zwar machte sich sein Rücken umso mehr bemerkbar, wenn er ganz still saß, aber er musste sich dringend ausruhen. Er nutzte die Zeit, um seine Mailbox abzuhören.

»Zwei neue Nachrichten«, teilte die automatische Frauenstimme mit. Eine angenehme Stimme, dachte Rokka, und fragte sich, wie die Frau hinter der Stimme wohl aussah.

Es klickte in der Leitung, als die erste Nachricht abgespielt wurde. Keiner sagte etwas, dafür hörte er schnelles Atmen und schnelle Schritte. Eine Sekunde später knisterte es, und die Nachricht war zu Ende.

»Eingang heute, 21.13 Uhr«, sagte die Stimme. Dann wurde die nächste Nachricht abgespielt. Dasselbe Knistern. Dieselben Atemzüge. Wer war das? Plötzlich eine Stimme: *»Hallo, Johan, hier spricht Angelicas Freundin …«*

Rokka presste das Handy noch fester an sein Ohr, als er die leise, aber verängstigte Stimme hörte. Angelicas Freundin?

»… es ist was Schlimmes passiert. Peter Krantz. Er hat es getan«, fuhr die Freundin fort, die offensichtlich mit den Tränen kämpfte. *»Angelica ist bei mir. Peter ist sicher noch in dem*

Hotelzimmer im Stadshotel. Ihr müsst was unternehmen, bevor er herkommt!« Jetzt war die Stimme völlig panisch.

Diese Nachricht war nur wenige Minuten nach der ersten Mitteilung aufgenommen worden. Rokka drehte sich zu Almén um.

»Wir müssen umdrehen. Peter Krantz ist vermutlich im Stadshotel!«

Rokka durchschaute die Situation noch nicht vollständig, aber offenbar gab es außer ihm noch andere, die Peter als Täter verdächtigten.

»Fordere Verstärkung an«, sagte Almén, während er aufs Gaspedal trat und den Volvo mitten durch eine Schneewehe lenkte und dann zurück in die Storgata. Rokka setzte einen Notruf per Funk ab.

Als sie vor dem Stadshotel vorfuhren, schalteten sie das Blaulicht ein. Plötzlich sprang die Eingangstür auf, und ein Mann rannte hinaus, direkt in den Streifenwagen. Er stürzte, doch bevor Rokka und Almén reagieren konnten, war er schon wieder auf den Beinen. Er rannte weiter zu den Treppen, die zur Hamngata hinunterführten.

»Scheiße, das ist Peter Krantz! Los!«, schrie Rokka.

Almén sprang aus dem Wagen und rannte hinterher. Rokka wechselte schnell auf den Fahrersitz und fuhr los, in der Hoffnung, Peter abfangen zu können.

Er fuhr, so schnell es ging, im zweiten Gang und drehte eine Runde um den Block. Als er vor dem Abhang vor der Hamngata bremste, drehten seine Reifen durch, und sein Wagen rutschte auf die Kreuzung. Ein schwarzer Audi fuhr direkt vor ihm vorbei und verschwand mit hohem Tempo.

Almén kam zum Streifenwagen gerannt und riss die Tür auf.

»Shit, er ist weg«, rief er keuchend.

»Komm, wir fahren los. Gib den Kollegen unsere Position durch!«, schrie Rokka.

Sie nahmen die Verfolgung des Audis auf. Am Bahnhof vorbei, dann weiter in südlicher Richtung. Sie konnten die roten Rücklichter von Peter Krantz' Wagen noch erkennen, doch der Abstand vergrößerte sich immer mehr. Rokka wollte nicht so langsam fahren, dass sie ihn aus den Augen verloren, aber ihn auch nicht so bedrängen, dass er auf die Idee kam, gefährliche Manöver zu unternehmen.

»Viel schneller als jetzt kann er nicht werden«, sagte Almén und schnallte sich an.

Die Scheibenwischer bewegten sich so schnell über die Windschutzscheibe, dass sie die Sicht erschwerten. Hinter Krantz' Wagen wirbelte der Schnee auf und verdeckte die Lichter. Sie waren mittlerweile auf der Schnellstraße 84 in Richtung Ljusdal unterwegs.

Plötzlich gerieten sie mit den rechten Reifen auf den schneebedeckten Seitenstreifen, das Auto kam ins Schlingern. Rokka hielt mit aller Kraft das Lenkrad fest, um nicht die Kontrolle über den Wagen zu verlieren. Notgedrungen musste er langsamer fahren.

»Wir verlieren ihn!«, schrie Almén.

Sie näherten sich der Ausfahrt Forsa. Kein Auto in Sicht. Sie mussten sich entscheiden, ob sie abbiegen oder weiter nach Ljusdal fahren wollten. Ein Versuch.

»Ich tippe auf Forsa«, sagte Almén. Rokka wechselte die Spur und bog von der Schnellstraße ab.

Als sie in den kleinen Ort hineinfuhren, sahen sie die Rücklichter wieder. Der Audi fuhr in Richtung der Sportanlagen.

»Er will zum Fußballplatz!«, schrie Almén. »Was hat er nur vor?«

»Ich hab da eine Ahnung«, antwortete Rokka. »Er will dorthin zurück, wo alles begann.«

***

Die dunkle Gestalt bewegte sich langsam über den geräumten Fußballplatz.

Johann Rokka und Pelle Almén stellten sich mit dem Streifenwagen an die kurze Seite des Platzes und verfolgten Peter Krantz' Bewegungen, bis er stehen blieb und sich hinhockte.

»Du bleibst sitzen, ich steige aus«, sagte Rokka und schnallte sich ab.

»Du bist doch verrückt!« Almén hielt Rokka am Ärmel seiner Jacke fest. »Ich komme mit.«

Rokka schüttelte den Kopf und öffnete langsam die Wagentür.

»Ich werde mit ihm reden«, sagte Rokka und stieg aus dem Wagen. »Das mit dem Reden ist doch mein Ding.«

Er nahm das Headset ab und warf es auf den Sitz. Dann schloss er die Tür und kletterte über einen Schneehaufen, um auf den Fußballplatz zu gelangen. Peter stand im Licht der Scheinwerfer. Über alles hatte sich ein nasskalter Nebel gelegt. Die Rückenschmerzen waren wieder deutlich spürbar, sodass Rokka einen Moment stehen blieb, bis er sich zusammenriss und sich mit entschlossenen Schritten auf den Platz zubewegte.

»Es ist vorbei«, sagte er, als er auf Peter zuging. »Weiter kommst du nicht, da kannst du mich auch gleich zum Wagen begleiten.«

Er blieb vor Peter stehen, der noch dahockte und geradeaus zwischen die Torpfosten starrte. Er trug nur ein Hemd und Jeans, dazu leichte Halbschuhe. In der rechten Hand hielt er eine Pistole. Rokka erkannte sie gleich, eine kompakte Zastava.

»Du bist genau wie alle anderen«, sagte Peter. »Du verstehst auch nichts.«

»Ich verstehe mehr, als du denkst, Peter.«

»Ich war genauso gut wie er, kapierst du?« Peter sah hoch zu Rokka. »Aber sie haben sich für ihn entschieden. Er durfte in den großen Stadien spielen. Und manchmal kam er her, auf diesen verdammten schlammigen Acker. Nur um sich zu präsentieren. Und alle kamen angerannt, um ihn zu sehen.« Peter Krantz wies mit einer ausladenden Armbewegung auf den Platz.

Rokka trat einen Schritt näher.

»Komm jetzt mit«, sagte er, doch Peter schien es gar nicht zu hören.

»Er dachte, er sei der Beste auf der Welt«, fuhr er fort und riss die Augen auf. »Dann hat er mir mein Mädchen ausgespannt. Seinem besten Freund, verstehst du? Ein Mann mit Ehre im Leib tut so was doch nicht. Aber Måns Sandin. Ich habe mich nicht mal getraut zu protestieren – deshalb habe ich so getan, als sei es mir scheißegal. Ein Klaps auf die Schulter, und die Sache war gut. Aber weißt du, schon damals begann der Groll in mir zu wachsen. Früher oder später, dachte ich, kriege ich meine Revanche.« Peter wedelte mit seiner Pistole im Takt zu seinen Worten.

Sein Mädchen. Evelina Olsdotter, dachte Rokka. Sie musste also eine Beziehung mit Peter Krantz gehabt haben, bevor sie sich mit Måns einließ.

»Bitte leg die Pistole auf die Erde und verschränke die Hände hinter dem Kopf«, sagte Rokka in energischem Tonfall.

»Jetzt kriegst du Angst, stimmt's?« Peter lachte. »Ich kann auch so«, sagte er und zielte mit der Pistole auf Rokka. »Dann bin ich vielleicht diesmal derjenige, der dir gegen die Schläfe schießt? Was sagst du dazu?«

Rokka holte tief Luft und versuchte, sich an die Worte seines Lehrers von der Polizeischule zu erinnern, bei dem sie Methoden der Schlichtung gelernt hatten.

»Wenn du glaubst, dass es egal ist, ob du mich auch noch tötest, dann irrst du dich. Es macht die Sache nur schlimmer.« Rokka klang bedeutend ruhiger, als er es im Grunde war.

»Wie wäre es damit?«, fragte Peter mit weit aufgerissenen Augen und hielt sich die Mündung der Pistole in den Mund. Rokka sah, dass er zitterte.

»Auch wenn du denkst, dass es keinen Ausweg gibt: Es gibt Hilfe …« Rokka streckte den Arm aus, und mit einem Mal fuhr ihm ein höllischer Schmerz ins Kreuz. Er war gezwungen, sich vornüberzubeugen und ein paarmal tief Luft zu holen, bis er wieder in der Lage war, sich aufzurichten.

»Kein Mensch kann mir helfen«, sagte Peter. »Ich dachte, du würdest das verstehen. Ich habe zwei Menschen umgebracht. Lass mich in Ruhe.«

Zwei Menschen, dachte Rokka entsetzt. Er entschied sich, die Anzahl nicht infrage zu stellen. Er konzentrierte sich auf das Opfer, das ihm bekannt war. Vorerst. Und versuchte, logisch zu denken. Wie konnte er Peter überwältigen? Er wusste, dass er ihm physisch unterlegen war, aber vielleicht konnte er ihn irgendwie ablenken und sich dann auf ihn werfen?

Rokka bewegte seine rechte Hand langsam zum Holster und hoffte, dass Peter es nicht bemerkte.

»Ach, so feige bist du trotzdem noch. Finger weg von der Pistole, sonst schieße ich!«, brüllte Peter.

Rokka hörte, wie sich die Tür des Streifenwagens öffnete. Pelle Almén stieg aus.

»Sag deinem Bullenfreund, er soll sich wieder ins Auto setzen. Noch ein Schritt, und ich schieße!«, schrie Peter Krantz aufgebracht.

Rokka gab Almén ein Zeichen. Er sah, wie sein Freund zögerte, bevor er zum Wagen zurückging und wieder einstieg.

»Warum hast du Henna umgebracht?«, fragte er mit so ruhiger Stimme wie möglich.

»Henna … sie … sie war meine erste große Liebe. Selbst Kinder können Liebe empfinden. Verstehst du?« Peters Stimme brach.

Ich weiß, was du erleben musstest, ich weiß, warum du jetzt hier stehst, wollte Rokka sagen. Doch er schwieg.

»Du hast sie in der Morgenröte kennengelernt, stimmt's?«, fragte Rokka.

»Ja, an diesem gottverlassenen Ort«, antwortete Peter Krantz. »Aber … aber ich wollte Måns nicht töten. Er sollte nur leiden, so wie ich. Aber sterben sollte er nicht.«

»Måns ist nicht tot, Peter.«

Peter starrte Rokka an.

»Nein, aber er ist der Nächste. Ich kann nicht anders.«

»Warum kannst du nicht anders?«

»Es war nach diesem Trabrennen in Hagmyren im August. Ich sollte kommen und wie üblich meine Wette machen. Da rief der Mann im eleganten Anzug an, Vladimir Katenovic. Er gab mir zehntausend Kronen und bat mich, auf Morning Glory zu setzen. Aus irgendeinem Grund wollte er sich da raushalten. Vielleicht war ihm jemand auf den Fersen. Ich fand es total idiotisch, auf dieses Pferd zu setzen. Es hatte ja noch kein einziges Mal gewonnen und sich bei den drei letzten Wettkämpfen totgelaufen. Zehntausend Kronen, das ist viel Geld. Also habe ich beschlossen, das Geld nicht zu setzen und es stattdessen zu behalten. Vladimir Katenovic würde nichts davon erfahren. Doch dann gewann das blöde Pferd. Und das mit Längen Abstand. Und die Quote bedeutete vierzigfachen Gewinn. Das sind vierhunderttausend Kronen. Vierhunderttausend, die ich Katenovic schuldig war.«

»Was für ein verdammter Mist«, sagte Rokka, während er noch einmal versuchte, mit der Hand in Richtung Pistole zu tasten.

»Das kann man wohl sagen. Ich wusste nicht, was ich tun sollte. Vor Katenovic kann man sich nicht verstecken. Aber er hat wohl begriffen, dass ich keine Chance hatte, das Geld aufzutreiben, also machte er mir ein Angebot: Wenn ich dafür sorgen würde, dass Måns verschwindet, dann wären wir quitt. Ich habe nie verstanden, was Katenovic gegen Måns hatte, aber mit einem Mal schien das eine gute Alternative zu sein. Katenovic wollte Måns an Heiligabend im Auge behalten, aber ich sollte ihn um die Ecke bringen. Alles war so einfach. Sogar die Alten, die den Winterdienst machen, waren leicht übers Ohr zu hauen. Der Schneepflug war anfangs gar nicht leicht zu steuern, aber nach ein paar Versuchen klappte das auch.«

»Warum hast du Henna erschossen? Ich verstehe es immer noch nicht.«

»Das war meine Entscheidung. Weil ich wusste, dass ich mir sowieso die Finger schmutzig machen musste, habe ich mir überlegt, mir Henna als Erste vorzuknöpfen. Der große Måns sollte spüren, wie es ist, wenn man die Liebe seines Lebens verliert. Schließlich habe ich alles, was ich je hatte, an ihn verloren. Wir waren gleich gut, er und ich. Aber er bekam alles und ich nichts. Weißt du, wie es sich anfühlt, wenn man alles verliert?«, brüllte Peter.

»Davon weiß ich mehr, als du denkst«, sagte Rokka und verfluchte sich selbst sofort. Niemals persönlich werden.

»Vor Frauen muss man sich in Acht nehmen, erinnere dich. Aber es stimmt, was du sagst, man kann nicht mit ihnen leben und ohne sie auch nicht.«

Da schoss Rokka plötzlich ein Gedanke durch den Kopf, der völlig auf der Hand lag: Christina Krantz. Ihre verbarrikadierte Wohnung. Die Leichenteile neben dem Traktor im Schnee. *Ich habe zwei Menschen umgebracht.* Peter Krantz hatte seine eigene Mutter getötet. Rokkas linke Gehirnhälfte war ganz klar von einem Overload blockiert, und daran war Bengtsson schuld. Rokka verdrängte die bedrückende Erkenntnis und beschloss, es mit einer anderen Taktik zu probieren.

»Jetzt ist es an der Zeit, dass du mitkommst«, sagte er energisch.

Da warf Peter sich plötzlich nach vorn und rollte sich auf den Rücken, die Pistole mit beiden Händen gefasst. Zitternd richtete er sie gegen Rokka.

»Eine Sache hätte ich übrigens fast vergessen«, flüsterte er heiser. »Du warst ja mit Fanny Pettersson zusammen.«

»Wie meinst du das?«, fragte Rokka. Für einen Moment war er unkonzentriert.

»Ich weiß vielleicht etwas, das du nicht weißt. Etwas, das die Polizei nicht weiß …«, sagte Peter Krantz und lachte laut.

Das ist nur ein Ablenkungsmanöver, dachte Rokka. Konzentrier dich. Blitzschnell zog er die Pistole, entsicherte sie und fuhr mit dem Zeigefinger an den Auslöser. Peter lächelte ihn schief an.

»Aber mein lieber kleiner Johan. Wenn du mich erschießt, wirst du nie erfahren, was mit Fanny passiert ist«, sagte Peter höhnisch.

Rokka wurde innerlich zwischen Gut und Böse zerrissen. Zwischen Richtig und Falsch. Er schauderte. Kämpfte mit seiner Selbstbeherrschung. Versuchte vergeblich, einen klaren Gedanken zu fassen.

»Was willst du eigentlich, zum Teufel noch mal?«, schrie er, so laut er konnte.

»Wenn du mich laufen lässt, verrate ich dir, was passiert ist«, sagte Peter und setzte sich auf.

Rokka biss die Zähne aufeinander. Schloss die Augen. Holte tief Luft und füllte seine Lungen noch einmal mit Sauerstoff. Beschwor das Bild von Fanny hervor. Die wunderschöne Fanny. Er zielte. Zögerte wieder. Machte einen kleinen Schritt zur Seite. Da überkam ihn der Schmerz, und diesmal war er nicht mehr zu beherrschen. Er schlug zu und schickte seine spitzen Tentakeln durch Rokkas Rückgrat, um dann im Nacken anzugreifen und ihn auf alle viere zu zwingen. Rokka hob langsam den Kopf und sah Peter direkt in die Augen.

»Wie hättest du es gern?«, schrie Peter.

Plötzlich ging das Flutlicht auf dem Fußballplatz aus, und alles wurde schwarz. Rokka meinte, seinen eigenen Puls hören zu können, der immer schneller schlug. Er hielt die Pistole krampfhaft fest und biss die Zähne zusammen, um nicht vor Schmerz laut loszubrüllen. Im schwachen Licht der Scheinwerfer des Streifenwagens, der auf der anderen Seite des Platzes stand, konnte er die Umrisse von Peter erkennen. Er saß immer noch da, regungslos.

Langsam hob Rokka die Pistole und bog den Finger um den Abzug. Da nahm er etwas im Augenwinkel wahr. Einen Schatten, eine schnelle Bewegung. Regungslos beobachtete er, wie sich eine dunkle Gestalt Peter von hinten näherte, schnell und lautlos.

Rokka versuchte, sich so ruhig wie möglich zu verhalten, doch der stechende Schmerz im Rücken machte es jetzt unmöglich. Als er das Bein ein wenig seitlich verschob, explodierte der Schmerz, und Rokka konnte nicht anders, er brach auf dem Boden zusammen. Das Letzte, was er hörte, bevor ihm schwarz vor Augen wurde, war ein Schuss.

Grenzenlosigkeit ist trotz allem ein schönes Wort.

Trotz all der Dinge, die Grenzenlosigkeit für uns Kinder bedeutete.

In den ersten Jahren lebten wir in einem Zuhause, in dem es keine Grenzen gab.

Du und ich und unser Freund. Unser Peter.

Im Grunde ist Grenzenlosigkeit etwas Schönes.

»Wir leben mit offenen Türen. Die Liebe, die wir uns schenken, ist grenzenlos, alle sind wir vereint in Harmonie.«

Sie hätten ebenso gut sagen können: »Wir verwirklichen uns selbst, aber vergessen die Kinder.«

Sensible Kinder. So wie Peter und ich.

Peter war hier. Und er wird mich nicht in Ruhe lassen, nicht jetzt, da er mich ausfindig gemacht hat. Das ist mir klar.

Er ist sogar in mir. Ich bin mir ganz sicher, weil ich die Anzeichen erkenne. Mein Instinkt sagt mir, dass ich es wegmachen lassen und zu einem Arzt gehen muss. Ich weiß nur nicht, wie ich das überstehen soll.

Aber es wird ohnehin alles ein Ende haben. Auf die eine oder andere Art und Weise.

Meine Kraft ist längst erschöpft. Mein Überlebensinstinkt auch. Ich sehne mich fort. Die Sehnsucht ist stärker als jemals zuvor.

Måns ist ein Mensch, der Sicherheit vermittelt. Das ist er. Und er ist der Vater meiner Kinder. Es ist ein gutes Gefühl, zu wissen, dass sie ihn haben. Und mit der Zeit wird er eine andere Frau finden, die dann im Leben meiner Kinder eine Rolle spielen wird. Wenn ich ganz ehrlich bin, glaube ich, es gibt sie jetzt schon.

Aber ich werde noch eine Weile kämpfen. Zumindest bis

wir nach Hudiksvall ziehen. Ich werde für Anine und Antonio kämpfen, die mir die größte Liebe meines Lebens geschenkt haben.

Bruderherz. Ich schreibe dir, weil du der Einzige bist, dem ich ganz vertraue.

Wie es schon in dem Brief stand, den ich dir nach Norwegen geschickt habe, ist es mein Wunsch, dass du nach Florenz reist, wenn die Zeit gekommen ist.

Ich möchte, dass du meine Geschichte liest. Und versuchst zu verstehen, warum alles so gekommen ist.

Erzähl sie meinen Kindern, das ist alles, worum ich dich bitte. Aber erzähl ihnen die schöne Geschichte. Die Geschichte von den Sommermonaten in unserer Kindheit, so wie ich sie in Erinnerung habe, und so, wie du sie hoffentlich auch in Erinnerung hast. Dahin sehne ich mich zurück. Und wenn der Tag gekommen ist, an dem ich nichts mehr tun kann, dann werden mir die schönen Erinnerungen ein Lächeln ins Gesicht zaubern.

3. JANUAR

Am Arno war die Luft viel feuchter als im Zentrum der Stadt zwischen den Häusern aus Stein, ganz besonders zu dieser frühen Zeit am Morgen. Birk Pedersen rieb die Hände aneinander und schlang sich die Arme um den Oberkörper, in der Hoffnung, dass ihm dadurch wärmer würde. Obwohl hier ganz andere Temperaturen herrschten, fror er viel mehr als auf seinem Hausboot. Er trat eine Weile auf der Stelle, dann ging er vor zu der Steinmauer und beugte sich über die Kante. Dort unten rauschte das Wasser. Etwas, das aussah, wie ein Stadtplan für Touristen, wurde vom Strom mitgerissen. Er heftete seinen Blick daran, bis er es aus den Augen verlor.

Er konnte verstehen, warum Henna gewollt hatte, dass er nach Florenz reiste. Ihre Geschichte per Post nach Norwegen zu schicken, wäre viel zu riskant gewesen. Jetzt war er da.

Er sprang auf die Mauer und setzte sich, die Beine über dem Wasser baumelnd. Die Kälte des Steins drang durch seine Hose, dennoch wollte er genau hier sitzen bleiben. Er holte das Buch hervor und legte es auf seinen Schoß. Er wusste nicht, wie er zu dem, was Henna geschrieben hatte, stehen sollte. Seine eigene Geschichte von Henna war viel schöner, wenn auch viel kürzer.

Birk hatte eine Weile gebraucht, bis er alles verstand. Peter Krantz. Damals einer von ihnen. In der Jackentasche lag sein Drittel des Holzherzens, das mit der Spitze. Das Holz fühlte sich warm in der Hand an. Birk strich mit dem Zeigefinger zärtlich über die Oberfläche, während er sich fragte, was Peter mit seinem Teil wohl gemacht haben mochte.

Er hatte eine Weile gesucht, aber schließlich eine Telefonzelle finden können, und dann die Polizei in Schweden verständigt. Sie hatten ihn nach Hudiksvall weiterverbunden. Ein netter Beamter, der mit Nachnamen Almén hieß, hatte ihm erzählt, dass sie Peter Krantz schon gefasst hätten. Birk hatte sich auch nach den Kindern erkundigt. Der Polizist hatte geantwortet, dass sie noch unter dem Eindruck der Erlebnisse der letzten Tage litten. Und dass es sicherlich besser sei, noch etwas Zeit verstreichen zu lassen, bis er mit ihnen Kontakt aufnahm. Birk musste das akzeptieren. Er würde nach Hudiksvall fahren. Früher oder später würde sich die Gelegenheit bieten, ihre Geschichte zu erzählen.

Er sah wieder in das sprudelnde Wasser des Flusses hinab und griff nach dem Buch. Streichelte es sanft ein letztes Mal, bevor er es über das Wasser hielt. Dann ließ er los.

***

Für Måns Sandin war es ein Gefühl von Sicherheit, dass die Polizei jetzt in einem Wagen vor dem Haus stand. Auch wenn es ihm lächerlich vorkam, dass er schutzbedürftig war, sah er doch ein, dass er keine Wahl hatte.

Seine Kinder und er wohnten immer noch in Forsa. Sein Grundstück und das Haus in Skålbo waren nach wie vor abgesperrt, und er wusste nicht, ob er je dorthin würde zurückkehren können. Seine Eltern würden am Nachmittag wieder nach Hause kommen. Måns hatte versprochen, sich ums Abendessen zu kümmern. Danach, wenn die Kinder schliefen, wollten sie die Einzelheiten besprechen, die für Hennas Beerdigung zu klären waren.

Als er den Kühlschrank öffnete, schlug ihm der Gestank von saurer Milch entgegen. Er nahm eine der Packungen in die Hand und stellte fest, dass das Mindesthaltbarkeitsdatum schon längst abgelaufen war. Außer der Milch stand da noch eine Packung Margarine. Hinter ein paar Konservendosen befanden sich mehrere Gläser Marmelade. Das war alles.

Er konnte nicht einfach in den Supermarkt fahren. Die Polizeibeamten würden ihn nur gehen lassen, wenn sie ihn begleiteten. Doch den örtlichen Supermarkt mit Polizeieskorte zu besuchen, das kam für Måns nicht infrage.

An einer Seite des Kühlschranks hing eine Speisekarte der Pizzeria in Forsa. Sie warb für ihren Lieferservice, damit war das Abendessen gerettet. Sein Blick hing starr an der Liste mit den Speisen. Er war müde. In den letzten zehn Tagen hatte er nur wenige Stunden pro Nacht geschlafen.

Er zuckte zusammen, als er hörte, dass draußen ein Wagen vorfuhr.

Seine Eltern, dachte er und trat ans Fenster. Als er die karierte Gardine zur Seite schob, erkannte er einen dunklen Saab, der hinter dem Streifenwagen parkte. Er spürte sein Blut durch die Adern rauschen. Soweit er sich erinnerte, fuhr keiner seiner Bekannten einen dunklen Saab. Er konnte sehen, dass der Wagen mehr Antennen als üblich besaß. Offenbar war das ein ziviles Einsatzfahrzeug, aber er verstand nicht, warum. Die Polizei war doch bereits vor Ort. Doch dann dämmerte es ihm. Hennas Mörder. Sie waren gekommen, um ihm mitzuteilen, dass sie ihn gefasst hatten. Oder nicht?

Beide Türen sprangen auf, und zwei Personen stiegen aus. Sie bewegten sich langsam auf dem Kiesweg vor zur Haustür. Zweimal dezentes Klopfen. Måns stand da wie angewurzelt. Ein Teil von ihm wollte zur Tür gehen und öffnen, und ein anderer wollte die Flucht ergreifen. Noch zweimal Klopfen. Einer von ihnen fasste an die Türklinke. Es war abgeschlossen.

Måns zwang sich, den einen Fuß vor den anderen zu setzen

und sich in Richtung Flur zu bewegen. Langsam näherte er sich der Haustür. Er griff an die Klinke und schloss die Augen. Dann öffnete er.

Vor ihm standen zwei Männer, beide hielten ihre Polizeiausweise in der Hand. Ihre Blicke vernichteten sofort Måns' Hoffnung, dass sie ihn aufsuchten, um ihm zu berichten, dass sie den Mörder gefasst hatten.

»Wir sind hier, um Ihnen mitzuteilen, dass Sie der Beihilfe zum Betrug verdächtigt werden«, sagte der eine. »Es geht um eine Reihe manipulierter Trabrennen und Fußballspiele, und wir möchten Sie bitten, uns zur Vernehmung aufs Polizeipräsidium zu begleiten.«

Tausend Dinge schossen Måns gleichzeitig durch den Kopf. Er war doch ausgestiegen. Hatte alle Zeugen bestochen. Keiner würde seinen Namen fallen lassen. Das hatte ihn eine ordentliche Summe Geld gekostet. Wer zum Teufel hatte nicht dichtgehalten? Ernüchterung machte sich breit. Jetzt brauchte er Stefan Fantenberg.

Måns sank auf einen Stuhl, der im Flur stand. Ließ die Arme hängen, den Kopf in den Nacken fallen. Jetzt war es aus.

***

Johan Rokka hatte nicht geglaubt, dass er Janna jemals wiedersehen würde. Aber jetzt saß sie da, auf der Kante seines Krankenhausbettes.

»Ich verstehe immer noch nicht, wie dir diese Aktion auf dem Fußballplatz gelungen ist«, sagte er kopfschüttelnd.

»Da siehst du mal, was man mit ein bisschen Training erreichen kann«, erwiderte Janna und lächelte ihn an. »Aber Scherz beiseite, wenn man muss, dann muss man.«

»Ich kann gar nicht sagen, wie dankbar ich dir bin«, sagte Rokka.

Janna strich mit der Hand über die gelbe Krankenhausbettdecke.

»Es war schließlich nicht der erste Nahkampf mit ihm«, sagte sie. »Ich bin ihm schon am ersten Weihnachtstag in die Seite gerannt. Er kam mir irgendwie bekannt vor, aber der Name Peter Krantz sagte mir gar nichts. Vielleicht sieht er jemandem ähnlich.«

»Du hast zu oft *Ein Offizier und Gentleman* gesehen, gib's zu«, sagte Rokka und musste lachen.

Janna verzog verunsichert den Mund.

»Richard Gere«, sagte er, und da schien der Groschen zu fallen.

»Und wie geht's deinem Rücken?«, fragte Janna, als sie nicht mehr lachen musste.

»Der Arzt verabreicht mir super Medikamente, deshalb spüre ich jetzt gar nichts.«

Janna rutschte hin und her und richtete sich auf.

»Ich muss dir was erzählen«, begann sie.

Sie zog an ihrem Pullover und entblößte ihre Schulter. Jetzt konnte er es klar und deutlich sehen. Das Tattoo war zierlich und auffällig detailreich. Ein hübscher blauer Schmetterling. Und den Text darunter entzifferte er nun auch.

»Du bist der *Einsame Schmetterling*!«, sagte Rokka. »Mensch, Janna. Warum hast du nichts gesagt?«

Sie strich sich die Haare zurück und räusperte sich.

»Ich konnte nichts sagen. Ich habe es nicht über mich gebracht. Weil ich wusste, dass ich mit ihrem Tod nichts zu tun hatte, habe ich geschwiegen. Ich bin mir vollkommen der Tatsache bewusst, dass das ein Dienstfehler war, und bin bereit, die Konsequenzen zu tragen.«

Janna sah Rokka ernst an.

»Das Thema vertagen wir erst mal, aber enttäuscht bin ich schon«, antwortete er. »Wie hast du Henna kennengelernt?«

»Wir waren beide auf einem Festival in Mailand. Das war vor neun Jahren«, erzählte sie. »Du weißt ja nichts über meine Herkunft. Aber mein Vater kam aus Deutschland und meine Mutter aus Jordanien, und beide waren extrem konservativ. Für sie stand bereits fest, dass ich Ärztin werden sollte. Beide waren beruflich viel auf Reisen. Deshalb haben sie mich in ein Internat gesteckt und waren wohl der Ansicht, dass das für mich das einzig Richtige sei. Ein paarmal im Jahr habe ich sie gesehen, und da ging es ausschließlich um meine Noten. Mein wahres Ich musste ich immer verbergen. Ich konnte nicht mal vor mir selbst zugeben, dass ich lesbisch bin. Erst als meine Eltern tot waren, gelang es mir, doch anderen Menschen konnte ich es nicht erzählen. Henna durchschaute mich auf den ersten Blick, und wenn ich mit ihr zusammen war, konnte ich ganz ich selbst sein. Bis zum heutigen Tag wissen nur sie und meine Freundin Katarzyna davon.«

»Heißt das, dass ihr eine Beziehung hattet, du und Henna?«

»Ja, eine Art Beziehung. Henna war nicht lesbisch, aber sie war experimentierfreudig oder wie immer man das nun nennen will.«

»Wie lange lief das zwischen euch?«

»Als sie mich verließ, hatten wir uns eine Woche lang gesehen. An einem Wochenende danach bin ich nach Florenz gefahren, doch das war's dann. Wenn man die wenigen Dinge betrachtet, die wir über unsere Vergangenheit wussten, dann war unsere Beziehung recht oberflächlich, und doch habe ich niemals ein so tiefes Zusammengehörigkeitsgefühl mit jemandem empfunden wie mit ihr. Aber über ihr Leben weiß ich nicht mehr als ihr. Wäre es anders gewesen, dann hätte ich mein Geheimnis nicht für mich behalten.«

Rokka sah Janna eingehend an. Mit ihrem dichten, dunklen Haar und den klaren Gesichtszügen war sie äußerst attraktiv.

»Entschuldige, aber hast du wirklich noch nie mit einem Mann geschlafen?«, fragte er und schlug sich auch schon im selben Moment die Hand vor den Mund. Er hatte gedacht, dass sich dieser Gedanke nur in seinem Kopf formuliert hatte, doch ganz offensichtlich war er ihm über die Lippen gekommen. Er hielt die Luft an und wartete auf Jannas Reaktion.

»Du tickst ja wirklich nicht ganz sauber!«, schrie sie.

Sie sah ihn scharf an, und Rokka schob sich so weit wie möglich an die hintere Bettkante. Er hatte noch nie gehört, dass Janna die Stimme erhob. Was würde jetzt passieren? Es war berechtigt, wenn sie jetzt total ausflippte. Sein blöder Spruch war wirklich daneben gewesen. Er senkte den Kopf und sah dann vorsichtig zu ihr auf. Da fing sie an zu lachen. Erst war es nur ein leises Kichern, doch wurde dann lauter zu einem schallenden Lachen. Sie lachte mit dem ganzen Gesicht. Man konnte all ihre weißen Zähne sehen, und um die braunen Augen und die schwarzen Wimpern hatten sich kleine Fältchen gelegt. Wie sehr er sich auch bemühte, er wurde den Gedanken nicht los, dass das doch ein herber Verlust für die Männer auf dieser Welt war.

»Sorry, sorry, sorry.« Rokka hielt die Hände hoch und ergab sich. »Manchmal gelingt es mir nicht, die Dinge, die mir in den Kopf kommen und aus meinem Mund wollen, noch rechtzeitig zu bremsen.«

»Kein Problem. Ich kann deine Frage verstehen«, sagte sie. »Und ich kann dir mitteilen, dass ich das sogar getan habe. Und dass es auch nicht so schlecht war, wie man glauben könnte«, sagte Janna und zwinkerte ihm zu.

»Aber du spielst nicht mit dem Gedanken, es noch mal zu tun?«, fragte er vorsichtig.

»Das gehört wirklich nicht zu den Dingen, die auf meiner Agenda stehen, wenn man das so sagen will«, antwortete sie. »Seit der Sache mit Henna habe ich mich mit Beziehungen schwergetan.«

»Und warum hast du ihr Geld geschickt?«

»Henna hatte nichts außer ihrem Traum, Künstlerin zu werden. Ich habe durch meine Eltern sehr viel Geld. Anfangs wollte ich es nicht anrühren, es erinnerte mich so sehr an mein früheres Leben. Dann kam mir der Gedanke, dass ich es einsetzen könnte, um jemand anderem das Leben zu erleichtern. Ich habe Millionen für wohltätige Zwecke gespendet. Für mich war es eine Selbstverständlichkeit, Henna zu helfen: Sie war die eine große Liebe meines Lebens.«

Rokka reckte sich nach dem Griff, der an einer Kette über ihm baumelte. Dann setzte er sich auf.

»Ich bin froh, dass du mir das alles erzählt hast«, sagte er. »Mach dir keine Gedanken wegen Dienstverstößen oder anderen irdischen Dingen.«

Das Handy piepte. Rokka schob seine Hand zwischen den Blumenvasen auf den rechteckigen Nachttisch, der neben seinem Bett stand. Die Nachricht war von Jonas Andersson, seinem ehemaligen Kollegen.

Italien lässt grüßen und bedankt sich für die Informationen / J

Rokka grinste und schrieb zurück:

Keine Ursache / Gruß vom Bullen

Da schoss ihm etwas durch den Kopf.

»Es war wahrscheinlich Peter Krantz' Mutter, die da neben dem Traktor im Schnee lag, stimmt's?«

»Ja, leider. Der Zahnarzt konnte es nachweisen«, antwortete Janna.

Rokka lief ein kalter Schauer über den Rücken. Plötzlich klopfte es an der Tür, und eine Krankenschwester kam herein. Im Arm hielt sie einen gigantischen Blumenstrauß, den sie Rokka überreichte.

»Wir müssen noch einen Tisch hereinschieben«, sagte sie mit einem Lächeln im Gesicht. »Bald haben die Blumen keinen Platz mehr.«

Rokka nahm den Strauß und griff nach der Karte, die an einer weißen Lilie befestigt war.

Gute Besserung / Stefan Fernandez

Papa Fernandez. Rokka musste grinsen, aber da fiel ihm sofort Angelica ein.

»Weißt du, wie es Angelica geht?«, fragte er Janna und sah sie an. Jetzt konnte er es sich auch eingestehen. Er konnte sie nicht vergessen. Vielleicht hatte Angelica nicht die Chance bekommen, die sie verdient hatte?

»Angelica Fernandez meinst du?«, fragte Janna, und Rokka konnte einen Hauch von Verunsicherung in ihrem Blick ausmachen. »Ihr geht es den Umständen entsprechend gut.«

Den Umständen entsprechend gut, dachte Rokka. Süße kleine Angelica.

***

»Vernehmung von Måns Sandin. Es ist 15.45 Uhr am 3. Januar.«

Måns schielte zu Stefan Fantenberg hinüber, der neben ihm saß. Sein grauer Anzug hatte einen Fleck auf dem Revers, und seine Krawatte war schlampig gebunden. Er kaute nervös an seinen Nägeln und sah noch blasser aus als sonst.

»Wir glauben, Sie sind involviert in eine Organisation, die bei diversen Sportereignissen Ergebnisse manipuliert. Was haben Sie dazu zu sagen?«, fragte Pelle Almén. Sein ausgeprägter lokaler Dialekt klang auf sonderbare Weise vertraut und heimisch, dachte Måns, der ihm schweigend und mit gesenktem Kopf gegenübersaß.

»Können Sie bestätigen, dass Sie Teilhaber eines Unternehmens sind, das unter dem Namen Four fast legs firmiert?«

»Das ist korrekt.«

»Können Sie bestätigen, dass Four fast legs ein Pferd besitzt, das Morning Glory heißt und am 18. August auf der Trabrennbahn in Hagmyren an den Start ging?«

Måns nickte. Er würde seinen Kopf nicht mehr aus der Schlinge ziehen können. Er würde verurteilt werden. An die Konsequenzen wagte er kaum zu denken. Jetzt wollte er es einfach nur hinter sich bringen.

»Wir glauben, dass Fredrik Strömlund, der Trabrenntrainer, Morning Glory ein Medikament verabreichen ließ, das das Tier dazu brachte, sich weit über seine Kräfte hinaus anzustrengen. Können Sie das bestätigen?«

»Ja … das stimmt, leider«, sagte Måns. »Myo-inositol trispyrophosphate.«

Zu seiner Überraschung tat es gut, davon zu erzählen. Er dachte an die Spritzen. An den Schmerz, als er sie selbst vor den Spielen bekommen hatte, und an die Belohnung, als seine Beine vom Laufen nicht müde wurden.

»Wissen Sie, dass Peter Krantz am 18. August den Auftrag bekommen hat, zehntausend Kronen auf das Pferd Morning Glory zu setzen?«

Almén sah von seinem Papier auf, auf dem die Fragen standen.

Måns erschauerte. Mit einem Mal verstand er alles. Sein Freund. Sie hatten Seite an Seite gekämpft. Sich gegenseitig auf die Schulter geklopft. Sich zum Sieg geführt. Gefeiert, gelacht, Witze gerissen. Über Mädchen, Fußball, Trabrennen. Über alles, was das Leben zu bieten hatte. Peter hätte genauso gut werden können wie er, hätte er nur die Finger vom Alkohol gelassen. Und vom Spiel.

»Dann hat Peter Henna erschossen … stimmt das?«

»Ich möchte gern Ihre Version hören. Dann können wir darüber reden, was Peter möglicherweise getan hat.«

»Peter hat mich Anfang September in Florenz aufgesucht. Er hatte eine Menge Schulden. Deshalb wollte er Geld von mir leihen. Es war nicht das erste Mal, und ich wusste, dass er Probleme hatte. Deshalb habe ich Nein gesagt – ich dachte, das würde ihm irgendwie helfen. Aber wieso hätte er Henna deswegen töten sollen?«

»Was für eine Rolle spielt Vladimir Katenovic in Ihrem Leben?«

»Katenovic hat mit meinem Leben nichts mehr zu tun«, antwortete Måns.

»Können Sie mir sagen, warum Sie an Heiligabend dann mit ihm telefoniert haben?«

»Er hat mich angerufen. Hat gemeint, er habe gehört, dass ich aussteigen wolle. Das habe ich bestätigt. Dann haben wir über andere Dinge geredet. Wir haben ziemlich lange telefoniert, soweit ich mich erinnern kann.«

»Die Idee, auszusteigen, kam etwas spät. Ist Ihnen klar,

dass er ein Kopfgeld auf Sie ausgesetzt hat? Vierhunderttausend Euro, genau die Summe, die Peter Krantz ihm schuldig war.«

Måns erstarrte. Langsam verstand er, doch gleichzeitig tauchten neue Fragen auf. Katenovic hatte das Gespräch an Heiligabend in die Länge gezogen, fast bis 16 Uhr. Er hatte ihn also hingehalten, während Peter zu seinem Haus fuhr und Henna umbrachte.

»Aber ich verstehe es immer noch nicht. Warum Henna? Warum nicht ich?«

»Sie wären auch noch dran gewesen. Der Mord an Henna war eine Strafe. Krantz ist der Ansicht, dass in seinem Leben nichts so gelaufen ist, wie er es wollte, und dass Sie daran schuld sind. Sie sollten erleben, wie es sich anfühlt, wenn man jemanden verliert«, erklärte Almén.

Evelina Olsdotter, dachte Måns. Das war doch nicht einmal etwas Ernstes. Zumindest damals nicht. Eine Sekunde lang wusste Måns nicht, was er sagen sollte.

»Haben Sie ihn gefasst?«, fragte er.

»Ja, gestern. Er liegt im Krankenhaus im künstlichen Koma. Wir mussten ihn außer Gefecht setzen, und der Schuss hat ihn böse erwischt. Aber mit großer Wahrscheinlichkeit wird er überleben. Natürlich wird er angeklagt werden. Wegen Mordes an Henna. Und wegen Mordes an Christina Krantz.«

Måns sah Almén ins Gesicht.

»Was? Seine Mutter hat er auch auf dem Gewissen?«

»Ja, leider. Doch was Henna betrifft, müssen wir Ihnen mitteilen, dass sie ziemlich sicher auch so gestorben wäre, sie hatte eine Überdosis Rohypnol im Blut.«

Måns vergrub sein Gesicht in den Händen. Angst und Schuldgefühle überfluteten ihn in einer unbarmherzigen

Mischung. Er hatte einfach nicht sehen wollen, wie schlimm es um sie stand. So einfach war das.

Und Peter, dachte er. Mein Freund Peter. Eigentlich warst du ziemlich einsam, habe ich recht?

»Und dann ist da noch die Sache mit dem Fußball beim AC Florenz«, fuhr Almén fort. »Manchmal waren Sie ein bisschen *zu* gut. Besonders wenn *il Presidente* wollte, dass Sie es waren. Was sagen Sie dazu?«

Måns seufzte. Er musste an seine Mannschaftskameraden denken. An Manuel Battista. Ihn würden sie jetzt auch aufsuchen. Und wenn sie mit ihm gesprochen hatten, würde das ganze Ausmaß klar werden. Måns war müde. Die Anspannung, die er seit einer Ewigkeit mit sich herumgetragen hatte, löste sich langsam auf. Was würde nun geschehen? Was würde aus den Kindern werden? Dann überkam ihn ein Gefühl von Gleichgültigkeit. Die Polizei konnte tun, was sie wollte. Er wollte es einfach erzählen, es loswerden. Alles.

»Ich habe eine Sache vergessen«, sagte Almén plötzlich. »Wie Sie wissen, wird sich die Sache nicht auf den AC Florenz beschränken. Der Betrug ist bedeutend größer.«

Måns sah zu ihm hoch, und nun überspülte ihn eine noch größere Welle der Resignation. Dann hob Almén den Zeigefinger und fuhr fort: »Sie werden ein richtig gutes Angebot bekommen. Wenn Sie uns helfen, unseren italienischen Kollegen einen guten Dienst zu erweisen, dann werden Sie mit einer milderen Strafe rechnen können. Wir reden über das Strafmaß. Dass sie nun alleinerziehender Vater von kleinen Kindern sind, wird selbstverständlich berücksichtigt.«

Måns konnte sein Staunen nicht verbergen, und obwohl Almén ihm aufmunternd zunickte, musste er eine Weile tief durchatmen, bevor er das erste Wort seines Geständnisses über die Lippen brachte.

DREI TAGE SPÄTER

Obwohl noch tiefster Winter war, musste Johan Rokka den Schmelzwassertropfen ausweichen, die vom Dach fielen, als er auf die Veranda trat. Er blinzelte in den strahlend blauen Himmel. Wenigstens für einen Tag machte der Winter eine Pause.

Rokka streckte sich, um die Tür zu öffnen. Aus alter Gewohnheit wartete er auf den Schmerz, als er die Türklinke hinunterdrückte. Doch sein Rücken machte sich kaum bemerkbar. Zwar hatte ihn der Arzt mit schmerzstillenden Mitteln versorgt, aber trotzdem: Das Gefühl, diese Bewegung ausführen zu können, ohne einen Schlag ins Kreuz zu bekommen, war unbeschreiblich. Er ließ die Tür einen Spalt offen, damit ein bisschen frische Luft ins Haus wehte. Als er in den Flur kam, hielt er inne. Ein sonderbares Gefühl übermannte ihn. Er war sich ganz sicher, dass er nicht allein im Haus war.

»Hallo?«, rief er und sah sich um.

Reine Einbildung, dachte er, als er seine Jacke auszog. Wer sollte schon da sein?

Kurz darauf hörte er einen dumpfen Knall irgendwo im Haus und erstarrte vor Schreck. Es war definitiv jemand da. Reflexartig fuhr er mit der rechten Hand an die Hüfte, wo das Holster üblicherweise saß. Als er nur den Bund seiner Jeans spürte, ballte er die Faust und ging an der Wand entlang hinüber zur Küche.

Als er die Küchentür quietschen hörte, drückte er seinen Rücken noch fester an die Wand. Einen Einbrecher überwältigen zu müssen war das Letzte, worauf er jetzt scharf war, aber er sammelte seine Konzentration, um zumindest bereit zu sein. Dann hörte er ein unterdrücktes Räuspern, und da waren sie, alle miteinander. Zuerst Victor Bergman. Er drückte Rokka ein schmales Glas in die Hand. Das Getränk schäumte über und lief Rokka auf die Finger.

»Willkommen daheim«, sagte Victor und nahm Rokka in den Arm.

Es dauerte ein paar Sekunden, bis der sich gefasst hatte, dann sah er Victor in die Augen.

»Du Blödmann«, sagte er nach einer Weile. »Ich habe gedacht, du sitzt wieder hinter Gittern. Du warst ja nie erreichbar.«

»Mir ist das Handy ins Klo gefallen«, erklärte Victor und lachte. »Ich habe versucht, dich vom Telefon meiner Frau aus anzurufen, aber du hattest offensichtlich gerade was Besseres zu tun.«

Rokka musste lachen und sah sich um. Alle waren sie da. Victor und die Jungs. Weiter hinten in der Küche saß Sammeli. Und Hjalmar, Almén und die anderen Kollegen. Aber Janna konnte er nicht entdecken, das enttäuschte ihn.

Er nahm sie alle in den Arm. Almén kam zu ihm, er hatte seine Frau dabei. Rokka hielt ihn am Nacken fest und gab ihm einen schmatzenden Kuss auf den Mund.

»Ich liebe dich, du alter Bazillenjäger«, sagte er.

Almén wedelte mit den Armen und machte spuckend einen Satz zurück. Rokka lachte schallend und riss ihn mit sich zu Boden.

»Pass auf deinen Rücken auf!«, schrien die anderen.

Sie standen wieder auf, und Rokka sah die anderen an.

»Wo ist Janna?«

»Sie kommt gleich«, sagte Hjalmar. »Leicht verspätet, aber sie kommt. Das ist doch die Hauptsache.« Er trat an Rokka heran und sah ihn über das Brillengestell hinweg an. Diesmal blickte er ihm direkt in die Augen. »Der Bezirkspolizeidirektor ist aus dem Amt. Für immer«, flüsterte er.

»Du machst Witze«, sagte Rokka.

»Späße zu machen und hier den Clown zu spielen ist nichts, womit ich mein Image schmücken möchte«, sagte Hjalmar voller Ernst. »Ich dachte, das hättest du mittlerweile mitbekommen.«

»Und Bengtsson?«

»Sie ist wie eine Katze. Sie hat sieben Leben. Aber vermutlich wird es jetzt ein bisschen eng für sie«, erklärte er und hob den Zeigefinger.

Rokka suchte nach Almén. Er stand am Fenster und sah hinaus.

»Was ist mit dem Bezirkspolizeidirektor eigentlich passiert?«, fragte Rokka.

»Ein kleiner Vogel hat zufällig einem anderen etwas zugezwitschert, der auf dem Ast ganz weit oben saß. Höher als Gävle, sozusagen. Hoppala!« Almén hielt sich die Hand vor den offenen Mund und ging weiter. Rokka schmunzelte.

Auf der Küchenarbeitsplatte hatten sie Platten mit italienischer Wurst, Käse und anderen Häppchen angerichtet. Daneben standen Prosecco-Flaschen schön aufgereiht. Die Freunde saßen am Küchentisch oder standen in Grüppchen zusammen und unterhielten sich. Es war genau so, wie Rokka es liebte.

Er stellte sich mitten in die Küche und beobachtete sie der Reihe nach. In seinem Hals machte sich ein Kloß bemerkbar, seine Augen wurden feucht. Er räusperte sich und wollte etwas sagen, doch es kam kein Wort über seine Lippen. Die Tränen liefen ihm über die Wangen. Er drehte sich um. Wusste nicht, wohin. Das Weinen ließ sich nicht mehr aufhalten. Er versuchte es, aber mit einem Mal kam es mit Gewalt aus ihm heraus. Er hielt sich die Hände vor die Augen und fing an zu zittern. Das Schluchzen wurde immer stärker, und am Ende brach jeder Damm.

Mitten in diesem Gefühlsausbruch legte ihm jemand den Arm um die Schultern und drückte ihn sanft an sich. Er drehte sich um und vergrub sein Gesicht in dunklen, langen Haaren. Das Zittern nahm ab, und er fasste Janna an die Schultern und machte einen Schritt zurück, um sie ansehen zu können. Sie schaute ihn unter ihrem Pony an und streichelte ihm über die Wange. Die Freunde, die rundherum standen, waren still geworden. Doch nun fingen sie wieder an zu reden und zu lachen, und Rokkas Küche war wieder voller Leben.

Sie aßen und tranken, bis alle Teller und Flaschen leer waren. Manche mussten nach Hause, andere rief die Arbeit. Am Ende waren nur noch Victor und Janna da. Sie halfen Rokka, Teller und Besteck in den Geschirrspüler zu räumen. Janna drückte die Klappe zu, und das Gerät begann laut brummend zu arbeiten. Dann drehte sie sich um und lehnte sich an die Spüle. Sie verschränkte die Arme und lächelte Rokka an.

»Jetzt wird es aber langsam Zeit, dass du mir die wahre Geschichte von Johan Rokka erzählst. Wer bist du? Und warum bist du hier?«

Rokka ging hinüber ins Wohnzimmer und hob einen der vielen Umzugskartons herunter, die dort immer noch gestapelt waren. Er öffnete ihn und holte ein Fotoalbum hervor. Ein rotes Album mit abgewetzten Ecken. Er schlug es auf und begann zu blättern. Das Klassenfoto von der Abschlussfeier am Gymnasium. Er selbst, mit der traditionellen Schirmmütze, die man beim Abiturfest trug. Er schloss die Augen und blätterte noch einmal um. Schluckte. Dann öffnete er die Augen, und da war sie. Seine Fanny. Auch sie mit Mütze auf der wilden Haarpracht. Der Mund lachte mit den Augen um die Wette, und ihre langen Wimpern streckten sich fast zu den

Augenbrauen. Er wollte ihrem Verschwinden auf den Grund gehen, das war er ihr schuldig. Aber um das tun zu können, musste er erst einmal loslassen und den nächsten Schritt tun. Den Gefühlen, die anklopften und die er so gern zulassen wollte, die Tür öffnen.

EPILOG

Birk Pedersen blieb am Zaun stehen. Er wollte dort noch eine Weile verschnaufen. Die Sonne wärmte seine Stirn, und die Schweißtropfen, die sich beim Spaziergang vom Bahnhof hierher gebildet hatten, bildeten inzwischen kleine Rinnsale, die ihm die Wangen hinunterliefen.

Er öffnete die Schnürung seines Rucksacks und fuhr mit dem Arm hinein. Da lag es, das Holzherz an dem langen Lederband. Mehrmals hatte er das auf seiner Reise von Bodø überprüft, doch er konnte es nicht oft genug tun. Jetzt war das Herz ganz. Die anderen zwei Teile hatte er von einem netten Polizisten bekommen.

Die Scharniere quietschten, als er die Klinke am Tor hinunterdrückte und aufzog. Langsam ging er auf dem geschwungenen Weg zum Haus hinauf, der von antik anmutenden Laternen gesäumt wurde, in schön gleichmäßigen Abständen platziert. Die Muster im Kies verrieten, dass er erst kürzlich geharkt worden war. Birk bewegte sich in seinen Mokassins vorsichtig darüber, um den gepflegten Eindruck nicht zu zerstören.

Als er auf das Haus zuging, betrachtete er es eingehend von oben bis unten. Es war unglaublich, dass seine Schwester in solch einem Haus gewohnt hatte. In solch einem Überfluss.

Birk umrundete das Gebäude und gelangte in einen Garten mit großer Rasenfläche und riesigen Büschen, die rosa und weiß blühten. Rhododendron und Pfingstrosen, wenn er sich nicht irrte. Nein, er war sich ganz sicher. Genau wie Großmutter sie im Garten gehabt hatte.

»Birk, bist du das?«

Birk drehte sich zur Terrasse um. Eine Tür ging auf, und

Måns kam heraus. Er ging auf Birk zu und hielt ihm die Hand hin. Aus dem Handschlag wurde eine Umarmung. Birk wich erst zurück, doch erwiderte dann Måns' innige Begrüßung.

»Herzlich willkommen«, sagte Måns. »Ich hoffe, du hattest eine gute Anreise. Anine und Antonio werden gleich da sein.«

Birk bedankte sich und blieb schweigend stehen. Er hatte den Eindruck, dass Måns in den vergangenen fünf Monaten, seit sie sich bei der Beerdigung gesehen hatten, gealtert war. Trauer hinterließ Spuren, das war ganz offensichtlich.

Die Terrassentür quietschte, und jemand kam zu ihnen heraus. Eine Frau in seinem Alter, blonde, lange Haare. Mithilfe einer Krücke humpelte sie vorwärts, und unter ihrem weißen Kleid war ein Babybauch zu erkennen. Birk meinte, die Aura dieser Frau sehen zu können. Sie war rein. Aber er sah auch, dass das nicht immer so gewesen war. Sie hatte sich verändert. Sie war ungeschminkt und hübsch, dachte Birk.

»Evelina Olsdotter«, stellte sie sich vor und streckte die Hand aus.

Wer war sie bloß? Birk hatte schon begriffen, dass Henna nicht die einzige Frau in Måns' Leben gewesen war, auch schon vor ihrem Tod. Doch das positive Gefühl beim Anblick dieser Person blieb bestehen.

»Papa!« Die Stimme eines Kindes erklang vom Wasser her. »Ist er jetzt da?«

Birk konnte sehen, dass es ein Mädchen war. Sie kam über den Rasen aufs Haus zugerannt. Barfuß, die Haare flatterten im Wind. Als sie vor ihm stand, blickte er in ihr reines Gesicht. Braune Augen, ein warmes Lächeln.

»Das ist Anine«, sagte Måns. »Antonio ist sicher auch nicht weit weg. Anine, das ist Birk, dein Onkel.«

Anine. Henna, dachte Birk, und mit einem Mal fühlte sich alles ganz leicht an. Anine strahlte ihn an und umarmte ihn. Er hielt ihr die Halskette, an dem das Holzherz hing, hin und drückte sie noch einmal. Ganz fest. Ganz lange.

Jetzt war es an der Zeit, Hennas Geschichte zu erzählen. Die schöne Geschichte.

DANKSAGUNG

Der Schmetterling ist reine Fiktion, und sämtliche Personen und Ereignisse sind frei erfunden. Wenn Sie sich zum Beispiel mit der Geschichte des Fußballs ein wenig auskennen, dann wissen Sie, dass der AC Florenz die Meisterschaft zuletzt im Jahr 1959 gewonnen hat. Und sollten Sie auf der Hagmyren Trabrennbahn Stammgast sein, haben Sie sicherlich nie erlebt, dass derartige Summen auf ein Pferd gesetzt wurden und dies mit derart hohen Quoten wie in meinem Buch. Manche Orte oder Gebäude gibt es tatsächlich, andere habe ich für meine Geschichte ein wenig verändert oder mir einfach ausgedacht.

Sehr viele Menschen waren beim Schreiben dieses Romans für mich unheimlich wichtig. Ohne euch gäbe es kein Buch, und mein ganz besonderer Dank geht an:

meinen Erik. Manchmal übertrifft die Wirklichkeit die Dichtung. Danke, dass es dich gibt, dass du mir deine Zeit schenkst und mich jeden Tag neu inspirierst, und dass du versuchst zu verstehen, dass eine angehende Schriftstellerin ständig mit den Gedanken woanders ist.

Signe und Arvid, danke, dass ihr abends und nachts so wunderbar durchgeschlafen habt und Mama dann Zeit zum Schreiben hatte.

Jenny Ringström Fagerlund dafür, dass du mich daran erinnert hast, dass ich wirklich eine Geschichte zu erzählen hatte, und dafür, dass du mir immer wieder Mut gemacht hast.

Jonas Hellström, Andreas Bergström, Urban Hagström, Lotta Goffhé, Sven-Erik Olsson, Kristjan Kajandi und Camilla Helsing Dank dafür, dass ihr so viele Erfahrungen, die ihr bei eurer Arbeit bei der Polizei gesammelt habt, mit mir geteilt habt.

Victoria Wahlberg, Amanda Embrey, Maria Klingh, Annelie Näs und Johan Olsson für eure Hilfe, die Story, die Charaktere und die Auflösung am Ende ordentlich aufzupeppen.

Åsa Bohman, Tomas Stålmarck und Peter Wahlberg dafür, dass ihr euch die Zeit genommen habt, mein Manuskript schon im Anfangsstadium zu lesen und zu kommentieren.

Patrick Westin für alle Unterstützung und deinen großartigen Input zum Plot und zu den psychischen Verfassungen meiner Hauptfiguren.

Mari Jungstedt, dass du dir Zeit für mich genommen und mir so wertvolle Tipps gegeben hast, als wir an diesem Dezemberabend in Arguineguín auf Gran Canaria zusammensaßen.

Meiner Mutter, meinem Vater, Margareta und meinen Nichten und Neffen: Danke fürs Babysitten, wenn ich mehr Zeit zum Schreiben brauchte.

Stina und Robert Ullberg für wichtige Hinweise und die Betreuung der Kinder.

Staffan Humlebo und Annika Kreipke dafür, dass ihr mir in der Schule und im Berufsleben das Selbstvertrauen geschenkt habt, dass ich schreiben kann.

Danke Joakim Rokka, dass du meiner Hauptperson deinen Nachnamen geliehen hast.

Allen Freunden, die mich immer angefeuert und mein Schreiben mit Interesse verfolgt haben.

Erik Grundström für dein konstruktives Lektorat, das mich in bessere Bahnen gelenkt hat.

Christin Holmgren, Marthina Elmqvist, Emma Salquist, Caroline L. Jensen, Aida Grimrin und Sylwi La Terra ein

Dank, dass ihr mich auf dem Weg zum Endprodukt bei allen Schritten begleitet habt.

Und danke an HarperCollins Nordic, die an mich und meine Geschichte geglaubt haben.

Gabriella Ullberg Westin

Olivia Kiernan
Zu Nah
€ 14,99, Klappenbroschur
ISBN 978-3-95967-183-5

Die angesehene Wissenschaftlerin Eleanor Costello ist tot. Erhängt in ihrem Schlafzimmer. Frankie Sheehan, Detective im Dubliner Police Department und schwer gezeichnet von ihrem letzten Fall, glaubt nicht an Selbstmord. Jemand war bei Eleanor, als sie starb. Jemand, der sadistische Lust an brutalen Spielchen hat.

Schon bald wird eine zweite Leiche gefunden: eine junge Frau – zu Tode gefoltert. Ein Wettlauf mit der Zeit beginnt, und für Frankie geht es erneut um Leben und Tod.